EL SOL SALE DOS VECES

EL SOL SALE DOS VECES

Jorge Galbiati

Copyright © 2015 por Jorge Galbiati.

Número de Control de la Biblioteca del Congreso de EE. UU.: 2015901235
ISBN: Tapa Dura 978-1-4633-9900-9
Tapa Blanda 978-1-4633-9902-3
Libro Electrónico 978-1-4633-9901-6

Todos los derechos reservados. Ninguna parte de este libro puede ser reproducida o transmitida de cualquier forma o por cualquier medio, electrónico o mecánico, incluyendo fotocopia, grabación, o por cualquier sistema de almacenamiento y recuperación, sin permiso escrito del propietario del copyright.

Esta es una obra de ficción. Cualquier parecido con la realidad es mera coincidencia. Todos los personajes, nombres, hechos, organizaciones y diálogos en esta novela son o bien producto de la imaginación del autor o han sido utilizados en esta obra de manera ficticia.

Este libro fue impreso en los Estados Unidos de América.

Fecha de revisión: 06/02/2015

Para realizar pedidos de este libro, contacte con:
Palibrio
1663 Liberty Drive
Suite 200
Bloomington, IN 47403
Gratis desde EE. UU. al 877.407.5847
Gratis desde México al 01.800.288.2243
Gratis desde España al 900.866.949
Desde otro país al +1.812.671.9757
Fax: 01.812.355.1576
ventas@palibrio.com

ÍNDICE

Agradecimientos.. 9
1 Inicial.. 11
2 El niño que se convirtió en pez............................ 15
3 El mundo de los sueños 18
4 La cena del banco 26
5 El espacio y el tiempo... 29
6 Una noche en la disco 34
7 Inicio de un romance.. 38
8 Un viaje al campo 41
9 La reunión de trabajo 47
10 El mensaje del pozo 51
11 La puesta de sol 57
12 Los jefes... 64
13 El pasado próximo 69
14 La cartera nueva 75
15 Al colegio.. 80
16 En busca del pozo 87
17 Regreso al Colegio 97
18 La hija de Ricardo 107
19 En la cervecería 110
20 La vendedora de frutas.....................................116
21 El canto de Solange..125
22 El restaurante italiano.......................................130
23 La Divina 139
24 El encuentro 147
25 Memorias de postguerra....................................154
26 Juliana y el enólogo..163
27 La pintura de Vincent 168
28 El campo arado 176
29 La confesión 183
30 La final del concurso...188
31 La posada de París 193

32 El general 205
33 Aux barricades! 214
34 El almuerzo acre 219
35 El intento de Veranda 226
36 La cita 234
37 La ciudad 240
38 Hospitalidad 245
39 La hermana del maya 250
40 El Cenote 258
41 Conflictos 268
42 Los conflictos se agravan 276
43 Necate! 283
44 La reina y su palacio 292
45 El baile de Imneria 302
46 Talento 316
47 De las nubes a la tormenta 323
48 El calendario 328
49 Carlota, Madrid 339
50 Final 351

A mi querida esposa Gabriela

Agradecimientos

A Gabriela Valverde y Paola Galbiati,
por su revisión del original.
A Tania Squizzato, por su ayuda con el idioma latín.
A Matthieu Saumard, por su ayuda con el idioma francés.

1

Inicial

Es la tarde del día 17 de julio del año 2012, y he decidido sentarme a escribir acerca de los extraños sucesos que le ocurrieron a un hombre retraído y soñador que llamaré Cirilo. Quiero respetar su privacidad identificándolo por un nombre simulado.

Cirilo era un tipo de mediana estatura, de piel muy blanca, pelo negro, no muy abundante. Sus ojos eran pequeños, la boca también pequeña, con labios finos, su nariz era prominente, algo ganchuda. Tenía las cejas muy arqueadas, que le hacían parecer como que estuviera preguntando algo. No era mal parecido, pero tampoco un adonis.

Era un ser que no se relacionaba fácilmente con otras personas. Tuvo un vínculo amoroso en el tiempo en que ocurrieron los hechos que voy a relatar, aunque había tenido relaciones con varias jóvenes, con una de ellas, llamada Belina, llegó a convivir durante algunos meses.

Otro de sus amores fue una Isabel y luego vino una Fedora. Con esta última fue su relación más larga, de casi tres años. Sus cercanos pensaban que terminaría en matrimonio, pero súbitamente ese vínculo terminó. Después de algunos meses, se involucró con Susana, con quien convivió en el departamento que él tenía. Su madre le reprochó siempre esta convivencia. "Papeles. Aquí hasta el perro tiene papeles", le decía. Pero finalmente terminaron. La última relación que tuvo, muy corta, fue con una joven llamada Anita.

Parece que era poco ameno, era falto de iniciativa en cuanto a programar actividades que fueran entretenidas para su pareja de turno. Y terminaba aburriéndose. De una personalidad en extremo introvertida, se lo pasaba volando en otras esferas alejadas de la realidad, su mente trabajaba incansablemente imaginando haber vivido experiencias de otras vidas, tal vez, pero que no eran la suya; seguramente esas vidas eran mucho más excitantes que la de él.

Cuando ocurrieron los hechos que voy a relatar, Cirilo tenía treinta y ocho años. Años vividos en forma incolora y solitaria. Alguien, alguna vez se refirió a él como un hombre gris. Otro dijo que era un tipo "poco acontecido".

Su madre había muerto cuando tenía veintisiete años, y su padre murió hacía muy poco. Le gustaba mucho la historia. Cuando joven quería estudiar historia y convertirse en profesor. No porque le interesara o tuviera vocación para enseñar, sino por el hecho de poder involucrarse con la historia. Su padre, un poco autoritario, lo convenció, o más bien presionó, para que no estudiara historia, porque no le veía mucho futuro, y decidiera estudiar lo que él le recomendaba: administración. El padre estaba seguro que si se graduaba en administración, tendría un gran futuro por delante. Pues bien, después de terminar sus estudios entró a trabajar en un banco, y en el momento en que estoy relatando su vida, ocupaba un cargo cuyas funciones se relacionaban con el otorgamiento de créditos a los clientes del banco.

También tenía inclinación por el arte. Era aficionada a la música, sus gustos musicales eran variados, desde música clásica hasta música popular. Sin embargo, tenía predilección por el canto lírico. Le gustaba la pintura. El mismo dibujaba, de vez en cuando. También era aficionado a la lectura, pero no era tanto el tiempo que le dedicaba.

No le desagradaba su trabajo, pero tampoco le apasionaba. Pasaba largas horas en su escritorio, escuchando a los clientes con cara de estar interesado en los proyectos que le relataban, pero en realidad su mente divagaba por otros lugares, lejanos en el espacio o en el tiempo. Cada vez que un cliente le preguntaba, después de relatarle los detalles de su aburrido proyecto, "¿qué le parece a usted?", "¿qué opina?", o "¿está de acuerdo?", tenía que pedirle que le repitiera los detalles, pues era un proyecto bastante complejo, aunque la verdad es no había escuchado nada. Pero el cliente estaba feliz de tener la oportunidad de repetirle su proyecto con todos sus pormenores.

Nunca estuvo realmente involucrado con el trabajo del banco. Un día estuvo a punto de renunciar. O que lo echaran. Estaba pensando en otra cosa, cuando tenía que tramitar un préstamo de un cliente. En la casilla en que debía escribir el nombre del cliente, escribió "cara de budín". La verdad es que el cliente tenía cara de budín. Era una cara redonda, algo plana, de nariz pequeña y una boca también pequeña, que se abría y se cerraba continuamente, para emitir palabras de las que Cirilo sólo escuchaba la mitad, mientras el resto de la cara permanecía sin moverse.

Cirilo tuvo este pequeño desahogo. Luego lo borró y escribió el nombre. Pero el papel era autocalco, y la frase "cara de budín" quedó en la segunda hoja, claramente legible. Cuando llego al escritorio del gerente, este no sospechó que se refería al cliente, sino que pensó que había sido escrito en una hoja de papel, quien sabe con qué propósito, y en forma descuidada fue colocado sobre la solicitud del préstamo.

Cirilo le tenía aversión a las camisas blancas, a la corbata y chaqueta, que constituían su vestimenta habitual en el banco. Cuando llegaba a su departamento se cambiaba rápidamente de ropa, como para sacarse la oficina de encima. Los blue jeans con camisas oscuras eran como su uniforme de tiempo libre. Cuando salía, generalmente usaba una chaqueta de cuero brillante. Por su vestimenta, su cara y sus actitudes, parecía una persona mayor de lo que era en realidad.

Después de la ruptura con Anita, Cirilo invitó al cine a una compañera de trabajo, Veranda. Ella tenía buena figura, ni delgada ni gorda. Tenía el pelo trigueño, que le caía sobre los hombros. Su piel era clara, muy suave, sus cejas largas, la boca un poco grande, de labios finos. Tenía una mirada como de una persona un poco dominante. Era dueña de una personalidad fuerte, que tendía a alejar a los varones. Poseía un lado intelectual, que la convertía en una persona culta e inteligente. Este aspecto no la favorecía para nada en su relación con los hombres. Tenía una afición por el cine.

2

El niño que se convirtió en pez

La película que fueron a ver era un tanto extraña, se llamaba "Mar de Medianoche". Trataba de unos niños que estaban de vacaciones en un lugar a orillas del mar, que se divertían yendo a la playa en la noche, disfrutando de la temperatura cálida del verano. Se tendían a la luz de la luna, se bañaban, conversaban hasta la una o dos de la madrugaba.

Una noche, en uno de estos baños grupales, uno de ellos desapareció, justo a la medianoche. No dijo nada, no sintieron ningún ruido, ni grito, simplemente dejaron de verlo en el agua. Durante varios días lo estuvieron buscando, en toda la costa, en el fondo marino con hombres rana, en el campo aledaño a la playa, por si hubiera salido del agua y algo le hubiera ocurrido en tierra. Todo fue infructuoso, nunca se encontró.

Cuando ya se había asumido el hecho de su desaparición, dos años más tarde, una noche, estando sus amigos en la playa, vieron un bulto en la arena. Era el desaparecido amigo de ellos, que estaba tendido durmiendo. Tenía puesto el mismo traje de baño con que lo vieron por última vez. Sus atónitos amigos no se podían convencer que estuviera allí, tan tranquilo. Cuando se le interrogó, lo único que recordaba era haberse quedado dormido. Sin embargo, a medida que pasaban los días, iba recordando fragmentos de un sueño que tuvo mientras dormía. Cada día recordaba nuevos fragmentos, que iba relatando en forma desordenada, a medida que venían a su mente.

Relató como se veía a sí mismo como un pez, mientras era conducido por otros peces a lugares desconocidos, en el fondo del mar. Pasó a formar parte de una comunidad de peces, incluso llegó a sentir algo por otro pez hembra, con la que tuvo una relación amorosa, de la que resultó una puesta de huevos y un posterior nacimiento de múltiples pececitos, que consideró como sus hijos. Contó con lujo de detalles cómo se comunicaban entre ellos, cómo hacían para conseguir alimentos, y cómo evitaban ser alimento de otros. Los peces mayores lo instruyeron sobre como evitar los peligros que se escondían en cada rincón de las profundidades. Le explicaron que muchos miembros de la comunidad habían sido atrapados por unas enormes redes que se arrastraban por las aguas del fondo y que luego de envolverlos los llevaban hacia arriba, hasta que los sacaban al ultramundo que se encontraba más allá de las aguas superiores. Esto ocurría con cierta frecuencia, así que había que mantenerse alerta de la presencia de redes. Los peces que eran llevados al ultramundo jamás regresaban.

Lo que no pasó inadvertido para nadie es que el niño se veía igual que antes de desaparecer. Mientras sus amigos habían experimentado algunos cambios físicos, en los dos años él se veía igual, era como que no habían pasado por él.

- Me gustó un detalle - dijo Veranda -, que la película intercalara escenas animadas.

- Si - acotó Cirilo -, todas las escenas de los peces. ¿De qué otra manera podrían haberlo hecho?

- Eso lo encontré original - agregó ella.

¿Te fijaste en un detalle? - preguntó a su compañera - había un jarro de vidrio verde, que apareció en tres escenas distintas, en lugares diferentes. Me parece que la película era de bajo presupuesto.

- A mí me gustó la película. ¿A ti?

- También. Yo soy un hombre de gustos simples. Opino que cuando uno va a ver una película, si a los quince minutos no se sabe de qué se trata, no vale la pena seguir viéndola.

Ella se sonrió. El siguió:

- Lo mismo que un libro. Si a las diez primeras páginas no sabes cuál es la trama, no vale la pena seguir leyéndolo.

Veranda se rió.

- Eres demasiado exigente. Hay que dar tiempo a que el autor vaya poco a poco develando lo que nos quiere comunicar. A veces eso demora más de quince minutos o diez páginas.

- Yo di mi opinión. Te dije que soy de gustos simples. He estado leyendo libros que pasando de la mitad, no tienes idea cuál es la trama. Y películas que, a la mitad de la película, todavía no sabes de qué se trata.

Después que terminaron de hacer los análisis de la película, se despidieron y cada uno partió para su casa. Cirilo vivía en un departamento en un edificio de cinco pisos. El estaba en el tercero. Era un departamento pequeño, más bien ordenado, demasiado ordenado, considerando que era un departamento de soltero. Era un poco maniático por el orden. Entró y se fue a su dormitorio a sacarse la chaqueta, que dejó colgada en el ropero, en un colgador dejando la punta del gancho apuntando hacia el interior, como estaban todos los colgadores. Nunca pondría un colgador con el gancho hacia afuera.

Se dirigió a la cocina a prepararse un sandwich y un café, que dejó en la sala sobre una mesa. Luego se puso frente a un armario repleto de libros y extrajo uno. Al suelo cayó un calendario muy antiguo, con hojas de papel cuché amarillentas por el tiempo. Tenía olor a viejo. En la portada decía "Calendario 1935". Antes de ubicarlo en la repisa lo abrió en la página correspondiente al mes de julio. En la parte superior había una fotografía en blanco y negro de una hermosa joven con mirada coqueta, en un anticuado traje de baño. Debajo decía, "Carlota, Madrid". Se quedó mirando la fotografía un rato, esbozó una leve sonrisa, cerró el calendario y lo puso en su lugar.

3

El mundo de los sueños

Veranda, la amiga y compañera de Cirilo, era una mujer algo atractiva, bastante culta, aficionada al cine y a leer de vez en cuando. Provenía de una familia de cuatro hermanos, tres varones y ella. Tal vez por el hecho de tener sólo hermanos hombres, ella desde pequeña se acostumbró a jugar juegos de hombres y a hablar sobre temas de hombres.

Durante su época escolar fue una estudiante aplicada, aunque nunca estuvo entre las primeras del curso. Era una mujer inteligente, que no gustaba sobresalir, sino más bien prefería pasar inadvertida en cualquier grupo en que se encontraba. Pero le gustaba involucrarse en una conversación interesante, como hablar de cine o de algún libro. Entre sus intereses no se encontraba lo científico, prefería los temas filosóficos, como también lo esotérico y lo fantástico.

Se entendía bien con Cirilo, ambos eran un poco retraídos y se sentían inclinados por lo cultural. Por eso durante su insipiente amistad pasaban juntos largo rato, conversando sobre diversos temas en los que ambos se interesaban.

En una de esas ocasiones, en que estaban sentados en un banco del paseo que había en la parte central de la amplia avenida en que vivía Veranda, le dijo a él:

- Hace unas noches tuve un sueño bien extraño.
- ¿De qué se trataba el sueño?

- Resulta que yo iba en un bus, y en un momento se detuvo. Yo iba sentada al lado de la ventana, y en eso veo al Papa caminando al lado del bus. No me llamó tanto la atención, parecía algo normal.

- ¿Y qué hacía el Papa caminando al lado del bus? - interrumpió Cirilo.

- Mi sorpresa fue mayúscula cuando se subió al bus, y se sentó cerca de mí. No había casi nadie más en el bus, así que nos pusimos a conversar. El chofer ni se inmutó, se limitó a cobrarle el pasaje, como a cualquier persona.

Hizo un alto, para ver qué efecto producía su relato en su amigo, que la miraba con una vaga sonrisa, pero expectante para saber cómo continuaba el sueño.

- En un momento pasamos por la casa de mis padres, y ambos nos bajamos. Resulta que en algún momento decidimos, el Papa y yo, ir a la playa. Yo le pedí que nos bajáramos en casa de mis padres - en el sueño parece que yo todavía vivía con ellos -, para ir a buscar mi traje de baño. ¿Habrase visto sueño más ridículo?

- Sin comentarios. ¿Y de qué conversaron?

- No me acuerdo mucho. Pero sí que le pregunté desde cuándo estaba en el país. Me respondió que había venido de vacaciones, y quería conocer un poco la ciudad. Parece que ahí fue que le propuse ir a la playa.

- ¿Y cómo estaba vestido el Papa?

- Estaba vestido de sotana blanca, parece que andaba trayendo su traje de baño. Bueno, nos bajamos del bus y fuimos a la casa de mis papás. Lo hice pasar al living y le pedí que me esperara unos minutos, mientras buscaba mi traje de baño. Subí al segundo piso y me encontré con alguien, que no sé si era mi mamá o mi papá.

- ¿Cómo no sabes si era tu mamá o tu papá? - interrumpió Cirilo.

- Es que en los sueños uno no ve todo, a veces hay una persona con la cual uno habla, pero no la está viendo. Muchas veces pasa, que uno está con alguien, pero no se sabe quién es.

- O a lo mejor si, pero al despertar se olvida.

- Puede ser.

- Pero sigue contando el sueño.

- Yo le dije a esa persona, "no vas a creer a quien tengo sentado abajo, en el living". Me sentía feliz y orgullosa, con esta naciente y accidental amistad con el Papa.

Estuvo pensando unos instantes, mirando hacia arriba, como buscando algo. Luego prosiguió:

- Son extraños los sueños, me pregunto de dónde saca el cerebro las cosas que pasan por él, mientras uno duerme.

- Pero sigue contando el sueño.

- Eso es todo. Ahí se acabó el sueño, o desperté, no sé. Que pena, porque me hubiera gustado saber cómo seguiría.

Ambos se rieron de buena gana.

- He soñado con lugares que nunca he conocido en la vida real - dijo Cirilo, después de un rato.

- Lo curioso es que esos lugares los he visto con lujo de detalles - continuó -, tanto que podría describirlos perfectamente. Sin embargo, nunca he estado allí.

- A mí también me ha pasado - agregó Veranda -, en sueños he estado en lugares perfectamente descritos, pero que no recuerdo haber visitado en la realidad.

- ¿Cómo puede el cerebro crear esos lugares, de dónde sale la información para imaginar ambientes con tanta perfección, sin que nunca se haya estado allí?

- Ahí está el asunto - interrumpió Veranda -, ¿hemos estado allí antes, o no?

- ¿Qué quieres decir? A mí me queda claro que no.

- No en esta vida, pero ¿acaso no es posible que hayamos tenido otra vida en que si los conocimos, y a lo mejor fueron lugares muy importantes en nuestra otra vida?

- ¿Quieres decir que crees en la reencarnación, Veranda?

- No he dicho eso, pero si nuestro cerebro puede describir con mucha claridad un lugar que nunca hemos conocido, ¿no es posible que sí hayamos estado allí, y el cerebro lo recuerde perfectamente, aunque no tengamos conciencia de ello?

- En una vida anterior, quieres decir.

- No necesariamente anterior. Puede que tengamos otra u otras vidas, en paralelo con esta. Piensa, Cirilo, que de acuerdo como vemos las cosas, estamos muertos la mayor parte del tiempo.

- ¿Cómo es eso?

- Desde que nacemos hasta la muerte es apenas un parpadeo. ¿Qué pasa con el resto del tiempo?

- No me puedo imaginar cómo se podría tener una vida en paralelo. ¿Qué pasaría si uno se encontrara con uno mismo, pero paralelo? - preguntó Cirilo.

- No es posible, pues esta vida paralela sería en un mundo paralelo, que no tiene contacto con este. A lo mejor en estos momentos estamos conversando en nuestras vidas paralelas, o a lo mejor ni nos conocemos. Puede que en esas vidas vivamos en épocas diferentes.

- En ese caso no me explico cómo podrían haber sido paralelas, si no coinciden en el tiempo.

- Ahí es donde estás mal - respondió Veranda -, pues las vidas serían paralelas, pero los tiempos en estos dos mundos no son paralelos. No hay una correspondencia entre los tiempos, diríamos que el tiempo es elástico.

- Entonces, ¿el cerebro es uno solo?

- No, el alma es una sola.

- Yo he tenido sueños en que me he visto en lugares desconocidos – dijo Cirilo, volviendo al tema de los sueños -, pero tengo otra interpretación. Lo curioso es que se ven estos lugares con todo lujo de detalles, como si hubieran sido familiares para uno.

- A ver, ¿cómo los interpretas tú? - inquirió Veranda.

- No estoy seguro. Te voy a contar un sueño que tuve. Poco después que murió mi papá tuve un sueño en el cual yo entraba a una pieza en el altillo de una casa en el campo. Era una pieza pequeña, alargada, el cielo tenía la forma de las dos aguas del techo. Al fondo había una ventana abierta. Desde allí se veían unas suaves lomas cubiertas de pasto verde y algunos animales que lo disfrutaban, era realmente un paraje idílico. El lugar era sumamente acogedor, aunque totalmente desconocido para mí.

- Había una cama - continuó Cirilo -, y mi papá se encontraba acostado, se veía perfectamente bien, y lo primero que me dijo fue que se iba a levantar. Este sueño fue después que había muerto. Yo estaba feliz de verlo así, mi única preocupación era cómo decirle que había guardado todas sus cosas en cajas de cartón. Cómo explicárselo, no podía decirle "como habías fallecido, empaqué tus cosas".

- ¿Qué te dice ese sueño? - Preguntó ella, con mucha curiosidad.

- Lo interpreto como que mi padre está bien, y que se encuentra en un lugar agradable. Quizá es un mensaje que él mismo me envió a través del sueño.

- Interesante, muy interesante - dijo Veranda, mientras meneaba la cabeza, pensativa. Tenía una rama en las manos, y con ella comenzó a dibujar unas rayas en la tierra, mientras la arrastraba de un lado para otro.

Antes que continuara hablando, él prosiguió:

- Después que murió mi mamá tuve otro sueño, que tiene algunas similitudes con el que te acabo de relatar.

- ¿A ver? - pregunta Veranda.

- Yo iba caminando con alguien, que no pude identificar, era ya de noche. Íbamos a la casa de mi mamá, y en el sueño sabía que se había mejorado de una enfermedad que la mantuvo postrada por cuatro largos años. Parecía increíble, pues nadie se recupera de esa enfermedad, pero era cierto, ella estaba bien.

- Llegamos a la casa, con mi misterioso acompañante -, continuó, después de una pausa. Veranda lo miraba fascinado. - era una casa con una entrada muy acogedora, de madera, a la derecha había una galería, con ventanales que cubrían todo un lado. Nos recibió mi mamá, sonriente, como si nunca hubiera estado enferma. En el hall de entrada había un mueble, con un espejo al centro, y perchas para colgar en los lados. Reconocí una boina de mi papá colgada en uno de ellas, lo que me hizo pensar que él estaba en la casa. El piso era de madera, y había alfombras que lo cubrían parcialmente, el ambiente era muy acogedor.

Veranda sonreía al escuchar el relato. Por una parte, lo encontraba interesante, le gustaba escuchar las cosas que se salían de lo cotidiano, y los sueños, no cabe duda, tienen esa característica. Además estaba entusiasmada con su nueva amistad con este joven serio y algo retraído, pero que se abría ante ella, revelándole asuntos íntimos, como sus sueños, que no haría con cualquiera. Cirilo continuó su relato:

- Mi mamá, ahora con una amplia sonrisa, radiante, nos hizo pasar a la galería.

En ese punto se quedó en silencio. Veranda, impaciente, preguntó qué ocurrió entonces.

- Eso es todo. Tu sabes que los sueños terminan bruscamente, y así ocurrió con el mío.

- ¡Qué pena! me hubiera gustado saber qué ocurrió después. Dijiste que este sueño lo tuviste después que murió tu mamá, después de estar postrada varios años.

- Así es, ya se había muerto, hacía poco. La casita era sumamente cálida, y mi mamá se veía alegre, y a gusto. Es como que me quisiera hacer saber que estaba bien, lo mismo que con mi papá, en el otro sueño.

- Estoy segura que es así. Si tu piensas que en ambos casos fueron mensajes de tus padres, tenlo por seguro que así fue.

Pensativos, sin decir palabra, se levantaron del asiento, como si se hubieron puesto de acuerdo, y comenzaron a alejarse lentamente del lugar.

- Yo te voy a contar otro sueño, que tuve el otro día - dijo Veranda, muy despacio, como para ella misma, mientras caminaban lentamente -, eso sí que este sueño no tiene el mensaje que tienen los tuyos.

- Resulta que me encontraba en un avión o en un bus, que estaba detenido, antes de iniciar un viaje.

- ¿Cómo? ¿Un avión o un bus? - interrumpió él.

- Es que no tengo claro qué era. Por momentos parecía un avión, y de ahí parecía un bus.

Cirilo sonrió.

- Estábamos en el lado izquierdo, hacia el centro. A la derecha, un poco más adelante, había un grupo de personas. Adelante estaba sentado el chofer, o piloto.

- ¿Estábamos? ¿Y quién era el otro?

- Tú.

El trató de contener la risa, sin éxito.

- Ríete, no más, pero en serio, soñé contigo.

- Tú estabas de pié en el pasillo, parece que sacándote la chaqueta, yo estaba en un asiento detrás de ti. En eso llega una azafata entregando bandejas con almuerzo. Yo no quise, pero recibí una para ti.

Se detuvo para verle la cara a él, que miraba con las cejas levantadas.

- Me incliné hacia adelante para dejar tu bandeja en la mesita delante del asiento.

- Ahora si que parece avión, con azafata y asientos con mesita - dijo él.

- Así es. Por eso que no me quedó claro si era bus o era avión. Lo que si es cierto, es que estaba detenido, en un lugar con hartos árboles. Es extraño que hayan estado sirviendo almuerzo. Resulta que al colocar la bandeja sobre la mesa, le di demasiado impulso, siguió de largo y se cayó al suelo. Quedó la grande. En el suelo quedaron papas, pedazos de carne, salsa, y lo que era más curioso, varios chorizos. Lo curioso es que era sólo una bandeja de almuerzo de avión, pero la cantidad de comida que quedó en el suelo era enorme, y esparcida por un espacio sumamente grande.

Cirilo se reía.

- ¿Y qué pasó entonces?

- Yo me paré y le expliqué al chofer lo que había pasado. Chofer o piloto, no sé. Pero me costó bastante, porque hablaba otro idioma. Parece que estábamos en el extranjero. El grupo de gente que estaba al lado derecho estaba pendiente de nosotros.

- Después llegó una señora con una escoba y se puso a limpiar todo el desparramo que había quedado en el piso. Entonces tu me dijiste que querías comer. Yo fui donde el chofer-piloto, y le pedí el almuerzo. Me dijo que no nos podían dar otra bandeja, parece que la barrera del idioma había desaparecido. Le expliqué que yo no había pedido mi almuerzo, pero ahora si lo quería.

- ¿Y te dieron otra bandeja?

- No sé, esa parte no apareció en el sueño. En un momento estábamos abajo del bus, y había una persona con nosotros, alguien que trabajaba en el lugar. Nos explicó que debido al problema causado por la comida desparramada por el suelo, había que cambiar de bus. Así que nos llevó a un lugar que estaba como a una cuadra, en la ladera de un cerro con árboles.

Cirilo parecía estar sumamente interesado en el relato, sobre todo porque él era uno de los protagonistas. Se dieron una vuelta y comenzaron a caminar en sentido contrario. Ella prosiguió contando el sueño:

- Ahí estaba el bus, entre los árboles. Era bien raro, no tenía ventanas, y estaba pintado de diversos colores, como manchado. Estaba moviéndose lentamente, cerro arriba. Mientras caminábamos, el empleado que caminaba junto a nosotros nos dijo que se le había dado información al presidente de la línea aérea, sobre el incidente de la bandeja con comida. Además, se le dijo que los pasajeros que habían botado la bandeja, o sea, nosotros, lo habían hecho armando un tremendo escándalo. Yo le expliqué que no era así, que todo había sido un accidente.

A esta altura, Cirilo y Veranda habían llegado de vuelta al lugar en que habían estado sentados. Ahí estaba la ramita con que Veranda había estado dibujando en el suelo.

- En la escena final del sueño, estábamos sentados en el interior de un avión, este si que definitivamente era avión. Era muy largo, y se movía lentamente, entre los árboles, como para dirigirse al lugar de despegue.

- ¿Y qué más? - preguntó Cirilo, con impaciencia.

- Eso es todo. ¡Fin del sueño! No trates de entender. El mundo de los sueños es fascinante, pero incomprensible.

- Bueno, vámonos.

4

La cena del banco

Un tiempo después hubo una comida de todos los miembros de la sucursal del banco. Cirilo, aunque no era muy sociable, nunca se perdía los eventos que organizaban en la oficina. Sentía que era su deber asistir, por lo que lo hacía, más por obligación que por gusto, pero terminaba pasándolo bastante bien. Veranda, la compañera con la que estaba iniciando una amistad, estaba sentada junto a él. Esa noche Cirilo estaba particularmente simpático, tuvo salidas ocurrentes con las que hizo reír a los que estaban cerca de él. En un momento de particular euforia, se paró, golpeó su copa con una cuchara y exclamó, con voz fuerte,

- Voy a contar un chiste.
- A ver, Cirilo va a contar un chiste- se oyó decir a alguien con voz chillona.
- Miren quien nos viene a contar chistes - dijo otro desde el fondo de la sala -, escuchen todos, ¡no se lo pierdan!
- Saben ustedes que el hombre siempre vive frustrado - comenzó Cirilo, tratando de sobrepasar la bulla del ambiente.

Después de unos instantes las conversaciones comenzaron a apagarse. Los presentes ya sentían curiosidad por escuchar a alguien que normalmente no trataba de atraer la atención de los demás.

- ¿Estás hablando por ti o por nosotros? - se escuchó decir a la misma voz chillona, ahora seguido de una risotada desagradable.

- Así es, nunca está satisfecho - siguió Cirilo -, cuando el hombre es joven, tiene tiempo, tiene pene, pero le falta dinero -. Siguieron varias risas aisladas.

- Cuando es adulto, tiene dinero, tiene pene, pero le falta tiempo.

Más risas, ahora la gente empezó a interesarse en lo que estaba contando y le prestaban más atención. Ya nadie hablaba, sino que lo miraban con interés, con sonrisas dibujadas en los labios.

- Por último -, continuó Cirilo - cuando es viejo, tiene tiempo, tiene dinero, pero le falta pene - y se sentó rápidamente, algo avergonzado, no por el chiste que contó, sino por haber sido el centro de la atención por unos instantes.

Todos se rieron mostrando su aprobación por la interrupción a que se había atrevido este personaje, usualmente retraído.

Algunos de los que estaban cerca alzaron sus copas como signo de aprobación. Lo mismo hizo él, mientras su compañera le ponía la mano encima de la suya, agitando la cabeza como queriendo reprocharlo.

Por un instante se miraron a los ojos. Había cierto grado de comunicación tácita entre ellos, parecía como que se estaba gestando una relación con ella, más allá de una simple amistad entre compañeros de trabajo.

El plato de fondo era carne con acompañamientos. Uno de los asistentes, un hombre un tanto vulgar, de nombre Alberto, dijo muy serio:

- Yo soy vegetariano.

Se sintió una carcajada, mientras otros que estaban a su derredor lo miraban con cara de incrédulo.

- Pero si ya tienes la guata con forma de parrilla. Como vienes con que eres vegetariano.

- Pero sólo como carne de vacuno. Nunca otro tipo de carne.

Se oyeron algunas risotadas.

- ¡Eso no es ser vegetariano!
- ¿Y qué come el vacuno? - preguntó Alberto.
Se respondió él mismo:
- Puro pastito. Entonces, ¿qué soy?
- ¡Vegetariano! respondieron varias voces, a coro.

Sirvieron los postres. Veranda se acercó a Cirilo y le dijo al oído que le gustaría bailar. Esto lo pilló algo desprevenido, pues, por una parte, no era muy buen bailarín, y por otra, no se le ocurría dónde poder llevarla a bailar. No era su fuerte la improvisación.

Se la sacó diciéndole que la invitaba a bailar el próximo sábado. Eso le daría tiempo para planificar la salida, y averiguar dónde sería apropiado llevarla. Lo que es esa noche, permanecerían allí.

Más adelante, a la hora de los bajativos, tomó la palabra el Subgerente de la sucursal. Comenzó a hablar del banco, de sus proyectos, del plan de desarrollo. De fondo se escuchaba un murmullo de desaprobación. Algunos de los asistentes, envalentonados por el alcohol que habían ingerido, se atrevieron a expresar, de manera solapada, su disgusto por el hecho de estar escuchando temas del banco.

El Subgerente, que era un hombre muy perceptivo, se dio cuenta rápidamente de lo inoportuno del tema que estaba planteando, y decidió cerrar la boca.

Luego vinieron varios brindis, uno en honor de una compañera, que recién se había incorporado al banco.

Cirilo dijo, en voz alta:
- ¡Salud por la debutante!

Otro, el vegetariano Alberto, haciendo un gesto de sorpresa, dijo:
- Por favor, Cirilo, eso si que es una ofensa hacia la compañera.
- Lo que pasa es que había una película que se llamaba "La debutante" - le dijo una de las mujeres -, y la protagonista, la "debutante", era medio putinga.
- Pero no me refiero a eso - se disculpó Cirilo -, sino al hecho que está debutando en el banco.
- No la trates de arreglar Cirilo - dijo Alberto, mientras todos se reían.

5

El espacio y el tiempo

Los días de trabajo Cirilo almorzaba junto a un grupo de sus compañeros, a unas pocas cuadras del banco, en un lugar donde se podía comer bastante bien, a precios prudentes.

Días después de la comida de camaradería, a la hora de almuerzo se instaló un tema de conversación entre los que estaban presentes, acerca del espacio y el tiempo.

- Me resulta muy difícil, más bien imposible, explicarme lo del espacio - dijo uno de ellos, Ricardo.

Ricardo era un hombre que ya había pasado los cuarenta años. Tenía el aspecto de ser, o haber sido, deportista. Se veía como un hombre bonachón, con una eterna, pero fea, sonrisa. Cuando reía, mostraba unos seis dientes superiores que sobresalían del resto, y daba la impresión que no tenía más que esos seis. Era un hombre alegre, siempre dispuesto a celebrar una buena broma o situación divertida. Era muy apegado a su familia, frecuentemente estaba hablando de su mujer o de sus hijos. De todos los compañeros de Cirilo, Ricardo era el más cercano.

- Si uno pudiera viajar a través del universo, sin ninguna limitación - continuó diciendo Ricardo -, ¿hasta dónde llegaría?

- Tiene que haber un límite, un lugar donde termina - agregó otro, de nombre Ismael.

Ismael era un hombre bajo, pero grueso, cabezón, de pelo corto, barba y bigotes. Era un poco ingenuo. Todo lo que se le decía, él lo creía. Eso lo convertía en blanco frecuente de bromas. Además, se reía con mucha facilidad de cualquier mal chiste. Su risa empezaba como alguien que estaba atorado, con unos sonidos sordos y entrecortados, a un ritmo lento, que luego se iba acelerando, hasta convertirse en una risa de verdad.

- ¿Qué hay después? Suponte que al final hay una barrera, en que no se puede seguir avanzando - continuó Ricardo -, ¿qué hay al otro lado? No me digan que hay vacío, porque uno podría seguir a través de ese vacío, y tendría que terminar. ¿Y después qué?

- Y cuando termina el vacío - agregó Ismael -, ¿qué es lo que sigue más allá?

- Es muy simple -. dijo Cirilo con aire doctoral. Le gustaban estos temas serios, que rara vez se tocaban. Se sentía totalmente a gusto las pocas veces que se abordaban, y como era aficionado a leer, siempre tenía algo que decir. Siguió:

- El universo es curvo, como la superficie de una pelota, pero en tres dimensiones. Si uno continuara avanzando sin límite, lo que sería imposible, porque es muy grande, tarde o temprano volvería a pasar por el mismo lugar de donde partió.

Le gustaba que lo escucharan, tenía un nivel cultural superior al de sus compañeros, y estas discusiones le daban la sensación de que estaba en una posición por encima de los demás.

- Y por más que uno siguiera en línea recta - continuó diciendo -, pasaría una y otra vez por las mismas partes. No se daría cuenta cómo el mismo espacio lo estaría forzando a describir una trayectoria curva.

- De todas maneras no comprendo cómo puede estar este universo curvo sin nada alrededor - terció Veranda -, tiene que estar dentro de algo.

- Pues no está dentro de nada, ya que no tiene bordes - dijo Cirilo -, por más que uno viaje, nunca va a llegar a un borde. Imagínate una hormiga andando por la pelota. Por más que camine, nunca se le va a terminar.

- Pero la pelota está en algo, en una mesa, en la mano de alguien, o colgando de un hilo desde el techo de una pieza - argumentó el vegetariano Alberto, otro de los presentes.

Alberto no tenía un aspecto muy simpático. Era gordo, con un vientre caído, unos pechos que pedían a gritos un sostén. Eran pechos de un hombre que consume cerveza en exceso. Era bastante cascarrabias. Miraba siempre con la cabeza inclinada hacia la derecha. Dueño de un modo burlón, le gustaba reírse de los demás y hacerles bromas de dudoso gusto. Solía tener mal aliento, tanto que una vez le preguntaron si acostumbraba almorzar en la morgue.

- Es difícil de imaginarse, pero el universo no está ni encima de una mesa, ni en la mano de alguien, ni colgando de un hilo, ni dando bote - respondió Cirilo

- O sea, fuera de él simplemente no hay nada - dijo Ricardo

- Es que no es así - le contradijo Cirilo -, simplemente no existe un "fuera del universo"-, recalcando la última expresión.

- No te puedo entender - dijo Ricardo.

- Ni trates de entender, porque con nuestra limitada mente no nos es posible imaginarlo.

Ya habían terminado de almorzar. Las bandejas con los platos sucios estaban sobre la mesa, la dueña del local, que también ejercía de cajera, le había echado varias miradas al grupo, como preguntándose cuando se irían, pues hacía rato que habían terminado, y ya quería ver la mesa ordenada y los platos lavados. Llamó a la joven que hacía el aseo y le dijo que retirara las bandejas, aún cuando la costumbre era que cada cliente dejara su bandeja en el sitio correspondiente antes de retirarse.

Cirilo estaba bastante excitado con la discusión, lo que no era frecuente en él. La mayor parte de las veces los temas de conversación eran bastante frívolos y entonces él de ninguna manera enganchaba bien con los demás. No tenía mucha facilidad para decir una broma o inventar una frase ingeniosa y decirla en el momento oportuno.

- Les voy a poner otra pregunta para que piensen - continuó Cirilo -, ustedes saben que hay una teoría del Big

Bang, que dice que hubo una gran explosión en el momento de crearse el universo, y en ese momento toda la materia salió desde un punto en todas direcciones, con lo que se formaron las estrellas, las galaxias, los planetas, y todo lo que hay.

- Debe haber sido una tremenda explosión - dijo Ricardo, estirando la palabra "tremenda".

- La pregunta es - continuó Cirilo -, ¿qué había antes de la explosión?

- Buena pregunta.

- Ahora si que estás complicando las cosas - dijo Alberto mientras movía la cabeza hacia adelante y hacia atrás -, eso mismo pregunto yo, ¿qué había antes?

- ¡No había un antes! - exclamó Cirilo, en tono fuerte, que hizo que varios de los demás clientes miraran hacia la mesa de ellos.

La dueña y cajera se acercó, y muy despacio les dijo - jóvenes, ustedes ya terminaron, ¿me dejarían la mesa, para que puedan ocuparla otros clientes?

En realidad habían mesas vacías, pero prefería que se viera que había bastante lugar, así era más atractivo para los potenciales comensales que pasaran por la calle. Por eso le gustaba que los clientes se levantaran con prontitud después de terminados de almorzar. Estas conversaciones de sobremesa la alteraban un poco.

- No se preocupe, señora María, ya nos vamos - dijo Veranda, y acto seguido se levantó y avanzó la silla vacía hacia la mesa. Los demás la miraron, sin ganas de abandonar el lugar, pues estaban cómodos y la conversación los había interesado.

Mientras abandonaban el lugar, Cirilo siguió hablando para completar la idea que estaba expresando:

- No hay un antes, pues el tiempo también es curvo. Tarde o temprano a medida que el tiempo continúa avanzando, se va a llegar al pasado, otra vez se va a producir el Big Bang, y después otra, y así.

- Tiene sentido, el tiempo es una dimensión más, igual que las otras tres del espacio - intervino Ismael.

- Pero hay una diferencia - replicó Ricardo -, en las otras tres dimensiones uno es libre de desplazarse en la dirección que quiera, volver, o quedarse en un punto. En la dimensión tiempo, uno está obligado a avanzar, a la misma velocidad. No se puede detener, no puede volver atrás, ni puede ir más rápido.

- Parece que es así, siempre avanza, pero no estoy tan seguro - continuó Cirilo -. Lo que es cierto es que va volver a formarse la tierra, van a aparecer los dinosaurios, se van a extinguir, va a llegar el hombre, de nuevo, seguramente va a aparecer Julio César, se van a vivir las cruzadas, Van Gogh va a volver a pintar sus cuadros, la Reina Victoria va a reinar de nuevo.

- Yo creo que no - dijo Ricardo -. Creo que las condiciones van a ser similares, pero los hechos no tienen por qué ser iguales.

- Tienes razón - replicó Cirilo -, las condiciones serán las mismas, pero los hechos seguramente diferirán. Resultados diferentes bajo los mismos parámetros.

- Ya se rayaron - exclamó Alberto mientras cruzaba la puerta, luego se dio vuelta hacia Ismael y se puso a hablarle de un tema que no tenía nada que ver con lo anterior.

El tema del universo y el tiempo, y la redondez de ambos, que tanto había animado a Cirilo, ya había terminado. La conversación tomó un cauce frívolo, más acorde con los gustos de la mayoría, hasta que llegaron a su lugar de trabajo, en el banco.

Allí se sumergieron en la rutina de siempre.

6

Una noche en la disco

El sábado siguiente fueron ambos, Cirilo y Veranda, a bailar, según lo programado. Era una discoteque llamada Gipsy, que tenía un ambiente íntimo, la música no era exageradamente fuerte, por lo que era posible conversar, y tenía unos rincones donde había suficiente privacidad.

Se sentaron alrededor de una mesita redonda en un lugar donde quedaban ocultos de las miradas de los demás, detrás de una escala que llevaba al segundo piso de la discoteque. Ella pidió un tom collins y él un gin tonic. Cerca de ellos había otra pareja, a él lo trataban de Dudi, y a ella de Babi, sobrenombres que Cirilo, que estaba más cerca, alcanzó a escuchar, en un momento de silencio. Dudi y Babi no paraban de conversar y acariciarse, lo que atrajo las miradas de nuestros personajes.

Dudi era un tipo que se encontraba al final de los cuarenta, estaba dando sus últimos estertores en el campo de la conquista amorosa. Era un sujeto con poca educación, pero que con su esfuerzo personal había alcanzado una posición económica respetable. En cualquier ambiente se sentía dueño de la situación. De trato prepotente y despectivo, la mujer que tenía al lado era para él una conquista fácil.

Babi, la ocasional pareja de Dudi, se veía como una mujer alegre, con muy buen cuerpo. Buena para reírse, parecía que al hacerlo estaba representando un papel. Remilgona, refregaba incesantemente su contorneado cuerpo contra su pareja cuando le hablaba. Se había arrimado a Dudi, no por ser un hombre muy bien parecido, sino seguramente porque lo veía como un ser exitoso. Se veía que estaba aprovechando al máximo la oportunidad, mientras duraba.

Veranda trató de apartar la atención de su compañero hacia la otra pareja, iniciando un diálogo.

- ¿Cuánto crees que dura el amor de una pareja?
- No se, a veces puede durar poco, otras veces para toda la vida.
- Me refiero al amor apasionado, desesperado, como el de la pareja que está al lado.
- Puede que para siempre, pero más me parece que están quemando todos los cartuchos de un viaje, así que es más probable que dure poco.
- Algunos piensan que dura el tiempo que tardan las células del cuerpo en renovarse totalmente - dijo ella con aire misterioso -. Luego se extingue y desaparece totalmente o es reemplazado por un cariño más racional pero ya no con la pasión de los primeros años.
- ¿Y cuánto tiempo es eso?
- También dicen, pero puede ser pura invención, que es alrededor de diez años.
- ¿O sea que en diez años Dudi y Babi se van a aburrir? Yo creo que mucho antes. Apostaría que de aquí a un año no se van a acordar ni cómo se llamaban.
- ¿Quienes son Dudi y Baby?
- Los del lado.
- No seas así, mala onda, pájaro de mal agüero - le increpó ella, dándole un codazo en el brazo -, además de intruso. Y dicen que las mujeres son copuchentas.
- Pidámosle el teléfono a Dudi - dijo él, riéndose -, en un año más lo llamamos y le preguntamos "¿te acuerdas de Babi?"
- No seas tonto. Fíjate en los matrimonios que se separan. Junta los años que anduvieron juntos más los años de matrimonio, antes de separarse, y apuesto que son diez años, más o menos.

- No llevo la cuenta de eso - respondió él, en un tono de racionalidad. Además, no conozco tantas parejas que se han separado.

Ella le dio otro codazo.

- Tan cuadrado, él. No necesitas llevar la cuenta, basta observar a tu alrededor -. En ese momento apareció el garzón con los tragos. Los puso sobre la mesita, agregando un pocillo con maní y otro con aceitunas.

- ¿Se les ofrece alguna otra cosa? - dijo, en tono jovial.

- No gracias - le respondió Cirilo. Y dirigiéndose a Veranda le dijo - ¿Qué te parece si bailamos?

A Veranda le pareció que con esta invitación a bailar, él quería dar por terminado el tema de la duración del amor apasionado, sobre todo considerando que ella sabía que no era un gran bailarín.

Ambos se levantaron y él la tomo, en forma algo aparatosa, para iniciar el baile. Afortunadamente estaba bien oscuro, así que estaba tranquilo que su mal baile pasaría inadvertido.

Para cubrirse las espaldas de una posible crítica a su baile, se apresuró a decir:

- Yo para bailar soy de madera.

- No te preocupes, yo te guío - respondió ella, riéndose.

Después del baile se dirigieron a sus asientos. Para entonces Dudi ya estaba casi encima de Babi.

Después de transcurrida una media hora, a Veranda se le ocurrió levantarse para ir al baño, con tan mala suerte que botó su vaso al suelo, aún casi lleno. Como estaba alfombrado, no se quebró, pero la alfombra en torno a ellos quedó toda mojada. Esto les provocó risas, y miraron a sus vecinos Dudi y Babi, para ver si se habían dado cuenta del incidente, lo que no ocurrió, pues se estaban devorando mutuamente en un beso desesperado.

Cirilo ya casi había acabado el suyo, así que pidió otra ronda de lo mismo.

- Oye, ¿cómo nos vamos a ir? - protestó ella - acuérdate que me tienes que ir a dejar.

- No te preocupes, estás en las mejores manos.

El ya estaba bastante animado, la invitó a bailar varias veces, se había puesto chacotero y había tenido unas salidas ingeniosas que habían hecho reír a Veranda de buena gana.

Después que les trajeron los tragos, y una vez que él había dado cuenta de la tercera parte del suyo, se quedó mirando a la pareja del lado, que no paraba de besarse.

- ¿Qué miras tanto, copuchento? No seas indiscreto.
- Es que se me abrió el apetito - dijo él, con la torpeza de un búfalo.
- ¿Qué quieres decir con eso? - preguntó ella, con cara romántica.
- Me gustaría estar haciendo lo mismo.
- ¿Con ella?
- No, contigo - se atrevió a decir él, en un arrebato de atolondramiento.

Pasó un momento, en que se quedaron serios mirándose a los ojos. Poco a poco él la atrajo hacia si. Al principio ella opuso una débil resistencia, que fue desapareciendo, hasta que se encontraron enfrascados en un beso largo y sensual.

El resto de la velada transcurrió con escaso intercambio de palabras, pero si de abundantes besos y caricias. Decidieron irse, y sin mucho trámite, Veranda se fue con él a su departamento. Fue la primera noche que pasaban juntos, su primer contacto carnal.

Todo resultó bastante exitoso para Cirilo. Era malo para bailar, pero su poca habilidad como bailarín fue ampliamente superada por sus dotes de amante.

7

Inicio de un romance

Al otro día algunos pensamientos furtivos ensombrecían su mente.

Ahora tendría que afrontar la incómoda situación de tener una amante y compañera de trabajo a la vez. No esperaba que lo que comenzó como una casual ida a una discoteque a bailar terminara así, pero ya era tarde para arrepentirse.

La mujer era de su gusto, no era una belleza, pero tampoco mal parecida. Era entretenido estar con ella, su conversación interesante. Además, la noche de amor que habían pasado fue a su entera satisfacción.

Pero ahora había asumido un compromiso, para el que no estaba seguro de estar preparado. La vería todos los días, en el trabajo, y además los fines de semana. Parecía que la relación iba a ser un poco agobiante para él, que siendo un personaje algo solitario, apreciaba su libertad. Pero bien, tendría que asumir las consecuencias de su actuar apresurado y ver en qué desembocarían las cosas.

Sin embargo, decidieron vivir cada uno por su cuenta. Hubo un acuerdo tácito en el sentido de dejarse una cuota de espacio para cada uno. Eso ya era bastante bueno, especialmente para Cirilo, que siempre amaba sus momentos de retiro. Esos momentos en que podía leer o soñar, o simplemente estar distante de todo. En una de estas veladas buscó entre sus libros algo para leer.

Los libros que tenía, muchos de ellos heredados de su padre, eran de diversos temas, la mayoría con contenidos históricos, pero no todos. Había libros como biografías de personajes, libros de historia, libros de ficción, pero la mayoría eran novelas históricas, cuyas tramas transcurrían en otras épocas pasadas. Su gusto cubría un amplio espectro de tiempo, como la Edad Media, el Renacimiento, la Roma antigua, la época de la Independencia de los países latinoamericanos, y la segunda mitad del siglo XIX. De la Edad Media le fascinaba lo relacionado con las Cruzadas, le apasionaba todo lo que tenía que ver con los monjes Templarios, tal vez por el final trágico que tuvieron, y su misteriosa desaparición.

También tenía libros de historia del arte, libros de divulgación científica, libros de lugares del mundo, con profusión de fotografías. La lectura de éstos lo transportaba a lugares distantes, mientras que la lectura de lo histórico lo transportaba en el tiempo.

Un libro de los que más disfrutó leyendo es una serie de libros de un prolífico escritor ruso, Henry Troyat. Es una trilogía, "Mientras la tierra exista", "La noche sigue al día", "Extranjeros sobre la tierra", que narra la historia de una familia rusa antes, durante y después de la revolución soviética.

Pero también había otro tipo de literatura, que también disfrutaba, y lo constituían las novelas detectivescas, en particular de Edgar Allan Poe y de Arthur Conan Doyle con su personaje Sherlock Holmes. Las novelas del inspector Maigret, de Georges Simenon, como también de Poirot, el detective de Agatha Christie. La novela policial ofrece un ambiente de misterio que le atraía, se entusiasmaba tratando de descubrir al enigma antes que el autor lo debelara. Su mayor frustración era no poder hacerlo. Le molestaba que el autor ocultara hechos o no aportara la suficiente información, de modo que al lector se le hiciera imposible descubrir la verdad. Había leído algunas obras policiales de autores que ocultaban hechos sin los cuales no se podía saber el desenlace de la trama, y se los presentaban al lector en las últimas páginas, como salidos de la nada. Consideraba que era una falta de lealtad del autor hacia sus lectores.

Encontró algo que le interesó. Era un librito sobre la "pequeña edad de hielo" que azotó al planeta, entre los siglos XII y XIX. Se metió en la lectura con avidez. Dos días después lo había terminado de leer.

De la lectura de esa obra descubrió que durante la Edad Media hubo varios siglos de un clima más bien cálido, se llegó incluso a producir vino en Inglaterra, y se colonizó Islandia, desde donde partían los colonos a la pesca del bacalao, tan abundante en esos años y tan importante en la dieta de los europeos de esa época. También la tierra producía alimento con generosidad. Pero a partir del 1300 todo cambió: vino un período de cinco siglos de frío extremo que envolvió a Europa, los hielos polares descendieron, el bacalao escaseó, Islandia se despobló, la agricultura no dio sus alimentos; feroces hambrunas castigaron a los europeos más pobres, que eran las grandes mayorías. Estas hambrunas fueron causa de migraciones de europeos a las Américas. El peor período de esta pequeña edad del hielo fue en el siglo XVIII, para finalmente retirarse a partir de mediados del siglo XIX. Todos estos temas le fascinaban a Cirilo.

8

Un viaje al campo

Pero tanta lectura lo alejó de Veranda. Ella se lo hizo notar cuando, tomados de la mano, salieron juntos del trabajo, por primera vez en varios días.

- Te encuentro como alejado. ¿Qué te pasa, Cirilo?
- Nada, es que no habíamos tenido la oportunidad de vernos, pero eso es todo.
- Tengo la sensación que me has estado rehuyendo.
- No te he estado rehuyendo. Pero es que he estado con mucho trabajo, llego cansado a la casa, me pongo a leer un rato, y luego me quedo dormido.
- Pero aquí en el trabajo a veces ni me diriges la palabra.
- Es que, hay que disimular, tratar de guardar las apariencias. No tenemos…
- Perdóname, Cirilo, pero en el banco todo el mundo ya sabe que somos pareja - interrumpió ella -. ¿O acaso te avergüenzas de nuestra relación?
- De ninguna manera, lo que pasa es que hay que ser discreto, frente a los compañeros de trabajo.
- No veo por qué - replicó ella, con un tono que dejaba en evidencia que estaba molesta.

A medida que fluía la conversación, iba pasando de ser un diálogo a una discusión desatada. Era la primera vez que discutían. Se notaba que ella tenía guardado un malestar desde hacía varios días, y ahora había hallado la oportunidad para descargarlo sobre su pareja, y hacerle ver con toda claridad que se encontraba disgustada.

Ella no advertía que el origen de su molestia estaba en la personalidad de él, independiente, amante de la soledad, celoso de su privacidad, guardián de sus espacios privados.

Sin embargo, después de esta discusión todo el desencuentro quedó olvidado, y su relación volvió a lo que podríamos decir normal.

El sábado después del incidente, decidieron ir a un lugar en el campo, que les gustaba a ambos. Incluso pasarían la noche en un hotelito de pueblo que había en el lugar, llamado Taberna del Zorro. Salieron en la mañana, no muy temprano, subieron sus dos maletines con ropa, unos comestibles para hacer una especie de colación a mitad de camino. Pasaron a llenar el estanque del auto de Cirilo, y salieron de la ciudad con rumbo a su destino.

A Cirilo le gustaba mucho el campo, disfrutaba de estar alejado del trajín de la ciudad, el ruido, las multitudes y la agitación permanente. Era la mejor época del año, el inicio de la primavera, cuando la naturaleza entinta los cerros de verde y hace florecer las plantas. Era, además, un día hermosamente soleado, no hacía ni calor ni frío, aunque a lo lejos, en la dirección hacia la que se dirigían, había algunas nubes, pero que no parecían demasiado amenazantes. Todo hacía pensar que éste sería un fin de semana ideal.

Al mediodía decidieron detenerse en un lugar en que el camino remontaba una loma, y había una hermosa vista hacia el valle que recién habían cruzado. Veranda le pasó uno de los sándwiches que traían, el otro se lo dejó para ella. Durante el viaje habían estado algo silenciosos, sólo unas frases sueltas para comentar algún evento del camino.

Veranda rompió el silencio, mientras Cirilo masticaba:

- Una amiga de mi mamá tiene una hija que estudia en la universidad.

- ¿Qué estudia?

- No importa qué estudia, no viene al caso. Lo que te quiero contar es que quedó embarazada.

- ¿Mientras estudiaba?

- No mientras estudiaba, mientras fornicaba - respondió ella recalcando las sílabas -, pero eso no es lo peor.
- ¿Qué más? - preguntó él en tono distraído, mientras tragaba.
- El tipo que la embarazó tiene a otra niña embarazada. ¿Es que te das cuenta, tiene a dos mujeres embarazadas a la vez?
- Parece surtidor. ¿Pero durmieron juntos los tres?
- Desde luego que no, fue en momentos distintos, pero las dos niñas están embarazadas del mismo tipo. A una la embarazó antes y a la otra poco después.
- Deberían ir juntas al mismo médico, así les sale más barato el parto.
- No tiene nada de divertido el asuntito. Te cuento que la amiga de mi mamá, que es la mamá de una de las embarazadas, está desesperada. No sabe qué hacer.
- Yo conozco otro caso - dijo Cirilo -. El de un joven, también estudiante, que dejó embarazada a una niña, su polola.
- ¿Me hablas en serio o me estás tomando el pelo?
- Es verdad. Pero lo trágico es que no se atrevía a decírselo a sus padres.
- Eso es cierto, a veces no se atreven a contarlo.
- Pero había una razón para no atreverse a decirles. Resulta que también su hermana había caído embarazada, les había contado a los padres y lo habían tomado muy mal. Entonces él no se atrevía a darles otro golpe.
- O sea que el hijo y la hija iban a ser padres, ambos solteros desde luego - agregó ella -. Me da risa porque dices que "había caído embarazada", como que fuera una epidemia de gripe.
- ¡Pero es que es como una epidemia!
En eso una nube cubrió el sol por unos momentos. Cirilo dio término a su vaso de bebida y dijo:
- Es hora que nos vayamos.
- Siempre apuras. Disfrutemos el paisaje - protestó ella -. Y bueno, este par de hermanos, ¿Ambos fornicaron en el mismo picnic?

- No. Ella ya estaba embarazada cuando le ocurrió al hermano. Por eso sus papás ya estaban enterados de lo de ella, pero nada de contentos. Y después sale él con el pastel.
- Y al final, ¿le dijo a sus papás?
- No sé, pero me imagino que en algún momento si.
- Y tú, ¿qué tienes que ver con ellos?
- Nada, ni los conozco. Me contaron el caso.
- A lo mejor es mentira.
- A lo mejor - respondió él, con una sonrisa, mientras sacaba el auto del lugar donde se habían detenido y reanudaban el viaje.

A poco andar se cruzó con tres álamos a la derecha del camino, tres álamos iguales, perfectamente alineados. A esa altura ya se había nublado bastante, y el cielo se veía cada vez más oscuro. Más adelante había una casa con una enorme tinaja que adornaba su entrada; un poco más allá vieron una larga pirca de piedras.

En un momento, después de pasar junto a una casa pintada de azul, se encontró con una bifurcación del camino. Al lado de la bifurcación había un terreno con árboles pequeños, cubiertos de polvo. Había dos caballos con sus monturas, mirando pacientemente el suelo. Un letrero decía "Arriendo de caballos". Como tenía la idea que el lugar hacia el que iban estaba hacia la derecha, sin pensarlo optó por esa alternativa.

Después de un rato se encontró con que transitaban por un camino secundario, de tierra. Les llamó la atención que en esos lugares no se veía a nadie. Había un silencio total, lo único que se escuchaba era el ronroneo del motor.

Estaba cada vez más oscuro. Aparte de lo nublado que estaba, se había cubierto de niebla. Eran las tres de la tarde y parecía que fueran las ocho de la noche.

- ¿Estás segura que estamos bien?- preguntó Cirilo. Y continuó - Yo nunca había estado aquí, pero me parece tan distinto a lo que vimos en las fotos.
- Es que aún no hemos llegado - contestó Veranda -, Cuando lleguemos vas a ver que es como tal como pensábamos que era, un lugar muy hermoso.

Pasaron por una planicie cubierta de pasto, con uno que otro árbol solitario. A lo lejos, a los costados, se divisaban unos cerros de mediana altura.

El decidió detenerse para consultar un mapa. Se bajó del auto para sacar el mapa que tenía en su maletín, que se encontraba en la maleta del auto. Al dirigirse a la parte posterior del auto, vio hacia lo lejos, a unos doscientos metros del camino, un montículo, que parecía ser de piedras. Le pareció ver que desde la parte superior del montículo emanaba una débil luminosidad. Pero el entorno estaba más oscuro que el resto del paisaje.

Abrió la maleta y sacó el mapa. Mientras lo hacía dio otra miraba hacia el montículo. Seguía viendo la luminosidad, aunque parecía menos intensa.

Abrió el mapa e hizo esfuerzos por ubicar el lugar donde estaban. Lo curioso es que no señalaba ningún camino que pudiera ser aquel por el que estaban transitando. Se dirigió hacia la ventanilla del auto y le mostró el mapa a Veranda.

- ¿Crees que es por aquí que estamos? - le preguntó, señalando un lugar aproximado en el mapa en que podían estar.

- ¿Y dónde está este camino? - preguntó ella.

- Eso es lo raro, no figura por ninguna parte - respondió, pensativo.

Mientras ella hacía un esfuerzo por deducir si ese era el lugar en que estaban, él volvió a echar una mirada al montículo, que aún resplandecía, débilmente.

- Mira hacia allá, ves eso - dijo -, ¿te parece algo extraño?

Ella miró un rato, y luego le dijo que parecía un montón de piedras.

- Pero ¿no hay nada que te llame la atención?
- No.
- Parece que sale luz de la parte de arriba.
- No veo ninguna luz - replicó ella, en tono impaciente -. Pero ¿por qué no nos vamos, de una vez? Lo único que hay es este camino, así que hay que seguirlo.
- Si, cierro la maleta y nos vamos.

Antes de subir al auto volvió a mirar hacia donde estaba el montículo, pero estaba todo tan oscuro, que no se veía nada. Tampoco la luz que había llamado su atención.

Arrancó el auto y se alejaron. Se comenzó a aclarar, y después de un rato, las nubes comenzaron a disiparse.

Antes de una hora había vuelto a salir el sol. Ya se veía gente en el camino, y los alrededores empezaron a parecerse a los lugares que habían visto en las fotos.

Finalmente llegaron al lugar donde se alojarían. Eran las seis de la tarde.

Después que se hubieron instalado, bajaron a comer. Había anunciado un plato que no conocían: liebre al oporto.

- ¿Qué tal si pedimos eso?

Al día siguiente, domingo, se dedicaron a recorrer distintos poblados que había en el entorno. Almorzaron en un lugar donde anunciaban empanadas. Hasta que finalmente llegó el momento de emprender el regreso.

No volvieron a pasar por el lugar solitario donde se habían detenido el día anterior.

Pensaron que tal vez, sin darse cuenta, habían tomado un camino distinto. En todo caso el viaje de vuelta les pareció mucho más corto. A Cirilo le llamó la atención que, por más que buscó el camino que habían tomado de ida, nunca lo encontró.

9

La reunión de trabajo

Unos días después, Cirilo y el Subgerente de la sucursal fueron enviados a la capital, que se encontraba a unas dos horas de donde desempeñaba sus actividades, a una reunión con el Gerente de Créditos, el Subgerente de Estudios y el Subgerente de Sucursales.

Al llegar el bus en que viajaban, en lugar de tomar un taxi hasta las oficinas centrales del banco, que quedaban a doce cuadras de distancia, el Subgerente quiso que caminaran. Era bastante mayor que él, pero muy ágil, y lo llevó al trote casi todo el recorrido.

La reunión se llevó a cabo en la oficina del Gerente de Créditos, con asistencia de los nombrados, más dos funcionarios que se agregaron. Era una reunión de trabajo, que duraría todo el día, con almuerzo incluido.

- Los he citado a esta reunión para discutir un aspecto del plan de desarrollo estratégico que se ha planteado el banco -, habló el Gerente de Créditos, don Amílcar, ese era su nombre -, que viene inspirada por las grandes políticas de desarrollo de la oficina central en Londres, y que nos atañe directamente.

Don Amílcar era un hombre macizo. Ojos azules, de una mirada vivaz. Las mejillas eran rozadas y brillantes, y se sacudían cuando hablaba. En la boca tenía esbozada permanentemente una leve sonrisa, como de alguien satisfecho, o bien, de alguien que estaba acostumbrado a mandar y ser obedecido.

- Nuestro desafío - continuó don Amílcar -, es implementar medidas que trasladen esos planes a acciones concretas, que se traduzcan en resultados cuantificables.

Después de un par de horas de reunión, que se estaba haciendo sumamente aburrida para Cirilo, los asistentes ya comenzaban a sentir apetito. El Gerente, que era el que más hablaba, decía:

- El banco está desarrollando una nueva estrategia para la colocación de créditos.

Luego hizo una pausa y miró a cada uno de los asistentes a los ojos.

- Pues como ustedes ya saben, el aumento en los montos colocados es prioridad número uno del banco, según su plan de desarrollo - continuó, recalcando la palabra "uno", mientras levantaba el dedo índice y se lo mostraba a cada uno de los asistentes, por turno. Continuó:

- Es absolutamente necesario que todos nosotros estemos totalmente comprometidos con este objetivo estratégico.

Como percibió que no todos estaban perfectamente sintonizados, volvió sobre lo mismo:

- Repito, es absolutamente necesario que todos, y digo todos, estén comprometidos en cuerpo y alma.

Cirilo, que estaba un poco distraído, salió inmediatamente con el siguiente comentario, que hizo a media voz:

- Igual que la gallina en el jamón con huevo.
- ¿Cómo? - al oír la voz de don Amílcar, Cirilo se dio cuenta de lo inconveniente que había sido su comentario. Pero no le quedó más vuelta que seguir adelante:
- La gallina está comprometida con el jamón con huevo. Mientras que el chancho está involucrado.
- ¿Y qué tiene que ver con lo que estoy diciendo yo?
- Disculpe.

Sin disimular su cara de desagrado, el Gerente siguió hablando. Los demás tuvieron que reprimir la risa que les causó la espontánea salida, que rompió un poco la monotonía de la reunión.

En ese momento a Cirilo le llamó la atención un bultito oscuro que había, pegado a la suela de su zapato izquierdo, y que se asomaba hacia el lado. "¡Chutas! Durante la caminata pisé una mierda de perro", pensó, mientras hacía un rápido movimiento con sus pies, para tratar de ocultar el que estaba en falta. ¡Y lo peor es que la oficina del gerente estaba alfombrada! "Me pregunto si se habrán dado cuenta. ¿Habrán sentido el olor?"

Si alguien se hubiera fijado en la cara de Cirilo, hubiera notado que estaba colorado. El pié izquierdo lo tenía doblado en una incómoda posición, tratando de ocultarlo, y sin moverlo, para que no despidiera olor.

Por fin anunciaron que estaba servido el almuerzo. Todos se pusieron de pié. Don Amílcar preguntó:

- ¿Alguien quiere pasar al baño?

Por supuesto que Cirilo fue el primero que dijo que sí. Lo condujeron al baño privado de la gerencia, Cirilo partió caminando con una leve cojera, tratando de no pisar la alfombra con toda la planta del zapato izquierdo.

Dentro del baño se sacó el zapato, y dio un tirón al papel higiénico. Con los nervios, el tirón fue demasiado vigoroso, y el rollo comenzó a desenrollarse. Cuánta sería su sorpresa cuando se dio cuenta que lo que tenía pegado era un chicle, lo que le produjo un gran alivio y risa, pues era menos malo que la mierda de perro.

Pero estaba muy pegado y le costó mucho sacarlo. Sacó todo lo que pudo, aunque siempre quedó algo. Cuando ya estaba seguro que no andaría dejando chicle pegado en la alfombra, se puso a enrollar el papel higiénico que había quedado en el suelo. Y por fin pudo salir del baño. Todos estaban parados esperando, con cara de preguntarle por qué se había demorado tanto.

Se dirigieron al comedor privado de la gerencia. Al término del almuerzo, antes de reanudarse la reunión, Cirilo salió unos minutos a la calle. Allí se puso a frotar su zapato contra el pavimento, para deshacerse de los últimos restos de chicle. En la tarde, la reunión transcurrió como en la mañana, sin novedad. A las seis pasadas él y el Subgerente estaban abordando el bus para regresar.

- Interesante la reunión - dijo.
- Si - respondió Cirilo.

10

El mensaje del pozo

Pasaron varias semanas, en que la relación de Cirilo y Veranda sufría altos y bajos. Unos días estaban en muy buenos términos, se veían con bastante frecuencia. Otros días el nexo se debilitaba, y se distanciaban. También hubo días en que las relaciones estaban francamente malas, y tenían disgustos.

En una de las ocasiones en que estaban pasando por un buen momento, se toparon en el sector de la fotocopiadora. El tuvo el impulso de abrazarla y besarla. Fue un arrebato inusual en él, que siempre trataba de no ser muy demostrativo en manifestar su amor a Veranda frente a sus compañeros de trabajo. Esto siempre se lo reprochaba ella, pues consideraba natural que si había una relación entre ellos, nada sería más normal que demostrarlo, ocasionalmente.

El, en cambio, se avergonzaba un poco. No quería que fuera tan evidente que ya estaba comprometido con alguien que lo tendría vigilado de cerca. El decía que sus compañeros lo tratarían de "calzonudo". Una vez se lo dijo a Veranda, ella se enojó tanto que no le habló en todo el día.

Después de tres meses de haber formado pareja, estos pequeños disgustos se estaban produciendo con mayor frecuencia, aunque duraban poco.

Una vez tuvieron un disgusto que duró un poco más. Fue porque Cirilo no quiso salir con ella en una ocasión en que Veranda le sugirió ir a ver a unos bailarines de Georgia que andaban de gira, y que iban a actuar una vez. La razón de no querer ir de Cirilo era que estaba invitado a la casa de uno de sus compañeros del banco, Ricardo. Habían organizado un asado sólo para varones, con motivo de fin de año. El se había comprometido a ir, para mantener el vínculo con todos ellos. Sentía que no podía ahora decirles que no iría, y sería muy malo que se enterasen que había cancelado el compromiso para salir con Veranda. Dirían que lo tenía dominado.

El disgusto fue más grave que en otras ocasiones. El pensaba que Veranda era injusta, pues le explicó muy bien que estaba comprometido de antes con sus compañeros, y que no podía a esta altura decirles que no iría. Lo de los bailarines de Georgia surgió después. Además, se habían visto varios días, así que consideraba que tenía derecho a desarrollar alguna actividad por su cuenta.

Estos pensamientos daban vuelta por su cabeza, hasta que llegó el sábado, día siguiente a la reunión en casa de Ricardo. Era obvio que no se iban a ver con Veranda, pues ella seguía disgustada. Tomó su automóvil y comenzó a conducir sin rumbo fijo. Se encontró manejando en dirección al lugar de campo en que habían estado los dos hacía poco tiempo. Una vez allí, decidió hacer el mismo recorrido, de ida y vuelta en el día, pero por el camino por el que regresaron, que resultó ser mucho más corto, y todo pavimentado. Era un hermoso día soleado, se prestaba para una actividad como esa.

La idea que tenía era salir un poco de la ciudad y a la vez distraerse manejando y disfrutando del paisaje, para sacudirse de encima su desavenencia con su pareja. Manejaba sin prisa, haciendo un esfuerzo por mantener a Veranda fuera de su mente, aunque le resultaba difícil.

Pasó por el sitio donde se habían detenido a comer sus sándwiches. Tuvo una sensación de pena al ver el lugar, le tenía cariño a Veranda, se entretenían juntos. Pero ojalá no fuera tan posesiva, a veces lo ahogaba.

Tenía claro que había que seguir derecho, para no caer en el desvío de tierra, que quería evitar.

Manejó largo rato tratando de no caer en el desvío que lo llevaría por el camino de tierra. A esa altura ya se había nublado. Pasó los tres álamos que habían llamado su atención la vez anterior, luego la casa con la tinaja y la larga pirca de piedra. Más allá divisó la casa azul. Sin embargo, no vio el sitio con los caballos de arriendo, ni la bifurcación, en la cual tenía claro que debía tomar el camino de la izquierda, para evitar el camino de tierra.

Continuó durante otro cuarto de hora. Ya se había hecho presente una neblina que se iba poniendo más espesa a medida que avanzaba. Se estaba oscureciendo cada vez más.

El paisaje le parecía conocido, pero no era el lugar soleado por donde habían regresado él y Veranda, en aquella oportunidad. De pronto se acabó el pavimento y se encontró en un camino de tierra. ¡Era el camino solitario que habían tomado de ida!

Ya estaba muy oscuro, aunque eran las cinco de la tarde. Reconoció las planicies cubiertas de pasto, los arbustos y los escasos árboles aislados que habían recorrido juntos hacía unas semanas atrás.

No comprendía cómo había ido a dar ahí de nuevo, siendo que estaba pendiente de tomar el otro camino, por el que habían regresado, mucho más agradable y corto que éste. Estaba en esos pensamientos cuando, a lo lejos, divisó algo que le resultó familiar: ¡el montículo de piedras!

Algo tenía ese montículo que atraía su vista. Lo quedó viendo fijamente, mientras manejaba muy lento por el estrecho camino de tierra. ¡Y la vio! Esa extraña luminosidad, muy tenue, que emanaba de la parte superior del montículo. ¿Qué sería?

No pudo resistir la tentación de averiguar qué era eso, y por qué emitía esa luz, apenas perceptible, pero que estaba allí. Del montículo sólo se dibujaba su forma, apenas visible, por la neblina y la oscuridad reinantes. Pero de la parte superior emanaba esa suave luminosidad, que le daba un aire misterioso.

Sacó su auto del camino, y comenzó a acercarse. El montículo estaba como a unos doscientos metros. Manejó por el terreno irregular, tratando de aproximarse lo más posible. Pero cada vez el suelo era más irregular, y el maltrato que estaba dando al auto iba en aumento. Hasta que por fin decidió detenerse, no podía seguir.

Estaba más o menos a mitad camino entre el camino y el montículo. Ahora estaba más oscuro aún. El lugar era francamente tétrico. Descendió del automóvil y comenzó a caminar. El montículo se veía ahora más ancho, su parte superior parecía ser plana. Estaba cada vez más cerca. Miró hacia atrás. El auto se veía más pequeño, y más atrás, bien lejos se divisaba el camino. Apenas se distinguía, por la neblina. El horizonte aparecía más claro que el paisaje circundante.

Ya estaba acercándose al montículo. Se apuró, pues su curiosidad iba en aumento pero de pronto tropezó en un hoyo y cayó al suelo. Se sacudió la rodilla que había golpeado contra la tierra. Aquí había menos pasto, sólo algunos manchones aislados. Miró hacia atrás, el auto casi no se distinguía. Giró la cabeza, y ahí estaba el montículo de piedra. Ya no estaba seguro si distinguía o no la luminosidad, parecía como que se había extinguido.

Se encontraba a pocos metros del montículo. Se veía que tenía un agujero en la parte superior. ¡Era un pozo! Efectivamente, era un pozo, cuya estructura de piedras emergía un poco menos de un metro sobre la tierra. Llegó hasta él, se apoyó en el borde y se asomó hacia el interior.

A unos dos metros de la parte superior de la orilla del pozo vio la superficie del agua. A pesar de la oscuridad reinante, se podía ver el interior del pozo con todo detalle. El agua presentaba unas leves onditas, a pesar que no había nada de viento. Parecía que reflejaba la luz del cielo. Cirilo giró la cabeza y miró hacia arriba, pensando que habría un claro en las nubes, que producía ese extraño brillo en el agua del pozo.

Pero no era así. ¿De dónde provenía esa claridad? Fijó la vista en la superficie. Las onditas que se observaban dejaban ver unas curiosas manchitas oscuras. Siguió un buen rato inmóvil, con la vista fija en la superficie del agua. Cada vez se distinguían con más claridad esas formas oscuras.

Del pozo emanaba un aire helado que le erizaba la piel. Las formas en el agua estaban cambiando de a poco. ¡Ahora parecían letras! Imposible.

Pensó que tal vez hubiera algo escrito en las paredes del pozo, y que posiblemente eso se veía como letras reflejadas en la superficie. Ahora las distinguía con más claridad. Decía algo, pero no lo podía entender. Hizo el mayor esfuerzo por reconocer lo que serían letras, que se agrupaban formando palabras incomprensibles, que se movían con el ondular de la superficie del agua.

De súbito le quedó claro por qué no entendía. Eran palabras que estaban escritas de derecha a izquierda, como si estuvieran arriba y se estuvieran viendo reflejadas en la superficie del agua.

Miró hacia arriba, para ver dónde estaban escritas esas palabras, pero sólo vio las nubes oscuras, borrosas por efecto de la neblina. Hacía frío. Un escalofrío recorrió su espalda. ¿Por qué el agua parecía más luminosa que el entorno, estaba reflejando una claridad que no se veía por ninguna parte.

Dejó de preocuparse por resolver el misterioso enigma, y se dedicó a tratar de leer lo que decía. Pero era difícil. La superficie del agua se movía, las palabras había que leerlas al revés. Hizo un esfuerzo y comenzó a leer, con dificultad:

"Mi agua es el tiempo.
Bébela y piensa
en lugar y tiempo pasado.
Concéntrate en ello
y en mí, y transitarás.
Para regresar búscame.
Nada viene y lo que va vuelve.
No alteres el pasado.
No te beneficies de él.
Si lo haces mueres."

Cirilo no sabía qué pensar de lo que estaba viendo. Estaba totalmente desconcertado. En forma mecánica trató de alcanzar el agua, pero estaba fuera del alcance de su brazo. Se sentó en la tierra, apoyado en el pozo. ¿A qué se debía este extraño fenómeno, sería obra de alguien, que quiso producir ese efecto, quien sabe cómo y con qué fin?

Volvió al auto, aturdido, con pasos lerdos, tambaleándose.

Una vez en el auto, abrió la maleta y revolvió las cosas que allí había, hasta que encontró una botella con agua. La llevaba, desde que una vez se le produjo una filtración en el radiador del vehículo, y después lo olvidó.

También había un rollo de cinta de embalar. La desenrolló y la fue doblando, hasta que formó una tira larga, de unos tres metros. Destapó la botella, la vació y la amarró con la cinta y retornó al pozo. Fijó un alicate junto a la botella para que se hundiera. Tuvo que esperar un buen rato hasta que comenzara a entrar el agua, muy lentamente.

Comenzó a tirar lentamente, hasta que la tuvo en sus manos. Inmediatamente se la puso en la boca y bebió un trago.

Esperó unos segundos, luego minutos. Nada ocurría. Sin sorprenderse ni decepcionarse, comenzó a avanzar hacia el auto, mientras colocaba la tapa de la botella. Le quedó un gusto ácido en la boca, por el agua que había tomado.

Puso la botella en la maleta, entró al auto, lo hizo andar, y se alejó cuidadosamente de allí. Llegó al camino. Tomó la dirección por la que había llegado. Echó un vistazo por última vez al pozo. Se veía a lo lejos, le parecía que más lejos de lo que lo había visto antes. Vio la luminosidad que emanaba de él. Ahora no le cabía duda que el pozo emitía una extraña luz. No volvió a mirar hacia allá. Aceleró y se alejó rápidamente. A media que se alejaba, la niebla se iba disipando, y las nubes comenzaron a desvanecerse. Apareció el sol, y el día se volvió soleado y muy claro. Tan distinto a como estaba en el lugar donde estaba el pozo.

Después de una hora retornó a su departamento. Se sentó en un sillón y se quedó largo rato con los brazos abiertos y la mente en blanco. De a poco se le fueron cerrando los ojos, hasta quedarse dormido. No despertó hasta la mañana siguiente.

11

La puesta de sol

Era un sábado en la mañana, Cirilo y Veranda habían pasado la noche juntos y estaban aún en la cama.

- Me gusta estar contigo -, le dijo ella - ¿sabes que me siento bien cuando estamos juntos?

- Que bueno, yo también me siento bien - respondió Cirilo.

- Pero a veces me parece que estás más contento estando solo - dijo Veranda, mientras se acurrucaba contra él -. ¿Ya no me quieres tanto como antes?

- No es eso. Pero tu ya me conoces, a veces necesito tener un poco de espacio libre, para mí.

- Eso es lo que me preocupa. Ese espacio libre que requieres hace que te sienta distante. Parece que necesitas tanto espacio que ya no hay espacio para mí.

- Pero, ¿que no estamos juntos, ahora?

- Si, y ha sido maravilloso. Pero no siempre es así. Puede que el lunes ya empieces a actuar como que estás en tu "espacio libre" - le dijo Veranda, recalcando la última palabra - y coloques esa barrera en torno a ti, que siento tantas veces, y que no me deja acercarme.

- ¿Pongamos un poco de música?

- ¡Cómo cambias el tema!

El se rió, mientras se levantaba y se colocaba el pantalón y se dirigía a la cómoda donde había un equipo de radio.

- ¿Qué te parece un poco de canto? Pongamos a Sarah Brightman, o prefieres a Celine Dion?
- Lo que tú quieras, mi amor.
- Bien, será la Brightman primero - dijo mientras manipulaba dificultosamente unos discos con una mano, y se sujetaba el pantalón con la otra, para que no se le cayera.

Después de unos momentos una voz almibarada envolvía la habitación. Se dio vuelta y preguntó:
- ¿Qué vamos a hacer hoy? Propongo que salgamos a alguna parte a pasear. No me gustaría quedarme encerrado todo el día.
- Podríamos ir a pasear por el camino costero - propuso Veranda -, y comer algo por ahí. En ese lugarcito en que estuvimos hace un tiempo atrás, cuando recién empezamos a andar juntos.
- Buena idea, y después vamos a caminar a la playa. Ahora hay que levantarse, si no, no vamos a llegar a ninguna parte, y allá te voy a contar algo.

Cirilo comenzó a recolectar su ropa. La pieza estaba bastante desordenada. Habían tomado desayuno en cama, habían estado viendo unas revistas, que terminaron en el suelo, que también estaba regado de prendas de vestir, exterior e interior.
- ¿Qué me quieres contar?
- Después, ahora no.
- ¿Me vas a dejar con la curiosidad de saber qué me quieres contar?
- Así es.
- Por lo menos dime si es algo bueno o malo.
- Ni bueno ni malo. Es algo curioso que me pasó, pero después te cuento.

Había pasado un mes desde el encuentro con el pozo. Cirilo no había dejado de pensar en ese extraña experiencia. Se moría de ganas de comentarlo con alguien, pero no se había atrevido a decírselo a nadie. Tenía claro que todo fue real, pero era demasiado increíble. Si se lo contaba a alguien sólo iba a recibir una mirada compasiva, pero nunca le iban a creer aquella experiencia.

Ni siquiera lo había hablado con Veranda. En esta oportunidad fue un impulso que sintió al decirle que tenía algo que contarle. No era seguro que realmente quisiera contársela, todavía tenía un rato para pensar si decírselo o no, y cómo hacerlo. Cuando llegara el momento, si optaba por no decirla nada, le contaría otra cosa, como algo que había escuchado acerca del Agente del banco. Le había llegado el rumor de que la esposa de este personaje estaba en amoríos con el Jefe de Cuentas Corrientes. Incluso los que estaban enterados de esto, habían bautizado al marido de la fulana como "el descalcificado", pues no le crecían nunca los cachos, según ellos. Y la relación entre los amantes era un poco descarada. Seguramente Veranda lo sabía, pero como nunca lo habían comentado, ella pensaría que eso ero lo que tenía para contarle.

Esto sería en el caso que decidiera no contarle lo del pozo. Pero la verdad era que sí quería contárselo a alguien, y Veranda parecía ser lo bastante tolerante como para poder hacerlo sin reírse de él, pero de eso no estaba tan seguro. Lo otro que le daba vueltas en la cabeza era cómo empezar.

Al fin llegaron al lugar donde almorzarían. Cirilo había aplazado el tema para decírselo mientras comían. Pero ella estaba muy habladora ese día e iba pasando de un tema a otro, y como él no estaba muy convencido de contarle acerca del hecho, no encontraba nunca una buena oportunidad de colocar el asunto en la conversación. Por último, se dio por vencido y decidió posponerlo hasta después de terminar de comer.

Pararon en un mirador a la orilla del camino. Se quedaron un rato mirando el mar, sin decir palabra. Cirilo pensó que ese era el momento para plantear el tema. Sólo le faltaba el valor para comenzar.

- Te voy a contar lo que me pasó hace un tiempo atrás.
- Ah, de veras que me ibas a contar algo curioso.
- ¿Te acuerdas que hace como un mes tuvimos un pequeño, digamos...?
- ¿Desencuentro? - preguntó ella, esbozando una sonrisa - hemos tenido varios, cada vez que tú te pones un poco

idiotita - se rió y se arrimó a él, mientras le ponía el brazo en el cuello.

- Si, pero ese grande, cuando no nos hablamos durante algunos días.
- Ya me acuerdo, lo que pasó fue que tú, Cirilo, tuviste una actitud muy poco simpática, ¿te acuerdas? Y yo me tuve que tragar todo. Además,…
- Si, pero eso está superado, no lo revivamos ahora. Déjame comenzar, no me interrumpas.
- Está bien, pero tú me preguntaste si me acordaba.
- Okey, ya te acordaste. Ahora sigo.
- ¡Oye!
- Resulta que eso fue un viernes. El sábado yo tomé el auto y me puse a manejar sin rumbo fijo.
- ¿Y te encontraste con un viejo amor?
- Ojalá hubiera sido. Me encontré con algo mucho más extraño. Resulta que me encontré manejando por el mismo camino por el que fuimos esa vez que nos alojamos afuera.
- ¿Te bajó la nostalgia de estar ahí solo, sin mi?
- Eh.., si, pero me pasó algo más. ¿Te acuerdas que había un montículo, en un lugar en que paramos a ver el mapa, y yo te dije que parecía salir luz de arriba?
- ¿Hasta allá llegaste? Súper lejos. No me acuerdo para nada del montículo.
- Había un montículo, pero esta vez me pareció mucho más cerca que cuando fuimos juntos. Yo te mostré el montículo, ¿recuerdas?

Ella lo quedó mirando con cara de no comprender nada.

-¿Te acuerdas que paramos para ver donde estábamos, y yo fui a sacar el mapa de la maleta? - le preguntó él, que ya estaba arrepintiéndose de haber planteado el tema. No estaba seguro de cómo lo tomaría ella.
- Si, me acuerdo perfectamente bien. Y ahora me estoy acordando que había un montón de piedras.
- ¿Y te acuerdas de la luz que se veía?
- Eh, parece que sí. A lo mejor te dije que veía la luz, para dejarte contento, y que nos fuéramos luego.
- Me dijiste que no la veías. Pero estoy seguro que debías haberla visto.

- Ya, ¿pero qué tiene tan importante?

- Bueno, resulta que otra vez vi esa extraña luz. Así que decidí acercarme para investigar. Tuve que caminar una buena distancia para llegar.

- ¿Y qué era lo que había?

- Cuando me acerqué me di cuenta que el famoso montículo era un pozo. Tenía agua, como a dos metros.

- ¿Y qué era la luz? - preguntó Veranda.

- Nunca lo descubrí. Pero que había luz, había, aunque muy tenue. Era una luz que emanaba desde el agua.

- Pero, ¿cómo? Tienes que haber visto de donde salía la luz.

- Es que era una luminosidad muy tenue, casi imperceptible. Salía como del agua. Y se notaba porque el entorno estaba sumamente oscuro, igual que el día que estuvimos los dos.

- Si, me acuerdo que se nubló y salió una neblina.

- Bueno, cerca del pozo estaba más oscuro todavía, y con más neblina. Y era pleno día. Por eso me llamaba la atención que hubiera este resplandor tan raro en el agua. No era que se reflejaba el cielo, porque estaba casi negro. Parecía que se iba a largar a llover.

- Ya, ¿y qué pasó? - preguntó ella, intuyendo que había algo más.

- Me puse a mirar el agua, y después de un rato comencé a notar unas formas en la superficie, que poco a poco se fueron definiendo. Eran palabras, pero escritas al revés, como que estuvieran reflejadas en el agua.

Ella lo miraba con una curiosa expresión. Esbozaba una sonrisa, mientras las cejas las tenía arqueadas, como en actitud de pregunta.

- Al fin pude leer lo que decía. Me quedó grabado en la memoria.

- ¿Estás seguro que me quieres decir que en el agua del pozo había algo escrito? No pensarás que te voy a creer eso.

El le recitó completamente lo que había leído en el agua del pozo, de corrido, sin atreverse a mirarle la cara.

Ahí ella se echó a reír.

- ¿De dónde sacaste todo eso? Y me imagino que hiciste lo que te decía el pozo - le dijo ella, en un tono que a él le pareció que se estaba burlando.

En ese instante pensó que sería mejor no seguir narrando la experiencia. Lo único que tenía que hacer era reírse y decirle que era todo un invento de él.

Pero decidió seguir:

- Saqué agua con una botella que tenía en el auto, y tomé un trago.

- Me imagino que por lo menos estaría limpia. Supongo que sí, porque ya te habrías enfermado. ¿Y qué pasó? ¿A dónde viajaste?

- No pasó nada.

- Entonces, ¿para qué me cuenta todo eso, mi amor? - preguntó ella, en un tono como si le estuviera hablando a un niño - No ve que yo me preocupo, porque pienso que algo no funcionando bien en su cabecita.

El ya se había dado perfecta cuenta que todo su relato, de por sí increíble, no había sido creído para nada.

- Pero, ¿no te parece extraño? Te juro que todo es verdad.

- Muy extraño. Seguramente a alguien se le ocurrió, para hacer creer a los ingenuos como tú, que con el agua del pozo podrían viajar en el tiempo.

- Es posible, es posible, pero ¿cómo lo hizo? Porque si lo hizo alguien, se trata de uno sumamente ingenioso.

- Ya lo creo que es ingenioso. Pero no creerás que de verdad el pozo te mandó un mensaje - le dijo ella, con el dedo índice apuntando hacia abajo. Continuó, levantando las cejas:

- Porque si realmente lo piensas, Cirilo, me voy a poner muy triste. Quiere decir que a mi pareja le está fallando el mate - le dijo, en un tono cantado.

Cirilo no le quiso decir que tenía de esa agua guardada en la botella, en la maleta del auto.

La verdad es que siempre pensaba en esa agua, y tenía resuelto beber un trago, e intentarlo de nuevo. Repasaba las líneas que leyó en el pozo, tratando de descubrir si había hecho algo en forma incorrecta, razón por la cual no había pasado nada.

El pozo le decía "... piensa en lugar y tiempo ..." y dos líneas después se lo recalcaba diciéndole "concéntrate en mí".

Estaba llegando a la conclusión de que no se había hecho lo que el pozo le decía. No había pensado en un lugar y tiempo, mientras bebía el agua, y menos concentrarse.

Quería intentarlo de nuevo, ahora enfocándose en un tiempo y un lugar determinados. Pero le costaba decidirse, pues temía que otra vez no pasara nada, y perdería la ilusión.

Ya estaba claro que contárselo a Veranda había sido totalmente inútil. Solo había logrado que ella se burlara de él, y lo tratara de ingenuo. Posiblemente tenía razón. Pero debía cerciorarse.

Estuvieron largo rato mirando como reventaban las olas en los roqueríos que había a los pies del mirador en que se hallaban.

Ninguno de los dos habló más. El no sabía qué más decir. Había contado todo, no podía ahora desdecirse. Ella tenía una mirada pensativa. ¿Qué pretendía su pareja, contándole esta historia increíble? ¿por qué lugares divagaba la mente de Cirilo, para inventar algo así, y aparentemente creer que de verdad ocurrió?

Sin decir nada, él echó a andar el auto y retrocedió lentamente, para luego alejarse del lugar. Sólo intercambiaron algunas palabras, referidas a los parajes que estaban recorriendo.

El tema del pozo estaba sepultado para siempre. Cirilo se había convencido que fue una torpeza habérselo contado. Tomó la decisión de no hablar del tema con nadie más.

12

Los jefes

El lunes siguiente se reunió un grupo de compañeros del banco para ir a almorzar, como era su costumbre, en el lugar de siempre.

La conversación giró en torno a los jefes. Se pasó revista a éstos, destacándose sus escasas cualidades y sus muchos defectos.

- El "cogote de pavo" es harto difícil- partió Alberto, quien inició el tema - ¿se han dado cuenta que no acepta que uno haga una crítica?

- ¡Exactamente! - exclamó Ricardo, - cuando uno hace una crítica es para mejorar algo que no está muy bien. Pero este cretino lo toma como una ofensa personal.

- Claro, en lugar de estar agradecido que uno le haga ver que hay algo que puede mejorarse, se pone a la defensiva, como que uno lo estuviera atacando - agregó otro de los colegas del banco, al que le decían el Buga.

Si yo fuera jefe - dijo Ricardo -, estaría agradecido que me hicieran ver los errores, para mejorar.

- Pero no eres jefe, por algo será - intervino Alberto -, no eres lo suficientemente idiota.

- Gracias, compañero.

- Es cierto -, continuó Alberto -, estos tipos no solo no agradecen que uno les haga un aporte, sino que se molestan.

- El otro día tuve una reunión con el Jefe de Cuentas corrientes - intervino Cirilo -. ¿Se han fijado ustedes que no mueve el cuello? Parece que lo tiene tieso. No gira la cabeza para mirar, sino que mueve los ojos para el lado.

- Y tiene otra -. exclamó Veranda - Si tú estás en una reunión con él y de repente dices algo que le parece mal, se pone colorado. Cuando pasa eso, tú ya sabes que terminó la reunión: se para, se despide y se va o te indica que te vayas. No tolera que le digan algo que lo incomode.

- Es un personaje curioso - dijo Ricardo -, hace un tiempo hubo un coctel después de un acto. El llegó al coctel un poco tarde. Y no sé si porque es tímido, pero llegó arrastrando las patas, como que se puso tieso. Y como es alto, llamó la atención este tipo que llagaba deslizando los zapatos por el suelo. Parecía un fantasma. Sólo le faltaron las cadenas.

Todos se rieron de la salida de Ricardo. A esa altura les sirvieron los postres. Nadie más habló mientras el garzón iba colocando los platos con un budín de chocolate.

- En el banco en que trabajaba antes tuve un jefe que era intratable - dijo Veranda -. Uno conversaba de cualquier cosa, del trabajo, desde luego, y terminaba enojándose. No se podía hablar nada con él. Y cuando se enojaba, se ponía insoportable, te echaba toda la caballería encima.

- Lo que pasaba con ese tipo es que debe haber tenido un problema de inseguridad - dijo otra chica que estaba con ellos, Lisbet, también del banco -. En cualquier momento piensa que lo estás atacando, y se pone a la defensiva. Y seguramente su manera de ponerse a la defensiva es atacando.

- Yo creo que era algo así - respondió Veranda -. El otro día me crucé con él en la calle, me saludó muy atento.

- Ahora tenemos otros casos en el zoológico. Los jefes ineptos - continuó Ricardo -. Esos son los peores. El jefe que sabe que es inepto, tu sabes que es así, él sabe que tú lo piensas. Ese sí que está a la defensiva todo el tiempo.

- ¿Estás hablando de algún jefe de comercio exterior en particular? - preguntó Veranda.

- ¡No, yo no conozco a nadie que sea así!

Todos se rieron. Cirilo, que había estado muy callado hasta entonces, exclamó:
- Lo que es estar favorecido por alguien de arriba. En lugar de echarlo, por inútil, le pusieron a un tipo al lado para que le haga la pega.
- Pobre Pancho - acotó Ricardo - está ahí para secarle la baba.

A esa altura ya les habían retirado los platos de postre, y comenzaron a mirarse como diciendo ¿nos vamos?

Mientras se paraban con toda parsimonia, intervino Alberto:
- Yo he llegado a la siguiente conclusión: O los tipos se ponen así cuando quedan de jefes, o a los que colocan de jefe los seleccionan con pinzas; mientras más imbécil, mejor.
- Eso - interrumpió Cirilo - ¿el jefe se hace imbécil al convertirse en jefe, o ya lo es de antes, y por lo tanto llega a ser jefe?
- Había un jefe que era tan tonto, que tenía un cubo de Rubik hecho especialmente para él – exclamó uno de los asistentes.
- ¿Qué tenía de especial?
- ¡Todos los cuadraditos eran del mismo color!

Después de esa intervención, se dio por agotado el tema. Pero ya se habían desahogado. Terminaron de pararse y se retiraron del lugar.

Cuando llegaron al banco, Ricardo le tomó el brazo a Cirilo y le dijo al oído:
- En realidad es desagradable este trabajo: tener que tratar con algunos de estos energúmenos. Pero además hay que lidiar con clientes mañosos, lo que no es menor.
- Tienes razón. Es pesado este trabajo.
- Me hubiera gustado haber vivido en otra época, en que la vida era más simple.
- ¿Como cuál? - preguntó Cirilo, ingenuamente.

Ricardo pensó un poco y exclamó:
- ¡En la Edad Media!
- ¿Por qué la Edad Media? - preguntó Cirilo, riéndose.
- Uno podría haberse pasado la vida picando piedras, sin preocuparse por nada más. Sin tener esta ruma de papeles

que uno tiene que leer - dijo, señalando con la mano un montón de documentos que había apilados en el escritorio de Cirilo.

- ¿Sabes que es una gran casualidad que estemos aquí, en esta época?
- Claro que si - respondió Ricardo.
- No. Míralo de esta manera: Los seres humanos tal como somos nosotros, digamos físicamente, existen hace unos doscientos mil años.
- ¿En serio?
- Físicamente, o biológicamente, mejor dicho. Pero comenzaron a ser iguales a nosotros en cuanto a sus características intelectuales, afectivas, de creatividad tecnológicas, del sentido de trascendencia, de conciencia de sí mismos, etcétera, hace sólo unos cincuenta mil años.
- No tenía idea.
- Así es. Pero desde que se considera civilizado, es decir, desde que desarrolló la escritura, son unos diez mil años.
- ¿Y?
- O sea, que a nosotros nos tocó vivir ahora. Pero nos podría haber tocado en cualquier período dentro de estos doscientos mil años. Podríamos haber estado en las cavernas. En lugar de estar preocupados por la ruma de papeles, hubiera sido mucho más probable haber llegado en una época prehistórica y nuestra preocupación sería sobre qué animal cazamos mañana para que podamos comer.
- Tienes razón, nuestro período en que nos movemos es cortísimo, en comparación con el período que han vivido los seres humanos, que tampoco es muy largo.

Cirilo, entusiasmado por el tema de la conversación, continuó:

- La probabilidad de que estuvieras picando piedras en la edad Media, que duró mil años, es mucho mas grande que la probabilidad de haber llegado en este período, de las rumas de papeles.
- Y más grande aún la probabilidad de que estuviera en mi caverna pensando en el animal que voy a cazar mañana.

- ¡Exactamente! - exclamó Cirilo - Así que da gracias por estar aquí.
- Nada de que dar gracias. Estoy seguro que estaría más feliz en mi cueva.
- Creo que yo también.

13

El pasado próximo

Pasaron unos días, en los que Cirilo no dejaba de pensar en el agua que tenía guardada en el auto. Cada día estaba más ansioso por probar de nuevo, pero no lo hacía por temor a que no pasara nada, hecho que le produciría una gran decepción. Pues lo que al principio tomó con escepticismo, ahora admitía la posibilidad de que pudiera viajar en el tiempo con el agua de ese extraño pozo.

Y se decidió, por fin, a hacer la prueba. Fue a su auto, abrió la maleta y se puso a buscar entre las cosas que allí había: una gata, una caja con herramientas, un bombín, cuerdas de distinto tipo, un jockey viejo, un martillo, un contenedor con elementos de primeros auxilios, un extintor, un rollo de toallas de papel, diversos protectores para el sol, de los que se colocan en las ventanas, trapos, una pala, una silla de playa plegable, un rollo de cinta de embalar, entre otras cosas.

¡Allí estaba! Entre todas estas cosas estaba la botella con el agua que había extraído del pozo. Nervioso, lo tomó, cerró la maleta y volvió a su departamento.

Se sentó en un sillón y destapó la botella. No sabía que hacer. Se puso a oler el contenido, no había ningún olor que le llamara la atención, sólo un ligero olor al plástico del que estaba hecho el envase.

Se vertió unas gotas del agua en un dedo y la probó. Era agua común y corriente.

Aún estaba en la duda, si hacer o no la prueba. Debía decidir dónde y a qué tiempo le pediría al pozo que lo llevara.

Después de pensar un rato recordó que el año 2005 fue un buen año para él. Todo le había resultado bien. ¿Por qué no pensar en ese año? Y el lugar, su departamento. A esta altura ya estaba seguro que iba a ocurrir lo que le dijo el pozo.

Cerró los ojos y comenzó a pensar en un día de 2005. Eligió el primero de junio.

Pensaba en el primero de junio de 2005, a la misma hora, y en su mismo departamento. Estaba levantando la botella para echarse un trago, cuando una súbita sensación de pánico le hizo detenerse. ¡Por ningún motivo!

¿Qué pasaría si se encontraba con él mismo, de ese entonces, en el interior del departamento? Eso sería catastrófico. No podía imaginar las consecuencias de que ocurriera algo así.

Pensó unos instantes, y decidió que el año y día serían el mismo, pero el lugar iba a ser el centro de la plaza, que estaba cerca se su banco.

Nuevamente cerró los ojos y comenzó a pensar en la plaza, el primero de junio de 2005. Sin abrir los ojos, levantó pausadamente la botella y acercó el gollete a sus labios. Con mucha lentitud tomó un trago de agua, sin abrir los ojos y sin dejar de concentrarse en la fecha y el lugar elegidos.

Bajó lentamente la botella y siguió en esa posición, con los ojos cerrados. Tuvo la sensación de que se estaba oscureciendo. No pudo evitar entreabrir los ojos, y vio oscuridad, la misma oscuridad que lo había envuelto cuando estuvo cerca del pozo.

No veía ninguno de los objetos que había en la pieza en que estaba. Súbitamente tuvo una visión increíble. ¡Vio el pozo! Unos pensamientos cruzaron su mente. ¿Sería tan grande la autosugestión, que terminó confundiendo la realidad que lo rodeaba con una imagen que parecía real? Creyó que realmente estaba viendo el pozo.

Todo esto fue muy rápido. De pronto comenzó a aclararse y empezó a distinguir unos árboles. No lo podía creer. ¡Estaba en el centro de la plaza, en un hermoso día de sol!

Nada había cambiado, todo estaba igual que la última vez que estuvo allí. Comenzó a caminar, hasta llegar a la calle. Esperó que no pasara ningún vehículo, y cruzó. Iba en dirección a su banco. Se acercó a un puesto de diarios. Leyó la fecha de un diario que estaba en exhibición: Primero de junio de 2005. La misma que había en todos los diarios. Ya no cabía duda, se había desplazado al año 2005, retrocediendo siete años.

En eso estaba, cuando alguien, que venía caminando en sentido contrario, lo saludó muy animado - ¡Hola Cirilo! - haciendo ademán de detenerse. Era un antiguo cliente del banco. A decir verdad, era antiguo en 2012, pero no tan antiguo en el año en que supuestamente estaba, 2005.

Cirilo lo saludó muy atento pero se escabulló rápidamente, haciéndose como que iba apurado. No era un momento muy apropiado para entrar en conversaciones. Además, si todo lo que estaba viviendo era real, para los demás él tenía que verse siete años más viejo.

Entró a una tienda donde vio, desde afuera, que había un espejo. Se acercó y se miró. Se veía tal como él se había visto, en "su" presente. Por lo tanto, siete años más viejo en ese momento.

Llegó hasta el banco en que trabajaba, y se acercó a la puerta. Entonces le bajó un temor tremendo, que le erizó la piel de la espalda. ¿Qué pasaría si él mismo, pero de 2005, apareciera por la puerta? Sin duda que reconocería a su otro yo, el del 2012 y las consecuencias de ese encuentro serían por decir lo menos, incómodas. Por lo que rápidamente se alejó del lugar, pero sin dejar de mirar hacia la puerta del banco. Era muy temprano para que sus compañeros salieran a colación, normalmente lo hacían entre las dos quince y las dos treinta. Ahora eran la doce.

Decidió caminar un rato y luego volver, a esa hora, para tratar de verse a sí mismo, desde lejos. Su único temor era encontrarse con alguien conocido, pero más cercano que el cliente con que se había cruzado. Si lo detenían para conversar, cómo explicaría que estaba allí a esa hora, y con ropa de casa, en las horas que debía estar trabajando. Empezó a pensar en alguna explicación, en caso que eso ocurriera. Diría que había pedido un día libre, para hacer algunos trámites que debía realizar, y que andaba en eso. Lo peor que podría pasar es que esa persona se encontrara después con él, versión 2005, formalmente vestido, en su lugar de trabajo.

Le dio apetito y resolvió ir a comerse un sándwich. Buscó en su bolsillo y encontró unos billetes. Les miró la fecha, la mayoría eran posteriores a 2005. Había uno bien deteriorado, que tenía fecha 2005, y que le alcanzaría para pagar su sándwich.

En el camino se topó con un edificio en construcción. Ese edificio lo veía todos los días, y ya estaba terminado hacía algunos años, ahora lo volvía a ver a medio construir. Esa vista le hizo tomar conciencia de que realmente había retrocedido en el tiempo. Quién sabe cuántas de esas personas que transitaban a toda prisa en torno a él, ya estaban muertas en 2012.

Pasó a sentarse en uno de los pisos que había en torno al mesón, y pidió su sándwich. Se dedicó a escuchar a la gente que hablaba cerca de él. Le parecía raro estar oyendo hablar a esa gente, hasta le parecía extraño lo que decían. Aunque en realidad no tenía nada de especial, era sólo una sensación. La daba la impresión de que no pertenecía allí, se sentía como un intruso. Era como si hubiese viajado a otro país que no era el suyo.

Una pareja hablaba de las inundaciones ocasionadas por las recientes lluvias. Uno de ellos tenía un pariente al que se le había inundado la casa, producto del desborde de un tranque cercano. Relataba lo que le había pasado a su pariente, toda la familia estuvo en pié la noche entera, empapados y con mucho frío, colocando las cosas donde pudieran, para evitar que se mojaran. La mayoría de los muebles los acarrearon hasta el garaje, que estaba más alto que el resto de la casa. Todo esto bajo una lluvia intensa, que tenía a los miembros de la familia estilando de agua.

¡Pero si en 2012 hemos tenido una sequía que ha durado varios años, ojala lloviera un poco!

Un par de tipos hablaban de la bonanza económica que se estaba viviendo, y del tremendo crecimiento que estaba experimentando la economía mundial. Particularizaban esta bonanza en China, y hasta en España e Italia. ¡Pero si llevamos varios años con una gran recesión, el mundo está al borde de una crisis económica tremenda! España está pésimo. Italia también. Súbitamente Cirilo se encontró que estaba en otro mundo.

Cuando se dirigió a la caja a pagar, tuvo un dejo de intranquilidad al pasar el billete, pensando que la cajera podría encontrarle algo extraño. ¡El billete había viajado siete años desde el futuro! Sin embargo lo recibió con toda naturalidad y le pasó el cambio, sin evidenciar que había algo fuera de lo normal.

Caminó sin rumbo fijo. A ratos todo le parecía igual, como que se olvidaba la notable situación que estaba viviendo. Era como que estaba en su propio tiempo. Miró la hora en un reloj de una tienda, y constató que coincidía con la que indicaba su reloj. Eran las dos de la tarde. Ya se veía menos gente en las calles. Se dirigió lentamente hacia su banco, hasta aproximarse una distancia de media cuadra. Allí se paró, medio oculto detrás de un árbol, a esperar que los empleados salieran a su colación.

En eso vio que salía un grupo. Pero eran otros. No el grupo con el que normalmente almorzaba. ¡Ahora salían otros! Reconoció a Ricardo, y a Alberto. También Juanita, que ya no trabajaba en el banco. ¡Y entonces apareció él mismo, cabizbajo, como ensimismado! Se echó para atrás, para que el árbol le tapara el rostro. No lo podía creer, se estaba viendo a si mismo, siete años atrás. ¡Qué ganas de acercarse y verse de cerca! Pero eso, por ningún motivo. Los siguió a la distancia, acercándose un poco. Vio como él sacaba un paquete de pañuelos desechables del bolsillo, y como se agachaba para recoger un papel que se le había caído al sacar los pañuelos.

En eso sintió un estremecimiento. No sabía en que estaba metiéndose. Le bajó pánico al pensar que tal vez no podría volver al 2012, y que se quedaría allí para siempre, en ese mundo por el que antes había transitado, pero que ya no era el suyo. Temió que podría estar en una especie de purgatorio.

Corrió en dirección a su departamento, cada vez más rápido, cada vez más fuera de sí. Cruzó una plazoleta, cuando en el fondo de ésta, cerca de un muro, semi cubierto de vegetación, divisó algo que le pareció conocido, un montículo de piedras. ¡Era el pozo! Se acercó. "Para regresar búscame" le había dicho el pozo.

Había pasado por esa plazoleta cientos de veces, camino a su departamento. Nunca se había fijado que allí había un pozo. Se acercó. A medida que lo hacía, comenzó a nublarse y apareció una neblina. El hermoso día soleado quedó atrás. Cuando llegó al pozo ya estaba muy oscuro. Conocía esa oscuridad. El pozo despedía un ligero resplandor. Miró hacia atrás. No había nadie. Sólo se veía la niebla, en medio de un entorno oscuro. Se asomó. La superficie del agua estaba a un medio metro del borde. Metió la mano ahuecada, sacó un poco agua, y la bebió. En ese instante se oscureció totalmente, sólo se vio el resplandor que emanaba del pozo, que se fue apagando gradualmente. Luego de a poco vino la luz, lentamente. Reconoció el entorno. Estaba en su departamento.

De un salto se incorporó y voló a la cocina, a ver el calendario. Era el presente, su presente. Miró la hora, las doce del día. Estuvo como tres horas deambulando por ese extraño mundo que visitó, pero le pareció que al volver, no había transcurrido el tiempo. Se tendió en la cama con la mente totalmente en blanco. No podía pensar en nada porque no sabía en qué pensar.

14

La cartera nueva

Veranda y una amiga, Juliana, recorrían las tiendas una tarde después del trabajo. Juliana quería comprarse una cartera, pero como era muy exigente, tendrían que recorrer todas las tiendas antes que se decidiera. Eso lo sabía Veranda.

Juliana era una mujer un tanto voluminosa, aunque no gorda. Generalmente su vestimenta le daba un aspecto de artesana. Usaba collares y pulseras vistosos, ropa suelta, colorida, todo lo cual se complementaba con su pelo rubio, largo, despeinado, que la hacían aparecer un poco como hippie. Tenía la voz fuerte, con tono de mandona. Nunca pasaba inadvertida.

Pasaron caminando frente al edificio que Cirilo había visto cuando aun estaba en construcción. Sintieron apetito y decidieron pasar a comer algo. Casualmente eligieron la misma fuente de soda donde Cirilo había entrado a comerse un sándwich en su viaje al año 2005.

Se sentaron en una mesa.

- Oye, ¿cómo van las cosas con Cirilo? - preguntó Juliana.
- Bien.
- ¿Así, no más? ¿Bien?
- Hay momentos y momentos. A veces todo parece estar muy bien, otras no tanto.
- A ver, amiga, ¿por qué no tanto?

- No me quejo. Pero él tiene sus días en que parece no estar en este mundo.
- Es decir, yo encuentro que Cirilo es el tipo más volado que hay.
- No es que sea volado - se apresuró a aclarar Veranda -. El necesita un tiempo para sí, y yo tengo que dárselo.
- A mi me parece que te estás conteniendo. Yo le aclararía las cosas.
- No, no es para tanto.
- ¿Cómo que no es para tanto? Yo lo atracaría contra un rincón y le preguntaría, derechamente: Mire joven, ¿estamos o no estamos? Porque si no, olvídese de mi personita y váyase para su casa. ¡A soñar con los angelitos!
- Es que tu eres así, arrebatada. Pero las cosas no son blanco o negro.

Después de unos instantes, en que Juliana la quedó mirando con cara de pregunta, Veranda retomó la palabra, dándole un viraje a la conversación:
- ¿Te decides por alguna de las carteras que viste?
- Veo que no quieres hablar más sobre el tema.

Al lado de ellas había una pareja que hablaba de la sequía. Uno de ellos se quejaba de lo que le estaba ocurriendo a un compadre suyo. Dijo que tenía una parcela con una plantación de frutales, pero la prolongada sequía, que había durado varios años, le tenía todos los árboles sin producir, ya casi secos. La situación de su compadre era desesperada, se le amontonaban las deudas, pero sus ingresos apenas le daban para sobrevivir, menos aun pagar deudas.

Cada nuevo año se tenía la esperanza que sería lluvioso, pero resultaba ser mas seco que el anterior. Ya estaba pensando dividir su parcela y vender una parte para vivir de eso.

Más allá había dos hombres que comentaban acerca de la mala situación económica que se estaba viviendo en España y en Italia, países que hacía unos años disfrutaban de una notable prosperidad. Nada hacía pensar que llegarían a estar como estaban en esos momentos.

Uno de ellos se deshacía tratando de explicar cómo habían llegado a eso, después de estar tan bien.

-Lo que pasó es que estaban demasiado bien. Muchas regalías, muchas cosas gratis, todo con cargo al estado. Y vino la crisis mundial que comenzó el 2007, que significó menos crecimiento, por lo tanto menos impuestos, menos ingresos para el estado. Y por otra parte, aumentaron los cesantes, por lo tanto mayor desembolso para el estado.

Tomó un respiro, que aprovechó su compañero para intervenir:

-Tengo una pareja de conocidos de mi señora, que estaban bastante mal acá, económicamente. Optaron por irse a Italia, buscando mejores condiciones económicas.

Hizo un alto, que significó que el primero volviera tomar la palabra:

- Déjame seguir explicándote mi teoría - le dijo, mientras extendía las manos y abría los dedos, como queriendo congelar el momento para inspirarse mejor -, entonces está clara la situación: más desembolso para el gobierno, y menos ingreso. A la larga tenía que reventar, y reventó.

- Oye, espera, esta pareja que te conté, ahora lo único que quiere es retornar a nuestro país. Después que estaban tan bien en Italia. ¿Quien lo podría haber imaginado, unos años atrás?

Después de haber tenido tanto, tienen que hacer recortes, y eso significa quitar muchos de los enormes beneficios que tenían. Y eso es duro.

Veranda y Juliana no hablaron mucho, más bien se dedicaron a escuchar las conversaciones ajenas. Terminaron de comer sus sándwiches y siguieron su peregrinaje por las tiendas, en busca de una cartera para Juliana.

Después de un extenuante recorrido por todas las tiendas donde vendían carteras, Juliana dictó su sentencia:

- No hay ninguna que me gusta.

Se despidieron y Veranda se fue en dirección al departamento de Cirilo. Habían decidido que pasarían la noche juntos.

Al otro día Veranda despertó con la sensación que la noche no fue tan divertida como había esperado. Desde hacía días que a Cirilo lo notaba más distante que de costumbre. Se encerraba en sí mismo, quedaba pensativo, con su mente lejos de la realidad del momento.

Habían hecho el amor, pero él lo había hecho como un robot. Veranda tenía la sensación que algo le había ocurrido, que lo tenía así.

- ¿Te sucede algo, Cirilo, tienes algún problema?

Veranda le hizo esta pregunta como que fuera algo sin importancia, mientras revisaba un alto de discos que tenía Cirilo junto a un equipo de radio, en su dormitorio.

- No, nada, todo está bien.
- Pero te veo extraño, como que tuvieras una preocupación. Dime qué te pasa.
- No me pasa nada - replicó él, con una risa falsa -. Te digo que no me pasa nada.
- Fíjate que mirando este montón de discos, puedo conocer tus gustos musicales, es como un libro abierto sobre tus sentimientos, tus emociones. Aquí está lo que hace que vibren las fibras de tu alma.
- ¿Hay algo que te llame la atención, sobre mi alma?
- Es que estos discos contienen un reflejo exacto de ti. No podrían ser distintos a lo que son. Esto eres tú -. Mientras decía esto último, agitaba un montón de discos en su mano.

Cirilo se echó a reír.

- ¿Qué ves de mí en esos discos?
- No importa. Volvamos a donde estábamos. ¿Qué te está sucediendo, Cirilo?
- A mi no me pasa absolutamente nada.
- Pero yo te veo preocupado. Parece que no tuvieras confianza en mí. Yo sé que te pasa algo y no quieres decírmelo. ¿Por qué te guardas las cosas para ti?
- La verdad es que fui a cazar dragones - respondió él, en tono grave - y herí a uno en el ala. Después no podía volar. Eso me dejó preocupado. Hubiera preferido matarlo, o no haberlo tocado. Pero dejarlo herido...
- Tonto - dijo Veranda, sonriendo - ¿no se te ocurre decir nada mejor que eso?
- ¿Sabías que había un tipo tan despistado, que dormía con los zapatos puestos?
- Para no olvidarse de ponérselos al día siguiente, seguramente.

- No, era por si salía a caminar sonámbulo, para no resfriarse.

- Es obvio que me estás tratando de cambiar el tema - le dijo ella, como recriminándolo -. Está bien, no voy a preguntar más, ni volver a decir que estamos sintonizados en diferentes ondas, la tuya y la mía, y no coinciden para nada.

El tono con que hablaba ella era de alguien que guardaba una amargura. La comunicación entre ellos se había deteriorado, ella lo percibía, pero a él parecía no importarle.

La verdad era que no se quitaba de la mente la travesía qua había realizado al pasado. Y ya estaba preparando la siguiente. Quería ir más lejos en el tiempo, pero no había decidido aún a qué año. Tampoco a qué lugar. Ni qué hacer.

Todos estos pensamientos revoloteaban por su mente de manera permanente, además de la emoción de poder viajar en el tiempo, y no sólo de poder hacerlo, sino que, de hecho, ya lo había hecho.

No era que ya Veranda no le interesaba, sino que había pasado a segundo plano. Y eso estaba afectando su relación, cada vez con más intensidad.

De súbito, una fecha cruzó su mente: 1984. Sin que saber por qué, se le apareció ese año en su cerebro.

Ya había tomado una decisión. Viajaría al año 1984, en el mismo mes y día actual, 25 de octubre, e iría al mismo lugar que el viaje anterior.

Sentía impaciencia por hacerlo luego, si fuese posible, en ese momento. Pero tenía que deshacerse de Veranda. Sin embargo sabía que eso no sería tan rápido.

Ya conocía a Veranda, y sabía que ella era una persona de despedidas dilatadas, es decir, desde el momento que anunciaba que se iría, hasta el momento de hacerlo, tenía que pasar mucho tiempo, tal vez una o dos horas. Y entremedio habría varios diálogos, y recriminaciones hacia Cirilo, por su falta de cariño, su desamor, el poco interés por su pareja, ante lo cual él debía hacer esfuerzos por explicar lo inexplicable. Es que Cirilo era así y nada ni nadie lo podría cambiar.

15

Al colegio

Por diversas razones, no pudo realizar su travesía sino hasta dos días después. No lograba tener la tranquilidad necesaria para disfrutar plenamente esta experiencia. Se concentró en el 25 de octubre de 1984, en la plaza y en el pozo, mientras tomaba un sorbo de su agua. Como la vez anterior, se oscureció de a poco, le vino a la mente la imagen del pozo, y tras unos segundos comenzó a aclarar y a aparecer las siluetas de árboles y plantas. Estaba en el centro de la plaza.

Se dirigió rápidamente al kiosco de revistas cercano. Mientras lo hacía, le llamó la atención el apreciable menor tráfico de vehículos, respecto de lo que estaba acostumbrado. Además, estos eran notoriamente distintos. Los veía anticuados. Era como estar viendo una vetusta película de otros tiempos. Llegó hasta un kiosco. Efectivamente, tras ver la fecha de los diarios, comprobó que era el 25 de octubre de 1984.

No sabía bien qué hacer. Pasó por lo que sería su banco. Era un banco, pero no el mismo: tenía otro nombre. Luego pasó por donde estaba el edifico terminado en 2012, y que vio en construcción en 2005. No había edificio, sino una casona antigua, con un terreno que ocupaba casi un cuarto de la manzana.

La casona no estaba en buen estado. Tenía unos adornos de madera en el techo, debajo de la cornisa, pero se veía que varios de los palos ya no estaban. La pintura estaba descolorida, y algunas partes más sombrías se encontraban ennegrecidas por los hongos.

En el jardín había una higuera que tenía el aspecto de ser un montón de ramas secas. Pero aún se le veía una que otra hoja verde. También se notaban unos higos atrofiados, no más grandes que un grano de uva. Hacia la calle había un pequeño muro de cemento con unas rejas de madera en la parte superior. En un extremo había una flor de la pluma gigantesca, pegada al muro. Había crecido abrazando los palos de la reja, varios de ellos los tenía quebrados y torcidos, como si estuviera tratando de tragárselos.

Más adelante se cruzó con la calle donde estaba su colegio. Sin pensarlo dobló por esa vía y caminó las cinco cuadras que faltaban para llegar. Una vez en el colegio, vio que la puerta principal estaba abierta. Alguien estaba saliendo. Era quien fue su profesor de música, cuando estaba en la enseñanza básica. Tenía la costumbre de fumar pipa. Por esa razón, el padre de Cirilo se refería a él como "el tonto de la pipa". Pasó al lado suyo, sintió que le echó una mirada furtiva, pero no notó ninguna reacción. Obviamente que no le había parecido conocida su cara, por eso no se inmutó.

Siguió caminando, pasó de largo el colegio y llegó a la cuadra siguiente. Se detuvo, dio media vuelta y volvió a andar sobre sus pasos. Pasó por la puerta y miró hacia adentro. Vio el patio, que entonces era de tierra. Posteriormente fue pavimentado, y era así como lo recordaba, se había olvidado como era sin pavimento. Había un techo encima de la entrada, donde después se construyó un laboratorio de química.

Después de pasar tres veces frente a la puerta del colegio, sintió que tocaban la campana. Ya se había congregado un grupo de mujeres jóvenes, que esperaban la salida de sus hijos, así como uno que otro padre.

Comenzaron a salir los colegiales, en grupos de edades similares, conforme iban liberándose los distintos cursos. Algunos, los más pequeños, se encontraban con sus padres y eran abrazados y besados. Muchos de ellos tendían a rechazar estas expresiones de cariño que les resultaban incómodas frente a sus compañeros. Otros comenzaron a salir con bicicletas, que montaban tan pronto estaban fuera. Las bicicletas saltaban desde la solera a la calle y se dispersaban en ambas direcciones.

Había quienes salían solos, otros salían en grupos, conversando. Unos iban bien vestidos, con sus uniformes correctamente presentados, mientras uno que otro aparecía con la chaqueta bajo el brazo, algunos con la camisa fuera del pantalón, otros con la corbata suelta.

En eso salió uno solo, con las manos en los bolsillos, cabizbajo, mirando el suelo. Era un niñito de unos nueve años con el pelo corto, uniforme impecable, algo despeinado, con una mirada soñadora. Era el mismo Cirilo a los nueve años de edad. Una fuerte emoción recorrió su cuerpo, el de Cirilo adulto. No era para menos, estaba frente a otro ser, que era él mismo.

El niño era bien parecido, de contextura regular para su edad, de cara ovalada. Su boca tenía dibujada una sonrisa que parecía permanente, las comisuras de los labios bien marcadas. En la parte central de la boca había unos labios bien gruesos, que desaparecían hacia los extremos. Tenía el pelo trigueño, más claro que de adulto, liso y caído sobre la frente y las orejas, tomando la forma de un coco. Las cejas eran tan claras, que apenas se notaban. La nariz era recta, ancha y achatada. Sus ojos eran pequeños, muy juntos, vivaces, de un color grisáceo.

El niño seguía caminando lentamente hacia él, siempre mirando hacia el suelo, sin percatarse de la presencia del adulto. En un momento levantó la mirada y se le quedó mirando a los ojos. Pareció como que experimentó un ligero sobresalto. Algo extraño notó en ese adulto que estaba allí parado, mirándolo con cara de quien está viendo un fantasma.

Estuvieron allí parados, mirándose, por unos instantes. Hasta que Cirilo adulto habló algo que se le ocurrió en el momento:

-¿Eres alumno del profesor Sarmiento?
-Si, ¿por qué?
-Eh, ¿dónde lo podré encontrar?

Cirilo se acordaba perfectamente que Sarmiento era su profesor en 1984, cuando estaba en cuarto año.

- Tiene que entrar y preguntar por él en la portería - le dijo el niño, mientras se miraban fijo, a los ojos.

A Cirilo adulto le parecía increíble que estuviera hablando con él mismo, de niño. Cirilo niño tenía una extraña sensación, como que aquel adulto era alguien especial. Tenía algo en su mirada que le resultaba intrigante. Le parecía que lo había visto en alguna parte. Como que se conocieran de antes.

Cirilo adulto lo quedó mirando unos instantes más, quería hablar más con él y contarle todo, pero de pronto recordó las palabras del pozo "no podrás intervenir en el pasado".

Si continuaba hablando con él, podría ser que en adelante el niño no olvidara esa conversación, y eso sería jugar con su pasado.

Se contuvo, sólo le dio las gracias y avanzó hacia la puerta, haciendo como que iba a preguntar por Sarmiento. Al llegar a la puerta giró la cabeza. El niño no se había movido del lugar en que estaba, se había quedado mirándolo con la cabeza girada. Tuvo que entrar para que el niño no le pareciera extraño que después de preguntarle por el profesor Sarmiento, se diera la vuelta y se fuera.

Entró y se topó con el portero, que le preguntó a quién buscaba. Eso lo desconcertó. Lo único que se le ocurrió decir fue que buscaba al profesor Sarmiento. El portero le dijo que esperara, y desapareció tras la puerta. Apareció de vuelta tras un minuto, y le dijo:

- Avisé para que lo fueran a buscar. Espere aquí.

Mientras esperaba, Cirilo puso a funcionar su cerebro a toda marcha para saber qué decirle cuando llegara. "Debí haberme ido antes que estuviera de vuelta" pensó. Antes de lo esperado, y de que se le ocurriera qué le diría, apareció Sarmiento. ¿Qué decirle? Si lo había hecho buscar era para algo.

- Sarmiento - le dijo el recién llegado, ofreciéndole la mano.

El profesor Sarmiento era un hombre de cara rosada, barba espesa. Sonreía mostrando los dos dientes incisivos centrales superiores. Dos cejas abundantes, sobre unos ojos penetrantes, le daban la apariencia de un hombre de acción, abrumado por las obligaciones, dinámico, siempre falto de tiempo.

Cirilo estuvo tentado de reírse. Se acordaba perfectamente de él, verlo fue como que lo hubiera visto el día anterior. Pero como el profesor lo miraba con cara de pregunta, dijo lo que primero se le vino a la mente.

- Quería saber cómo anda mi hijo, Cirilo.

-Ah, si, debí haberme dado cuenta, su hijo es una copia exacta de usted. Pero si acaba de salir.

- Si, se fue con su mamá, tiene que almorzar para volver al colegio, y debo irme de aquí al banco.

- Pero si los bancos están cerrados, son las dos pasadas.

-Es que mi ejecutivo me dijo que me atendería ahora, le iba a decir al guardia que me dejara entrar.

Cirilo estaba sorprendido de su rapidez para inventar mentiras. "Estoy teniendo un intervalo lúcido", pensó.

- Quiere saber sobre el desempeño de su hijo -, dijo pausadamente, el profesor - ¿por qué no me pidió una entrevista?

- La verdad es que yo no vengo mucho. Es mi esposa la que siempre se involucra con lo del colegio de mi hijo. Hoy vine y se me ocurrió preguntar.

A esta altura comenzó a sentirse complicado. Ya no sabía cómo salir de la situación. Continuó:

- Seguramente usted se ha dado cuenta que Cirilo es muy poco comunicativo. En la casa es igual.

- Efectivamente, es un niño algo retraído. Pero no me preocuparía, él es así, no más.

- Cuesta mucho hacer que cuente algo. Por eso me gustaría saber de usted directamente cómo está nuestro hijo en el colegio. La verdad es que su rendimiento ha sido bueno, por lo que he podido ver en los reportes de notas. Pero más allá, me interesa saber cómo se adapta al colegio, su relación con los demás niños...

- Mire señor...

- Cirilo, por favor, igual que mi hijo - dijo, riéndose.

- En este momento no dispongo de tanto tiempo. Debo almorzar, porque después tengo clases. Fijemos una reunión para esta semana, o principios de la próxima. En lo posible con usted y su esposa. Entonces podremos tener una reunión sin apuro.

- Dejémoslo para la próxima semana, ¿podría ser el martes próximo?

- A las cinco puede ser - dijo Sarmiento, mientras hurgaba en una agenda que había sacado del bolsillo.

- Me parece muy bien - respondió Cirilo, con una sensación de culpa, pues sabía que no llegaría a la reunión, y el profesor se quedaría esperándole.

Se despidieron y Cirilo se dirigió apresuradamente a la plaza, para retornar a su tiempo. Sentía esa misma sensación de culpa que sintió la vez anterior que viajó al pasado. La sensación de que se estaba metiendo en un mundo ajeno, al que no debería asomarse por no ser el suyo. El ya había transitado por allí, pero ahora, al volver, era un extraño, un entrometido.

Tuvo la intención de volver a la plazoleta en que vio el pozo que le permitió regresar, la última vez. Tenía la seguridad que estaría allí, esperándolo para el retorno.

Efectivamente, al cruzar frente a él, pudo divisar el pozo al fondo, donde había una pared. En un lugar distinto al de la vez anterior. Ya se había nublado, y al acercarse al pozo comenzó a oscurecer. Eso ya no le extrañaba, sabía que siempre el pozo estaba rodeado de un ambiente nublado, oscuro y solitario.

Antes de beber un trago de su agua, miró hacia atrás, y como esperaba, no había nadie. Parece que estaba en un mundo intermedio, entre su presente y este pasado, frente al pórtico que lo trasladaría de vuelta.

Le vino a la mente este pensamiento, y recordó que la palabra puerta se derivaba de "portar". Cuando se fundaban las ciudades, en la antigüedad, se marcaban los límites, que después se convertirían en muros, con un arado. Cuando el fundador pasaba por lo que sería una puerta, "portaba" el arado para que no dejara marca: allí no habría muro.

El pozo lo portaría a él, para trasladarlo de regreso a su tiempo.

Bebió el agua y se concentró en el presente, su presente. A los pocos instantes ya estaba de vuelta en su departamento.

Por más que hizo un esfuerzo, no pudo recordar que a los nueve años, en la puerta del colegio hubiera tenido un encuentro con algún extraño que le hubiese preguntado por el profesor Sarmiento.

16

En busca del pozo

Durante los días siguientes a ese viaje, Cirilo no hizo más que pensar en lo que había sucedido.

También se puso a meditar sobre el pozo. Algunas preguntas cruzaron su mente. El poder que le transfería el pozo, de transportarlo hacia el pasado, ¿era para todos los que se acercaran a él, o era sólo para Cirilo?

Si otra persona se acercara al pozo, ¿podría ver las palabras que él vio, que le indicaban cómo hacer estos viajes?

A él le gustaba mucho la historia, y siempre soñaba con el pasado. ¿Sería ese el motivo por el que este misterioso pozo le había permitido viajar en el tiempo? ¿O acaso era un don reservado a cualquiera que llegara junto al pozo?

¿Cómo poder averiguarlo? Sería cosa de probar con otra persona. Persuadirla que se acercara al pozo, y ver qué pasaba. La persona en que estaba pensando era Veranda.

Pero, ¿cómo convencerla para que vaya al pozo? El lugar estaba bien lejos. Habría que idear un paseo, y acercarse a él. Pero la vez que le comentó el asunto, ella le dio con la puerta en las narices, lo trató como si estuviera chalado. Y podría darse cuenta que la estaba llevando a ese lugar ¿Cómo hacerlo?

Después de darle muchas vueltas al asunto, estaba decidido a llevar a Veranda al lugar del pozo. En cuanto se vio con ella, le propuso hacer un paseo por el día, el sábado siguiente, al camino al que habían ido esa vez hace un tiempo, de paseo. Ella aceptó, sin oponer objeción alguna, ni sospechar cuál era la intención de él.

Llegó el sábado, y partieron temprano. Llevaban un canasto con comestibles y bebidas para hacer un picnic en el camino.

Durante el viaje hablaron poco. Cirilo tenía la mente puesta en lo que sucedería. Veranda ya se estaba acostumbrando a sus ensimismamientos y silencios prolongados, así que no hizo esfuerzos por sacarlo de ese estado.

Pararon en el mismo lugar que lo habían hecho la primera vez que fueron juntos.

Mientras Veranda distribuía los sándwiches, Cirilo rompió el silencio:

- ¿Te acuerdas de ese documental que pasaron sobre el río amazonas?
- Si, donde mostraban cómo viven ahora algunos de los indígenas que todavía habitan el interior del amazonas.
- ¡Ese mismo! Resulta que entre toda la gente que entrevistaron salió un turista que andaba viajando por allí.
- No me acuerdo para nada. Había tanta gente. ¿Y qué hay con él?
- Resulta que conocí a su padre. Tiene cuenta en el banco - dijo Cirilo, que se estaba animando. No quería que Veranda sospechara cuál era el verdadero propósito de este viaje-. El otro día, con Alberto, estuvimos conversando con él.
- ¿Y a qué viene que me cuentes eso, ahora? - preguntó ella, sorprendida.
- Es que me fijé en ese ternero que está ahí, al otro lado de la reja.
- Pero, ¿qué tiene que ver el ternero?
- Se parece un poco al cliente.

Ella soltó una carcajada.

- ¿Y cómo puede parecerse el ternero al señor? No veo por donde.
- Fíjate en el peinado. El ternero lleva el mismo peinado.

Veranda se reía con cada salida de Cirilo. La mañana había comenzado un poco tensa, pero a esta altura ya estaba relajada, pensando en que el día sería más entretenido de lo que había creído.

- Pero lo que más me hizo recordar al cliente es la mirada. Mira fijo, igual que el ternero, que parece que nos va a hablar. Y resulta que las orejas también las tiene parecidas.

- Cómo va a tener las orejas igual a las de un ternero el cliente.

- No son iguales, pero parecidas. El las tiene un poco puntiagudas. Además, tiene las orejas bien peludas, como las del ternero.

Al cabo de un rato ambos se rieron y se tomaron de la mano. Hubo un prolongado silencio, en que él le acarició la mano de Veranda. Luego siguió hablando:

- Este señor nos contó una anécdota. Resulta que él es profesor universitario.

- Si, ¿y?

- Contó que una vez estaba haciendo clases. En la mitad de la clase le dio ganas de orinar.

Ella comenzó a reírse, sorprendida de lo animado que estaba Cirilo. Continuó:

- A medida que avanzaba la clase más ganas tenía. Al final, como ya no aguantaba, comenzó a pasearse de un lado al otro de la tarima.

- Perdón -, interrumpió ella - mira, se está yendo tu cliente.

- Así veo, y desde atrás se parece más todavía. Bueno, resulta que al final de la clase el pobre ya estaba saltando de un lado a otro del pizarrón, aleteando los brazos, para poder aguantarse. Según él sus alumnos deben haber pensado "este profesor si que se entusiasma con lo que enseña", sin saber que ya casi se meaba.

Veranda se reía, mientras servía dos vasos con café.

Después del café, y un rato de descanso, prosiguieron el viaje.

Cirilo se acordaba que a poco andar del sitio donde almorzaron, el camino daba una curva a la izquierda, y desde allí arrancaba el camino que conducía al pozo.

Fue manejando despacio y con la vista atenta en el camino, para no perderse el desvío. En cada curva le parecía que lo iba a ver. Pero este no aparecía. Como ya había pasado bastante tiempo sin que apareciera el desvío, le confesó a Veranda, aparentando que hacía un comentario sin importancia:

- ¿Te acuerdas de ese camino secundario, tan bonito, que tomamos cuando vinimos? Me gustaría tomarlo de nuevo. Me parece recordar que era por aquí que había que desviarse, pero no aparece.

- Si me acuerdo, pero creo que ya lo pasamos -, respondió ella - pero de bonito no tenía nada. Era un lugar oscuro y lúgubre.

- Sin embargo era pintoresco. Yo también creo que lo pasamos. ¿Qué te parece si damos la vuelta para ver si lo podemos encontrar.

- Bueno, si tu quieres, date la vuelta allí.

Eso hizo, y se devolvió. Manejó más despacio, sin perder de vista la orilla del camino para ubicar el desvío. Pero este no aparecía. Finalmente llegaron de vuelta al sitio donde almorzaron. Ambos estaban seguros que el desvío estaba cerca de este lugar.

- Voy a dar la vuelta. Parece que se nos pasó.

Dio la vuelta, manejó y manejó, hasta llegar al hotel donde habían alojado. La verdad es que no aparecieron los tres álamos, ni la casa con la tinaja, ni la larga pirca de piedra. Eso lo desconcertó, pues eran sitios perfectamente identificables. Tampoco se encontró con la casa azul ni con los caballos de arriendo. El camino que buscaba no apareció nunca. Cerca de donde calculaba que debía estar el desvío, vio una casita de campo, bien deteriorada, en la que no se había fijado antes. Frente a ella había un banco, donde estaba sentado un viejo de barba blanca, con una mirada perdida en el horizonte. Detuvo el auto cerca, paró el motor y se bajó.

- Buenas tardes, ¿le puedo hacer una pregunta?

- Buenas tardes. Diamantino es mi nombre, para servirlo. Haga su pregunta, joven.

Era un viejito de campo, curtido por la tierra y el sol. Flaco y de baja estatura, de unos setenta esforzados años. Estaba vestido con un terno oscuro, camisa blanca, que de tantos lavados ya estaba gastada.

Se notaba que era una persona de mente ágil, tenía la frase y la respuesta ingeniosa a flor de labio, y el hablar fácil.

- Yo soy Cirilo. Hace tiempo estuvimos aquí, y nos fuimos por un desvío hacia la derecha. Pero ahora no podemos encontrarlo. Estoy seguro que era por aquí.

- Mire don Cirilo, yo vivo aquí hace cincuenta años, y nunca vi el camino que dice usted. Esta casa ha estado aquí desde mucho antes que yo llegara.

Cirilo trató de interrumpir, pero el viejo no se lo permitió.

- Aquí vivió uno que fabricaba pan, lo metía en bolsas, las bolsas las subía en el lomo de su burro, y salía a venderlo. En ese tiempo este camino pavimentado no era más que una huella. Y antes que él vivió otro, que fabricaba ataúdes.

- El pan debe haber quedado bien transpirado de burro, no necesitaba echarle sal - alcanzó a decir Cirilo.

- Si, si le echaba sal. Ponía un cuero en el lomo del burro, y encima de él colocaba las bolsas - rebatió Diamantino, algo molesto con lo impropio del comentario -. Durante muchos años todos los que vivían aquí le compraban pan. ¿Y por qué no le dice a la señorita que viaja con usted que se baje? Yo no muerdo.

Se rió Cirilo. Encontraba simpático al viejo, con su tono gruñón.

- Veranda, bájate del auto. El señor, aquí, me está contando algo sobre este lugar.

- ¡Diamantino!

- Don Diamantino - repitió Cirilo.

- Había tres álamos cerca. También una casa con una tinaja, una pirca de piedra y una casa azul...

- Aquí hay muchas pircas de piedra. Y la casa azul, de que me habla, la deben haber pintado hace poco, porque yo no recuerdo ninguna casa azul.

- ¿No arriendan caballos, por aquí?

- No, señor.

Veranda se bajó, y se dirigió hacia donde estaba el viejo. Le ofreció la mano, mientras él hacía un ademán de pararse y se quitaba el sombrero.

- Diamantino, para servirla.

- Yo soy Veranda. Mucho gusto en conocerlo.

- El gusto es mío. Tome asiento, señorita - dijo, señalando un trozo de tronco con unos listones clavados, que hacía las veces de silla, los listones hacían de respaldo.

- Me contaba don Diamantino - señaló Cirilo -, que aquí vivió alguien que hacía pan y lo salía a vender en su burro.

- ¡Qué pintoresco! - fue lo que atinó a comentar Veranda.

- Y dice que antes había otro que fabricaba ataúdes, ¿no es así, don Diamantino?

- Así es, joven, y hay muchas anécdotas que cuentan de él.

- A ver, don Diamantino, cuéntenos.

- Se llamaba Felicindo. Resulta que los ataúdes los hacía a la medida. Cuando alguno estaba muy enfermo, lo llamaban. El iba y medía al enfermo, compraba unas tablas y comenzaba a fabricarle el ataúd. Era de madera de pino de la más económica, después que lo terminaba le echaba una mano de pintura al agua negra.

- ¿Lo medía cuando todavía estaba vivo? - preguntó Cirilo.

- Así es, joven.

- O sea, la persona ya sabía que estaba grave, cuando veía que llegaba Felicindo a medirlo - agregó Veranda, riéndose -, con eso seguramente se agravaba su salud.

Diamantino siguió, como si nada hubiera escuchado:

- Una vez lo llamaron para medir a uno que estaba enfermo. Se veía bien grave. Felicindo lo midió, compró las tablas y comenzó a fabricarle el ataúd. Pero resulta que el enfermo se mejoró.

Cirilo y Veranda se rieron.

- ¡Oiga que estaba enojado Felicindo! Se enojó porque el fulano no se murió, y se quedó con la madera comprada y el ataúd a medio hacer. Si vivió como diez años más. Cada ves que lo veía Felicindo, le decía de todo. No le perdonó nunca que le hubiera hecho esa mala jugada.

Cirilo y Veranda se reían a todo dar. No sólo por lo que les estaba contando, sino por la forma especial que tenía de contarlo. Su hablar era pausado, pronunciaba las palabras en un tono característico de la gente de campo, y dramatizaba lo que decía. Estaban muy entretenidos.

- Cuéntese otra anécdota, don Diamantino.

Para él era una oportunidad de contar con una audiencia interesada, pues pasaba gran parte del tiempo solo. Siguió:

- Hubo una oportunidad en que midió mal. El finado era como quince centímetros más largo. Y ya el cajón estaba hecho.

Se tomó un descanso, que aprovechó para estudiar las caras de sus oyentes.

- ¿Y cómo se las arregló para meterlo adentro?
- Bueno, le sacó la parte de abajo del ataúd, y con los recortes de tablas le fabricó un agregado. Al finado le colocaron los pies en el agregado, y con eso quedó bien. Pero cuando lo llevaban al cementerio se empezó a desclavar el agregado.

Vio que su relato les hacía mucha gracia a su concurrencia. Esperó un rato y prosiguió:

- Cuando faltaba como medio kilómetro para llegar, uno tuvo que colocarse adelante para afirmarlo. Al final cuando colocaron el ataúd en el hoyo tuvieron que hacerlo con mucho cuidado, para que no se separara el agregado, y el finado quedara con los pies al aire. Mejor dicho, en la tierra.
- Don Diamantino - dijo Cirilo, entre risas -, de dónde saca usted estas anécdotas tan divertidas.
- Son cosas que se cuentan. Tengo otra:
- Una vez iban a enterrar a uno. Llevaban el ataúd a cuestas en dirección al cementerio. Pasaron frente a un bar, y les bajó la sed. Dejaron el ataúd a la vera del camino, y entraron, a echarse unos tragos para pasar la pena por la partida del amigo y familiar.

Los dos jóvenes se reían cada vez con más ganas, mientras Diamantino permanecía serio, esperando que se le pusiera atención. Siguió después de unos instantes:

Resulta que se les calentó el hocico, como se dice por acá. Y cuando se acordaron del entierro y salieron, ya no podían ni levantar el ataúd de curados que estaban.

- ¿Y qué pasó entonces? ¿Cómo se las arreglaron?
- El dueño del bar salió a buscar ayuda. Encontró a unos fulanos que se encargaron de llevar al finado al cementerio, mientras el cortejo de curados los seguía.

- ¿Ven a ese que va ahí? - preguntó el viejo, que ya tenía a su audiencia totalmente cautiva -. Hace muchos años atrás yo le trabajaba al padre.

- ¿Usted le trabajaba al padre de ese señor?

- Así es, señorita. Hace muchos años yo trabajaba para el padre. El tenía la casa que se ve allí. No vivía en esa casa, vivía como a una hora de este lugar. Era bien parecido, pelusón el hombre. Tenía una amiguita que lo venía a visitar. Aquí se encontraban y le daban duro.

Diamantino ya estaba en confianza con sus ocasionales amigos, se sentía a gusto contando sus historias. Parecía que nunca iba a parar. Cirilo ya se había olvidado del pozo.

- Una vez estaba con la fulana, dele que suene. En eso llegó su esposa, que se había venido en uno de los buses viejos que circulaban entonces. Comenzó a tirar de un cordel con que se tocaba una campana para que le abrieran. El auto lo había dejado el hombre escondido en un galpón que había al fondo, así que ella no lo veía.

Después de una pausa continuó:

- Yo la vi, y sabía en lo que estaba él, porque había visto llegar a la fulana. Si descubría en qué andaba el marido, quedaba la grande. Creo que sospechaba algo, por eso se vino sola, para sorprenderlo en el acto.

- El me daba trabajo, así que yo tenía que protegerlo. Así que me fui para allá atrás, me metí al estero que pasa por ahí, y por el estero me deslicé hasta el fondo de su propiedad. Mientras su esposa seguía en la calle, tocando la campana.

Cirilo y Verdana lo miraban con interés, sonriendo.

- Llegué con cuidado hasta la ventana del dormitorio, donde se suponía que estaba él con la fulanita. Golpeé la ventana despacito, y dije "su señora está en el portón de la calle". En unos segundos se abrió la puerta y apareció él, abrochándose una bata, con la cara pálida de susto. "¿Qué hago ahora?" me preguntó. Detrás de él pude verla a ella que se estaba terminando de vestir, apuradita, toda chascona.

- Yo le dije "que se venga conmigo, yo le doy la salida, por mi casa". Así que me siguió, mientras él se dirigía lentamente a abrir el portón, dándonos tiempo para que desapareciéramos al fondo del jardín. Cuando llegamos a mi casa le di agua para que se lavara la cara y se peinara. De ahí se fue cuando se aseguró que la señora había entrado y no la vería. ¡Era bien buenamoza la tonta! Nunca más la vi.

- ¿Y qué pasó con él y su esposa? - preguntó Cirilo.
- Yo alcancé a oírla cuando él le abrió la puerta. "¿Qué estás haciendo en bata a esta hora, hombre?". Le dijo que estaba durmiendo porque en la noche había dormido muy mal, y no se sentía bien. Quien sabe si ella le creyó.

Después de una pausa concluyó:
- Al otro día llegó a mi casa con una botella de vino, de regalo. "Gracias", me dijo, "me salvaste de una buena".
- ¿Y tiene hijos, don Diamantino?
- Tengo uno.
- ¿A qué se dedica?
- A lo mismo que yo.
- ¿Es decir?
- Tiene animales. Ahora mismo anda en los cerros para buscar un par de vaquillas, para las fiestas.
- ¿Para beneficiarlos?
- Si, pues. No ve que ahora la gente compra carne para celebrar, así que es buena época. Subieron como veinte, ayer.
- Ah, van en grupo.
- Se ayudan unos a otros. Tienen los animales sueltos, todos marcados. Subieron en patota, gritando.
- ¿Para qué gritan?
- Porque así los animales los oyen y arrancan. No ve que ya los han laceado antes, así que oyen los gritos y arrancan. Así los ubican, porque se mueven los arbustos.
- ¿Y pasan la noche en el cerro? Debe hacer frío.
- ¡Chis! Van bien abrigados. Por dentro. Si llevaban una mula bien cargada de cerveza y vino. Pasaron por aquí y se detuvieron.

En ese punto hizo un alto y se rió. Continuó:
- Uno me dijo "Mire, don Diamantino". Se acercó a la mula, que estaba parada por allá – dijo, señalando con el dedo -, y le pegó un sacudón. Blup, blup, sonaba el vino en

las cajitas, y la botellas de cerveza tintineaban. Iba cargadita la mula.

A esta altura Cirilo, que se había entretenido harto con las anécdotas de Diamantino, se comenzó a impacientar, no estaban tan cerca de su destino. Después de algunos intentos por interrumpir, logró hacerlo:

- Se nos hizo tarde, y tenemos que volver, y nos queda todavía un largo viaje.

Hubo varios intentos sucesivos de Cirilo por poner fin a la conversación y llevarse a Veranda, y de Diamantino por seguir agregando anécdotas a su repertorio, aprovechando a su nuevo auditorio. Era evidente que sus cercanos ya habían escuchado sus cuentos suficientes veces, así que no le daban espacio para seguir contándolos. Por lo que la llegada de estos dos jóvenes le proporcionó audiencia fresca.

Por fin ganó Cirilo, y pudo, después de una larga despedida, hacerse al camino junto con Veranda.

El regreso fue rápido y silencioso, sólo cruzándose algunos comentarios breves entre ellos, relacionados por los relatos de don Diamantino. Cirilo estaba molesto por lo tarde que se había hecho con la conversa. Y sobre todo estaba contrariado por no haber podido lograr su objetivo de llevar a Veranda a conocer el pozo. No dejaba de pensar cómo, en tres pasadas, no pudo ubicar el camino que buscaba.

- ¿Estás frustrado porque no pudiste encontrar el camino que buscabas? - preguntó Veranda, sólo para romper el silencio.

- No, pero me hubiera gustado, era bonito el lugar.

- Yo no le encontré nada de bonito, me pareció bastante feo el camino ese.

El no respondió. Seguía sin entender lo que pasó.

17

Regreso al Colegio

El lunes, de vuelta en el banco, Cirilo tenía algo que le turbaba. En su viaje a 1984, había concertado una entrevista con el profesor Sarmiento. No era su intención agendar esta reunión, sino que la conversación que tuvieron, improvisada y sin mucho sentido, tomó un rumbo que llevó a eso. El viaje que hizo fue el lunes 22 de octubre. La reunión se había fijado para en martes 30 de ese mismo mes.

Lo que le turbaba era que no iba a asistir. Por una parte, le molestaba el hecho de dejar plantado al profesor. Y por otra, le preocupaba que, al no llegar a la reunión, éste llamara por teléfono a la casa. Y obviamente no estarían enterados de nada, e incluso negarían la conversación del supuesto padre de Cirilo con Sarmiento. Y eso podría tener implicaciones serias. No dejaba de recordar la frase del pozo, "no alteres el pasado".

Todo esto lo tenía en una encrucijada. ¿Ir o no ir? Si iba al martes 30 de octubre podría tener la reunión con el profesor, trataría que fuera lo más breve posible, y nada pasaría. Tendría que inventar una excusa para explicar el hecho que su esposa no estuviera presente. La más fácil: estaba en cama con un fuerte resfrío.

La otra opción era sencillamente no ir, y dejar que los acontecimientos ocurran. Total, ¿qué podría pasar? En el peor de los casos, si se comunicaba con sus verdaderos padres, quedaría como que el personaje que habló con Sarmiento era un impostor. Lo del parecido quedaría como un misterio. ¿Cuáles habrían sido sus intenciones? Sería un misterio para siempre. Pero también era posible que no se comunicara con nadie, y sencillamente el profesor pensara que eran unos irresponsables al comprometerse a tener una reunión, y después no aparecer.

"¿Voy y asisto a la reunión, o no voy?" era su duda.

Finalmente, después de un par de días, tras darle muchas vueltas, su sentido de responsabilidad, entre comillas, lo hizo inclinarse por ir, porque igual, todo era una farsa. Siempre había en él un pequeño temor, el temor de ser descubierto. Pero afrontaría el riesgo de la mejor forma posible. Por eso la reunión debía ser lo más corta posible, sólo limitarse a cumplir.

Cuando se fue a su casa, después de retirarse del banco, se dispuso a efectuar la travesía. Tomó la botella con el agua del pozo, que mantenía guardada cuidadosamente bajo llave, y la puso en una mesita, procediendo a tomar asiento. Esta vez se preocupó de tomar la hora, anotarla en un papel y dejar el papel al lado del reloj. De inmediato destapó el contenedor con el agua, se concentró en la fecha, 30 de agosto, en la hora, cuatro treinta de la tarde, en el colegio, y en el pozo, luego cerró los ojos y tomó un trago.

Esta vez iría directamente al colegio, para evitarse la caminata desde la plaza, lugar que ya se estaba convirtiendo en habitual de llegada al pasado. Además, quería ver cuánto control tenía sobre el lugar de llegada.

Con los ojos cerrados pudo percibir cómo su entorno comenzó a oscurecerse, se le vino a la mente la imagen del pozo, y tras unos segundos de oscuridad comenzó a llegar la claridad y con ella mucha bulla.

Abrió los ojos, y se encontró en un extremo del patio del colegio. Estaba lleno de niños, pues aparentemente era la hora de salida. El esperaba llegar al colegio, pero no encontrarse dentro de él, lo que le causó inquietud. Parecía que nadie se había dado cuenta del hecho que apareció de la nada, pero ahora sí había varias miradas sobre él, pues era un extraño en ese lugar, rodeado de niños.

Miró para todos lados, asustado, viendo la forma de salir de allí sin ser notado. Los niños eran todos pequeños, así que sobresalía por encima de todas sus cabezas. Se dirigió hacia la derecha, luego se arrepintió, volteó hacia el lado opuesto, había un profesor que lo vio, parecía un inspector, que se estaba abriendo camino entre los niños para aproximarse a él. Cirilo viró hacia un a lado para arrancar del inspector, que avanzaba sin perderlo de vista.

Vio que se acercaba un grupo compacto de niños, así que se dirigió a ellos, intentando entrometerse, para salvarse de la persecución del inspector. Entraron todos los niños por una de las puertas que daba hacia la portería, llevándose a Cirilo consigo. Pero allí estaba el portero, que al momento lo divisó y trató de acercarse a él.

Cirilo volteó la cabeza para no tener que responderle al portero, que ya estaba abriendo la boca para decirle algo.

- Señor... - alcanzó a oír Cirilo, con una voz fuerte con tono autoritario.

En eso sintió una mano que lo agarraba de la manga. Era el inspector, que le había dado alcance.

Trató de desembarazarse de él, pero no pudo, lo tenía firmemente agarrado. Un tirón más fuerte y soltó. Con el tirón le dio un golpe a uno de los niños que estaba saliendo, junto a él. Oyó un leve quejido.

- Señor - repitió el portero, esta vez con voz más fuerte.

En eso se estrelló contra alguien que estaba parado frente a él, y lo miraba fijamente, con cara amenazante.

- Señor, usted tiene una reunión con el profesor Sarmiento, pero llegó un poco temprano - le dijo el portero -. El me dijo que tendrían una reunión a las cinco, y que lo hiciera pasar a la sala de reuniones. Pero son recién las cuatro y media.

El inspector y el que estaba parado frente a él, que resultó ser un profesor, se quedaron mirándolo un rato. Luego, sin decir nada, se retiraron.

- Lo llevaré a la sala de reuniones, creo que está desocupada -. prosiguió el portero. Va a tener que esperarlo un rato, como llegó antes de la hora, y él todavía no se desocupa.

Esperó la media hora, mientras pensaba en el incidente en el patio. En el futuro, tendría que ser más cuidadoso, se creó una situación embarazosa, que afortunadamente terminó bien, pero le podría haber ocasionados algunas complicaciones. Estaba nervioso por lo que pasó y por la reunión que tendría. ¿Quedará al descubierto el engaño?

Por fin llegó el profesor. Saludó con mucha amabilidad a Cirilo. Traía un libro en la mano. Tomó asiento y comenzó la conversación, primero sobre temas triviales, para ir centrándose de a poco en lo que se suponía que era de interés.

- Quiero darle mis excusas por mi esposa. Está en cama con un resfrío. Parece que el viernes pasado se tomó un enfriamiento. El domingo ya estaba con fiebre. Me encargó saludarlo y pedirle sus excusas.

- Siento escuchar eso, y espero que se recupere pronto. A ver si le doy una llamada telefónica para desearle una pronta mejoría.

- ¡No!

- ¿Cómo?

- No se moleste usted. Yo me encargaré de darle su saludo y transmitirle sus buenos deseos.

- Le ruego que lo haga, por favor.

- Hacía tiempo que no venía al colegio. Está bastante cambiado.

- Se ha modernizado. Todos los equipos se han modernizado, el equipamiento deportivo, las salas de música, los laboratorios.

- Yo soy ex alumno. Estudié aquí doce años. Pero en mi tiempo era muy distinto. Además parecía todo más grande.

- Eso es un fenómeno que siempre se produce: cuando uno es más pequeño, los lugares le parecen más grandes. Después, cuando somos mayores, nos parecen tan chicos.

-Tiene usted toda la razón. El patio, por ejemplo, yo lo veía tan grande. Ahora, en cambio, lo veo tan pequeñito.

- Usted dice que es ex alumno del colegio - dijo el profesor -, ¿Cuándo egresó?

- Eh, a ver - respondió, y comenzó a hacer rápidos cálculos mentales.

Por último llegó a un año, que parecía convincente:
- 1967.
Estaba un poco incómodo con estas preguntas. Pensó que no había sido muy inteligente haberle dicho que era ex alumno. El profesor arremetió de nuevo:
- ¿Quienes fueron sus compañeros?
Esa si que fue una pregunta complicada. Comenzó a inventar algunos nombres. Entre ellos, nombres de compañeros suyos del banco. Total, el profesor no estaba allí en 1967, así que no podría saber si esos alumnos eran auténticos o inventados.
- No ubico a ninguno de ellos. Pero algunos de los egresados en esos años son ahora apoderados del colegio, igual que usted - continuó el profesor, que seguía dándole vueltas al tema, para desagrado de Cirilo -, por ejemplo, Santoro y Vidal. ¿Fueron compañeros suyos?
La respuesta de Cirilo fue obviamente negativa, para que no siguiera inquiriendo detalles; ahora tenía que elegir entre decirle que eran mayores o menores. Optó por lo último.
- Eran menores que yo. No me acuerdo mucho de ellos, uno generalmente se acuerda de los que están en cursos superiores, pero no de los más chicos.
- Mire que curioso.
- ¿Por qué curioso?
- Es que se ven mayores que usted.
- Lo que pasa es que me he conservado mejor - le dijo él, esbozando un sonrisa.
Cirilo jugueteaba con unas llaves. Lo único que deseaba era terminar esta reunión lo antes posible, antes de que se presentara una situación que lo dejara al descubierto.
- El rector de esa época me parece que era... - continuó Sarmiento, con obstinada insistencia, lo que exasperaba cada vez más a su interlocutor - ¿quién era el rector?
- Cómo se llamaba, lo tengo en la punta de la lengua. Estee...
- Debe haber sido Jackson - salvó la situación el profesor.
- Sí. Señor Sarmiento - cortó bruscamente Cirilo -, yo quería que me contara un poco acerca de nuestro hijo, de Cirilo.

- Ustedes han recibido los informes trimestrales, me imagino.
- Por supuesto, y muy completos -. Cirilo se preguntaba cómo se había involucrado en esta situación tan absurda - pero sabe, a mi, y a mi esposa, por supuesto, nos interesa conocer su opinión sobre cómo se desenvuelve Cirilo.

El profesor lo miraba fijo, con una expresión que parecía decirle que no comprendía nada.

- ¿Cómo se relaciona Cirilo con los otros niños? ¿Cómo se desenvuelve en clases? ¿Le parece a usted que está a gusto en el colegio? Usted se habrá dado cuenta que él es algo retraído.
- Mire, su hijo se relaciona perfectamente bien, con toda normalidad, con sus compañeros - respondió el profesor, en un tono que denotaba un leve grado de irritación -. El es un tanto retraído, yo diría que es un poco introvertido. Pero no tiene nada de malo. Debe entender que cada niño tiene su personalidad, no hay dos que tengan las mismas características de comportamiento. Su hijo Cirilo tiene un patrón conductual bien definido, que de ninguna manera lo inhabilita para desempeñarse en la sociedad.
- Ya veo, yo mismo nunca fui un sujeto muy extrovertido. Creo que mi hijo heredó algunos aspectos de mi personalidad.
- ¿Desea saber acerca de su rendimiento escolar? - preguntó el profesor, que ya comenzaba a impacientarse.
- No, no era eso lo que me interesaba, pues nosotros tenemos los informes trimestrales, con todas sus notas.
- Si, no hay mucha más información que yo pudiera darle.
- Usted no sabe que Cirilo es tremendamente solidario. Yo lo he visto muchas veces haciéndole clases a algunos de sus compañeros, antes de las pruebas.
- No me cabe ninguna duda, y por lo que lo conozco, estoy seguro que es así.
- También se ofreció como voluntario, para colaborar después del terremoto. Pero no lo aceptaron por tener muy poca edad.

Cirilo se puso a relatar asuntos relacionadas con su persona, de las que se iba acordando a medida que avanzaba la reunión. El profesor estaba haciendo cada vez más esfuerzo por llevarla a su fin, pues estimaba que ya no se estaba llegando a ninguna parte. Mientras que Cirilo se iba animando cada vez más. Parecía que había olvidado la curiosa naturaleza de esta conversación y la falsedad de toda la situación.

- Hace poco tiempo ocurrió algo muy curioso - dijo de nuevo Cirilo, dando comienzo a una nueva anécdota. Sin embargo, fue interrumpido decididamente por Sarmiento, que ya estaba resuelto a dar por terminada la entrevista.

- Sabe, señor, yo tengo que reunirme con otros profesores, para resolver unos asuntos imprevistos relacionados con los niños, por lo que voy a tener que dejarlo.

- Pero por supuesto, señor Sarmiento, me dejé llevar, y mire como se pasó volando el tiempo. Pero antes de despedirnos quiero pedirle un favor.

- Si, dígame, no más.

- Quiero que no le diga ni una palabra a mi hijo, de esta reunión que tuvimos. No quiero que se vaya a inquietar.

- De ninguna manera, no hay motivo para informarle de las conversaciones del profesor con los padres - respondió el profesor, mientras se levantaba de su asiento y le ofrecía la mano al supuesto padre. Y agregó:

- Ojalá que la próxima vez que nos reunamos pueda estar su esposa. Siempre es importante que la madre se entere de los asuntos relacionados con el hijo escolar. Ha sido un gusto conversar con usted.

- Por supuesto que es importante que ella esté. El gusto fue mío, profesor - respondió, con una amplia sonrisa en los labios, como diciendo, "no te imaginas cuál es la realidad de lo que está ocurriendo aquí".

El profesor se alejó. Cirilo se quedó sin saber que pensar, todavía no lograba asumir lo que le estaba ocurriendo. Después de unos minutos, se incorporó y se dirigió hacia la puerta, lentamente. Caminó hacia la salida del edificio, mezclándose con grupos de niños rezagados, que se retiraban.

Súbitamente tuvo un sobresalto. Ahí, a unos metros de distancia, a su lado derecho, estaba él mismo, el niño de nueve años, también saliendo. Parece que no lo había visto, o bien no lo había reconocido. Cirilo adulto rápidamente dio media vuelta y volvió sobre sus pasos. No fuera que apareciera Sarmiento y los viera a los dos. Volvió a la sala de reuniones donde había estado para esconderse del niño Cirilo, pero al abrir la puerta se encontró con que habían tres personas, que se le quedaron mirando, con cara de molestia, por su abrupta interrupción.

- Disculpen - atinó a decir -, estuve reunido aquí con el profesor Sarmiento, y pensé que había dejado olvidada una agenda.

- Ah, si - dijo el que parecía ser un profesor -, entonces usted debe ser el padre de Cirilo. Yo soy su profesor de música, y acabo de tener clases con él, debe estar saliendo. Le voy a avisar que está su papá, para que se apure. Estos niños se quedan en la sala conversando, y no salen nunca.

Al decir esto se paró y se dirigió resueltamente hacia la puerta.

- Disculpen, un minuto - le dijo a la pareja que estaba con él.

- No, no se moleste - balbuceó Cirilo -, si ya nos encontramos, me está esperando afuera.

Rápidamente se dio media vuelta y desapareció, teniendo buen cuidado de no toparse con él mismo. Trataba de encogerse para que no sobresaliera tanto su cabeza entre los niños, a la vez que miraba hacia uno y otro lado para ver si el niño estaba por ahí. El peor escenario sería encontrarse con él y el profesor Sarmiento juntos.

Pudo salir a la calle sin problemas. Allí miró bien hacia todos lados.

Hacia la derecha estaba él, conversando con dos de sus compañeros, a quienes Cirilo adulto reconoció en seguida. Uno era Gastón, apodado el pájaro, y el otro era Jimmy, apodado Nerón. Ambos habían sido bien amigos en sus años de colegial. El pájaro no había terminado en el colegio, y nunca más volvió a saber de él. Nerón terminó junto con él, ocasionalmente tenía noticias suyas. No muy buenas, parece que económicamente estaba bastante mal. Como estudiante no era muy bueno, y terminado el colegio no fue a la universidad, sino que se puso a trabajar. Al principio estaba bien, pero después pasó largos períodos cesante, y siempre tenía dificultades en encontrar trabajo. Según le dijo, una vez que se encontraron en un supermercado, varias veces había postulado a diversos trabajos, pero al ver su currículo, le habían dicho que estaba sobre calificado para el trabajo. A Cirilo siempre le había parecido extraño eso, que por estar "sobre calificado", no lo podían contratar. Además, ¿cómo podría Nerón estar sobre calificado? Pero así decía él.

Le dio pena verlo, alegre y despreocupado, sin sospechar que después le iría tan mal en la vida. ¡Que ganas sintió de ir a decirle que se dedicara más al estudio y tratara de llegar a la universidad, que iba por el camino del fracaso! Pero sabía que eso le estaba vedado.

Se retiró rápidamente del lugar, hacia el lado opuesto de donde estaban conversando estos tres personajes, con ganas de volver a su tiempo. Se iba a dirigir hacia la plazoleta donde en las dos ocasiones anteriores había visto el pozo. Pero al mirar hacia el interior del jardín de una casona antigua, se percató que ahí estaba el pozo, medio tapado por una enorme buganvilia, casi seca. Pero, ¿cómo llegar a él, si estaba dentro de una propiedad?

Se dio cuenta que, como era habitual, en las proximidades del pozo, se había nublado y estaba más oscuro de lo que debía estar, a esa hora de la tarde. Miró a su alrededor, y se dio cuenta que no había nadie. Una neblina siniestra envolvía todo el lugar. Cuando salió del colegio había sol, el cielo estaba totalmente despejado.

Decidido a entrar y llegar al pozo, comenzó a tratar de forzar el viejo y oxidado portón de la vivienda. Pudo entreabrirlo, lo que produjo un chirrido agudo y fuerte. Se encontró en el medio del jardín. Era un jardín totalmente descuidado, con plantas viejas y crecidas, el suelo cubierto de pasto seco y malezas. La casona tenía sus vidrios sucios, algunos de ellos rotos. Se abrió paso entre la maleza hasta que llegó a un caminito con pastelones de cemento, semi cubiertos de pasto seco. No recordaba haber visto nunca esa casona abandonada, que estaba a solo una cuadra de su colegio.

Le pareció sentir el chirrido de una puerta que se abría. Apresuró el paso, y llegó hasta la vieja buganvilia. Allí estaba el pozo, con su característico resplandor. El agua estaba al alcance de la mano. Tomó un sorbo de agua y trató de concentrarse en su departamento, pero lo distrajo el sonido de una ramita seca que se quebraba detrás suyo. Se dio vuelta, y en la oscuridad distinguió la figura siniestra de un viejo vestido de oscuro con un sombrero alón negro, que lo miraba fijamente. Se dio vuelta hacia el pozo e hizo un esfuerzo para abstraerse de todo y concentrarse en su departamento, y en eso se oscureció totalmente. Sabía que eso significaba que estaba en viaje a su presente. Poco a poco se fue aclarando, y comenzó a distinguir el entorno que lo rodeaba. ¡Era su departamento!

Giró la cabeza hacia atrás, y le pareció distinguir, dentro de su departamento, la figura del viejo de sombrero alón. Pero rápidamente se desvaneció. Pensó que seguramente se le había quedado grabada en la retina esa extraña visión.

Se quedó pensando quién sería el viejo. Y que habrá pensado, cuando lo vio desvanecerse. ¿Sería el dueño de la casona, que salió a ver quién era el intruso que había ingresado a su propiedad? ¿O sería un personaje que, de alguna manera, estaba relacionado con el pozo? Seguramente nunca lo sabría. Ese pozo era tan extraordinario.

18

La hija de Ricardo

Una mañana, en el banco, Veranda conversaba con Ricardo, uno de los compañeros y amigo. Era temprano y había poco movimiento.

- ¿Qué piensas de Cirilo? - preguntó ella, abruptamente.
- ¿Para qué quieres saber que pienso de él? Tú eres su pareja, así que debes saber mucho más de él que yo.
- Si, pero quiero saber si has notado algo en él.
- Nada distinto, en particular. El generalmente es un poco reservado. Cuesta que se entusiasme con algo, y cuando eso ocurre, se apasiona, es otra persona. Quiere hacer que todos participemos de lo que lo tiene entusiasmado.
- Pero quiero saber si has notado que ha cambiado, en las últimas semanas - interrumpió ella, impaciente.
- No, nada.
- Tú lo pintaste tal como es. Si hay algo que le interesa, se transforma en otra persona.
- Pero ¿a qué viene estas preguntas? ¿Le pasa algo? ¿Por qué dices que ha cambiado? Yo creo que es siempre él mismo. Y así hay que aceptarlo. Tal como es.
- A él siempre le gustó la historia. Pero parece que ahora más que antes. Da la impresión de que es lo único que le interesa - comenzó a quejarse Veranda -. No deja de hablar del pasado. Parece que lo tiene obsesionado. Siempre ha sido algo ensimismado, pero a mi me atrae como es.

Sin embargo, he notado que está distinto. No sé cómo describirlo, pero ahora parece que nada le interesa. Sólo el pasado.

Ricardo la miraba con una sonrisa en los labios. Conocía demasiado bien a Cirilo como para sorprenderse de todo eso que le contaba. Después de pensar un rato, Veranda estaba dudando si era lo más apropiado participar a Ricardo de sus inquietudes con respecto de Cirilo. Pero pensaba que él era el más cercano a su pareja, y la persona indicada para ser su paño de lágrimas.

- El no para de hablar de cuando era niño. Habla de los que fueron sus profesores, de lo que hacía en el colegio, de sus compañeros de curso, de sus anécdotas. Son muy entretenidos todos sus recuerdos, pero demasiado, aburre. Se ha vuelto monotemático con eso.

- Creo que tienes que comprenderlo, te insisto que él es así. No trates de cambiarlo.

Veranda, algo contrariada, decidió cambiar el tema.

- Ayer me dijiste que me tenías una noticia, Ricardo, pero no hubo oportunidad de seguir conversando, fue un día muy ocupado. ¿Cuál es la novedad? Cuenta.

- Seguramente sabes que mi hija, Solange, canta. Desde chiquitita que le gusta cantar.

- Si, ya me habías contado. ¿Qué edad tiene Solange?

- Quince años. Cumple dieciséis a fines de año.

- A nosotros nos gusta mucho la música, así que siempre le hemos fomentado su afición a cantar. Tenemos mucha música en casa, del tipo que le gusta a ella. Hace varios años que la mandamos a clases de canto.

- Qué bueno que los padres la apoyen en lo de ella. Otros no, para nada. Piensan que estas cosas son una pérdida de tiempo, porque no le van a servir para ganar dinero. El resultado: hijos frustrados.

- Bueno, nosotros no hemos sido así.

- ¿Y qué clase de música es la que ella canta?

- Mira, de todo. En general música actual, pero de pronto también le da por lo clásico. Su profesora dice que tiene voz de soprano. Pero déjame contarte la novedad.

- ¿Cuál es?

-Tu sabes que ahora, en la televisión, son populares estos programas que buscan talentos. Resulta que postuló a uno de ellos, del canal 17.

- ¿No me digas? - interrumpió Veranda - ¿y cómo le fue?
- Eso es lo que te quería contar. Resulta que la aceptaron.
- No. No te creo.
- Claro que si. Pero es para participar en el concurso. Tiene su presentación el viernes de la semana siguiente. Ahí hay tres jueces que deciden: si se va para la casa, o sigue a la próxima etapa del concurso.
- Te felicito, o mejor dicho, la felicito a ella. Y a ti, obviamente, por haberla apoyado. ¿Está muy nerviosa?
- Más o menos. Dice que no, pero yo creo que lo está. Yo he visto el programa, y los jueces son bastante fregados.
- ¿Quienes son?
- No sé. Una mujer y dos tipos que no había visto nunca antes. Ahora vemos el programa cada vez que lo dan, es dos veces por semana. Solange se está preparando a full.
- No me lo voy a perder. ¿Tiene decidido qué va a cantar? Porque es fundamental elegir bien.
- Si, va a cantar una canción que se llama "Tus ojos, la luz".
- Huy, parece que me están esperando - dijo ella, al ver a un cliente sentado frente a su escritorio, con cara de impaciente - bueno, dile a Solange que le deseo lo mejor.

19

En la cervecería

El viernes siguiente un grupo del banco, todos varones, decidieron ir a tomar unas cervezas después del trabajo. El lugar elegido fue una cervecería llamada La Vertiente, quedaba a pocas cuadras del banco. Cirilo inicialmente se había excusado de ir, pero después cambió de parecer. Habitualmente se reunía con Veranda los viernes, pero le pareció atractivo cambiar de panorama, por una vez.

Juntaron dos mesas y se sentaron en torno a ellas. El grupo estaba formado por Ricardo, Ismael, Alberto, dos nuevos empleados, más jóvenes, llamados Enrique y Noslén.

Enrique era un joven muy delgado, tanto que daba la sensación que los ternos que usaba le quedaban grandes y se veían siempre arrugados. Muy erguido, tenía poco más que un metro setenta de estatura. No soltaba un maletín negro, cuadrado, que llevaba a todas partes. Se sentía un ejecutivo joven, preparándose a escalar la pirámide social hasta el nivel más alto. Gran parte del día se le veía con la mano en la cara, sujetando un teléfono celular junto a su oído.

Noslén era un joven con cara de niño bueno, muy sano, rayando en lo ingenuo. Se caracterizaba por sus orejas puntiagudas, algo grandes. Su escritorio quedaba de espaldas a una ventana por la que entraba el sol en la tarde. Al alumbrarle las orejas por detrás estas se veían rojas, luminosas, lo que le daba un aspecto cómico. Parecían dos linternas rojas a los lados de la cabeza. Noslén no era muy inteligente, pero si bien intencionado, siempre buscando aprender para hacer mejor las cosas.

Hicieron su pedido y se miraron unos a otros, como buscando algún tema para iniciar la conversación. Ismael fue el que abrió el parloteo haciendo una pregunta a sus compañeros, mientras encendía un cigarrillo:

- ¿Cuál es su posición respecto del trabajo?
- Mira - respondió Alberto -, creo que el trabajo es tan necesario para el ser humano como el aire. Sin aire se muere. Sin trabajo se convierte en un muerto en vida.
- ¿Te imaginas lo que sería de nosotros si no tuviéramos que trabajar? - interrumpió el novato Enrique -. Levantarse en la mañana y quedar listo para todo el día.
- Creo que el trabajo es como un yugo - intervino Ricardo -. Estás obligado a trabajar, pero al mismo tiempo el trabajo te impide hacer otras cosas.
- ¿Como qué cosas? - preguntó Alberto.
- Cosas creativas. Todo lo que uno podría crear pero que no puede porque está ocupado trabajando.
- Pero ahora estamos de ociosos y no estás creando - dijo Cirilo.
- Claro que no, ahora estamos relajándonos - agregó Ricardo -, porque estamos agotados por haber dedicado el día al trabajo. Ya no estamos en condiciones para crear nada.
- Sólo tenemos energía para tomar cerveza - dijo el otro novato, Noslén.
- Oye, Noslén ¿por qué te pusieron ese nombre? - preguntó Alberto.
- Resulta que mi abuelo paterno se llamaba Nelson. Entonces mi papá escribió Nelson al revés, y me puso ese nombre.

Algunos se rieron, otros se quedaron mirándolo.

- Me parece increíble - dijo Alberto -. Parece que tu papá estaba medio loco.
- No sé en qué estaría pensando.
- A mi próximo hijo le voy a poner Otrebla.
- Y al mío Odracir.

Ismael no quería que el tema del trabajo se convirtiera en un asunto serio de discusión. Volvió a plantear el tema:

- Miren, yo tengo un refrán que ilustra lo que pienso del trabajo: "El trabajo nada engendra. Sólo el ocio es fecundo".

- ¡Eso es lo que quise decir yo! - intervino Ricardo mirando a Alberto, que se reía -. Piensen en los artistas, ellos crean en función del ocio que tienen, sin ocio no habría creación artística.

- ¡Es ingenioso este Leamsi!

Llegó el garzón con las cervezas que habían pedido, y comenzó a repartirlas. Puso dos ceniceros limpios y se llevó los que estaban llenos.

- Yo tengo otra mejor - dijo Cirilo -, "no hagas hoy lo que puedes dejar para mañana".

- Ese está bueno, me gustó - dijo Ricardo.

- ¡Ese es el refrán de nuestro querido compañero Jovino!- exclamó Alberto -, se han fijado, siempre tiene el escritorio lleno de cosas pendientes. Parece que todo lo deja para después.

Jovino era el Jefe de Cuentas Corrientes, no muy querido por todos.

- Es cierto, uno entra a su oficina y el escritorio está repleto de rumas papeles, y son los mismos que están ahí día tras día - dijo el novato Enrique.

- Lo que tú no sabes es que una vez don Jovino estuvo con licencia durante más de una semana - continuó Alberto -, y lo reemplazó uno que ya no está, se llamaba Prudencio. Este se quedaba trabajando hasta tarde. A la semana fui a conversar con él un tema a la oficina de Jovino, que estaba ocupando este Prudencio, mientras lo reemplazaba. Resulta que el escritorio estaba limpio. En una semana le había hecho todo el trabajo que este bolsa tenía atrasado.

- Y tengo otro refrán - continuó Ricardo -, "no hagas tú lo que otros pueden hacer por ti".

- Buena, esa es la mía - celebró Ismael.

- ¡Esa parece que la practica nuestro jefe! - exclamó Alberto -. Oye Ricardo, eres ingenioso, ¿de dónde sacaste todo eso?

- Tuve un intervalo lúcido - respondió.

- A propósito, este Jovino, además de flojo, es medio tonto - dijo Ricardo.

- ¿Medio tonto? Tonto completo las veinticuatro horas al día, sin descanso - agregó Alberto.

Enrique tenía un diario en sus manos.

- Miren - dijo, mientras abría el diario y señalaba una foto -, aquí dice que esta mujer ha sido elegida la más sexy del planeta.

- Ajá - exclamó Alberto, mientras leía el texto al pié de la foto -, y aquí está con su novio.

- ¡El maldito se sirve a la mujer más sexy del mundo! - dijo Ricardo - ¿Qué me dices?

- A lo mejor ya está aburrido -. acotó Noslén.

- ¡Todo el tiempo el mismo culo! - interrumpió Alberto haciendo un gesto con las manos abiertas, como de redondez - No me extrañaría que estuviera aburrido.

- Dijo el picado - agregó Cirilo, a media voz.

Todos se rieron.

Alberto se quedó mirando fijamente a Cirilo. Lo había estado observando desde hacía rato, y al fin hizo un comentario:

- Cirilo, estás muy callado hoy día. ¿Qué es lo que te pasa?

- El es hombre de pocas palabras - acotó Ricardo.

- Si, pero hoy es hombre de ninguna palabra.

La verdad es que la mente de Cirilo divagaba por otros lugares. Desde su travesía al año 1984, estaba pensando, cada vez con más intensidad, en su próximo viaje al pasado. No dejaba de cavilar sobre ello. Tenía la idea que su posibilidad de viajar al pasado se agotaría cuando se terminara el agua que tenía almacenada en la botella. No podía olvidar que cuando quiso volver al pozo, no pudo encontrarlo, como que el camino que llevaba a él simplemente había desaparecido. Por eso sentía que debía ser muy cuidadoso con la elección de los destinos de sus travesías. Estaba tan ensimismado que casi no se dio cuenta que le estaban hablando.

- Oye, Cirilo, ¡despierta! - dijo Alberto.

- Es que está enamorado - aclaró Ricardo -. ¿No ves que está pensando en "ella"?

- Nada - respondió Cirilo -, es que estaba distraído, he tenido mucho trabajo últimamente.

- Justo de eso estábamos hablando, del trabajo - comentó uno de los novatos, Noslén, y señalando a Cirilo con el dedo, repitió -: no hagas tú lo que otros pueden hacer por ti.

De pronto se produjo un momento de silencio, mientras hacía su entrada un sujeto mal vestido, de chalas, con una barba blanca que parecía que contenía recuerdos de alguna comida anterior. El pelo medio canoso, sin peinar ni lavar, se disparaba hacia los lados. Parecía un mendigo que venía a pedir.

Al pasar al lado de la mesa de los bancarios, saludó a Cirilo, quien le correspondió cálidamente el saludo. Los demás quedaron mirándolo con los ojos muy abiertos.

- ¿Y ese amiguito que tienes, de dónde lo sacaste?
- ¡Oye, las amistades que te gastas!
- Lo conozco hace muchos años. Me ayudó hace tiempo en un asunto relacionado con unos créditos, que estábamos ofreciendo. Conoce a mucha gente, y me abrió una puerta grande para conseguir clientes.
- ¿Pero con esa pinta? - preguntó Ricardo.
- El siempre ha sido medio hippie, desde joven.
- Un hippie joven se ve como hippie - dijo Alberto -. Pero un hippie viejo parece un pordiosero.
- Bueno - interrumpió Cirilo -, parecerá pordiosero, pero es muy inteligente, y además es una buenísima persona.
- A lo mejor con un buen baño, afeitado, ropa limpia, pasa.
- ¿Les parece si pedimos otra ronda? - preguntó alguien.
- Por supuesto -, respondió otro.

Era la tercera ronda. Como solía decir Veranda, "se les calentó el hocico".

Cirilo seguía pensando en su próximo destino. Estaba concentrado en la década de los años 40 ó 50. No quería desperdiciar su preciosa agua. Tenía que pensar muy bien dónde y cuándo iría, para no desperdiciar la travesía.

La reunión duró hasta altas horas de la noche. La conversación, cada vez más animada, por efecto de la apertura de espíritu que causaba el alcohol, al final comenzó a languidecer, y como pasa con una fogata cuando los palitos se consumieron, ya no había tema para seguir consumiendo.

Se despidieron y cada uno se dirigió a su hogar, para dar inicio al fin de semana.

Cirilo llegó a su departamento, puso un disco de música y se sentó a meditar. Estaba decidido a resolver el tema de dónde ir en su próximo viaje al pasado.

Comenzó por repasar los acontecimientos importantes de los años cincuenta. Después de largo rato de meditación, llegó al convencimiento de que no había nada de interés en esos años. Por lo tanto retrocedió a la década anterior, a los años cuarenta. Ahí se encontró con la segunda guerra mundial, pero tampoco lo convenció. En estos pensamientos estaba, cuando se quedó dormido sentado en el sillón.

20

La vendedora de frutas

Después de mucho pensar y darle vueltas al asunto, ya lo tenía decidido: Iría al 12 de mayo de 1957, un día cualquiera, y al centro de Londres.

Buscó su botella de agua del pozo, que ahora tenía muy bien guardada en el fondo de la parte superior de un closet. Vertió un poco en un vaso, se concentró en la fecha, en el lugar, que sería el centro de Trafalgar Square, a los pies de la columna que sostiene el monumento a Lord Horatio Nelson. También se concentró en el pozo, de acuerdo al protocolo ya conocido por él. No resultaba fácil, debía concentrarse en tres cosas, la fecha, el lugar y el pozo, todo esto requería de un esfuerzo no menor. Pero ya había recorrido ese camino y sabía como hacerlo.

Sucedió lo de siempre, la gradual oscuridad, seguida de una paulatina claridad que iba mostrando formas que de a poco se irían revelando, hasta que se encontró en el medio de una plaza de cemento, entre dos fuentes con chorros de agua que se elevaban hacia el cielo.

Era verano, y el día estaba soleado, cosa que no se daba en Londres con tanta frecuencia, aún en verano. Había bastante gente caminando, se podía adivinar que muchos de ellos eran turistas. Cirilo se dio cuenta que nadie lo había visto aparecer de la nada, lo cual parecía que era habitual: nadie lo veía cuando llegaba; en un momento no estaba, en el momento siguiente estaba. Pero parece que por alguna razón incomprensible, eso ocurría en el momento oportuno en que nadie estaba mirando hacia el lugar en que emergió.

A unos pasos de él estaba la característica columna con la estatua de Nelson, circundada por cuatro leones. Tan alto estaba Nelson que apenas se distinguía quien era. Una vez una extranjera se refirió al personaje que estaba arriba como Napoleón, lo que produjo la molestia de los ingleses que estaban con ella. Hacia su espalda estaba el museo de Londres, la National Gallery, con sus características columnas, coronada por una pequeña torre con su domo. ¡La había visto tantas veces en fotos, que le parecía que antes ya había estado allí! Un poco hacia la derecha, una pequeña iglesia, con una aguda torre. Sabía que era la iglesia que tenía el largo nombre de St. Martin in the Fields.

Se entretuvo un rato viendo los autos que circulaban por las calles que rodeaban la plaza. Eran todos autos que le parecían tremendamente antiguos. La mayoría era de colores oscuros, muchos negros. Se comenzó a fijar en las marcas. Había mayoritariamente autos ingleses, como los Hillman, los Rover, los MG, los Morris, los Jaguar, los Triumph, los Aston Martin, los Sunbeam-Talbot, y los Vauxhall. Pasaban algunos modelos franceses, uno que otro alemán y de otros países europeos. También había autos americanos. Se distinguían por la forma redonda, con aspecto de huevos. En cambio los europeos tenían más marcada la maleta, en la parte posterior. De pronto apareció un bus rojo de dos pisos, lleno de propaganda comercial en sus costados, que hizo sonreír a Cirilo. ¡No había duda que estaba en Londres! Pasaron varios taxis, negros, con un cubículo para el conductor y un espacio para maletas a su lado, abierto hacia el costado. Todos conduciendo, por supuesto, por el lado izquierdo.

Caminó en dirección opuesta a la National Gallery, hacia una avenida rodeada de árboles, y descubrió que se llamaba The Mall. Al fondo de la avenida vio un palacio, que luego se dio cuenta que era Buckingham Palace, el domicilio de la reina. Caminó varias cuadras por la avenida, que limitaba con un hermoso parque, hasta que llegó cerca del palacio. Allí vio como a una joven se le volaba un sombrerito color granate, que llevaba puesto, con una ligera brisa que sopló en esos instantes. Vio como ella, una mujer, un hombre con un gorro y un niño de unos once años, corrían a buscarlo, mientras el sombrerito rodaba en dirección a Cirilo. Alcanzó a atraparlo y pudo alcanzárselo al niño, que venía corriendo delante de los demás. Era un niño rubicundo, de pelo colorín, vestido de manera muy formal. Le pasó el sobrero a la joven, un poco mayor que él. Ella le ofreció una preciosa sonrisa a Cirilo y le agradeció el gesto.

Cirilo hablaba algo de ingles, así que se las podría arreglar. El problema que tenía era que no llevaba nada de dinero. Hubiera sido imposible conseguir dinero, en billetes que fueran válidos en la Inglaterra de 1957. No podría, por lo tanto, comer, viajar en ningún tipo de locomoción, ni hacer nada que requiriera dinero, aunque fueran unos pocos peniques. Eso lo limitaba bastante, así que lo único que podía hacer era caminar, caminar y caminar.

Después de un rato, en la tierra que había en la orilla de la vereda vio algo en el suelo que atrajo su atención. A medida que se acercaba se iba revelando. ¡Era un billete! Miró a su derredor, observó que no había nadie cerca. Lo desenrolló, y vio que era un billete de diez chelines. No era mucho, pero algo era: media libra esterlina de 1957.

Le preguntó a un transeúnte cómo podría llegar hasta el río Támesis. La persona lo quedó mirando extrañado, primero, y después de unos instantes le indicó la dirección en que debía caminar, sin decirle palabra. Luego lo miró de arriba abajo. Entonces Cirilo se dio cuenta que su vestimenta era distinta a la de las demás personas.

Andaba vestido de blue jeans, con una camisa a cuadros celeste con blanco, un sweater rojo italiano y una parka celeste. En realidad estaba un poco acalorado. La gente en su derredor andaba vestido con bastante formalidad. Casi todos los varones usaban chaquetas oscuras y pantalones grises. Todos de corbata, hasta los niños. Muchos usaban sombreros negros. Las mujeres andaban mayoritariamente de traje.

Definitivamente no pasaba inadvertido con su manera de vestir. Todos los que pasaban cerca le echaban una mirada, muy rápida. Pero la buena educación británica los obligaba a mirar para otro lado. Le pareció que lo que más les llamaba la atención era su sweater color rojo.

Siguió caminando por una avenida ancha, al costado opuesto del parque, que era el parque Saint James. Anduvo una distancia similar a la que separaba Trafalgar Square de Buckingham Palace, hasta que llegó a un puente sobre el río Támesis. El puente se llamaba Westminster.

A su derecha estaba el Parlamento, con su famoso reloj, el Big Ben, que marcaba las cinco y treinta. Era una imagen magnífica, tantas veces vista en fotos y postales. Todo un ícono de Londres.

Allí dobló a la izquierda y comenzó a caminar por el costado del río. Se veían numerosos barquitos de diversos tamaños que circulaban en ambas direcciones. Entre ellos notó que había unas lancha para hacer paseos turísticos. ¡Qué lástima tener tan poco dinero! Subirse a uno de esos barquitos costaría bastante más que diez chelines. Pero en la orilla del río había una señora, de unos cincuenta años, vendiendo fruta. Su venta era un conjunto de cajones abiertos puestos en ángulo, apoyados en una armazón de madera, al lado de un murito que separaba la vereda del río. En los cajones se exhibían manzanas, naranjas, peras, uvas, y manzanas confitadas. Estas tenían un letrero que decía "Toffe apples 4'..". Cuatro chelines, podría comprarse una, había caminado bastante, y estaba con apetito. La vendedora era una mujer de unos cincuenta años, o más. Pelo negro, crespo, algo rellenita, con la cara con una piel lisa y brillante, característica de alguien que está todo el día al aire libre. Sus mejillas estaban enrojecidas con el viento. Estaba vestida de negro, en el pelo tenía una peineta.

Había una señora, de unos 30 años, que estaba comprando uvas. Llevaba puesto una especie de impermeable color beige, debajo una falda escocesa roja, tenía una cartera de cuero colgando de su hombro. Recibió su paquete de uvas envueltas en un trozo de papel café, de manos de la vendedora. Se despidió, le dio una mirada a Cirilo y se fue.

Desde su puesto de fruta se veía un barquito pequeñito, que circulaba hacia la izquierda. Al otro lado del río se observaba un edificio imponente, con un conjunto de columnas en su cuerpo central, que formaban un semicírculo cóncavo.

Cirilo le indicó las manzanas confitadas y le indicó que quería una, mientras profería unas palabras en su mal inglés. La vendedora, que no le había comprendido, le preguntó si quería algunas de esas manzanas, y le preguntó cuántas quería. El le dijo que una, mientras le extendía el billete, que aún tenía restos de tierra del suelo en que lo encontró.

Le preguntó dos o tres veces, hasta que ella pudo entenderle, qué era el edificio que estaba al frente, el de las columnas. Una vez que le hubo entendido, ella le dijo que era el County Hall, algo como el municipio. A él también le costó entenderle, pues ella hablaba un inglés con un marcado acento propio de las clases trabajadoras de Londres, el cockney. Es un acento muy especial, no pronuncian las "h", emiten sonidos como "ou" y "ei", en lugar de "u" e "i", entre otras distorsiones de la lengua inglesa. Esto le hacía más difícil a Cirilo comprender. Pero entre señas, risas y repeticiones se lograron hacer entender. El le preguntó si trabajaba en ese lugar hacía mucho tiempo.

Le respondió que con su marido tenían un negocio de venta de fruta. Pero durante la primera parte de la guerra, se refería a la Segunda Guerra Mundial, una noche en que los bombarderos alemanes estaban soltando sus mortíferas cargas sobre la ciudad, cayó una de las bombas justo en su negocio. Nadie sufrió daños personales, pero el negocio quedó reducido a escombros. Su marido, que era muy flemático, colgó un letrero en un palo que quedó parado, resto del marco de la puerta por donde entraban los clientes.

El letrero decía "closed until further notice"[1].

---

[1] Cerrado hasta nuevo aviso.

La señora siguió relatando cosas ocurridas durante la guerra. Ella no tuvo hijos, pero sí tenía cuatro sobrinos, dos de los cuales murieron peleando en la guerra.

Siguió entusiasmada contando más historias de la guerra. Ella trabajó como voluntaria del servicio de protección civil, una "Air Raid Warden". Se metió la mano en un bolsillo y sacó una billetera de cuyo interior extrajo una foto que mostró con orgullo a Cirilo. Aparecía una mujer relativamente joven con uniforme y un casco en forma de plato, amarrado en la cintura.

Cirilo le preguntó por su marido, y le respondió que había muerto hacía dos años. Después que perdieron el negocio en la guerra, siguieron vendiendo fruta, pero sin un lugar establecido. Desde que murió el marido, ha seguido trabajando sola. Dijo que tenía sus ventajas respecto del negocio fijo, porque en verano circula mucha gente por el sector en que estaba, pero en invierno no. Entonces se desplaza a otro sector de la ciudad, cerca de Piccadilly Circus, o al menos eso es lo que entendió Cirilo.

- ¿Y qué hacía como Air Raid Warden? - preguntó Cirilo, en un inglés tarzanesco.

- Era una cooperación a la policía respondió ella con su acento cockney -. Patrullábamos durante los "blackouts", para advertir a quien tuviera alguna luz encendida. Cooperábamos en evacuar gente de edificios bombardeados, ayudábamos a combatir los incendios originados por los bombardeos.

- ¿Qué eran los "blackouts"?

- Cuando estaban bombardeando en la noche había que dejar la ciudad en total oscuridad. ¡Ninguna luz! - dijo ella, mostrando un farol que había cerca, y haciendo un gesto de negación con las manos -. Así los pilotos enemigos quedaban a ciegas.

- Debe haber sido una época terrible.

- Sufrimos mucho, señor. Y no fue una sino dos guerras. Yo soporté las dos. En la Segunda Guerra fueron los civiles los que recibieron el castigo más duro. Primero nosotros, con los bombardeos, y después ellos, con los bombardeos aliados, cuando empezaron a perder la guerra. Y no me diga los millones de civiles exterminados en los campos de concentración.

Cirilo le entendía a medias, frecuentemente tenía que pedirle que le repitiera. Su inglés era más o menos, pero nunca había escuchado ese acento, difícil de entender incluso por alguien que habla bien el inglés. Bastaba que pusiera cara de pregunta, y Molly, que así se llamaba ella, inmediatamente repetía o aclaraba lo que recién había dicho. Ella parecía que estaba muy entretenida conversando con este extranjero pintoresco. Continuó:

- En cambio en la Primera Guerra fueron los soldados los que lo pasaron muy mal. En ese tiempo no habían descubierto que los aviones se podían usar para bombardear las ciudades y matar civiles.

Cuando relataba esto se concentraba en sus recuerdos, lo que se reflejaba en la cara de tristeza que mostraba.

- Yo era una niña en ese tiempo. Tres hermanos de mi mamá fueron a pelear. Dos de ellos murieron. Ambos de enfermedad, en las horribles trincheras, en las que pasaban meses sumidos en el barro, entre las inmundicias y las ratas. Las enfermedades mataron a más soldados que las balas.

- Además murieron dos de mis sobrinos, por los bombardeos en la Segunda Guerra - continuó ella -. La guerra es uno de los peores pecados que ha cometido el ser humano en su corta existencia, señor.

- Estoy de acuerdo con usted -, respondió Cirilo -, pero cometió otro pecado muy grande, que es la esclavitud.

- ¿Qué cosa?

- La esclavitud creo que es el pecado más grande.

Tuvo que repetírselo una vez más, hasta que ella comprendió la palabra que trataba de pronunciar.

- La esclavitud creo que es el pecado más grande.

- Si, señor, pero considere que la esclavitud es hija de la guerra.

Cirilo estaba un poco estresado por el esfuerzo de entender y hacerse entender. Continuó, sin embargo:

- Esta es una ciudad muy bonita. Nunca había estado aquí antes. Quiero conocer el Tower Bridge.

- Está hacia allá - le dijo ella -, indicándole la dirección hacia la que se dirigía Cirilo antes de detenerse a comprar la manzana confitada y ponerse a conversar con Molly.
- ¿Faltan muchas cuadras para llegar? - preguntó.

Como ella no le entendía, le repitió haciendo unos gestos con los brazos tratando de ilustrar las cuadras que faltarían. Pero fue demasiado histriónico, y golpeó uno de los cajones con manzanas. Varias de éstas salieron rodando por el piso. El y Molly comenzaron a perseguir las manzanas que rodaban por el pavimento. Una señora, que se había detenido para mirar la fruta y se había quedado entretenida escuchando el diálogo, no pudo contener la risa.

Cuando todas las manzanas habían regresado a su lugar, Cirilo estimó que era hora de irse, así que se despidió de Molly. Le dio un apretón de manos y un beso en la mejilla, que sorprendieron un poco a la inglesa, poco acostumbrada a este tipo de muestras de afecto, y reinició su andar.

Caminó una enorme distancia. Pasó frente al lugar donde en el futuro estaría la rueda de Chicago gigante denominada el Ojo de Londres. Pero Cirilo no sabía eso. Pasó por debajo de un ancho puente que le pareció que era para el paso de trenes. Siguió caminando una distancia bastante grande, hasta que llegó a otro puente. Era el famoso puente de Waterloo. Le vino a la mente una película que vio una vez, que llevaba el nombre del puente como título. Se trataba de un alto oficial del ejército británico que lo llamaban porque se había declarado lo que sería la Segunda Guerra Mundial. Iba en un vehículo del ejército, y al llegar al puente de Waterloo le pidió al chofer que lo dejara bajar y lo esperara en el otro extremo. Cruzaría el puente a pié. Toda la película trata de los recuerdos que hacía mientras cruzaba el puente, de un amor que tuvo durante la Primera Guerra Mundial, en la que participó, pero que estuvo marcado por los desencuentros causados por su participación en la guerra, que terminó con la muerte de la mujer amada. El puente de Waterloo jugó un papel importante en la relación entre ambos, de ahí que este puente le trajera recuerdos dulces y amargos de este aciago amor.

Después de dejar atrás el puente, el Támesis describía una curva, hacia la derecha, que permitía tener una vista del río que abarcaba varias cuadras. Se acercó al murito que separaba la vereda del río. Muy lejos río abajo divisó el Tower Bridge, el puente levadizo, con sus dos torres características, que es otro ícono de Londres.

Pero a esa altura ya estaba cansado de caminar tanto. Además estaba con hambre. La manzana confitada no había sido mucho. Pensó que quería regresar. Bastó que pensara eso para divisar, entre los árboles, la forma familiar del pozo. Parecía un poco fuera de lugar, no era natural ver un pozo en la vereda, en medio de la ciudad. El día había estado soleado, sin embargo, en algún momento se nubló. Se acercó, y como de costumbre, no se veía a nadie cerca. El tráfico había cesado. A medida que se acercaba al pozo, se iba oscureciendo. Soplaba una brisa fría. Se asomó al pozo, se inclinó y sacó un poco de agua.

Pensó en su departamento, mientras se oscurecía cada vez más. Luego comenzó a aclararse, y se encontró en un entorno familiar. La sala de su departamento.

Fue a la cocina a hacerse un sándwich, y en ese momento se acordó de Molly y su venta de fruta, sus relatos sobre la guerra y sus manzanas confitadas, y le dio pena. Le vino a la memoria que le había pagado con un billete de diez chelines, y las manzanas valían cuatro. Ella le pasó unas monedas de vuelto, que él se echó al bolsillo sin mirarlas. En su bolsillo debía tener varias monedas del año 1957 o antes.

Se metió la mano en el bolsillo donde se acordaba que las había echado, pero no estaban. Registró los otros bolsillos y nada. Volvió a registrar todos sus bolsillo, pero las monedas no estaban. ¿Qué habría pasado, si estaba totalmente seguro de habérselas guardado? Estaba claro que no atravesaron la barrera del tiempo con Cirilo.

21

El canto de Solange

Había llegado el ansiado viernes en que Solange, la hija de Ricardo, haría su presentación en la televisión, en el concurso de búsqueda de talentos. Ya estaban en el canal, ella muy bien vestida para la ocasión, con su madre y Ricardo, su padre. Le tocaba en tercer lugar, después de un muchacho que cantaba canciones mexicanas y una joven que bailaba flamenco.

Solange era una joven bonita, con la hermosura que da la juventud, aunque no se podía decir que era una tremenda belleza. Generalmente usaba el pelo ceñido a la cabeza, con una partidura al centro y terminado en una cola de caballo. Adornaban su rostro un par de grandes ojos café, que le daban una mirada vivaracha. La boca era grande, cuando sonreía le cruzaba buena parte de la cara. Tenía una pera larga y una frente estrecha y cuadrada. Había un par de lunares en la mejilla derecha, que eran distintivos de ella. Su mirada era la de una persona muy sensible. Su afición por el canto venía desde pequeña, y había sido heredado de su madre, que era cantante aficionada. De su padre, Ricardo, nada de canto. Solange tenía más talento de lo que ella misma pensaba. Le faltaba una oportunidad para mostrarlo.

El programa estaba a punto de comenzar. El público ya estaba ubicado en sus asientos en la platea y estaba recibiendo algunas indicaciones. Estaban a punto de hacer su entrada los tres jueces. Solange pudo ver hacia la platea por unos momentos. Estaba todo muy iluminado, las cámaras estratégicamente ubicadas. Hacia el cielo, por sobre la visual de las cámaras se veía una infinidad de luces, cables, cuerdas, fierros, escalerillas, telones, y otros elementos propios de un estudio de televisión. Contrastaba con lo que podía ver el público televidente, ordenado, bien decorado e iluminado. Lo que el público no veía, era muy distinto. Oscuro y desordenado. Se veía la parte de atrás de los fondos, con todo su aparataje de tableros, listones y cortinas. Era el lado B del estudio.

Desde allí sintió Solange que el público aplaudía. Se asomó desde un sitio del que se podía ver la platea, en el que había un grupo de competidores atisbando hacia el escenario. Eran los jueces que hacían su ingreso. Dos hombres y una mujer, los tres elegantemente vestidos, hicieron su entrada luciendo amplias sonrisas y agitando sus manos hacia el público. Eran dos divos y una diva que ingresaban al teatro, deslizándose por los pasillos como si no pisaran el suelo, parecía que flotaban por el aire.

El animador se acercó a los competidores. Les dio una serie de indicaciones, miró una hoja de papel que traía en la mano, y leyó el orden en que aparecerían. Les dijo que no se pusieran nerviosos, que esto era igual que los ensayos, que no se fijaran en el público, y menos en los jueces. Les dijo que no trataran de deslumbrar a los jueces, sino que actuaran como lo harían ante su familia. Finalmente les deseó mucha suerte a todos, y anunció que ya el programa iba a salir al aire. Se retiró rápidamente y se paró en el escenario. Comenzó el programa.

Después de haber presentado al jurado, cada uno de los integrantes fue ovacionado por el público, y luego hubo una enumeración de los auspiciadores del programa. Y de ahí, por fin, el animador anunció al primer participante. Era el de la música mexicana, que hizo su salida vestido de charro, con unos pantalones tan apretados que si se agachaba se rajaban. Después de su canto vinieron los aplausos y la crítica de los jueces. Cada uno de ellos hizo su análisis señalándole lo bueno de su actuación, y sobre todo, los puntos negativos. Pero los tres jueces lo aprobaron y pasó a la siguiente etapa.

Luego le vino el turno de anunciar a la niña que bailaba flamenco. Salió al escenario con un vestido rojo bien ceñido, con grandes vuelos en la parte inferior. Las mangas llegaban hasta el codo, desde donde partían unos vuelos de género blanco que debían menearse durante el baile con el agitar de los brazos. Desde que inició su actuación, se notaron varias fallas que finalmente hicieron que quedara descalificada. Al retirarse del escenario, pasó al lado de Solange, que vio una lágrima en uno de sus ojos. La recibieron quienes parecían ser sus padres, con un abrazo prolongado.

Por fin anunciaron a Solange, que tras apretarles las manos a Ricardo y a su madre, hizo su entrada al encandilante escenario. Casi no oyó los aplausos que le brindó el público, que no veía por efecto de la luz que le llegaba desde infinitas fuentes.

El primer jurado le preguntó qué iba a presentar.

- Voy a cantar - respondió.

- ¿Y qué nos vas a cantar esta noche? - preguntó la mujer del jurado.

- Voy a cantar una canción que se llama "Tus ojos, la luz".

- Bien pues, adelante. Veamos cómo lo haces.

Comenzó la música. Solange estaba incómoda por el calor y las luces. Tenía una sensación desagradable en el estómago, como que tuviera algo que se lo apretaba desde dentro. Tomó una bocanada de aire. Comenzó a cantar, inmediatamente se dio cuenta que se atrasó una fracción de segundo !Y tantas veces que lo había ensayado!

"Tus ojos son la luz
tus ojos son la luz
Tus ojos son el sol
el sol que ilumina
ilumina mi andar
Tus ojos son la luz
..."

Sentía la boca tiesa, como que le costaba moverla. Le daba la sensación que lo estaba haciendo bien, pero tenía que hacer un esfuerzo muy grande. La boca estaba seca. Qué distinto a cuando lo cantaba en su casa, o en los ensayos que tuvo en el canal. El cuerpo lo sentía tieso, como paralizado. Parecía que apenas daba las notas, y más encima, que estaba cantando muy despacio. Tuvo la sensación que no la estaban escuchando. En un momento vio al jurado, tres caras inexpresivas que no dejaban entrever absolutamente nada, si lo estaba haciendo bien o no.

Esto se prolongó durante un medio minuto. De pronto miró hacia arriba, y en el instante siguiente subió ligeramente el volumen. En ese momento sintió un alivio en su estómago, su boca se soltó, y las notas salieron fuertes y vibrantes. Sintió cómo se soltaba su cuerpo, comenzó a moverlo al ritmo de la música. Su cara comenzó a mostrar una expresividad que había estado ausente hasta entonces. Su voz salió potente de su cuerpo menudo, mientras sus manos se movían con suavidad. Ya sentía la música, y se dejaba llevar por la embriaguez que le causaba. Su boca emitía las notas precisas, los vibratos erizaban el cabello de los asistentes, sus movimientos iban al ritmo perfecto de la música. Vio cómo los tres del jurado la miraban abismados, con caras de asombro muy distintas a las caras que vio al comienzo. El público guardaba un silencio como si no estuviera presente.

Cuando estaba llegando al final, sintió una sensación de angustia, le hubiera gustado haber cantado más y más. Terminó y el público irrumpió en un aplauso que parecía que el estudio se venía abajo. Los tres jurados estaban de pié aplaudiéndola. Solange hizo una reverencia, luego miró hacia un lado y el otro, moviendo el brazo derecho lentamente desde su pecho hacia el público. Su cara lucía una sonrisa que delataba toda la felicidad que estaba sintiendo en esos momentos. Era dueña del escenario.

Cuando cesaron los aplausos, los jurados se sentaron. El de la derecha fue el primero que habló:

- ¿Tú sola hiciste eso?

- Si, yo sola - respondió ella con voz entrecortada, denunciando el esfuerzo desplegado.

- ¿Y cuándo respiras? ¿O acaso tienes más de dos pulmones?

- No, tengo dos, no más - respondió ella, tratando de reírse -, es todo cuestión de técnica.
- Dinos cómo aprendiste a cantar tan bien - dijo la mujer del jurado.
- Desde pequeñita he estado en un ambiente de música. Mi mamá es profesora de piano, y mi papá, aunque no es músico, le gusta mucho. Así que siempre me han inculcado el gusto por la música, y me han estimulado para que cante.
- Dirías que eres parte de una familia musical, ¿no es así?
- Si. En la casa siempre han existido discos de música, así que yo he podido aprender viendo y escuchando.
- ¿Y asistes a clases de canto, Solange?
- No he tenido clases específicas de canto, sólo lo del colegio. Todo lo que hago lo he aprendido por imitación, no más.
- Bueno, te debemos felicitar, porque lo que has logrado es muy bueno.
- ¿Has tenido alguna presentación formal antes de ésta? preguntó el tercer jurado.
- No, sólo en el colegio, o entre amigos y familiares.
- ¿Cuál es tu mayor sueño? - preguntó la mujer jurado.
- Mi gran sueño sería cantar en un escenario, acompañada por una orquesta.
- Puedes estar segura que ese sueño se va a cumplir tantas veces, que vas a perder la cuenta.
- ¡Gracias!
- Bueno, pasas holgadamente a la siguiente etapa - le comunicó la mujer jurado con una amplia sonrisa -. Adelante, puedes retirarte.

En medio de una ovación se retiró del escenario, mientras esbozaba un leve saludo con la mano. Al costado, fuera da la vista del público, estaba su padre, Ricardo, y su madre. Los tres se confundieron en un apretado abrazo. Algunos de sus compañeros competidores, no todos, se acercaron para saludarla.

22

El restaurante italiano

Cirilo y Veranda habían decidido, hacía varios días, salir a comer a un lugar íntimo que había cerca del mar. Era un restaurante italiano, aunque no sólo tenían comida italiana. Se llamaba Il Toro. La especialidad eran las pastas, pero tenían platos muy buenos en base a carne. También tenían mariscos y pescados, pero como no era su especialidad, no era el mejor lugar para eso. De todas maneras a Cirilo no le gustaba para nada los productos del mar. De eso lo único que comía era algunos pescados, "siempre que no tuvieran gusto a pescado", como decía él. De mariscos ni hablar. Y agregaba, "no como cosas que nadan, caminan o se arrastran por el fondo marino".

- ¿Por qué será que cuando comen mariscos ponen cara de idiota? - le preguntaba a Veranda, a lo que ella no respondía.

Llegaron al lugar y pidieron una mesa. Era bien rústico y muy acogedor, las paredes con ladrillos a la vista, con fotos antiguas de lugares de Italia. Las ventanas daban hacia el mar, que se veía iluminado por la luna, además de múltiples luces de los barquitos que estaban fondeados en la bahía. Al fondo del comedor había un bar, con gran cantidad de copas iluminadas tenuemente por unas luces verdes y violetas.

Se sentaron en torno a una mesa, mientras el garzón encendía un fósforo y con él una vela que había en un candelabro alto. Una vez que hicieron su pedido, carne para él y lasaña para ella, se acomodaron bien en sus asientos, y él le tomó la mano a ella. Hablaron un poco de su trabajo, luego del tiempo, después pasaron revista a algunos de sus amigos y compañeros comunes.

Cuando les trajeron los platos, Cirilo hizo que la conversación girara en el sentido que le interesaba a él. Súbitamente preguntó:

- Si tú pudieras viajar al pasado, ¿qué te gustaría conocer?
- A ti siempre te ha fascinado el tema del pasado, y los viajes a otras épocas.
- A ver, dime, ¿qué época te gustaría conocer? - insistió Cirilo.
- Bueno, me gustaría estar en julio de 1969, cuando el ser humano pisó la luna por primera vez.
- ¿Y por qué te atrae ese momento?
- Mi madre me cuenta que estuvo con toda su familia en pié hasta la madrugada frente al televisor, esperando el momento preciso en que pisaron la luna. Dice que fue una noche muy bonita, nunca la va a olvidar.
- Yo creo que fue un momento realmente emocionante. Algo así como haber estado viendo en la televisión el momento en que Colón pisó América, en vivo.
- Así es. Es que considero que es un hito importantísimo en la historia del hombre - aclaró Veranda -, cuando logra pisar, por primera vez, un cuerpo celestial distinto a la Tierra. Nunca se va a repetir ese momento.
- Tienes razón, si se llega a Marte, no va a ser lo mismo, puesto que ya pisó la luna. Marte es uno más, está un poco más lejos, pero nunca va a ser tan espectacular como ese 21 de julio de 1969, cuando un hombre puso el pié en la luna.
- Eso es lo que pienso yo, en un momento el hombre dio un salto espectacular hacia el futuro. Algo comparable sería, por ejemplo, que llegara a otro sistema solar, lo cual, parece casi imposible. Tal vez en mil años...
- Otro momento histórico que te gustaría conocer - interrumpió Cirilo.
- Churchill. Me gustaría conocer a Churchill, en algún momento importante de la Segunda Guerra, por ejemplo, después del desembarco en Normandía.

- Se podría decir que ese es el momento del principio del fin de la guerra. A mi también me gustaría estar allí. Churchill debe haber sido una persona muy especial. Yo también hubiera querido conocerlo.

- Sería interesante saber qué pensaba, en esos momentos tan importantes - continuó Veranda -. Pero no sería fácil que uno pudiera hablar con él.

- A mi me gustaría volver a estar en el desembarco en Normandía.

-¿Volver a estar? - preguntó Veranda -. ¿Que ya estuviste?

- Si. Yo soy la reencarnación de un soldado británico que estuvo allí. Desembarcó en la playa Juno.

- Y, ¿qué le pasó?

- Murió cuarenta días después. En un combate con tanques lanzallamas, en el combate en una localidad francesa llamada Saint-Lô.

- Ah, ya - dijo Veranda - dando por terminado el tema de la reencarnación.

Cirilo se había puesto muy serio, como recordando un momento triste. Después de unos instantes, se volvió a animar y sonrió, mientras levantaba su copa de vino y se quedaba mirando a su compañera a los ojos, esperando que ella hiciera lo mismo.

- Otro momento - agregó.

- El Titanic. Me gustaría estar en el Titanic el día de su zarpe desde Queenstown, en 1912. Y poder advertirle a las personas que iba a chocar con el hielo, para que no se embarcaran.

- Muy loable tu actitud, pero no creo que tu puedas viajar al pasado y cambiar las cosas, como hacer que el Titanic no zarpe porque se va a hundir.

- No creo que uno pueda hacer que no zarpe, pero si advertirle a los pasajeros. Ellos deciden si viajan o no - dijo ella, mientras dejaba su copa en la mesa.

- Igual, sería como alterar el pasado, y eso es complicado. Imagínate que muchos de los que murieron en el naufragio, ahora resulta que te hacen caso y no viajan, y se salvan. Toda la historia de esas familias cambiaría, y tendría repercusiones en la vida presente.

- Tienes razón, no me puedo ni imaginar qué ocurriría si uno llegara a cambiar algo del pasado, que pudiera afectar el presente - continuó Veranda -. Pero no te preocupes, porque seguramente no me harían caso. Ya tendrían sus pasajes comprados, las maletas hechas, se estarían embarcando, por ningún motivo me harían caso. Además, quién sería yo para saber lo que le pasaría al buque.

Hizo una pausa mientras tomaba el tenedor y se echaba a la boca una porción de su lasaña. Masticó, tragó, se rió y continuó:

- ¿Y no te gustaría viajar al futuro?
- No
- ¿Por qué no?
- Tendría miedo - respondió Cirilo -. A lo mejor el futuro no es tan bueno para la humanidad. No me gustaría descubrirlo.
- Pero a lo mejor el futuro es bueno.
- A lo mejor. Pero puede que sea malo. Preferiría no averiguarlo.
- ¿Por qué piensas que el futuro es malo para la humanidad?
- Tengo la impresión que estamos abusando de nuestro frágil planeta. Estamos viviendo una fiesta. Y seguramente nuestros descendientes deberán pagar la cuenta. Aparte de eso, pueden ocurrir muchas catástrofes que nos estropearían nuestro modo de vida.
- Eres muy pesimista, Cirilo. No estás considerando la tremenda capacidad de los seres humanos de adaptarse y de adaptar su medio ambiente a todo tipo de situaciones adversas.
- ¿Tu realmente crees que ha sido así?
- El hombre ha existido desde hace mucho tiempo, y siempre ha sobrevivido a toda clase de catástrofes.
- Estás equivocada, Veranda. Somos apenas unos recién llegados. Y no ha pasado nada muy grande desde que estamos aquí. ¿Sabes? Podríamos extinguirnos antes de un año.
- Bueno, en ese caso un viaje al futuro serviría para repoblar la Tierra - replicó ella, sonriendo, mientras le tomaba la mano.

- Pero prefiero ignorar lo que nos aguarda el futuro. Imagínate que llegaran extraterrestres. Sería nuestro fin.
- ¿Por qué? Podrían ser amistosos.
- En la historia de la humanidad nunca el encuentro entre civilizaciones ha sido amistoso.
- Bueno, por último, no es posible viajar al pasado o al futuro - sentenció Veranda, como para dar por terminado el tema -, así que no voy a tener que enfrentarme a ese desafío, de advertirles o no a los pasajeros del Titanic, ni tú de conocer tu futuro negro. ¿Vamos a pedir un postre?

Se volvió a echar a reír. Trató de cambiar la conversación, comentando sobre una pareja que estaba sentada a unos metros de ellos.

- Estoy seguro que lo conozco. Pero, ¿de dónde?

Cirilo se dio vuelta y echó una rápida mirada, disimulando como que buscaba al garzón. El garzón, que estaba detrás, se percató de eso y se dirigió a la mesa, creyendo que lo requerían.

- Señor, ¿se le ofrece algo?
- No, está todo bien, gracias.

Y dirigiéndose a Veranda, dijo:

- Pero si ese es cliente del banco. Su ejecutivo de cuentas es Alberto. Lo reconozco perfectamente. Incluso me acuerdo del nombre, se llama Jazmín Buenaventura.
- ¿Jazmín? - preguntó ella, haciendo una mueca con la boca - Nadie se llama así.
- No sé en que estaría pensando el padre, cuando le puso ese nombre. Según Alberto, que me contó la historia del nombre, porque el mismo Jazmín se la contó a él, eran de un caserío escondido entre las montañas. El padre tenía muchas tierras y animales. Seis meses después que nació Jazmín, el padre, que era un agricultor, bajó al pueblo a vender unos animales. "Aprovecha de inscribir el niño", le dijo su esposa, cuando se iba. "¡Acuérdate que le vamos a poner Fermín!"

Después de una pausa, en que masticó un trozo de carne, siguió Cirilo:

- Cuando llegó al pueblo, se fue a un bar, donde se encontró con un grupo de amigos. Estuvieron tomando varias horas. Preguntó dónde estaban las oficinas del Registro Civil, para inscribir al niño. Le dijeron que era una edificación a dos cuadras de allí, fácil de reconocer por tener una enorme mata de jazmín en la entrada. Cuando hubo llegado, entró tambaleando. El aire fresco de la montaña le había avivado la curadera. Una vez adentro hizo el trámite de la inscripción. Cuando le preguntaron cómo se iba a llamar, el Fermín se le confundió con el jazmín de la entrada, y dijo, con voz fuerte: "Jazmín".

- No puedo creer que ese cuento sea cierto - dijo Veranda, muy seria.

- Así fue, tal y cual como te lo conté. Seguramente él se la cuenta a todos, como para justificar el hecho que se llama así.

Veranda se echó a reír.

- Bueno, sigamos con nuestro tema central - dijo Cirilo, esbozando una sonrisa -. ¿A qué otro momento y lugar del pasado te gustaría ir?

- Ah, te gustaron mis fantasías. Bueno, el siguiente viaje lo haría para conocer a Napoleón. Me gustaría haberlo conocido cuando estaba iniciando su carrera, cuando era un capitán desconocido. Luego conocerlo cuando estaba en su apogeo, asistir a su coronación como emperador. Y después, conocerlo cuando estaba en el ocaso, digamos, al final de la batalla de Waterloo.

- ¿Qué tiene de especial Napoleón, para ti, Veranda?

- Es que es un ser muy especial, no cualquiera surge de la nada y llega a ser emperador de Francia, y dominar media Europa. Todo lo logró con su capacidad, su dedicación y esfuerzo personal. Mientras sus compañeros disfrutaban de la vida, él se dedicaba al estudio. Lo malo es que sus ojos fueron más grandes que su estómago. Se puso muy ambicioso y trató de engullir demasiado.

- Sin embargo, ahora uno lo ve grande, pero en su tiempo era odiado por mucha gente.

- Tienes razón. Trajo guerras y destrucción.

- Y muerte. No sólo era odiado por los pueblos dominados, sino por su propio pueblo. Cuántas madres perdieron a sus hijos en las batallas a que él los arrastró, por su desmedida ambición.

- Aún así, me hubiera gustado conocer a alguien así - rebatió Veranda -. Aunque no me hubiera gustado vivir en su época.

- Otra.

- ¿Otra qué? - preguntó Veranda.

- Otra época que te hubiera gustado visitar, si pudieras.

- Me gustaría estar en 1492 y ser testigo del descubrimiento de América. Estar presente cuando llega Colón.

- El cabrón de Cristóbal Colón.

- Cirilo, ¿por qué dices eso?

- Es que una vez estuve conversando con un dominicano que se refirió a él como el cabrón de Cristóbal Colón - explicó Cirilo -. Este dominicano era descendiente de los nativos de esa región. No lo podía ver, porque según él había sido Colón quien inició la decadencia de los pueblos originarios de América y exterminio de su cultura.

- Tal vez tenga razón - reparó Veranda -, pero si no hubiera llegado Colón, hubiera sido otro. Tarde o temprano se habrían enfrentado las culturas europeas con las de América. Y es obvio que quienes tenían las de perder eran ellos, pues los europeos les llevaban siglos de ventaja en cuanto a poder bélico.

- Convengamos en que es así, lo claro es que se encontraron y los más débiles perdieron, como ha sido siempre con los grupos humanos.

- Sí, pero me gustaría haber presenciado ese primer encuentro.

- A mí me hubiera gustado más conocer a los mayas, en el tiempo del apogeo de sus grandes ciudades, digamos, por el año 1000 de nuestra era.

- Sí, a mi también - agregó Veranda -, uno podría saber mucho más de los mayas, que lo que hoy se conoce, viviendo un tiempo con ellos. Otro personaje que me hubiera gustado conocer es Marco Polo.

- Eso está interesante - dijo Cirilo -. ¿Te has fijado que en muchas partes hay un restaurante, fuente de soda o bar llamado Marco Polo? ¿Será porque él era bueno para comer?

- Es posible, yo entiendo que fue él quien trajo los tallarines desde la China.

- Si, y los italianos les agregaron la salsa de tomate. El tomate lo trajeron de América.
- Genial la combinación. ¿Y quienes le colocaron el queso rayado? - preguntó Veranda.
- El queso Parmesano. Seguramente también fueron los italianos.

Se produjo un silencio, mientras esperaban los postres. Veranda pidió Peach Melba, que básicamente consiste en duraznos tipo melocotón, con helado de vainilla. Cirilo pidió helado, de chocolate y frutilla.

Cuando trajeron los postres, Cirilo comenzó a hablar sobre el que trajeron a Veranda:
- El Peach Melba lo inventó un chef francés, a fines del siglo diecinueve. Era aficionado a la ópera, y ese postre lo inventó en honor a una gran soprano australiana de esa época, Nellie Melba.
- Mira, quien lo iba a saber. De veras que me dijiste que te gusta la ópera.
- Me gusta mucho. Y, ¿tienes alguna otra preferencia como itinerario de tu próximo viaje al pasado? - preguntó Cirilo, mientras el garzón se aprestaba a servir los postres.
- A ver - dijo Veranda, riéndose -, no me has dicho por qué te interesa tanto esto de los viajes al pasado. Me acuerdo que hace un tiempo me habías hablado del mismo tema.
- Bueno, lo que pasa es que me atrae lo del pasado - respondió Cirilo -. Lo que uno sabe del pasado es lo que nos dice la historia. Pero distinto debe ser estar allí. Por ejemplo, cómo pronunciaban el idioma hace doscientos años. ¿Sería parecido a como lo hacemos ahora? Estoy seguro que si uno hablara con uno de esa época tendría problemas en entenderle.
- ¿Tú crees?
- Sí, y no sólo eso. Las costumbres, la manera de pensar de la gente, todo eso sería muy distinto. Fíjate que para nosotros es tan simple y común escuchar música. Uno puede incluso trabajar escuchando música. La música que queramos, cuando queramos. Doscientos años atrás sólo podías escuchas música en vivo, donde y cuando la había. Y

tenías que destinar un tiempo, tenías que ir al lugar donde se iba a presentar la música; era un acontecimiento.

- Es verdad - dijo Veranda -, incluso la ropa que usaban yo creo que condicionaba de cierta manera a la gente.

- Pero basta retroceder unos cincuenta años. Fíjate en las fotografías antiguas, de esa época. Había mucho menos mujeres que hombres en las calles. Todos los hombres de corbata, chaqueta, muchos con sombrero. No se ven parkas, camisas sport se ven muy pocas. Hasta a los niños chicos les ponían corbata.

- Veo que en realidad te fascina el pasado. ¡Qué bueno! Es bueno tener interés en algo, siempre que no se convierta en una obsesión.

El garzón les trajo la cuenta. Pagaron, cada uno su cuenta, y esperaron a que les trajeran el cambio. Cirilo estaba satisfecho. Se había divertido y había discutido el tema que le interesaba. Ahora tenía algunas opciones para barajar, y así poder decidir acerca de su próxima travesía.

23

La Divina

Cirilo siempre había estado intrigado en saber cómo era una persona que se hizo famosa, cuando estaba en sus inicios y aún no era conocida. Cuando estaba preparándose para que el mundo pudiera ser testigo de su talento.

¿A quien elegiría?

Había una persona que siempre le atraía. Alguien que había tenido un gran talento natural, que a costa de una vida de sacrificado trabajo había llegado a pulimentar su talento natural.

Su vida joven había sido triste, no muy bien tratada por su madre, conoció la guerra, de muy joven vivió la separación de sus padres. En la cima de su fama encontró a alguien que pareció darle la felicidad que le había sido elusiva. Pero eso duró pocos años. Y el precio que pagó fue el desgaste de las condiciones que le proporcionaron la fama. Su éxito duró poco. Después vino la tristeza de no poder volver a ser lo que alguna vez fue, y que atrajo la admiración de millones. Finalmente llegó la muerte, prematuramente.

Su nombre era Anna María Kaloyeropoulou. Nació en Nueva York, hija de inmigrantes griegos, pero a los trece años se trasladó a Grecia con su madre. Allí se preparó para ser cantante de ópera. Cuando comenzó a hacerse conocida se hizo llamar simplemente María Callas. A Cirilo le gustaba el canto, y en particular la ópera. Y como tal, era admirador de esta mujer que había sido un hito en el canto lírico, a quien consideraba extraordinaria. Pensaba que no había otra cantante así, nunca hubo otra, y nunca iba a haber otra como ella.

Sacó su botella con agua desde la repisa superior del ropero. Tomó un libro y se puso a buscar. Después de invertir bastante tiempo encontró lo que quería. Tomó un sorbo de agua y se concentró en el pozo y en una fecha y lugar.

La fecha era el 23 de agosto de 1942. El lugar, el teatro al aire libre montado en la plaza Klafthmonos, en Atenas, Grecia.

¿Por qué había elegido esa fecha y lugar? El, aficionado a la ópera y apasionado de María Callas, había leído un libro sobre su vida y obra. Era el libro que había consultado ahora. El 23 de agosto de 1942 se había realizado la primera de una serie de presentaciones de la ópera Tosca, de Puccini. La ópera se cantaría en el idioma griego, no en su original, italiano. A esa altura, María Kaloyeropoulou estaba recién comenzando a ser reconocida como cantante lírica. En esa ópera hizo el papel principal, el de Tosca. Cirilo quería conocerla en la etapa inicial de su carrera, cuando aún no era una celebridad internacional como lo llegó a ser unos años después.

A esa altura aún usaba parte de su nombre original: María Kaloyeropoulou. Unos años después lo cambiaría por el de María Callas. El apellido Callas lo había adoptado su padre cuando se estableció en Estados Unidos, para hacerle la vida más fácil a los que debían pronunciarlo en esas tierras.

Cirilo cerró los ojos mientras se concentraba en su objetivo. Se había dado cuenta que cuando viajaba al pasado, en el lugar que iba era la misma hora que tenía en su presente al momento de trasladarse. Por esa razón eligió las cinco, pues suponía que el concierto comenzaría alrededor de las seis de la tarde. Poco a poco comenzó a oscurecerse en su entorno, para luego volver a aclarar gradualmente. Mientras eso ocurría, comenzó a dibujarse un entorno bien distinto al que lo había rodeado hacía unos instantes, en su departamento. Estaba en la plaza Klafthmonos, en un pasillo en medio de un teatro al aire libre montado por la temporada de verano. Hacía calor. Se había preocupado de vestirse con camisa, corbata y chaqueta, como era costumbre de andar en esos tiempos, especialmente si se asistía a un espectáculo como la ópera, aunque fuera al aire libre.

La mayoría de las sillas estaban vacías. Había poca gente, por lo que supuso que faltaba aún para que la función comenzara. Había elegido bien la hora. Vio que las sillas tenían unos números pegados en el respaldo. El no había pagado la entrada, pero ya estaba adentro. Sin embargo, no tenía un asiento reservado. Así que se sentó en uno que estaba vacío, de la cuarta fila. Después de un rato llegó una pareja que se le paró delante mientras el varón le hablaba en griego. Sin entender lo que le decía, comprendió que estaba sentado en un asiento de esta pareja, así que hizo una seña con la mano y se paró, para ir a sentarse a otro asiento vacío, en la fila que estaba detrás. Un rato después sucedió algo similar, por lo que hubo que pararse nuevamente y buscar otro asiento. Un hombre con gorra, que parecía ser un acomodador, o algún tipo de guardia, se percató de la situación y lo estuvo mirando por un rato.

La plaza era amplia, rodeada de edificios de uno, dos, tres, o cuatro pisos. El improvisado teatro estaba en el sector de la plaza que daba hacia la calle Dragatsaniou, ahora cerrada al tránsito de vehículos. Mirando en dirección opuesta a la entrada había un cerro, a varias cuadras de distancia, con algunas construcciones en su parte superior.

Donde estaba montado el teatro era un lugar amplio, desocupado, en el que habían cercado un sector con tablas y lona, colocado sillas, y construido un escenario. Otros sectores de la plaza estaban cubiertos de pequeños árboles. Quería ver cómo llegar donde estaban los artistas. En las sillas había unas hojas mal impresas donde estaba el reparto. Estaba en plena Segunda Guerra Mundial, en una Grecia ocupada por tropas alemanas e italianas, por lo que había muchas carencias. En las primeras filas se encontraban militares alemanes e italianos, luciendo uniformes vistosos.

Trató de entender lo que decía el folleto. En el papel protagónico figuraba María Kaloyeropoulou. Se paró del asiento y se dirigió hacia el escenario. En el costado había una pasada que parecía que daba hacia la parte de atrás del escenario. El acomodador o guardia que lo había estado observando, volvió a fijarse en él. Se dirigió hacia la pasada, y se desplazó por ella. Era un pasadizo estrecho entre los tabiques de madera y lona que formaban el escenario. Al fondo había una puerta. El guardia comenzó a desplazarse en dirección a Cirilo. El, que no se había fijado en el guardia, llegó hasta la puerta. Tenía una manilla. La giró y la puerta se abrió. Al otro lado se veía un espacio no muy grande, con varias puertas en su derredor. Todos los tabiques eran de una lona pesada con armazones de fierro y puertas de madera. No había techo, sólo el azul del cielo. En eso Cirilo sintió una mano que se posaba sobre su hombro, con firmeza. El guardia había llegado hasta él. Le habló algo en griego, mientras cerraba la puerta. Cirilo adivinó que le estaba indicando que no podía pasar. Luego le dijo algo más, mientras con la mano derecha hacía un gesto de querer recibir algo. Cirilo adivinó que le estaba pidiendo la entrada, que obviamente no tenía. El hizo unos gestos bien aparatosos de buscar en sus bolsillos, tras lo cual comenzó a hablarle en español:

- No tengo la entrada, parece que se me cayó después que entré, la mostré para ingresar y seguramente después se me cayó – le decía mientras gesticulaba aparatosamente.

Sabía que el guardia no entendería nada de lo que le estaba diciendo, pero con harta labia y gesticulación, y considerando que era imposible entenderle, pensaba que podría desembarazarse de él.

Efectivamente, el guardia optó por no insistir, pero le indicó con la mano que debía dirigirse a su asiento. Cirilo se fue directo al asiento que había ocupado antes de pararse para buscar la pasada a los bastidores. Pero se encontró con que estaba ocupado, junto con varias sillas a su alrededor. El guardia no lo perdía de vista, y a Cirilo le pareció que se había percatado de ese detalle.

Rápidamente se dirigió a otro asiento vacío, más atrás, y se sentó. En eso llegó la orquesta a ocupar su lugar. Eso distrajo al guardia, que le quitó la vista encima a Cirilo. Era la orquesta de la Ópera Nacional. Luego entró el coro. Ya había llegado más gente y la mayoría de los asientos estaban ocupados, especialmente la mitad anterior. La ópera estaba por comenzar.

Cirilo estaba muy emocionado. María Callas era alguien a quien había admirado desde que comenzó a desarrollar su gusto por la ópera. ¡Y pensar que en unos minutos la vería, en persona, y la oiría cantar!

Alguien se paró frente a la cortina en el escenario e hizo los anuncios. Todo en griego, por lo que Cirilo no entendió nada. Pero supuso que estaban anunciando los papeles y funciones principales. Estuvo muy atento, y alcanzó a escuchar el nombre de María Kaloyeropoulou en el papel de Flora Tosca. Luego se retiró. La orquesta era dirigida por Sótos Vassiliádis. El papel del pintor Cavaradossi lo representaría Antónios Deléndas.

Se abrieron las cortinas y comenzó la ópera con la llegada del preso político fugado Angelotti. Oyó la aria "Recóndita Armonía", o armonía oculta, en que Angelotti compara la belleza de Tosca con la de su propia hermana la duquesa Attavanti. Cuando en eso se oyó una voz femenina desde fuera del escenario llamando "Mario, Mario, Mario", que le dio un escalofrío que recorrió su espalda. Era Tosca llamando a Mario Caravadossi, el pintor. ¡Era la voz de ella, de María! Jamás había escuchado esa voz en vivo. Entonces hizo su aparición, irrumpiendo con fuerza en el escenario, del que se hizo dueña de inmediato. Vestía un ceñido y elegante vestido color rubí.

María Callas era una mujer majestuosa. Muy alta, no era gorda, pero de constitución gruesa, apareció en el escenario como una ráfaga. Su cara era redonda, más o menos ancha. La joven María no era la mujer esbelta y grácil que se veía en las innumerables fotografías que había visto, y que correspondían a su época posterior. Comenzó a cantar la aria "Non la sospiri, la nostra casetta?"[2] Su voz potente llenó la plaza. Era como un ángel cantando. Segura de si misma, nunca se imaginó Cirilo que esta mujer tendría tanta

---

[2] ¿No extrañas nuestra casita?

presencia escénica. Su cara tremendamente expresiva le permitía actuar el personaje, como que fuera ella misma. Su boca grande, sus ojos grandes, su nariz grande, todo su rostro estaba hecho para expresar con simples gestos lo que sentía el personaje. Tosca y María eran una misma persona. Con sus brazos y manos acompañaba los gestos de su rostro, que seguían la música como si fueran una sola cosa. Luego vino una segunda aria en que cantaba ella.

La gente premiaba sus actuaciones con sonoros aplausos. A partir de esa actuación, la señorita Kalogeropoulou, con sus apenas diez y nueve años, comenzaría a ser una persona conocida en el ámbito local de la ópera. De hecho este era su primer papel estelar. Sin embargo pasaría casi una década antes que se convirtiera en una estrella internacional.

Hubo un receso antes del segundo acto. A su lado Cirilo notó que había un grupo de personas que hablaban español. Estaban comentando la calidad del canto de María. Uno decía que jamás había visto una interpretación así. Cirilo no pudo resistir la tentación de intervenir, así que después de algunas vacilaciones hizo un comentario:

- Ella es la más grande. No hay otra como ella, no ha habido nadie como ella y no va a haber nadie como ella. Den las gracias de tener la suerte de poderla ver actuando y cantando.

- ¿Usted la conocía de antes? – preguntó uno de los varones de habla española –. Se ve que es su admirador.

- Nunca la había escuchado cantar. Nunca la había visto en persona.

- ¿Y cómo es que siente tanta admiración por ella?

Cirilo no supo qué decir.

- Es cierto, créanme. Es alguien fuera de lo común. La ópera después de ella no va a ser lo mismo. Acuérdense de mi. Y disfruten lo que están viendo y escuchando, porque no habrá nada igual.

Lo miraron con recelo. ¿Qué impulsaba a este hombre a hacer esas afirmaciones tan categóricas? Hablaba de alguien a quien no conocía, según sus propias palabras.

Todo esto ocurrió entre el primero y segundo acto. El sol poniente doraba los edificios y árboles circundantes. Las lonas del improvisado teatro se movían con la brisa que soplaba, y que traía algo de frescor. Comenzó el segundo acto. Tosca se veía radiante, en un traje blanco con adornos en granate. Llevaba puesto un enorme collar dorado con imitaciones de brillantes, y unos largos aros que le hacían juego. Sobre la cabeza lucía una corona con adornos que imitaban hojas doradas. Cuando cantó la aria Vissi d'arte[3] el público casi no respiraba. Parecía como que toda esa parte de la ciudad estuviera paralizada. No se oyó ningún otro sonido que no fuera la orquesta, y sobre ella, la voz perfecta de María, que cantó con el sentimiento de quien está abominando de su desdichado destino. Lo cantó en griego. Pero Cirilo sabía lo que decía:

"Yo viví para el arte, viví de amor
¡Nunca hice daño a un ser viviente!
Con una mano secreta
Alivié tantas desgracias como conocí."

Parecía que lloraba mientras cantaba. Nadie de los que estaba sentado allí, escuchando extasiado esta voz nueva, recién descubierta, se imagina que la mujer detrás de la voz sería tan infeliz. Daría a otros, con su canto, la felicidad que para ella fue escasa. Parecería que cantaba sus propias angustias, que la acompañarían toda la vida, a pesar de sus grandes éxitos artísticos, cuanto cantaba el estribillo, mientras abría sus brazos, implorando:

"En la hora del dolor
¿por qué, por qué, Señor,
ah, ¿por qué me recompensas así?"

Cirilo no pudo contener sus lágrimas. Miró a su alrededor a los asistentes como aplaudían con todas sus ganas. Aplaudían por lo bello de la interpretación a alguien apenas conocida. Cirilo aplaudía porque sabía que en el escenario

---

[3] Viví para el arte

estaba una mujer que era un genio. Porque el que crea la música puede ser genio, pero si no hay alguien que sepa interpretar lealmente lo que escribió, no hay obra. Y si esa persona que interpreta causa un cambio tan grande, de tal modo que se puede hablar de la ópera antes de ella, y la ópera después de ella, entonces sin duda esa persona es un genio. Ella le enseñó a las futuras y los futuros cantantes líricos como se debía interpretar cada papel.

Cuando finalmente terminó el tercer acto, el público terminó de ovacionar a los intérpretes, que salieron en reiteradas oportunidades a recibir su reconocimiento. Como se veía que a pesar de vivir en plena guerra mundial, bajo la ocupación de alemanes e italianos, con toda la escasez y privaciones que significaba, los griegos disfrutaban de la música. Muchos tal vez se privaban de la poca comida que podían conseguir, con tal de ir a la ópera. Y disfrutaron de ver a esta joven debutante que cantó tan lindo.

Por último, se cerró la cortina definitivamente. La gente comenzó a pararse y a abandonar sus puestos. "Ahora o nunca", pensó Cirilo. Era el momento de introducirse por la puerta por la que se accedía tras bambalinas. Sin perder de vista al guardia con que había tenido el encuentro anterior, que en esos momentos se encontraba ocupado en uno de los accesos, abrió la puerta, ingresó y la cerró, todo en una rápida acción.

24

El encuentro

Llegó a un sector amplio al que se accedía, vió varias puertas, todas cerradas. Algunas personas transitaban por el lugar, de un lado a otro. Trató de pegarse a un panel de lona, buscando pasar inadvertido. Su temor era que lo hicieran salir, si no podía justificar su presencia allí. Pero nadie parecía verlo, como que fuera invisible.

Se atrevió a abordar a un joven, que le pareció que podría ser un tramoyista. Era importante no tener contacto con alguien importante, pues seguramente lo echaría antes que se diera cuenta qué pasaba. En cambio el supuesto tramoyista no se veía como una amenaza, y además tenía cara de buena persona.

¿María Kalogeropoulou? – le dijo, tratando de imitar la pronunciación que un espectador le había dado al pronunciar su nombre, y que Cirilo había tenido la oportunidad de escuchar.

El joven le dijo algo que no entendió y le señaló la segunda puerta del fondo. No sabía qué hacer. No sería prudente golpear la puerta, podría ser que se estuviera cambiando de ropa, y podía enojarse por el sólo hecho de haber golpeado, pues sabía del mal genio de la futura diva. No se podría haber ido, porque recién la había visto en el escenario haciéndole reverencias al público.

Le hizo una seña con el dedo, como preguntando si estaría allí, a lo que el joven respondió afirmativamente. Entonces le mostró una pequeña foto de María Callas que andaba trayendo consigo. Era una foto en blanco y negro, tomada aproximadamente en esa época, podría haber sido un poco después de ese momento. Aparecía con una cabellera abundante, su cara juvenil, más bien rellenita, los labios bien pintados. A punta de gestos, le explicó al joven que quería su autógrafo. El asintió, como comprendiendo, luego miró la foto e hizo un comentario, con cara de extrañado. La foto la había sacado de un libro que había sido del padre de Cirilo. El la había arrancado antes de hacer esta travesía, le había cortado la parte inferior, donde decía "María Callas", pues este nombre lo había adoptado con posterioridad. La foto tenía una zona clara en la parte superior, donde esperaba que ella le colocara su autógrafo.

El joven dijo algo y se retiró para continuar con sus actividades. Cirilo seguía tratando de mimetizarse entre los paneles de madera y las lonas grises con manchas cafés. En el lugar en que estaba había un techo formado por una gran lona con forma de dos aguas. En los extremos quedaban espacios abiertos por los que se veía el cielo. Era la hermosa hora en que el sol se había puesto hacía pocos minutos, y el cielo mostraba un color azul oscuro intenso, con algunas nubes alargadas de color naranjo luminoso. Afuera había silencio, lo que indicaba que los asistentes ya se habían retirado. Sólo se oían algunas bocinas lejanas, de los vehículos que circulaban en las calles circundantes. Soplaba una brisa leve que hacía moverse las viejas lonas. Algunas personas seguían circulando por el recinto, sin preocuparse por Cirilo. El joven tramoyista estaba dedicado a enrollar unos telones que había dispuesto en el piso. Otra persona, de más edad, lo estaba ayudando.

Por las puertas comenzaron a salir hombres y mujeres, con mucho desplante, que a Cirilo le parecían ser los cantantes que habían asumido los distintos papeles. Se comenzaron a reunir en el centro de la estancia para conversar. Era evidente que estaban esperando a que salieran todos. Cirilo no perdía de vista la segunda puerta.

Siendo que María tenía el papel protagónico, seguramente el pequeño camarín que ocupaba era para ella sola.

En un momento se abrió la puerta y apareció la cantante. Era alta y maciza. Se la veía caminando en una actitud algo tímida. Estaba aún lejos de llegar a ser la diva que el mundo de la ópera llegaría a conocer. El éxito le había empezado a fluir con más fuerza de la que ella estaba asimilando. Cirilo se sintió embargado de una fuerte emoción. Los separaban unos diez metros. Se dirigió lentamente hacia el grupo que habían formado los otros cantantes. Parece que ella fue la última en salir. Cirilo se dio cuenta que si se mezclaba con el grupo, sería muy difícil accederla. Para colmo, se abrió la puerta por la que él había ingresado, y apareció el famoso guardia con que Cirilo había tenido el encuentro, e inmediatamente fijó los ojos en él. No podría haber sido más inoportuno. Cirilo lanzó un grito, que le salió casi involuntariamente:

- ¡María!

Ella giró la cabeza y lo miró

- ¡María Callas!

Ahora ella frunció sus abundantes y expresivas cejas.

- ¡Divina!

El guardia comenzó a caminar en dirección a Cirilo, en actitud nada de amigable.

María titubeó. Los del grupo también miraron a Cirilo, atraídos por sus llamados. La mirada suplicante de éste estaba fija en María. Ella comenzó a moverse hacia él. Le había llamado la atención el grito de este hombre solitario, que nada tenía que ver con ese entorno.

- ¡Divina! - repitió él, con voz suave, mirándola como quien ve una aparición.

- Nunca nadie me había llamado así - dijo ella, en griego.

Cirilo rápidamente le habló en su mal inglés.

- No hablo griego. Quería conocerla. Su presentación estuvo muy bonita.

Ella repitió en inglés:

- Nunca nadie me había llamado así - ¿Por qué me llamas "Divina"? - esta última palabra en español. En realidad, italiano, pero es la misma palabra. "La Divina" sería el apodo que sus miles de admiradores le pondrían. Tenía una voz fuerte y segura, algo ronca. Su voz no correspondía a su actitud, que parecía ser la de una persona tímida. Llevaba puesto un vestido negro, sencillo. Usaba una pulsera y un collar de fantasía. Rizos negros adornaban su cabellera.

Los del grupo dejaron de interesarse en ellos.

- Tú eres Divina. Cantas como "Divina".
- Gracias - ella lo miraba intrigado, como que fuera algún admirador medio loco. Decidió seguirle el juego. Le ofreció una sonrisa que dejó encantado a Cirilo. "Qué boca más hermosa, que lindos dientes", pensó.

En eso llegó el guardia y tomó a Cirilo del hombro. María le hizo un gesto y le dijo algo. El guardia inmediatamente lo soltó. Miró a Cirilo, se dio media vuelta y se alejó. Los demás cantantes ya se habían olvidado de ellos, y se habían enfrascado en una conversación.

- Le dije que eras un amigo de mucho tiempo.
- Gracias, en realidad, lo soy.

Ella se sonrió. Había algo en este curioso extranjero que la atraía.

- ¿De dónde eres?
- Soy de Sudamérica.
- ¿Y qué haces en Grecia, tan lejos de Sudamérica?
- Vine a verte a ti.

María lanzó una carcajada. Lo que él dijo era cierto, pero ella nunca podría creer que eso lo fuera.

En eso uno de los integrantes del grupo la llamó "María" y agregó algo que Cirilo adivinó que significaba que tenían que irse. Ella le respondió haciendo un gesto de que esperase.

- También me llamaste "María Callas". Ese no es mi nombre.
- Lo sé. Eres María Kaloyeropoulou.
- ¿Y entonces? Casi nadie conoce ese nombre aquí. ¿De dónde lo obtuviste?
- Es el nombre que adoptó tu padre cuando emigró a Estados Unidos, para que fuera más sencillo que Kaloyeropoulou.
- Me llama la atención que sepas eso. Realmente me tienes intrigada - Su cara había adoptado una expresión de desconcierto.

- El mundo te va a conocer como María Callas.
- Sabes mucho sobre mí. ¿Quien eres?

Este hombre la tenía asombrada. Tenía que irse, pero no podía despegarse de él. Los del grupo comenzaron a desplazarse hacia la puerta de salida. Se detuvieron y miraron a María, como para hacerle ver que era hora de despedirse.

- Estuviste maravillosa en el papel de Tosca.
- Gracias - respondió ella, con una sonrisa que dejó ver unos hermosos dientes blancos -, me he preparado toda la vida para hacer ese papel.

Su voz era fuerte, como fue su canto en el escenario. Luego de mirarse un rato, en silencio, agrego:

- Para ese papel y muchos más.
- Estoy seguro. Es que presiento que tu carrera no va a ser tan larga, pero vas a ser la más grande. Tu voz es un regalo de Dios.

A ella se le humedecieron los ojos. Desde su infancia se había sacrificado tanto para ser la mejor, que las palabras de este extraño le llegaron hasta el fondo de su corazón.

- Mi misión en la vida es cantar. Debo cantar, cantar, cantar. Fui creada para cantar. Quiéralo o no, debo hacerlo. Toda mi vida ha sido así. Es una obligación que contraje cuando nací: ser la primera.
- ¿Qué sientes, al poder cantar como sólo tú lo haces? ¿Qué sientes cuando cantas?
- Para cantar así he debido sacrificar mi vida - respondió, en un tono que parecía reflejar una profunda tristeza, cambiando el tono de seguridad que había demostrado hasta entonces, al de una pobre mujer que sufría -. No he tenido infancia, no he tenido juventud. Sólo conozco el trabajo duro. Pero sé que así llegaré a ser la primera. Hubiera preferido tener otra vida, no esta vida que tengo, esclavizada por el canto. Y ahora tengo enemigos por todas partes. Son hijos de la envidia.

Cirilo la miró con ternura. Sentía pena por esa mujer que viviría tanto sufrimiento en su vida. Se oyó un llamado del grupo que esperaba "¡María!". La aludida reaccionó con indignación y los mandó a que se fueran de una vez. A cierta distancia observaban el guardia, el tramoyista, el hombre que lo había ayudado a enrollar el telón y otra persona que se había sumado. Todos estaban atentos al curioso encuentro entre la soprano y el desconocido.

Cirilo, que había quedado pensativo por las palabras de la mujer, tardó un rato en reaccionar. Cuando lo hizo, sacó la foto que tenía de ella. Se la alcanzó sin decirle una palabra. Ella la miró, y exclamó, sorprendida:

- No me acuerdo haberme tomado esta foto. ¿Quieres que la firme? Dime tu nombre.

- Cirilo.

María se sonrió.

- Curioso nombre, el tuyo.

Sacó un lápiz de mina, de su cartera, y escribió en la zona clara de la fotografía: "To Cirilo, Sincerely,"

En ese punto se detuvo y le preguntó:

- ¿Cómo quieres que firme, con mi verdadero nombre, o como tú me llamaste, María Callas?

- ¡María Callas!

Ella agregó: "María Callas, 1942" y dibujó un trazo curvo debajo. Se lo alcanzó a Cirilo, y le dijo que debía irse porque la estaban esperando afuera.

- Me gusta - dijo, moviendo afirmativamente la cabeza.

Le alargó la mano, Cirilo se la tomó, se inclinó y ceremoniosamente se la besó. Le pareció que la mano temblaba ligeramente. La quedó mirando mientras ella le sonrió, se dio vuelta y comenzó a alejarse. El alcanzó a decirle con voz fuerte:

- Prima donna assoluta![4]

María llegó a la puerta, se volvió y le sonrió de nuevo, para luego desaparecer para siempre. Nunca más vería a esa mujer, cuya trágica vida sería como una ópera más.

Pasaron unos largos instantes en que no pasó nada, todos se quedaron inmóviles. Cirilo no podía creer que realmente

---

[4] Primera mujer absoluta! La mujer con el papel principal en una obra.

había tenido ese encuentro con quien admiraba y que en unos años más llegaría a ser la más grande soprano.

De pronto todos perecieron cobrar vida. El tramoyista se retiró a hacer su trabajo. El guardia se aproximó a Cirilo y le señaló delicadamente la puerta, la misma por la que había entrado. Atravesaron la puerta y lo escoltó hasta la salida. Le hizo una reverencia y le brindó un saludo se despedida.

Cirilo estaba en la plaza Klafthmonos, caminando sin rumbo. María ya estaría lejos de ahí. Sus ojos se humedecieron. ¡Nunca habría otra Callas! No tenía nada más que hacer. Era hora de volver.

El fiel pozo apareció entre los árboles, en un extremo de la plaza. Bebió de su agua y cumplió con el rito del regreso a casa. En cuestión de minutos estaba de vuelta en su departamento.

Con mano temblorosa sacó la foto de su bolsillo, como quien tiene un tesoro. ¡No había nada escrito! La puso cerca de una lámpara para ver si había alguna huella de algo que hubiera estado escrito, la miró al trasluz, la tocó suavemente, pero no había nada. Nunca nadie había escrito algo sobre esa foto.

25

Memorias de postguerra

Cirilo estaba en una gran duda. ¿Cuál sería el destino de su siguiente travesía hacia el pasado? La conversación con Veranda, cuando fueron a comer hacía unos días, le había dado algunas ideas, por un lado, pero lo había confundido, por otro.

En medio de estas dudas, se fue a casa de Ismael, uno de sus compañeros de trabajo, a buscar unos discos de música que éste le iba a prestar. Podría habérselos llevado al banco, pero así ambos tenían una excusa para verse fuera de su lugar de trabajo, y poder conversar sobre temas de interés común, como la música, que a ambos les gustaba. Hacía poco habían descubierto que compartían el gusto por la música.

Después de haber saludado a la esposa de Ismael, se quedaron solos para hablar sobre las preferencias musicales de cada uno y sobre la música que Ismael le prestaría.

A Cirilo le llamó la atención una foto desteñida que estaba en un marco plateado, de un señor vestido de marino. Ismael se percató de esto, y le dijo que era su abuelo, que había sido oficial de marina.

- Yo era muy regalón de mi abuelo, por eso tengo su foto ahí. No vivía aquí, así que lo veía como una vez al año. Cuando lo visitaba, me daba el gusto en todo. Salíamos a caminar al parque, me llevaba al cine, me compraba dulces, helados, lo que se me antojara. Había un observatorio en el parque, al pobre abuelo lo hacía subir hasta arriba. Allí iba tranqueando peldaño tras peldaño, el pobre, para complacerme.

- Y me imagino que viajó mucho, siendo marino - dijo Cirilo.
- No tanto, porque se retiró joven. Mi papá también fue marino.

Justo en ese momento hizo su entrada un señor de avanzada edad, que se apoyaba en un bastón. Presentaba una evidente dificultad para caminar.

- Te presento a mi papá. Papá, él es Cirilo, compañero del banco, del que te hablé el otro día.

La persona que había ingresado recién era de mediana estatura, se veía que tendría más de ochenta años, ya encorvado por la edad. Era muy delgado, pero parecía que de más joven había sido deportista, pues los brazos los tenía bastante musculosos, aún. Estaba impecablemente vestido, bien peinado el poco pelo que aún permanecía en su cabeza. Miraba fijamente a Cirilo, con una mirada de alguien que disfrutaba de interactuar con otros.

- Mucho gusto, señor. Estaba diciéndole a Ismael que seguramente usted ha viajado mucho, siendo marino.
- Mucho gusto en conocerlo. Silvestre es mi nombre. Efectivamente, hice varios viajes cuando era joven.
- Y tendrá muchas anécdotas, don Silvestre - dijo Cirilo -. Me refiero a sus viajes.
- No le des cuerda, porque cuando empieza, no lo para nadie - advirtió Ismael.
- Si, muchas anécdotas - dijo don Silvestre -. Pero ya, con los años, la memoria comienza a debilitarse.
- No, usted se ve muy bien.
- No tan bien. Fíjese que yo soy un adulto mayor joven.

Ismael soltó una risa.

- Y bastante joven -, agregó Cirilo.
- No crea. Son hartos los achaques.
- Ni se le nota. Como le decía, debe tener muchas historias usted.
- Mire, más sabe el viejo por diablo que por viejo - respondió, sonriendo.

Cirilo soltó una carcajada.

- Está bueno eso.

- Joven - dijo el viejo levantando la cabeza y arqueando las cejas, en tono de que va a hacer un anuncio importante - ¿Cirilo me dijo que se llamaba usted, no?

- Cirilo.

- Vivo sólo de los recuerdos.

Ya Cirilo no sabía qué decir. Después de un prolongado silencio, Silvestre continuó:

- Por ejemplo, esa silla en que usted está sentado.

- ¿Qué pasó con esta silla? - preguntó Cirilo

- Resulta que al buque en que yo estaba embarcado le tocó ir a Alemania, después de la guerra.

- ¿La Segunda Guerra?

- Por supuesto. En la Primera estaba recién nacido. Teníamos la misión de recoger a un grupo grande de compatriotas descendientes de alemanes que habían ido a pelear a la guerra. Yo era muy joven, en ese tiempo.

- Debe haber habido muchos que fueron a la guerra, por uno y otro bando. ¿Cuándo fue esto?

- Era el año 1947. Fue el día antes del cumpleaños de mi señora, el 19 de enero, pleno invierno en Europa- dijo don Silvestre, mientras Ismael se levantaba de su asiento para ir a buscar una segunda ronda de cervezas.

- ¿Y qué tiene que ver con la silla?

- Espérese, no sea impaciente. Este buque fondeó en una base naval en Hamburgo, que estaba ocupada por marinos ingleses. Eran parte de las fuerzas de ocupación, después de terminada la guerra. Resulta que esta base naval estaba a cargo de un almirante inglés.

Ismael hizo un alto, sirvió las cervezas y se dirigió a cambiar el disco, que ya había terminado de sonar. La habitación en que estaban era un cuarto no muy grande, un dormitorio que había sido convertido en sala de estar. Las murallas estaban cubiertas de fotos, platos de diferentes lugares, y recuerdos de viajes que habían realizado por el país.

Había un sofá bien cómodo, pero Cirilo se había sentado en una silla, la silla de la anécdota que estaba relatando don Silvestre, para estar cerca de los discos. Se había dedicado a inspeccionarlos uno a uno, leyendo las canciones que figuraban en la carátula. En el piso había una alfombra bien peluda en el centro de la estancia, y sobre ella había una mesa de centro. La mesa estaba llena de objetos de artesanía traídos de distintos lugares.

- El buque estaba en la base naval, que había sido de la marina alemana, pero en ese entonces estaba ocupada por la armada inglesa.

Hizo una larga pausa, mantuvo los ojos semi cerrados, como tratando de transportarse de vuelta a esa época.

- Un oficial joven, compañero mío, hizo amistad con una muchacha alemana, una rubia muy linda. La invitaba al buque a comer con nosotros y recuerdo que tenía algo muy especial. Sólo tomaba menta.

- ¿Menta?

- Así es, joven Cirilo. Tomaba menta de aperitivo, menta durante la cena y menta de bajativo.

El anciano hizo otra pausa y esbozó una sonrisa, mientras los recuerdos afloraban a su mente.

- Mi compañero siempre que la invitaba le tenía una botella de menta. De a poquito se la iba tomando durante la velada, entre conversa y conversa, porque era bien habladora la alemana, hasta que le daba el bajo. Ahí se iba. Mi amigo se la llevaba del buque bien curadita.

- Pero eso no tiene nada que ver con la silla - interrumpió Ismael.

- ¿La silla? ¡Ah, sí, la silla!

- Nos iba a contar la anécdota de la silla - terció Cirilo.

- Bien, volvamos a la silla - se detuvo un rato largo y continuó hablando muy despacio -. Pues bien, estando el buque en la base naval, el almirante hizo una invitación a comer, al comandante y a todos los oficiales - continuó Silvestre -. El lugar era el casino de oficiales de la base. Estaban todos los oficiales británicos. La comida se inició de manera sumamente formal, como son ellos. Había un hielo en el ambiente, que parecía que no se rompería con nada. Nos ofrecieron jerez, a modo de aperitivo. Yo me las arreglaba perfectamente en inglés, como otros de los oficiales que iban. Otros hablaban menos, pero se las arreglaban. Y había algunos que pasaron callados porque su inglés era muy limitado.

- Después pasamos a comer. Había una entrada de salmón con nuez picada, acompañado de lechuga y betarragas. La mesa era alargada, estábamos sentados intercalados, nosotros y los británicos. Después de la entrada hubo una sopa de espárragos, y el plato de fondo era de carne asada, con papas doradas y una especie de pan, medio pan medio queque, llamado "Yorkshire pudding", con salsa de carne encima, además de repollos de Bruselas. Todo acompañado de vino Gamay de la región de Beaujolais. Era una comida exquisita.

Continuó después de hacer una pausa. A esta altura sus dos interlocutores estaban más interesados en el relato, por la precisión con que lo estaba haciendo. Ismael ya conocía la historia, pero aún así se había interesado en lo que contaba el viejo.

- A esa altura, el jerez y el vino estaban soltando las lenguas. Tanto los que hablábamos bien ingles, como los que hablaban más o menos, se estaban expresando sin problemas. Incluso los que hablaban poco inglés, ya se habían lanzado, y aunque apenas entendían lo que les decían, sí hablaban.

- Me acuerdo uno que le hicieron una pregunta, y contestó algo que nada tenía que ver con lo que le preguntaron. El que preguntó, muy educado, le dijo "Oh, yes" y se sonrió.

- Después de terminada la comida, sirvieron fruta picada con crema de postre. Y como bajativo, según la costumbre inglesa, oporto. El oporto a temperatura ambiente, nada helado, para no complicar la digestión.

- A esa altura debe haber estado bien animado el ambiente, me imagino - dijo Cirilo - y supongo que se había roto el hielo inicial.

- Totalmente - respondió don Silvestre -, ya se había desvanecido totalmente la formalidad inicial. Cuando nos levantamos de la mesa, el almirante anunció competencias. Tomó la silla en que estaba sentado, se la llevó a la sala contigua y la colocó en el centro. La silla era parte de un juego de comedor, que seguramente estaba en el casino desde el tiempo en que aquel era un casino de la marina alemana. La competencia consistió en sentarse en esa silla, en la que está sentado usted, Cirilo, meterse por el espacio que queda en el respaldo, pasar por encima y volver a sentarse. ¡Todo sin tocar el suelo con los pies!

- ¿Y cómo vino a dar la silla aquí? - preguntó Cirilo, impaciente.

- No sea apurón, ya vamos a llegar a eso. Antes de intentarlo, vinieron los mayordomos con bandejas con vasos de whisky. Todo puro, nada de hielo ni agua. Si uno quería, había que pedirlo.

Don Silvestre hizo un alto y puso cara de melancólico. Este viaje al pasado le hizo desempolvar detalles que habían quedado ocultos en lo más recóndito de su memoria. Continuó en un volumen más bajo, apenas audible por sus interlocutores:

-Varios lo intentaron. Algunos no cabían por entre los listones del respaldo. Otros no lograron sostenerse, y fueron a dar al suelo. Otros, más grandes, no pudieron evitar apoyar los pies en el piso. Pero yo practicaba gimnasia en aparatos en mis tiempos de cadete. Era muy delgado, todavía lo soy, pero tenía los brazos musculosos.

- ¡Y apuesto a que pasó la prueba! - interrumpió Cirilo, nuevamente.

- Cuando me tocó el turno, me senté, bien concentrado, y me coloqué de lado, con los pies contraídos. Pasé la cabeza, curvé el torso de modo que quedara en diagonal, lo deslicé por el hueco de la silla, y luego deslicé un brazo. Con él me agarré del respaldo con todas mis fuerzas, mientras pasaba lentamente el resto del cuerpo. Hasta ese momento había harto ruido, producto de la conversación y las risas. Pero de pronto se formó un silencio. Todos estaban pendientes de lo que yo hacía. Curvé el cuerpo por detrás de la silla, mientras sacaba las piernas y me iba deslizando hacia adelante. Al fin salí totalmente del hueco del respaldo y puse los pies en el asiento. Por último me senté, en medio de los aplausos de los asistentes.

Después de una pausa, en que miró a Cirilo con una sonrisa de satisfacción, agregó.

- Nadie más pudo hacerlo. Fui el ganador absoluto.

- Lo felicito - dijo Cirilo -. Pero, ¿cómo es que la silla está aquí?

Ismael miraba con una sonrisa. Se notaba que había escuchado este relato más de una vez antes, pero aún así lo estaba disfrutando. La forma en que lo contaba su padre lo hacía interesante. Continuó:

- Al día siguiente zarpábamos. Pero antes que el buque soltara las amarras, llegó un auto tocando la bocina, y se detuvo al costado del muelle. Se bajaron dos marinos ingleses que preguntaron por mí. Los reconocí. Eran dos oficiales jóvenes que habían estado en la comida. Me dijeron que el almirante me enviaba el premio por haber ganado la competencia la noche anterior. ¡La misma silla! Fueron de vuelta al auto, sacaron la silla y me la entregaron. Era esa silla en que usted está sentado, Cirilo.

Agregó, riéndose:

- No era problema para ellos regalármela, total se la habían quitado a los alemanes.

Después de unos instantes volvió a adoptar la actitud seria con que había hecho todo el relato.

- Cuando llegamos de vuelta me transfirieron, así que abandoné la silla en el buque y me olvidé de ella.

- ¿Y cómo la recuperó? - preguntó Cirilo.

- Varios años después tuve que hacer una visita al buque, por una inspección que se le estaba haciendo, al término de unas reparaciones. Ahí me topé con la silla, y la reconocí inmediatamente. Pregunté por ella, y me dijeron que no sabían de dónde había salido, no estaba en el inventario del buque. Dije que era mía así que ordené que me la enviaran a mi casa. Y ahí está.

- Se ve muy bien construida - dijo Cirilo, mientras la inspeccionaba por debajo.

- Efectivamente - respondió don Silvestre -. Muy bien construida.

- ¿Y tiene alguna otra anécdota que contar?

- Ahí, no más. Mire que si me pongo a navegar, Ismael se molesta y me dice que me ponga latero.
- No, pero ha sido muy entretenido escucharlo.
- Gracias, joven. Los viejos vivimos de recuerdos.
- Pero usted se ve muy bien, don Silvestre.
- Sí estoy bien, para la edad que tengo.
- No diga eso, don Silvestre. Está impecable.
- Mire, Cirilo, uno siempre tiene achaques. Le voy a decir que, a la edad mía, si uno se amanece sintiéndose demasiado bien, podría ser porque está muerto.
- Noo - exclamó Cirilo, riéndose de la salida del viejo.
- Cirilo, veamos lo de los discos - interrumpió Ismael, para distraer la atención del viejito y volver al tema que los había reunido.
- Lo que pasa es que a Cirilo le gusta la música, papá - agregó, mirando a su padre, subiendo el volumen y recalcando las sílabas, como generalmente la gente le habla a las personas mayores, aunque no estén sordas.
- Adelante, vean su música - dijo don Silvestre -. Yo me voy a despedir, porque tengo algunas cosas que hacer - agregó mintiendo, porque no tenía nada que hacer, pero estimó que era el momento de retirarse y dejar a los amigos solos.
Después de la despedida, Cirilo se puso a mirar los discos que había seleccionado para llevarse.
- Veo que te gusta la ópera. A mi también. Tienes a Anna Netrebko, Elina Garanza, Angela Gheorghiu, también a Cecilia Bartoli.
- Sí, respondió Ismael - y aquí tengo un par de discos de María Callas.
- ¡Fenomenal!
- También tengo óperas completas, en DVD.
- Si, pero me voy a llevar solamente estos cuatro discos, porque no me puedo llevar todo. Hay uno de Norah Jones.
- Pero tengo más de la Jones.
- Pero los tengo todos. También me llevo uno de Celine Dion, otro de Adele.
- A mi me encantan.

- Acuérdate, Ismael, que antes de fin de semana vas a ir a mi departamento, para que busques entre lo que yo tengo, para que yo te preste lo que quieras.

- Siempre que Veranda lo permita - se le salió a Ismael. Inmediatamente se dio cuenta que el comentario no había sido oportuno, pero ya lo había largado.

- Bien, y me llevo también uno de Andrea Bocelli.

Pasó una media hora más, hasta que se despidieron y Cirilo se fue.

En el camino a casa iba pensando en el relato de don Silvestre. Su próxima travesía al pasado sería a conocer ese episodio en vivo. Sería testigo presencial de él. Tenía la fecha exacta, el 19 de enero de 1947. El lugar, Hamburgo, la base naval. No le costaría nada averiguar donde está, o estaba, esa base naval.

Era cosa de decidirse y hacerlo.

Pero le surgió una duda. ¿Cómo podría llegar a esa comida? ¿Cómo siquiera acercarse? Ya sería problemático entrar a la base naval. Si lo intentaba y lo llegaban a sorprender, creerían que era alguien que intentaba perpetrar un atentado. No se le ocurría manera de poder tener libre ingreso al lugar, y ser testigo presencial de lo que acababa de escuchar. No era algo trascendental que había ocurrido, un hecho histórico. Pero si era algo que conoció por el relato de alguien que lo vivió, y le había fascinado. Era parte de la naturaleza de Cirilo. Lo del pasado le atraía. Aunque fuera una cosa trivial, el hecho que hubiera ocurrido hacía mucho tiempo lo hacía alucinante para él.

Pero había que resolver problemas que le parecían insolubles. Tenía la posibilidad de visitar ese pasado, pero no había forma de introducirse en la escena que se desarrollaría allí. Ni siquiera verla desde lejos.

Con estos pensamientos, que lo apesadumbraban, llegó a su departamento. Extrajo la llave del bolsillo, abrió la puerta y entró. Colocó encima de la mesa los discos que le había prestado Ismael. No se decidía si acostarse a dormir o escuchar alguno de ellos. La frustración de no poder cumplir su deseo lo tenía decaído. Optó por irse a la cama.

26

Juliana y el enólogo

Juliana había conocido al enólogo en casa de los padres de él. Juliana es la amiga que había salido con Veranda en busca de una cartera. Su madre se dedicaba a hacer obras de caridad al igual que la madre del enólogo. Tenían un grupo que se dedicaba a armar conjuntos de ropita de bebés, para mujeres de escasos recursos que daban a luz. Cada una de ellas confeccionaba una cantidad de estos conjuntos, los reunían y se los regalaban a instituciones abocadas a atender a estas mujeres. Se reunían más o menos una vez al mes para juntar lo que tenían, tomar el té juntas, y hacer un poco de vida social. Se había dedicado a esto desde hacía algunos años. Esa tarde a Juliana la había llevado su madre a una de estas reuniones porque estaba bastante cargada de ropita que había confeccionado y requería ayuda. Aunque sólo fue a dejar a su madre, la amiga de ella le insistió que se quedara. La que invitaba era la madre del enólogo, de nombre Omar.

Se encontraba tomando el té con las amigas de su madre cuando llegó el hijo de la dueña de casa. Inmediatamente hubo afinidad entre Juliana y él. Estaban en el living seis señoras, además de Juliana y Omar. Entre pastelitos, sándwiches y tazas de té, ambos se dirigían miradas, algunas sonrisas y ocasionalmente cruzaban unas palabras. Hasta que llegado un momento, él le propuso salir al jardín, lo que ella aceptó de buena gana.

Mientras paseaban por el pequeño jardín que circundaba la casa, él le preguntó qué hacía. Juliana respondió:

- Mira yo soy diseñadora de vestuario. Me dedico a eso, a diseñar vestuario - dicho esto, se largó a reír.

- Me parece obvio - agregó él, con una amplia sonrisa -, si eres diseñadora de vestuario, que diseñes vestuario.

A Juliana le pareció simpático este joven. Le gustó su sonrisa, parecía ser una persona franca. Era de altura mediana, buena contextura, cara agradable, pelo trigueño, corto, de cejas espesas.

- ¿Y tu qué haces?

- Soy agrónomo. Me he especializado en vinos.

- Qué interesante - dijo ella mientras lo miraba con una expresión de picardía -. ¿Y te gusta el vino?

- Si pero yo hago que el vino sea exquisito, para que otros lo disfruten.

- Debe ser interesante ese trabajo. ¿Y qué es lo que haces?

- Trabajo en una viña. Me preocupo de que los procesos sean desarrollados correctamente para que el que descorcha una botella de nuestro producto encuentre lo mejor que le puede entregar la tierra.

- Eso suena como propaganda. Me estás tratando de vender tu vino.

Ambos no dejaban de sonreír. Se sentaron en un banco que había al lado de una poinsettia. Estaban a gusto juntos.

- No en absoluto, mi vino no necesita publicidad. Se vende solo.

- Veo que eres bien modesto.

El lanzó una carcajada.

- Es cierto. No hacemos propaganda. Y tú ¿dónde vendes la ropa que diseñas?

- Yo tampoco le hago propaganda a mi ropa. Igual que tu vino, se vende sola.

Se produjo un silencio, mientras ella miraba el piso. Omar tomo una flor de la poinsettia y se la puso en la mano.

- ¡Oh, gracias, que atento! Es preciosa esta flor - dijo ella mientras la hacía girar entre los dedos -. ¿Cómo aprendiste lo del vino?

- Hice un postgrado en enología - le respondió mientras permanecía de pié.
- Eres un enólogo.
- Exactamente. Dime una cosa...
- ¿Qué quieres saber?
- ¿Cómo son los vestidos que diseñas?
- Muy bonitos - respondió ella riéndose.
- No, dime en serio - insistió él.
- Yo diseño ropa femenina y accesorios. Para mis diseños me baso en elementos étnicos latinoamericanos.
- Ahá, que interesante. ¿Y cuándo podría ver algo de lo que diseñas?
- Cuando me dejes probar tu vino.
- Bueno, es cosa que nos pongamos de acuerdo.

Le tomo la mano para que ella se pusiera de pié y comenzaron a caminar rumbo a la puerta. Entraron a la casa, quedando inmediatamente expuestos a las miradas inquisitivas de las señoras.

Unos días después estaba Juliana trabajando en unos diseños que estaba preparando. De esos diseños iba a confeccionar unos vestidos que pretendía mostrar en un desfile colectivo que se realizaría en tres meses más. En eso se encontraba cuando sonó su teléfono. Era Omar que la llamaba.

- Sólo quería saber cómo estabas.
- Estoy bien, gracias - se produjo un silencio prolongado -. ¿Y tú, cómo estás?
- Bien, también - otro silencio, más largo que el anterior.
- Dime - dijo ella.
- ¿Cómo están tus diseños?
- Lo más bien. ¿Y tus vinos?
- Lo más bien, también.

Aquí hubo otro largo silencio. Ella ya se estaba sintiendo algo incómoda. No sabía qué decir, el que había llamado era él, pero no hablaba. Preguntó lo único que se le ocurrió:
- ¿Qué más me cuentas?
- Nada.

- ¿Me llamaste para no contarme nada? - Juliana se sonreía mientras le decía esto.
- ¿Tienes algo que hacer esta noche?
- Si, dormir.
- En lugar de dormir, te invito a dar un paseo por la orilla del mar.
- Oh, y ¿a qué se debe esta invitación? - Ahora Juliana tenía una sonrisa de oreja a oreja. Nada ansiaba más que verlo de nuevo. Pero le hablaba en tono serio, para no mostrarse muy ansiosa.
- Nada. Sólo para conversar y disfrutar del paisaje.
- ¡Todo un programa completo!
- Así es. ¿Aceptas?
- Déjame consultar mi agenda - respondió ella, riéndose -. Si, esta noche no tengo compromisos. Acepto tu invitación.
- A las seis y media te paso a buscar. Dame tu dirección.
- Si te averiguaste mi teléfono, ¿cómo no vas a poder averiguarte dónde vivo?
- Oye, dame tu dirección, que estoy corto de tiempo.
- Vaya, es un hombre ocupado. Su tiempo es oro.

Después de darle la dirección, agregó:
- ¿Cuánto tiempo tienes destinado para la cita?
- Sin límite de tiempo.

A las seis y media en punto pasó a buscarla. Fueron por el camino costero, a la hora más hermosa del día, la hora de la puesta de sol. Omar detuvo su auto y lo estacionó mirando hacia el mar. La conversación giró en torno a temas sin importancia. Juliana era persona de una personalidad fuerte, decidida, tenía todo muy claro. Omar era más recatado, muy calculador, tal vez hasta el grado de ser un poco indeciso. Estaba más que claro que había una atracción mutua entre los dos jóvenes. Le faltaba un pequeño empujón para que declarara su amor a Juliana, y se convirtieran en pareja. Por más que Juliana trataba de dárselo, él parecía que no daba el salto.

Omar disfrutaba de estar con esta mujer extrovertida, de pelo desordenado, divertida, un poco irónica. Le costaba darse cuenta cuando hablaba en serio y cuando no. Juliana estaba fascinada con él. Le gustaba este joven serio, algo tímido, pero a la vez seguro de si mismo. Hablaba poco, pero lo que decía la seducía. Encontraba que lo que hablaba era siempre acertado.

Llegó el momento en que Omar juzgó que debían irse. Hizo partir el auto y comenzó a retroceder. Juliana, riéndose, le dijo,

- ¿Tu agenda dice que es hora de irnos?
- No, de ninguna manera, si quieres nos quedamos más rato - y acto seguido maniobró con el auto para volver a colocarlo en el lugar en había estado.

Dos semanas después se encontraron Juliana y Veranda. Juliana se había visto varias veces con Omar. Le contó todo sobre sus encuentros con este joven.

- Pero por más que sacudo el árbol, la pera no cae.
- Debe ser un poco tímido, el hombre.
- ¿Un poco tímido? A mi me parece más tímido que un recién nacido. De tímido ya se pasó a tontito.
- Dale tiempo. ¿Cuándo fue la última vez que se vieron?
- Hace dos días. Me dan ganas de pescarlo, zamarrearlo, y darle un buen beso en la boca – dijo, con voz fuerte.
- ¿Y por qué no lo haces?
- ¿Estas loca? Sale arrancando y no lo veo más. Prefiero esperar que el pescado se haga a fuego lento antes que comérmelo crudo, o no comérmelo y perder el bocado.

Veranda se tapó la boca para ahogar una risa.

27

La pintura de Vincent

Cirilo, entre otras de sus aficiones, tenía el gusto por el dibujo y la pintura. Le atraía, y en su tiempo de colegial se entretenía dibujando. También se dedicó a la acuarela, e hizo alguna incursión en el óleo. Pero el dibujo a lápiz era lo que más practicaba, pues le resultaba más fácil. Mientras estudiaba administración, el tiempo dedicado a dibujar comenzó a disminuir, hasta que llegó a cero, por la prioridad que adquirió el estudio y posteriormente el trabajo en el banco. Pero aunque no se dedicaba, siempre disfrutaba yendo a ver exposiciones, leer sobre pintores y comprar uno que otro libro dedicado a la pintura.

Entre los pintores cuya obra más le atraía estaba Vincent Van Gogh. Pero ¿a quien no le atrae? Consideraba que Van Gogh era un pintor que constituye un hito en la pintura. Que fue un revolucionario que rompió con todo lo que había en pintura, e irrumpió con un estilo propio que cambió todo lo que había hasta ese momento. A lo anterior se agrega la maestría con que manejaba el color, la luz y las sombras, y como ejecutaba las formas. Según apreciación de Cirilo, trabajó incansablemente contra todas las señales que recibía de desprecio, o de franco rechazo hacia su obra. A pesar de ello, no dejó de perseverar en lo que él consideraba la mejor manera de expresar lo que sus sentidos captaban de la realidad.

En el living de su casa había una reproducción de uno de los cuadros de Van Gogh, en un formato pequeño, de unos girasoles en un florero, con un fondo verde azulado pálido. De tanto pasar frente a él, ya lo miraba sin verlo. En esta ocasión se quedó mirándolo por un buen rato, sin quitar la vista del cuadro. Le parecía que los girasoles podían tocarse, era como una escena tridimensional. Miró los pétalos, que de cerca parecían una mancha de pintura alargada. Pero bastaba alejarse un poco para que se convirtieran en pétalos, tan reales que daba la impresión que si se tocaban se sentiría su textura aterciopelada. Y al centro de las flores las semillas color café oscuro formaban unas superficies ásperas que parecían tener vida. Si hubiese pasado una abeja volando cerca, es posible que se hubiera posado en una de las flores, creyendo que eran de verdad. Al pié de la lámina decía "Vaso con doce girasoles, agosto de 1888"

¡Van Gogh! El siempre lo admiró. ¿Por qué no conocerlo, ahora que podía? Buscó un libro que decía, en el lomo «Colección grandes pintores: Van Gogh».

Comenzó a hojearlo y se recordó, pues ya lo había leído antes, que uno de los períodos más prolíficos del pintor fue su estadía en Francia, particularmente en Arlés. En ese momento ya había tomado una decisión. Iría a Arlés, Francia, a septiembre de 1888. Trataría de conocer a Vincent Van Gogh. Eligió el día 20 de septiembre. Decidió hacer la travesía al día siguiente.

Tal como lo había planificado, el sábado siguiente, al llegar a su casa se cambió de ropa y de inmediato se dirigió al ropero donde guardaba el agua del pozo, sacó la botella y la abrió. Le llamó la atención que quedaba bastante menos agua. Se lo acercó a la boca y bebió un sorbo. Dejó la botella y se concentró en Arlés, en el 20 de septiembre de 1888, y en el pozo. Como había ocurrido las veces anteriores, se comenzó a oscurecer, hasta que quedó totalmente negro. Luego empezó a aclararse de a poco, y Cirilo sintió una leve brisa y el sonido de hojas que se mecen. Sintió olor a hierbas y quedó cegado por la luz intensa del sol. Estaba en el campo, en un día soleado. Era un campo cultivado, cerca de un gran árbol que crecía al lado de una acequia donde corría el agua, limpia y cristalina, en cuya superficie se formaban ondas con formas alargadas, que se movían como si vibraran. Era pasado el mediodía.

En el campo había unas lomitas que se perdían en el horizonte. Todo estaba plantado con algo que parecía trigo. Cirilo no era hombre de campo, así que no podía distinguir qué cultivo era. En la escena que estaba viendo predominaban los colores amarillo pálido, ocre, y el celeste del cielo. El sol encandilaba.

Lejos del lugar en que estaba vio que había dos personas que caminaban en la dirección en la que estaba él. Cada uno llevaba algo que desde lejos parecía un palo apoyado en el hombro. Seguramente eran herramientas para trabajar la tierra. Parecían ser dos labriegos que se dirigían a sus hogares, después de una mañana de trabajo.

Después de unos minutos habían llegado al lugar en que estaba Cirilo. El les dijo, en su mejor francés, que consistía sólo en unas cuantas palabras sueltas:

- Bonjour[5], ¿Monsieur Van Gogh? ¿Vincent Van Gogh?
- Je ne sais pas[6] - respondió uno de ellos, encogiendo los hombros, sin detenerse. El otro no se molestó en responder.

Les dio un tiempo para que se distanciaran, y comenzó a caminar en la misma dirección que habían seguido los dos labriegos. El sol le quemaba la espalda. Después de unos veinte minutos divisó un caserío. Eran los arrabales de la ciudad de Arlés. Tenía un aspecto muy pueblerino. Se veían varias casas de dos pisos, blancas con techos de tejas rojas. Las veredas estaban empedradas, la calle de tierra. Había varios árboles grandes que proyectaban sombras refrescantes sobre la vereda.

Un poco más lejos había un café, con un par de mesas en la vereda, a la sombra de un árbol. Dos personas estaban sentadas en torno a una de las mesas. También había dos mujeres caminando por la calle. Le llamaron la atención, por

---

[5] Buenos días.
[6] No sé.

sus faldas largas cuyos ruedos barrían el suelo. Un niño de unos diez años caminaba detrás de ellas.

Cirilo se acercó a ellas. Les preguntó,

- Monsieur Van Gogh? Connaissez-vous monsieur Van Gogh?[7]

Eran frases en francés que había aprendido previendo lo que sucedería al llegar al lugar y tiempo escogidos. Las mujeres respondieron que no lo conocían y siguieron su camino.

Cirilo cayó en cuenta que no le sería fácil ubicarlo. Pensó que sería como que a él le preguntaran por alguien que vivía en su barrio. Sería muy difícil que lo conociera, y Vincent Van Gogh, en ese entonces, era un perfecto desconocido.

Siguió caminando hasta que llegó a un segmento pavimentado de la calle. El pavimento consistía en un empedrado bastante rústico. Pensó que si circularan automóviles por calles así, no habría amortiguadores que resistieran.

En realidad eso le llamó la atención más que nada. Más que las vestimentas, sobre todo de las mujeres, con sus vestidos largos. Más que las casas, que podrían pasar por casas de pueblo. Le llamó la atención las calles sin automóviles. Sólo se veían coches de caballos, una que otra calesa, de vez en cuando alguien montado a caballo. Pero nada motorizado. Lo veía como un paraíso. Ningún ruido de motores, nada de olor a monóxido de carbono, ningún bocinazo. Los ruidos más fuertes asociados a la calle eran los cascos de los caballos golpeando las piedras de la calle. "Qué mundo más feliz, sin motores", se dijo. "Pensar que en cien años más esto va a estar lleno de vehículos a motor, contaminando todo".

Le repitió la pregunta sobre si conocían a Vincent Van Gogh a varias personas con que se cruzó, pero nadie declaró conocerlo. Algunos soltaban una mal disimulada risita, por su mal pronunciado francés. Incluso una persona se puso

---

[7] ¿Conoce usted al señor Van Gogh?

a hablarle, algo le decía que era totalmente incomprensible para Cirilo. Sólo atinó a encogerse de hombros y declarar:

- Je ne parle pas francais.[8]

Ya no se atrevía a seguir preguntando, porque pensó que se notaría lo reiterativo de la pregunta, y comenzarían a creer que era tontito.

Le vino a la mente lo que le había contado un ex compañero de curso, de sus tiempos de colegial. Había estado en Europa, y pasó un día en Amsterdam. Quería conocer el museo de Van Gogh, por insistencia de su esposa, que era admiradora del pintor. La esposa le había encargado que le trajera una reproducción de una de sus pinturas.

Él andaba con su maleta, una maleta pequeña, con ruedas. Estaba en la estación de trenes de Amsterdam, y tenía que deshacerse de la maleta. Fue a la custodia a dejarla, pero se encontró con que estaba llena de gente. Era agosto, una época en que muchos europeos viajan, por lo que la custodia estaba totalmente saturada, ya no había capacidad para guardar más equipaje. Tuvo que resignarse a ir al museo con la maleta. Era evidente que no lo dejarían entrar con ella, no fuera que saliera con un cuadro adentro. Pero tenía la esperanza que habría una custodia donde dejarla.

Fuera de la estación había varios tranvías esperando para salir. Uno de ellos le pareció que iba en dirección al museo. Le preguntó al conductor si pasaba por el museo Van Gogh, éste le respondió que si. Tomó asiento, con la maleta a su lado. Después de varias cuadras, en una parada, el conductor habló algo por el micrófono que tenía. Repitió lo que dijo. El amigo estaba tan absorto mirando por la ventana, que oyó que anunciaba algo, pero sin poner atención a lo que decía. De pronto se percató que lo estaba mirando por el espejo. En ese momento reinició la marcha, y el amigo cayó en cuenta que le había dicho a él "Van Gogh Museum", dos veces. Miró de nuevo hacia afuera, y vio un edificio de ladrillos, con las palabras, "Van Gogh Museum".

---

[8] Yo no hablo francés.

El tramo hasta la siguiente estación era particularmente largo. Se bajó y tuvo que andar cinco cuadras, por una vereda de ladrillos, oyendo el fuerte "itaca taca taca!" de las ruedas de la maleta, que golpeaban los ladrillos. "No importa", pensó, el conductor seguramente creyó que el museo era una referencia, para bajarse en la siguiente parada. Tuvo que hacer una larga fila, sin saber si lo dejarían entrar con la maleta, o no. Pero resultó que sí.

A la salida, después de haber comprado la reproducción encargada por su esposa, que no cupo en la maleta, se puso a esperar el tranvía para regresar a la estación. Paró un tranvía y se subió. ¡El conductor era el mismo que lo trajo! Y no pudo disimular que venía del museo: en la mano tenía la reproducción en una caja, que decía, en grandes letras, "Van Gogh Museum". Cuando subió, el conductor lo miró, con una cara que reflejaba lo que estaba pensando: "¡Qué bolas!".

Volviendo a la ciudad de Arlés de 1888, lo único que sabía Cirilo era que estaba en esa ciudad, pero no tenía idea en qué parte de la ciudad estaba, si estaba remotamente cercano a los lugares por los que circulaba Van Gogh. Estaba bastante decepcionado por esto. Sacó un papel de su bolsillo. En él había anotado la dirección en que vivía Van Gogh, dato que extrajo del libro sobre el pintor, que tenía en su casa. Era la place Lamartine. Frente a la plaza, la casa donde vivía Vincent era una casa amarilla, en esquina, con una puerta y ventana con arcos. Preguntó a la primera persona con que se cruzó. Un hombre con un pantalón un poco apretado, chaqueta de terciopelo verde, camisa blanca, sin cuello. Parecía un trabajador por el aspecto de sus manos poco cuidadas.

- La place Lamartine?[9]

No le entendió. Parece que la palabra "Lamartine" no estuvo nada de bien pronunciada.

- Où est la place Lamartine?[10] - dijo, tratando de afrancesar al máximo la pronunciación de las palabras.

---

[9] ¿La plaza Lamartine?
[10] ¿Dónde está la plaza Lamartine?

El hombre le dio una serie de indicaciones, de lo que entendió que era en dirección opuesta de donde venía, y captó la palabra "quatre", cuatro, por lo que dedujo que eran cuatro cuadras.

- Merci, monsieur![11]

Y comenzó a andar. Efectivamente, después de cuatro cuadras llegó a una pequeña plaza, con algunos árboles raquíticos. Miró hacia todos lados, y vio una casa de esquina, como la que había visto en uno de las pinturas de Van Gogh. Era una casa de dos pisos, con dos ventanas que daban a la plaza, en el piso superior, y en el piso inferior tenía una ventana y una puerta, ambos con arcos pintados de verde.

Detrás había un edificio de cuatro pisos. Y al lado una construcción con un toldo sobre la ventana del primer piso. Más a la izquierda arrancaba una calle. Todas las calles eran de tierra. Al otro lado de la calle, hacia la izquierda, había un pequeño restaurante, bien modesto. Era una construcción de un piso, pintada de rosado. La casa que suponía era de Van Gogh, estaba en la esquina de otra calle que salía desde la plaza.

Se lanzó a la calle para cruzar, sin mirar, total, este era un paraíso sin autos ni buses. Cuando sintió un grito y un ruido de cascos de caballo. Miró hacia la izquierda y vio una calesa con caballo parado en sus patas traseras y meneando las delanteras, medio encabritado. El cochero tiraba de las riendas tratando de controlarlo. Cirilo retrocedió al ver el caballo casi encima suyo. Retrocedió mientras recibía una serie de epítetos de parte del cochero. Se tropezó y cayó al suelo. Por la ventanilla de la calesa se asomó una cabeza, que agregaba más adjetivos a los del cochero, mientras hacía esfuerzos por ponerse el sombrero que se le había caído. Un par de peatones se detuvo a mirar lo que ocurría.

Afortunadamente no entendía el idioma, así que no pudo saber nada de lo que le dijeron. Una vez que se hubieron marchado, se dijo "no hay autos, pero también a uno lo pueden atropellar". Algo le dijo uno de los peatones,

---

[11] Gracias, señor.

levantando un dedo en tono de advertencia, que tampoco pudo entender.

Una vez que se repuso, volvió a intentar cruzar la calle, pero esta vez mirando dos veces a cada lado. Se dirigió hacia la casa donde supuestamente vivía Vincent. En eso se abre la puerta del restaurante rosado y salió una persona. Era una figura delgada, con pantalón blanco, algo manchado, una camisa a rayas, y un sombrero de paja. Tenía una barba colorina. Llevaba algo como un block debajo del brazo. ¡Estaba seguro que era él, Vincent Van Gogh!

28

El campo arado

Se acercó y le preguntó:
- Monsieur Van Gogh?

La pregunta estaba demás, porque estaba seguro que era él.
- Oui, pourquoi?[12]

Hasta ahí no más llegó Cirilo, porque se le agotó su francés. Sin embargo, él era holandés, así que de seguro podría entenderse en inglés. En el inglés de Tarzán que hablaba Cirilo, le dijo que sabía que él era un gran pintor.
- Gran pintor no, pintor - le corrigió Vincent.

Cirilo no podía creer lo que estaba viviendo. Estar hablando con alguien de quien él siempre había sido admirador, alguien tan lejano en el pasado, y un verdadero genio, incomprendido en su tiempo.
- Me gustaría poder ver sus trabajos.
- Cómo no, acompáñeme.

Entraron a la casa. La puerta del dormitorio estaba abierta y Cirilo pudo ver hacia adentro. Reconoció el lugar por la pintura que había hecho Vincent, donde mostraba la cama, la ventana y la silla. Subieron al segundo piso, donde estaba su atelier. Era un lugar bastante desordenado, como suelen ser los estudios de los pintores. Había potes

---

[12] Si, ¿por qué?

con pinceles, pomos de pintura a medio usar, botellas de trementina, y sobre todo, pinturas amontonadas por todos lados, todas ellas reconocibles. El olor a los aceites y la pintura hacía el ambiente casi irrespirable.

- ¿Hay alguna que le guste? - preguntó cándidamente Van Gogh.

Fue inevitable el pensamiento que cruzó la mente de Cirilo.

"Alguna que me guste" pensó él. "¡Si supiera lo que tiene aquí!"

Y ahí estaban, arrumbados en este modesta habitación, todos estos lienzos sin marco. No podía creer lo que estaba viendo.

- La verdad es que son maravillosas. No pensé que alguien pudiera pintar así.

- Que bueno que le gusten. A mi me divierte estar pintando. Pero lo que pinto lo hago para mí solamente. Son pocos los que le gusta mi pintura.

"Son pocos los que le gusta mi pintura" repitió mentalmente Cirilo. Le parecía insólito lo que oía. Todas ellas estarán colgando de las paredes de los más importantes museos del mundo, o de las mansiones de coleccionistas millonarios.

- ¿Puedo tomar una? - preguntó en su mal inglés.

- Por supuesto, todas las que quiera -. El inglés de Vincent era mucho mejor que el suyo -. ¿Cómo supo que yo pintaba?

No supo que mentira decirle. Tomó una pintura que representaba un café, de noche. Era fantástico cómo el entorno del café daba la sensación de luminosidad en contraste con la calle de noche, y el cielo azul oscuro, casi negro. Se dio el gusto de pasar su mano por la superficie de la pintura para sentir su textura. Algo que jamás podría hacer en un museo de su tiempo.

- No me acuerdo quien me dijo que usted pintaba con un estilo muy particular, y que su obra era espectacularmente hermosa.

- Como le dije, son muy pocos los que aprecian lo que yo hago. Entre ellos está mi hermano Theo, que ayuda a financiar a este pobre pintor loco.

"Pero todas estas pinturas valdrán millones de dólares en el futuro" pensó Cirilo.

Miró al pintor y vio a un hombre sufrido, atormentado. Alguien a quien la vida había tratado mal. Su cara reflejaba el sufrimiento de ser incomprendido. Su cuerpo encorvado se veía consumido por el trabajo incesante. Aún cuando su obra no convencía a sus contemporáneos, tenía la obsesión de producir, como que una voz interior le decía que lo que estaba haciendo era importante, y que, aunque no era apreciado, vendría el día en que sí sería reconocido, aunque él ya no estuviera allí. Su único papel en este mundo es producir estas obras que harán del mundo del futuro un lugar mejor. Todas sus angustias se traducirán en felicidad para otros, que disfrutarán de sus creaciones. Mientras él está sumido en la pobreza, habrá quienes se enriquecerán con su trabajo, ganando con el comercio de sus pinturas.

Estaba en eso, cuando divisó una pintura que le era más familiar que ninguna: Vaso con doce girasoles, cuya reproducción tenía en el living de su departamento, y que le había despertado el deseo de conocer a Vincent Van Gogh. Quedó absorto mirándola, cuando el pintor lo sacó de su embobamiento.

- Mire - le dijo a Cirilo -, yo tengo que trabajar. Me dirigía a pintar, cuando usted me interrumpió. Le agradezco que aprecie mi arte, pero le ruego que me deje, porque tengo que ir al campo a pintar un lugar que me gustó. Y es a esta hora cuando el sol está como yo quiero, así que no puedo demorarme.

- Le ruego me perdone, no quise interrumpir su trabajo - le dijo, y se atrevió a agregar -, ¿usted me dejaría acompañarlo a ver como trabaja?

Vincent lo quedó mirando, con un aire de desconfianza. ¿Quién era este forastero adulador? ¿Sería sincero, o estaría burlándose de él?

- Bueno, pero no me distraiga.

- Le ayudo a llevar sus cosas - le dijo, al ver que estaba cargando un atril, un lienzo en blanco, un manojo de pinceles, una bolsa de género con lo que parecían ser pomos de pintura, y un par de botellas con unos líquidos.

- Estoy acostumbrado a llevar mis cosas. Pero bueno, ayúdeme con esto -. Y le pasó la bolsa y el atril.

Antes de salir, Cirilo echó una última mirada en su derredor. Pensó que en ese estudio sucio y desordenado estaba lo que posteriormente sería un tesoro de la humanidad. Si sólo pudiera comprarle un cuadro, llevárselo con él a su presente. Valdría una fortuna. Pero el pozo fue bien claro:

"No alteres el pasado,
no te beneficies de él".

A Cirilo le empezó a dar una inmensa pena. ¡Tan humilde que era el hombre que tenía frente a él, y que con el tiempo tendría un museo que llevaría su nombre! Pero él nunca llegaría a saberlo.

Cirilo y Vincent caminaron un buen rato, en silencio, hasta que el caserío quedó atrás, y se encontraron atravesando el campo soleado de los alrededores de Arlés.

En un momento le dijo:

- Usted tiene un manejo muy particular del color.
- Mire - respondió Vincent -, la gente ve una casa blanca, y piensa "esa casa es blanca, donde le pega el sol hay que pintarla blanca, y donde hay sombra, gris".
- Así es -, respondió Cirilo.
- Pero no es así. Eso es lo que cree su cerebro, su intelecto le dice que así debe ser.

Cirilo miraba embelezado al maestro, le parecía que lo que le iba a decir era uno de sus secretos que hacían que sus pinturas adornaban los museos del mundo. Continuó Vincent:

- Pero lo que yo siento, cuando pinto, es otra cosa. La luz que refleja la casa no es blanca, aunque la casa está pintada con pintura blanca. La luz que proyecta es amarilla. Y la sombra no la siento gris, sino azul, o morada, o roja. Depende del medio ambiente en que está. Yo siento la luz reflejada por los objetos y su entorno, y eso es lo que pinto, no pinto lo que me dice mi intelecto que debo ver.
- Y el resultado es espectacular - agregó Cirilo -, de esa manera usted hace que el que ve sus pinturas, sienta lo que siente usted.
- Eso es lo que pretendo, no sé si lo logro.

- ¡Lo logra como nadie más lo ha logrado!

Llegaron a un pequeño sector elevado desde donde se veía un campo que había sido arado, cerca de un riachuelo. A lo lejos se divisaba una hilera de árboles. También había unas casas.

Vincent se detuvo. Cirilo, que ya estaba cansado de caminar cargado como estaba, lanzó un respiro profundo de alivio. Comenzaron a armar las cosas, el atril, el lienzo sobre él, y una banquetita plegable. El pintor extendió un paño sobre el pasto, en el que puso lo que fue sacando del bolso: pinceles, pomos con pintura y las botellas de aceite y trementina. Finalmente sacó una enorme paleta, que aún conservaba manchas de pintura seca. Se sentó en la banqueta y comenzó a mirar el paisaje. No hablaba. Parecía que estuviese solo. Cirilo se sentó en el pasto a una prudente distancia y se puso a observarlo.

Después de un largo rato que a Cirilo le pareció eterno, comenzó a mezclar colores. Partió por el cielo, con trazos cortos de diversos tonos de celeste. Había algunas nubes en el cielo, que las representó con trazos blancos y blanco celeste, que le daban un extraordinario movimiento.

Las pinceladas eran rápidas y cortas. Parecía que cada vez que hacía un trazo sobre la tela, mezclaba un nuevo tono antes del siguiente trazo. Todo esto era rápido y sin parar. Parece que no se detenía a pensar qué hacer. Tenía todo claro lo que debía hacer. Sólo tenía que ejecutarlo. ¡Todo se veía tan real! La tierra recién arada la había pintado de un amarillo blanquecino. Al extremo derecho había pintado un campo sembrado, todo de verde intenso. Al centro de la pintura había puesto dos caballos, uno blanco y uno negro, tirando un arado guiado por un hombre.

A medida que iba tomando forma la pintura, comenzó a revelarse una obra de una belleza increíble. Cirilo la reconoció: era una obra hoy conocida como "El Campo Arado".

Estuvieron tres horas, hasta que el pintor dio por terminada la pintura. En todo ese tiempo no habló una sola palabra.

- Está terminada - dijo, como acordándose que Cirilo estaba allí -, ¿Usted ha estado aquí todo el tiempo? ¿No se aburrió?

- Por nada del mundo, estuve muy entretenido mirando como usted pintaba. Y le voy a decir una cosa. Yo tengo poderes especiales.

- ¿Qué poder tiene usted?

Hasta aquí Cirilo no estaba mintiendo, porque era una realidad que por una extraña circunstancia, en esos momentos contaba con poderes especiales, que no los tenía nadie, otorgados por el singular pozo.

- Tengo el poder de saber cosas que ocurrirán en el futuro. Y le puedo decir que esta pintura, que usted acaba de realizar y que es bellísima, va a valer mucho dinero.

- No creo, porque nunca nadie me ha comprado nada - le respondió de manera cortante -. A nadie le interesa lo que hago. No lo aprecian para nada.

A Cirilo le bajó una pena enorme. Qué injusticia. Este hombre está produciendo obras que harán felices a mucha gente, pero no a él. Sus ojos se humedecieron con lágrimas al ver a este encorvado ser, agobiado por la desdicha. En ciertos aspectos había un notable paralelo con la Callas, excepto que ella pudo disfrutar en vida de su éxito, aunque poca fue su felicidad.

- ¿Le puedo hacer una pregunta, sin intención de ofenderlo?

- Pregunte lo que quiera - respondió él, en tono hosco.

- ¿Por qué pinta usted?

- Pinto porque me permite expresarme.

- Pero usted dice que la gente no aprecia lo que hace. ¿A quien, entonces, van dirigidas esas expresiones suyas?

- No me dirijo a nadie. Sólo me expreso, y eso me produce un inmenso placer.

- O sea, usted se expresa sin intención de comunicarle a nadie lo que está expresando.

- Así es. Yo expreso lo que siento. Pero no busco comunicarlo a nadie. Sólo mi hermano Theo comprende lo que expreso con mis obras.

No supo qué responderle, era verdad que Theo se estaba ganando un lugar en la historia del arte, por su permanente apoyo que otorgó a su hermano genio. Sin ese apoyo difícilmente hubiera dejado una obra tan monumental.

- Pero aparte de él, nadie aprecia lo que hago - continuó en un tono que parecía estar molesto -. Lo hago porque tengo que hacerlo, pero no para que otros lo disfruten Es sólo para mí. Y estoy condenado a seguir haciendo lo que hago por el resto de mi vida. Estoy en este mundo para pintar, y eso voy a seguir haciendo hasta que me muera. Yo no elegí ser pintor.

Cirilo se quedó sorprendido que le dijera todo eso. Ahí estaba María Callas, otra vez. No había nada que pudiera decirle para aliviar ese tremendo peso que parecía llevar.

Tuvo la sensación que a esta altura Vincent ya no estaba a gusto con su compañía, que se había extendido por varias horas. Decidió que era hora de despedirse. En ese preciso momento divisó, como a unos doscientos metros de allí, un montículo bajo un árbol, que le pareció familiar.

Se despidió de Van Gogh, no sin dejar de decirle lo mucho que admiraba su obra y dándole ánimo para seguir trabajando. Se dirigió al pozo, pues ese era el montículo que estaba viendo, que estaba en dirección perpendicular a la seguida por el pintor. Al llegar al pozo, bebió de su agua, mientras observaba la encorvada figura de Van Gogh a lo lejos. Ya no había sol, sino la característica oscuridad que rodeaba al pozo. Tras el oscurecimiento y la posterior claridad, se encontró en su departamento.

Se dirigió de inmediato a mirar la reproducción de los girasoles. La quedó mirando, con el pecho oprimido por una indescriptible angustia. ¡Qué injusta había sido la vida con este hombre que dio tanto! Y que él tuvo la oportunidad de conocer de cerca.

29

La confesión

El encuentro con Van Gogh había dejado a Cirilo en un estado depresivo, que le duró algunos días, después de los cuales tuvo una salida con Veranda. Fueron a caminar por el parque, después del trabajo.

- ¿Sabes que Alberto está preocupado? - dijo él.
- ¿Por qué?
- Hace tiempo que no está muy bien con su esposa...
- Es que Alberto no es una persona como para estar muy bien - interrumpió Veranda -. Es bien complicado el hombre. No me imagino quién pueda aguantarlo.
- Es más complicado que eso. Prométeme que no le vas a comentar esto a nadie.
- Prometido - respondió ella, levantando la mano mientras esbozaba una sonrisa.
- Alberto me confidenció que está desconfiando de su esposa.

Cirilo continuó, aunque estaba comenzando a sentir que estaba siendo un tanto indiscreto.

- ¿Desconfiando? ¿En qué sentido? ¿Cree que lo piensa asesinar? Porque si es así, seguramente algo habrá hecho para merecerlo.
- No, no es eso. Cree que lo está engañando.
- ¿Engañando en qué?

- Le está poniendo el gorro, entiende. - respondió Cirilo, en tono molesto.
- ¿Le están poniendo el gorro a Alberto?
- No, no le están poniendo el gorro. El piensa que podría estar ocurriendo.

Estaba un poco contrariado por haber hablado sobre lo de Alberto, lo tenía complicado el hecho que estaba contando algo que era reservado. Pero había querido compartirlo con Veranda, la persona más cercana que tenía. Pero ahora se daba cuenta que no podía contar una mitad del cuento. Había comenzado a contar, y tendría que acabar contando todo.

- ¿Y por qué piensa eso? - preguntó ella.
- Dice que peleaban bastante con su esposa. Tú lo conoces, es fregado. Y parece que Mirna, así se llama ella, es bien complicada también. Cuando él se le pone difícil, ella lo enfrenta. El explota, y ahí se desata el temporal. Pelean siempre.
- Una vez la vi cuando lo fue a buscar al banco. Se veía como una persona un poco agresiva, como él. Dos personas con esa personalidad, de seguro que chocan permanentemente.
- Bueno - continuó él -, resulta que hace un tiempo todo cambió. Alberto dice que se ha vuelto muy dócil, trata de complacerlo en todo, no lo contradice, y tiene con él una relación fría pero a la vez atenta con él, como nunca antes lo había sido.
- Pero eso no es motivo para sospechar que está leseando con otro fulano.
- No es todo, además del cambio de actitud de ella hay un par de detalles que lo hacen sospechar.
- ¿Qué detalles?
- No creo que venga al caso explicar.
- Oye, me contaste parte del cuento, ahora no me vas a dejar con la curiosidad de saber el resto. No puedes hacerme esto.
- Está bien, te voy a contar, pero me prometiste que no dirías nada.
- No te preocupes. Pero seguramente tu le hiciste la misma promesa a Alberto, y conmigo te fuiste de lengua - le dijo ella con una sonrisa maliciosa.

- Si, pero no se lo estoy contando a cualquiera, sino a ti - se apresuró a decirle él, con la esperanza que ese cometario ayudaría a que ella no repitiera la historia.

- Bueno, ¿y el detalle?

- Hace un tiempo atrás, como un mes, Alberto estaba vaciando un papelero, y cayó un trozo de papel azul. Le llamó la atención, así que lo recogió, y encontró que tenía una dirección, y una hora. Fue al lugar a que correspondía la dirección. Resultó que era un salón de té que está en un segundo piso.

- Mm... No es algo determinante. Podría tener muchas explicaciones. Pero tú hablaste de un par de detalles. ¿Cuál es el otro?

- Resulta que Alberto encontró que su esposa tenía una caja de chocolates, muy cara, que normalmente se recibe de regalo, pero no es algo que uno va a comprar. Tenía una marca, como que hubiera tenido pegada una tarjeta con cinta adhesiva, y la hubieran arrancado.

- Pero eso tampoco incrimina a nadie.

- No, pero la caja estaba guardada entre la ropa de Mirna, como que estuviera escondida.

- ¿Y exactamente qué estaba haciendo en la ropa de Mirna?

- De repente, cuando ella sacó una prenda, quedó a la vista. Cuando Alberto le preguntó de donde había salido, se confundió y le costó explicar su origen. Dice que incluso se puso colorada. Como que estuviera mintiendo.

- Es raro, en realidad, pero pueden ser pruebas circunstanciales. ¿Y él te ha contado todos estos detalles? No sabía que te tenía tanta confianza.

- No es que me tenga tanta confianza. Según me dijo, yo soy una persona seria que lo puede aconsejar. Además, él confió en mí, por eso es muy importante que mantengas la más absoluta reserva.

- No te preocupes por eso - le aseguró ella -. Pero dijiste que te pidió consejo. ¿Consejo en qué?

Cirilo la miró durante un rato. No sabía si decirle o no. Pero no sabía cómo no hacerlo. Total, ya le había contado tanto, qué más daba decirle todo.

- Quiere contratar un detective privado para espiarla.

Veranda no pudo evitar explotar en una risa descontrolada.

- ¿Un detective privado? ¿No será demasiado?
- Es lo que él quiere. Tú sabes que es arrebatado, no se va a quedar así no más.
- ¿Y qué va a hacer?
- Yo le recomendé uno. Lo conocí hace algunos años atrás, en una actividad organizada para recaudar fondos para las víctimas del terremoto. Estuvimos juntos en esa ocasión, y ahí lo conocí.
- Supongo que no tiene cuenta en el banco - advirtió Veranda.
- No. No tiene nada que ver con el banco.
- ¿Y cómo te metes tú en estos forros?
- En realidad, tienes razón. Pero me pidió ayuda, yo pude ayudarlo, y lo hice.
- ¿Y lo contrató?
- Ah, no tengo idea, y no me voy a meter más - afirmó Cirilo -. Para mí, se acabó el asunto.
- Bueno, cambiemos de tema. Oye Cirilo, te acuerdas de la hija de Ricardo, Solange?
- Si, la que canta.
- Bueno, ella ya superó varias etapas, y las sorteó todas con éxito. En realidad, con mucho éxito, es realmente buena. Se podría decir que fue toda una revelación.
- Mira, que bueno por Ricardo.
- Resulta que el viernes próximo es la final. El ganador o ganadora, aparte de llevarse el premio del concurso, va a tener la posibilidad de participar en una competencia similar, pero de nivel internacional, que va a haber en Roma.
- ¿Y qué posibilidad tiene?
- Según Ricardo, muchas, y yo le creo. Vi el programa la última vez que participó, y realmente es buena. Le ganó lejos a los demás participantes. En este concurso en Italia, participan los ganadores de varios concursos similares que se han realizado en distintas partes del

mundo. Así que Solange tiene la posibilidad de llegar a competir a Roma.
 - ¿Y cuándo sería ese concurso?
 - Parece que como en dos meses más. Pero primero tiene que ganar el concurso acá, este viernes.

30

La final del concurso

El viernes siguiente, a las ocho de la noche, Cirilo y Veranda se encontraban sentados en un sofá, frente al televisor, esperando a que comenzara el programa en que Solange se jugaría el primer lugar del concurso de talentos. Según Veranda ella era lejos la mejor.

- No se puede estar seguro hasta el final - había dicho Cirilo -, puede pasar cualquier cosa que haga que su presentación decaiga, y pierda.

-No seas pájaro de mal agüero, hombre.

- Digo, no más, no hay que dar nada por hecho. Mejor es no decir una palabra.

Apareció el animador anunciando el inicio de la gran noche de gala, en que se sabría quién sería el ganador absoluto. Eran cinco los finalistas, incluida Solange, que le correspondía aparecer en cuarto lugar, según el sorteo que habían realizado.

Después del anuncio, de las palabras de bienvenida del animador y de sus deseo de buena suerte para los participantes, cantantes y bailarines, se pasó a una tanda de publicidad, unos mensajes de quienes hicieron posible que el programa esté en el aire.

Durante la tanda de comerciales Cirilo se levantó para traer una bandeja con trocitos de queso, más unas galletas, para picar. Puso todo en una mesita frente al sofá y exclamó:

- Veranda, te voy a preparar un trago muy rico, lo inventé yo.
- A ver, vamos a probar tu trago.

Al poco rato llegó con dos vasos largos con un líquido café rojizo, opaco. En cada uno flotaba un trozo de naranja. Veranda se acercó el suyo a la boca con el ceño fruncido, sin quitarle la vista a Cirilo.

- ¿Qué veneno es este?

Después de probarlo sonrió y dijo que estaba muy rico.

- ¿Qué tiene?
- No debería decirlo, porque es un secreto. Pero por ser tú, te voy a dar la receta.
- Entre nosotros no hay secretos, ¿no es cierto? - le dijo ella, mientras le tomaba la mano con exagerada ternura.
- Bien, la base es ron, además de oporto y jugo de naranja, los tres por partes más o menos iguales. Si lo quieres más dulce, pones más oporto. Si prefieres menos dulce, más ron. Se rellena con agua mineral. Si lo quieres más largo, más agua mineral. Menos largo, menos agua.
- Uh - exclamó ella, haciendo una mueca - ¿y azúcar?
- Nada de azúcar.
- Y,.. ¿cómo se llama este trago? - dijo ella, tras tomar un sorbo.
- Cirilo.

Se arrimó a Veranda y le puso el brazo alrededor. Veranda apoyó su cabeza en el pecho de Cirilo, le dirigió una mirada y le sonrió. En ese momento volvió a aparecer el animador y anunció al jurado. Los tres personajes, los dos varones y la mujer, hicieron su ingreso con toda pompa saludando al público. Se sentaron y el animador los fue nombrando. Cada uno se paró cuando se mencionó su nombre, dio media vuelta e hizo una reverencia al público, que aplaudía a rabiar. Todo resplandecía de luz.

Anunciaron al primer participante, un cantante. Su participación estuvo muy bien, fue largamente aplaudido.

- Hay que tener en cuenta que los cinco participantes de esa noche son los finalistas, así que son todos buenos - dijo Veranda.
- Por eso digo, hay que esperar y no hacerse expectativas.

- Ya, escuchemos - dijo ella, molesta por lo que insistentemente planteaba Cirilo.

Después le tocó el turno a un mimo. Mientras sonaba la música, su cuerpo adoptada diversas posturas que expresaban lo que quería comunicar. Su cara, maquillada de blanco, con sus ojos y boca resaltados, asumía diversas expresiones que sugerían los mensajes que transmitía. Alrededor de los ojos se le veía rojo. El mimo también fue muy aplaudido y al igual que el cantante, recibió elogios del jurado. Sin embargo, en ambos casos se percibía que el entusiasmo de los jurados era mesurado. Los comentarios de los tres eran tibios, no se veía un decidido apoyo hacia los participantes.

Luego le tocó el turno a un joven que bailaba al son de una música exótica. Su vestimenta era muy sugerente, no era un espectáculo que tanto Cirilo como Veranda encontraban hermoso. Era más bien extraño y el bailarín lo hacía a la perfección, pero no era bonito verlo. Los tres jurados calificaron bien la presentación que había hecho, aunque le señalaron algunos detalles que podrían haber sido mejor realizados.

Entonces hubo otra pausa comercial, que a la pareja le pareció extremadamente larga. Una vez que continuó el programa, le tocó el turno a la hija de Ricardo. Cirilo y Veranda no pudieron evitar romper en un aplauso.

- Ricardo debe estar muerto de nervioso - dijo Cirilo -. Deberíamos haberlo llamado para ver cómo está.

-Nada de ponernos a llamar - respondió ella en tono enérgico -. Ahora tienen que estar tranquilos. Vas a llamar para decirles "hola, cómo están, ¿nerviosos?". Hay que ser bien bolsa.

- No, si decía en broma, no más. Además, no deben estar en la casa, deben estar acompañando a su hija.

En eso hizo su aparición Solange. Vinieron los aplausos, el saludo de los jurados, las palabras de rigor del animador, y por fin sus ansiadas palabras:

- ¡Adelante, Solange, y buena suerte!

Toda su presentación fue impecable, desde principio a fin. No hubo nervios, imperfecciones de ningún tipo, nada que debiera mejorar. El manejo de la voz salió perfecto, con la mejor técnica. El movimiento del cuerpo sincronizado con la letra, la expresión de su rostro calzaba con lo que debía expresar su canción. Cantó y actuó lo que cantaba. Cuando terminó, el público aplaudió más que a nadie. El jurado también aplaudió, tratando de que no se trasluciera una falta de imparcialidad. Si no hubiera sido una final, seguramente hubieran aplaudido de pié. Ninguno de los tres objetó nada, sólo se escucharon elogios.

Solange estaba radiante cuando la despidieron y corrió a abrazar a sus padres, que se encontraban en la salida del escenario. Hacía su ingreso la última participante finalista, que era una cantante de boleros. Lo hizo bien, recibió hartos aplausos, el jurado la felicitó y salió.

Después el animador explicó el sistema de votación, acto seguido dio el inicio al proceso de selección de los ganadores. Para determinar quién sería el ganador, se consideraría la votación del público asistente, cada uno de los cuales tendría la opción de votar por uno de los cinco participantes. También se consideraría la votación de los televidentes, desde sus casas. Estos tendrían la opción de votar por teléfono, ingresando un número correspondiente al concursante al que le darían un voto. Podrían votar desde que terminó el último concursante. En caso de empate, sería el jurado el encargado de dirimir.

Luego apareció el grupo de baile del canal e hizo una presentación, para hacer tiempo mientras la gente votaba. Seguido de esto vino una larga tanda de comerciales. Al final el animador apareció de nuevo, declaró terminado el proceso de votación, y por fin llegó el gran momento de dar a conocer los resultados.

Primero anunciaron un segundo lugar, que fue para el mimo que apareció segundo. Y luego dieron a conocer el primer lugar.

La ganadora absoluta fue Solange, por un amplio margen. Los demás participantes, los cinco estaban en el escenario, se acercaron a saludar a Solange, algunos con cara sonriente, otros con un rostro que denunciaba la tristeza de haber estado tan cerca y no haber llegado a la meta final.

El animador le pidió que repitiera su canción, lo que Solange hizo a la perfección. Con esto finalizó el programa. Tras bastidores, Solange recibió las felicitaciones de Ricardo y de su madre.

Veranda y Cirilo se quedaron mirando.

- No me imaginé nunca que llegaría hasta acá – dijo Veranda -, cuando Ricardo me contó, por primera vez, que su hija iba a participar en un concurso de talentos. Lo recuerdo como si fuera ayer.

- ¡Cómo va a estar Ricardo el lunes!

- Tienes que llamarlo mañana, para felicitarlo. No te vayas a olvidar.

- No. Y ahora Solange va a ir a competir a Roma, en unos meses más. Pero eso si que son palabras mayores, ahí se las va a ver con ganadores de concursos similares, de todo el mundo.

- Ya está el pesimista – interrumpió Veranda -. Si ganó aquí, perfectamente puede ganar en un concurso internacional. Fíjate cómo cantó, tal como lo haría una profesional. Y tiene quince años, no más.

- Eso. ¿Y cómo se las va a arreglar con el colegio? Me imagino que podrá ir con un acompañante, que sería su papá o su mamá.

- Seguro que si. Ojalá que ese concurso se pueda ver por la televisión de acá. Yo no me lo pierdo.

- Pero me imagino que dura pocos días – agregó Cirilo -. No es como el concurso nuestro, en que los participantes son todos de acá. Allá van a tener gente de diferentes países. ¿Cómo se las van a arreglar con el idioma? Imagínate que les toca un chino, un ucraniano, y un árabe?

- No creo que los árabes tengan concursos como éste. ¿Vamos a la cama?

Al otro día, temprano, Veranda despertó. Con la débil luz que iluminaba la habitación, pudo ver a Cirilo, durmiendo, como era su estilo: en un lado de la cama, casi cayéndose, los brazos extendidos, una mano agarrada de la pata del velador, la otra de la lámpara.

31

La posada de París

Cirilo no se iba a ver con Veranda, puesto que ella iba a visitar a su madre, que no estaba muy bien de salud, así que estaba libre para emprender otra travesía. Quería conocer a Napoleón Bonaparte. Iría a verlo a Francia, en 1799. Eligió el 15 de octubre, casi un mes antes del golpe de estado del 18 de Brumario, o 9 de Noviembre, que lo convertiría en Primer Cónsul. No quería ir cuando Napoleón tuviera todo el poder, puesto que no sería fácil tomar contacto con él. Estaría rodeado por un aparato de seguridad difícil de penetrar. En cambio, en la fecha elegida sería un influyente General, y Cirilo esperaba que tendría una mayor probabilidad de acercarse a él.

Había dos problemas, uno era el problema del idioma, y el otro el asunto del dinero. No había resuelto ese tema aún, aunque algunas ideas le revoloteaban por la cabeza.

Una opción era llevar algún objeto de algún valor, y empeñarlo en una casa de empeños. Con eso obtendría un poco de dinero para moverse, por ejemplo, alojarse en alguna parte y poder pasar un período un poco más largo que en las anteriores travesías. Pero ¿qué llevar?

Estuvo largo rato pensando. Entre lo que tenía en casa no había nada que le pareciera que tenía algún valor para alguien del año 1799. Un teléfono celular, por mucho que fuera de última generación, no tendría ningún valor allá en esa época. Tal vez como un adorno exótico, solamente. Tendría que ser algo como una joya. Entonces se le ocurrió que podría llevar un objeto de plata.

Salió de prisa y se dirigió a una joyería que había a algunas cuadras de su departamento. Ahí empezó a ver que podría comprar, que no fuera muy caro, pero que pudiera vender o empeñar en otra época. Miró lo que había y se decidió por un minúsculo anillo de plata, muy sencillo, que podría servirle para conseguir algo de dinero, y que no superaba lo que estaba dispuesto a pagar.

De regreso al departamento, se dispuso a partir en su travesía. Se vistió de la forma que él pensó que llamaría menos la atención: un pantalón casi negro, camisa blanca, un sweater gris, y encima una chaqueta azul marino. Más o menos el uniforme de los bancarios.

Sacó cuidadosamente la botella desde el fondo del ropero en que la tenía guardada. Notó que el nivel estaba más o menos en un medio. Significaba que iba bajando el nivel en cada travesía, y posiblemente no habría más. Esto lo creía dado que la última vez que trató de encontrar el pozo, su intento fue infructuoso. Tenía la sospecha que nunca más podría ubicar el pozo, y como consecuencia, una vez que se terminara el agua, no habría más viajes al pasado. También le llamaba la atención que se hubiera consumido tanta agua, si sólo había hecho cinco viajes, y en cada viaje tomaba un sorbo nada más.

También se llevó un librito de bolsillo, con tapas satinadas de colores brillantes, que se titulaba "Aprenda francés en quince días", el cual contenía frases de uso común y un breve vocabulario. Con eso podría desenvolverse en lo más básico.

Tomó asiento cómodamente en uno se sus sillones, con el librito en la mano. El anillito lo tenía en el bolsillo, envuelto en una servilleta. Sobre la mesita estaba la botella con el agua. Se concedió unos segundos de meditación para nutrirse de lo que vendría, luego tomó un sorbo del agua, y se concentró en el pozo, y en el centro de París del 13 de octubre de 1799. Vendimiario del año VIII, según el calendario de la Revolución.

Vino la oscuridad, y de a poco se hizo la luz. Se encontró en lo que sería Place de la Concorde, empedrada, rodeada de edificios. Entonces se llamaba Plaza de la Revolución. Estaba en la plaza de Paris, en el año 1799. Había gente caminando en todas direcciones. Hombres con levitas cafés, azules, granates y negras. Algunas mujeres cruzaban la plaza, con largos vestidos con los que barrían el suelo.

Cirilo abrió el bolso que tenía en las manos y vio que en su interior estaba el librito para aprender francés. Cerró rápidamente el bolso, y se puso a mirar en derredor. Estaba en medio de la amplia Plaza de la Revolución. "Pensar que aquí mismo", se dijo Cirilo, "cinco años antes, estaba emplazada la guillotina que trabajaba incansablemente cortando cabezas, la mayoría de ellos absolutamente inocentes de los que se les acusaba". Estaba preguntándose dónde exactamente estaría emplazada, cuando vio a una pareja de parisinos a unos cincuenta metros de él, que detuvo su andar. Ella indicó con el dedo hacia el suelo, mientras él se agarraba el cuello con la mano. Ya sabía donde había estado la guillotina. Sintió un vacío en el estómago, como cuando se está en un ascensor y éste comienza a bajar.

Cirilo decidió que tendría que buscar la forma de empeñar el anillito de plata que llevaba en el bolsillo. Sabía que en francés, un prestamista era un "prêteur". Se acercó a las primeras personas que pasaron frente a él, les mostró el anillito y les preguntó:

- Prêteur?

Sólo se encogieron de hombros y siguieron su camino. Volvió a aplicar el mismo procedimiento con otro parisino. Este se quedó pensando, y luego exclamó:

- Crédit Municipal[13].

- Oui - exclamó Cirilo, sin saber exactamente lo que significaba la palabra, pero presintiendo que era lo que buscaba.

---

[13] Crédito popular, casa de empeño.

Le dio varias explicaciones, y le indicó la ruta que debía tomar, por el costado de un palacio que había en uno de los extremos de la plaza. Era el palacio de las Tullerías. Caminó por una calle estrecha, recorriendo varias cuadras. Había mucha gente, pasaban carretas, coches, hombres a caballo, burros cargados con verdura. El suelo era de adoquines, aunque se notaba que faltaban muchos. Seguramente habían sido usados para construir barricadas, o para ser lanzados como proyectiles, en los tumultuosos tiempos que habían antecedido a ese remoto presente. Había bastante basura en la calle. Llegaban oleadas de mal olor. Vio un grupo de hombres parados alrededor de una fogata. No sabía qué tipo de gente lo rodeaba. Se atrevió a dirigirle la palabra a un hombre que estaba parado en la solera:

- Crédit Municipal - le dijo, mientras indicaba con el dedo el entorno.

El hombre le indicó que a una cuadra estaba lo que él buscaba. Se dirigió hacia allá, mirando a todos lados, hasta que encontró una edificación baja, de dos pisos, con vigas a la vista. Las ventanas eran pequeñas, la puerta baja. Tenía un techo de tejuelas verdes. Parecía una casa de muñecas. Sobre la puerta había un letrero de madera pintada, con las palabras "Crédit Municipal". Entró por una puerta pintada de verde, con pequeñas ventanitas. La habitación tenía el techo bajo, algo curvo, desde donde colgaban diversos objetos que estaban a la venta. En el suelo había cajas, baúles, vasos de cerámica, copas, botellas de vidrio verde, alfombras enrolladas, montones de ropa, candelabros, cuadros e infinidad de otros objetos menores. En todo el lugar reinaba el desorden y la suciedad. Al fondo de la estancia había un mesón, con una ruma de libros a un lado y cajas en el otro. Al centro quedaba un espacio desocupado, por donde se veía la figura del dependiente. Había un olor a polvo, a encierro y a cosas viejas.

Entró y sacó el anillo del bolsillo. Lo sacó de la servilleta y se lo mostró al dependiente. Era un señor rechoncho, con una corbata plastrón verde, chaleco gris, chaqueta granate, un par de anillos vistosos en los dedos, y un pantalón a rayas. No dijo nada, sólo esperó a ver que le decía el curioso personaje.

El hombre observó el anillito, le aplicó varias pruebas, sin emitir palabra. Finalmente le indicó la cifra que le daría por él. Cirilo pensó que seguramente sería bien poco, pero era la única manera de obtener dinero. Era un montón de monedas que sumaban algunos francos.

Cirilo se las echó al bolsillo y se dirigió a la salida, mientras el hombre le preguntaba algo. No entendió lo que le decía. Le hizo una seña con la mano, de que aguardara. Se ubicó a una distancia del dependiente, detrás del montón de libros para que no lo viera. Sacó el diccionario de su bolso y buscó la palabra que parecía ser el verbo de la frase que le decía el hombre. Vio la traducción y entendió lo que le preguntaba. Quería saber si tenía intención de rescatarlo, a lo que respondió:

- No.

El dependiente no aguantó la curiosidad y se acercó sigilosamente para ver qué es lo que tenía el extranjero. Cuando vio el pequeño diccionario de bolsillo, abrió la boca y frunció el ceño. Miró a Cirilo, luego al diccionario, después a Cirilo, sin poder creer lo que veía. Nunca había visto un librito así. Cirilo lo guardó, miró al hombre y le sonrió. Acto seguido salió de la tienda, bajo la mirada desconcertada del dependiente.

Una vez en calle, con dinero en el bolsillo, se dirigió de vuelta a la Plaza de la Revolución. Tenía que averiguar dónde podría encontrar a Bonaparte.

Comenzó a preguntar a diversas personas con que se topaba, una frase tomada del traductor de bolsillo:

- Oú puis-je trouver monsieur Bonaparte? [14]
- Le général Bonaparte - le corrigieron.

Algunos se reían otros se iban sin responderle, uno le mostró hacia dónde debía dirigirse. Siguió en la dirección indicada, hasta que llegó a un edificio grande, con soldados armados en la puerta, y otros circulando por los alrededores. Había una explanada de tierra frente al edificio, rodeada de árboles pequeños. Se veía mucha actividad. Gente

---

[14] ¿Dónde puedo encontrar al señor Bonaparte?

caminando en todas direcciones. Muchos soldados que iban y venían del edificio, algunos a caballo.

Cirilo ya tenía hambre. Vio un lugar donde vendían comestibles. Se acercó y compró unas galletas y fruta. De ahí se sentó en una solera para comer lo que había comprado y a descansar.

Después de un par de horas, en que no aparecía Napoleón por ninguna parte, se empezó a hacer tarde, así que estuvo pensando en un lugar para dormir. Tras preguntar a varias personas, entre visitas al traductor, llegó a un lugar cercano que tenía un letrero que decía "hébergement"[15].

Entró y pidió alojamiento por una noche. Lo condujeron a una habitación pequeña en el segundo piso, con unos muros mal estucados, que habían sido blancos, pero ahora estaban cubiertos de suciedad. El techo era tan bajo que Cirilo podía tocarlo con la mano.

Había una cama con velador, una silla, una mesa con un lavatorio y una palangana con agua. Cirilo pensó que eso equivaldría a la ducha matinal. Sobre el velador había una palmatoria con una vela a medio usar. No había nada con qué encenderla, seguramente había que encenderla abajo, en la cocina.

La habitación tenía una pequeña ventana con una cortina raída, desde donde se veía la calle empedrada, estrecha y oscura. Le indicaron que para sus necesidades, había unas letrinas en el fondo del patio. Notó que la habitación no tenía llave.

Estuvo mucho rato tendido en la cama, meditando sobre lo que había visto en su primer día del París del tiempo de la Revolución Francesa. Después bajó para comer algo. La estancia hacía las veces de comedor, recepción, bar y sala de estar. Era un lugar oscuro, de paredes grises, irregulares. Había un mesón donde atendían, y varias mesas toscas de madera, para los parroquianos. En las paredes había algunas palmatorias con velas, lo mismo que en las mesas. La sala tenía dos ventanas pequeñas, con unos visillos sucios y

---

[15] Alojamiento.

cortinas que no alcanzaban a tapar completamente las ventanas. Una puerta, detrás del mesón, conducía a una sucia y mal iluminada cocina.

A Cirilo le ofrecieron pollo con papas y ensalada. Le trajeron pan, mantequilla y queso, y un vaso de vino. Todo era colocado sobre la madera de la mesa. Engulló los alimentos con avidez, pues no había comido mucho durante el día. La comida estaba muy bien preparada. El vino era extraño para él, pero no estaba malo. Le trajeron unas frutas como postre. Había algunos otros parroquianos, que de tanto en tanto le echaban un vistazo a Cirilo, girando disimuladamente sus cabezas agachadas. Seguramente les llamaba la atención ver a un extranjero, y tan extrañamente vestido.

Cuando hubo terminado, llegó el dueño de la pensión, el posadero, quien le sirvió otro vaso de vino, se trajo un vaso para si mismo y se sentó junto a él. Le preguntó cómo estaba y si había disfrutado su comida. Cirilo le pudo entender, y le respondió afirmativamente a ambas preguntas. Le preguntó de dónde era, a lo que le respondió que de América. El hombre era macizo, sudoroso, vestido con unos pantalones azules que le llegaban hasta bien arriba de la cintura, y se afirmaban con unos suspensores viejos. Además usaba un cinturón ancho, que parecía una cincha. Tenía una camisa blanca sin cuello, un tanto descosida, que en sus mejores días estuvo decorada con vuelos en los puños y el pecho. La cara era rojiza, tenía una barba abundante y descuidada. Su voz era sonora. Sabía algunas palabras en español, con lo que se hacía entender. Resultó que se llamaba Gastón.

- ¿Cómo fue la revolución? – preguntó Cirilo, con algo de timidez, pues no sabía que fibras podría tocar.

- ¡Oh! – exclamó el hombre, con voz fuerte, mientras abría los brazos y las manos en un gesto incomprensible. Le explicó que hubo muchos muertos.

Cirilo hizo un gesto con la mano extendida en su cuello, como haciendo un corte.

- Oui! – le respondió el posadero, y después de una pausa agregó un "Ho, Ho".

Le explicó que ejecutaron a mucha gente, muchos de ellos inocentes, otros, los menos, no tanto.

- ¿Le tocó ver alguna ejecución? – inquirió Cirilo, indicando hacia sus ojos, en un gesto como de mirar, para que Gastón le entendiera.

Nadie más hablaba en la sala. Se notaba que los presentes, unos cinco, sentados en otras mesas, estaban pendientes de la conversación. En la puerta que daba a la cocina había una mujer gorda parada, seria, que no le quitaba la vista a Cirilo.

El posadero le explicó que había que ir a ver algunas de las ejecuciones. Si uno no iba nunca, alguien lo podría notar, y podría caer en sospecha de ser contrarrevolucionario. De ahí a ser acusado había sólo un paso, y a un paso más estaba el ser condenado. Y sin darse cuenta, podría resultar que en lugar de ir a presenciar una ejecución en la guillotina, sería el principal protagonista. Le dijo que había mucho miedo entre la gente.

- ¿Y ahora, está todo mejor? – preguntó Cirilo inocentemente.

Gastón cruzó la mirada con un par de parroquianos que se dieron vuelta.

- Mucho mejor, todo mejor – fue su respuesta, un tanto dubitativa.

Cirilo, como pudo, le preguntó si había valido la pena el cambio que significó la Revolución, a lo que Gastón le respondió de la misma forma.

- ¿Es mejor que cuando estaba el rey?
- Ah, oui!
- Y la reina María Antonieta, ¿Qué tal era ella?
- Gastadora - fue la respuesta -, gastaba mientras el pueblo se moría de hambre.
- ¿Y estuvo bien que fuera guillotinada? – preguntó Cirilo con gran dificultad para hacerse entender. Uno de los parroquianos que estaba de espaldas a Cirilo giró la cabeza lentamente, le dio una mirada y se volvió a enderezar. No hubo respuesta de Gastón, sólo se encogió de hombros.

- Monsieur Bonaparte, ¿usted lo ha visto?

Alguien dejó caer un cuchillo al suelo. Nadie hablaba. Parecía que todos estaban atentos a la conversación. El posadero estaba un poco transpiroso a esa altura, cosa que Cirilo atribuyó a la dificultad que tenían para comunicarse. Estaba con muchas ganas de traer su librito traductor, pero no se atrevió. Había muchos ojos mirando.

- ¿Usted ha visto al general Bonaparte?

La respuesta del posadero fue afirmativa, pues él acudía regularmente al edificio que estaba a una cuadra, y que Cirilo había visto en la tarde. Era el cuartel de uno de los regimientos. Aparentemente era el lugar en que se desempeñaba el general, en ese entonces. El posadero le hizo una pregunta a Cirilo:

- Usted, ¿de dónde es?
- De América. Sud América.
- ¿Y qué hace por acá?
- Me estoy interiorizando de su Revolución. Es un proceso histórico muy importante.

El posadero le dijo que tenía la idea que en América se preparaban para independizarse de España, como lo había hecho Estados Unidos de Inglaterra, con la ayuda de Francia. Recalcó esto último.

- Oui, nos estamos preparando para la independencia. Formaremos un conjunto de naciones independientes.
- ¿Y eso va a ser bueno para ustedes?
- Muy bueno. Estamos esperando la oportunidad para declarar la independencia y tomar las armas para defenderla.

El posadero se sonrió. También vio a uno de los presentes mirar al que estaba frente a él y sonreír. Cirilo se dio cuenta que Gastón traducía lo que él decía al francés, en voz alta, como para que todos los presentes supieran qué dijo.

- Ahora veo, usted está aquí para interiorizarse de los detalles de nuestra Revolución, para prepararse para la suya. ¡Es un enviado!
- No, no, no.

El posadero le dijo que comprendía, su misión es secreta, que no se preocupara, de aquí no sale una palabra. Son todos amigos. Luego, dirigiéndose a los que estaban en la posada, les dijo, con voz sonora, que se estuvieran callados de todo lo que oyeron. Se oyeron algunos "oui", hubo movimientos afirmativos de cabeza, incluso vio a la mujer que estaba en la puerta de la cocina sonriendo por primera vez.

El posadero se paró y le habló unas palabras a la mujer, al oído. Esta desapareció en dirección a la cocina.

- ¿Por qué quiere conocer al general Bonaparte? – le preguntó cuando volvió a la mesa.

- Napoleón Bonaparte es un personaje que está haciendo historia. Es un general muy hábil y exitoso, y además está logrando importantes conquistas para Francia.

El posadero le dijo que estaba de acuerdo con que era un general victorioso, pero que había otros gobernantes tan o más grandes e importantes que él.

- Pero Napoleón es el que va a pasar a la historia, más que cualquiera de los otros.

Se hizo un silencio, y entonces Cirilo aguzó el oído. Le pareció escuchar un sonido lejano, que parecía el de una máquina que funcionaba a ritmo lento. Parecía que el ruido venía de abajo, de la tierra. Una máquina, ¿en el siglo 18? No era posible.

- ¿Por qué cree eso usted?

No supo qué responder. Hizo una pregunta:

- ¿Qué opina usted de Napoleón Bonaparte?

- ¿Por qué es tan importante para usted Bonaparte?

- Es quien conduce la Revolución Francesa, está haciendo de Francia un país muy importante en Europa – respondió Cirilo, a quien casi se le sale que sería emperador de Francia, pero se alcanzó a contener: eso aún no ocurría para entonces.

Gaston frunció el ceño e inclinó la cabeza, como sin comprender lo que decía Cirilo. La gorda de la cocina apareció con un plato con un trozo de queso, y pan, y los depositó en la mesa. Supuso que la conversación iba a tener para largo. El posadero le ordenó que les sirviera más vino.

- Monsieur le général es un personaje muy ambicioso. Hay que pararlo, porque una persona puede ser muy buena, pero cuando crece mucho, se va poniendo mala. Podría ser que pase con él, y se pierda lo que hemos logrado con nuestra Revolución.

Uno de los asistentes se dio vuelta y observó la cara que ponía Cirilo ante estas afirmaciones. No volaba una mosca en la estancia.

Continuó por un rato el dificultoso diálogo. Hasta que Cirilo comenzó a darse cuenta que estaba preguntando demasiado. Decidió que era hora de retirarse. Se despidió y se dirigió a su habitación, en el segundo piso. Alguien le había encendido la vela que estaba en el velador.

No tenía nada de ropa extra, así que dormiría semi vestido. Antes de acostarse, hizo una visita a la letrina. Fue bastante traumatizante. Ahí entendió por qué al inodoro se le puso ese nombre: inodoro.

Le costó quedarse dormido. La cama era tan blanda que se hundía hasta casi llegar al nivel del suelo. Estaba tratando de dormir metido en un hoyo. A ratos sentía el ruido lejano de lo que parecía ser una máquina. Después cesaba un rato, para volver a empezar. Se oía tan despacio, que no se daba cuenta si era en el mismo edificio o era en otro lugar. Finalmente se quedó dormido, para despertar varias veces.

Una de las veces que despertó, sintió voces en el piso de abajo. Puso atención y sintió ruidos en la calle, frente a la posada. Se paró y se asomó disimuladamente por la ventana. Justo debajo de su ventana había una calesa. Un hombre caminaba en torno a ella, muy despacio, como tratando de no hacer ruido con sus pisadas. Estaba muy oscuro, no había ninguna luz cerca, la escena era iluminada sólo débilmente por la luna creciente. Ya no se oía el ruido de la supuesta máquina.

Lo que más le llamó la atención era que el caballo tenía sus patas envueltas en paños, cuyo objeto estaba claro: reducir el ruido de los cascos al andar. Se veía que lo que hacían era algo clandestino.

El hombre se asomó hacia el interior de la posada. En eso salió otro hombre, con un bulto, que procedió a depositar en la calesa, mientras el primero de los hombres calmaba al caballo para que no se inquietara. El segundo hombre volvió a entrar, para salir nuevamente después de un rato, con otro bulto, que también depositó en el carruaje. Volvió a entrar, y salió un tercer hombre, corpulento, que miró en dirección a la ventana desde donde estaba Cirilo. Reconoció al posadero, Gastón. Inmediatamente se echó para atrás, para que no lo viera. ¿Lo habría alcanzado a ver?

Después de unos instantes se volvió a asomar, lentamente. Gastón estaba despidiendo a un hombre con un abrazo, que procedió a sentarse en la calesa. Movió las riendas, y esta comenzó a moverse muy despacio, en silencio. Apenas se escuchaban los cascos del caballo, envueltos en paños; sólo se oía el crujido de las ruedas. Cirilo estaba muy intrigado por saber qué era lo que habían cargado. Era evidente que era algo encubierto, por el sigilo con que se estaba haciendo.

32

El general

Al otro día Cirilo se echó una rápida lavada, como pudo, dadas las condiciones que había en la habitación. Estuvo obligado a hacer otra visita a la letrina. Realmente las condiciones de higiene eran de lo peor que se podría haber imaginado. Bajó y le sirvieron un desayuno, consistente en una taza de té, pan, queso y mermelada. También le sirvieron dos huevos fritos.

Se despidió y partió de nuevo, con rumbo a la explanada donde estaba el cuartel de Napoleón.

Allí estuvo largo rato. Vio cómo dos soldados traían a un tercero, que parecía que estaba un poco bebido, por la forma en que era ayudado por sus compañeros. Pasó una carreta con verdura, tirada por un caballo, y guiada por una pareja de pintorescos personajes. Una rueda de la carreta se atascó en un hoyo lleno de barro. Cirilo se paró y ayudó a sacarla de su atascadero.

En eso se oyó un ruido de caballos que se aproximaban al galope. Los guardias que estaban en la puerta del cuartel se sacudieron, se arreglaron sus correajes, y adoptaron una posición más gallarda que la que habían tenido hasta entonces.

Aparecieron cuarto soldados a caballo, seguidos de un carruaje de dos caballos. Cerraba la comitiva otro grupo de cuatro jinetes con lanzas.

Cirilo se incorporó y corrió en dirección a la puerta del cuartel. Adivinaba quien podía ser. Varias personas se agruparon cerca de él. Los jinetes y el carruaje se detuvieron. Dos soldados que iban en el pescante a los lados del conductor descendieron rápidamente, uno de ellos abrió la portezuela. Del interior descendió quien Cirilo supuso sería el general Bonaparte, Napoleón.

Estaba vestido de un uniforme viejo y deslucido consistente en pantalón y casaca con colas, ambos negros, con algunos signos externos de su rango, en dorado. Llevaba una botas negras, y en la cintura tenía una cinta roja. Mientras descendía se colocó un sombrero apuntado con un borde dorado y una escarapela tricolor.

Los dos soldados se pararon frente a él, para mantener a los curiosos alejados. Era un hombre bajo, delgado, con la cara huesuda y el pelo largo. Era distinto a esa figura regordeta, de cara redonda, con que ha sido profusamente retratado. Esta era la figura de un Napoleón joven, que recién estaba ascendiendo en su escalera de poder.

Apenas bajó del carruaje, el general se paró con actitud altiva y miró en derredor. Era la mirada de quien estaba acostumbrado a mandar. Con la vista recorrió a todos los presentes. Su vista se detuvo en Cirilo, quien sabe si por su forma de vestir, o la forma como él miraba a Bonaparte. Cirilo inmediatamente le habló:

- Buenos días general Bonaparte. Un gusto en saludarlo -. Le dijo con voz fuerte y clara. Los presentes lo miraron.

Cirilo supuso que le entendería el español. Por ser originario de la isla de Córsega, que había sido italiana, dedujo que sabría hablar italiano. Y de ahí al español, había poco trecho.

Bonaparte se le quedó mirando a los ojos fijamente. Comenzó a avanzar lentamente hacia Cirilo.

- ¿Quien es usted? – le preguntó, en una mezcla de francés, italiano y español.

- Soy Cirilo, general.

- Y ¿de dónde viene?

- De Sudamérica.

- ¿Qué está haciendo tan lejos de Sudamérica?

- Vine a estudiar la Revolución Francesa, señor.
- Ah.

Todos los presentes estaban en silencio. Los soldados, inmutables. Los curiosos, semi agachados, seguían con los ojos a Napoleón y Cirilo, por turno, según quien hablara, como si estuvieran presenciando un partido de tenis. Hasta los caballos se habían quedado inmóviles. Bonaparte infundía un respeto impresionante.

- Soy un admirador suyo, por las proezas militares que usted ha realizado.
- Muy bien. ¿Cómo está la situación en Sudamérica?
- Estamos preparados para lograr nuestra independencia. Es cuestión de tiempo para que lo logremos.
- No se olvide que nosotros tenemos una colonia en Norteamérica. Jamás permitiríamos que se nos declarara independiente.
- No, señor. Es distinta la situación.
- ¿A ver, por qué sería distinta?
- La forma de dominio no es la misma. ¿Por qué querrían independizarse, si viven como si fueran una parte de Francia?. Mientras que las colonias españolas son verdaderas colonias. Y en realidad no somos más que grandes proveedores.
- ¿Eso piensa usted?
- Más aún, la revolución les garantiza más derechos a los habitantes de las colonias francesas. No veo razón para que quisieran formar una nación independiente.

No estaba convencido de lo que estaba diciendo, pero la mirada amenazante del general lo inclinaba a decir cosas que le agradaran. Estaba parado frente a Cirilo, mirándolo fijamente a los ojos. Lo tenía tan cerca que podía sentir el aire que exhalaba. Tenía en su mirada un dejo de superioridad, como alguien que ha logrado muchas cosas, y que por lo tanto puede mirar en menos a sus semejantes. Se entretenía en tocarle la solapa de la chaqueta de Cirilo, como tratando de comprobar la calidad de la tela. Se quedó mirándolo, sin decir palabra, hasta que después de uno tensos instantes lo invitó a seguirlo, haciéndole unas señas con los dedos.

Los dos caminaron hacia el interior del cuartel, Cirilo un medio metro más atrás de Napoleón, intrigado por saber qué sucedería. Llegaron a un patio donde había tanto movimiento como en la explanada exterior, pero aquí todos eran uniformados. El patio, amplio, estaba rodeado por un edificio de dos pisos, con corredores en ambos pisos. Había mucho armamento, cañones, fusiles entrecruzados, montones de balas de cañón. También había unas carretas con bultos, que parecían ser alimentos. En una esquina había una carreta cargada de verduras. En el extremo opuesto por donde entraron, había una pasada a lo que parecía ser un segundo patio. Por él entraban y salían soldados.

Cuando llegaron, alguien lanzó un grito, y todos abandonaron lo que estaban haciendo y se pararon en posición firme. Napoleón hizo una seña con la mano, y la misma voz lanzó otro par de gritos, y todo el mundo reanudó sus actividades. Detrás de ellos les seguían los dos soldados que bajaron del pescante, a uno diez metros de distancia.

- ¿Cómo ve la situación en Sudamérica? – preguntó Napoleón.
- Yo diría que está como la calma antes del temporal.
- ¿Ah, si? ¿Y eso qué significa?

Napoleón se había interesado por este joven, seguramente porque su naturaleza perceptiva lo hizo verlo como alguien distinto de quien venía de Sudamérica, aunque no se imaginó qué veía distinto en él. Cirilo le pareció culto, y pensó que su presencia en París no era por una simple casualidad. Se imaginó que este joven podría ser algún tipo de enviado con la misión de observar lo que estaba pasando en Europa, o en particular, la evolución de los acontecimientos políticos en Francia. Napoleón siguió preguntando, en su italiano que Cirilo podía entender, pero en tono cada vez más impaciente:

- ¿Quienes son los que están al frente de esta posible tormenta?

Cirilo le iba a dar nombres de algunos de los gestores de la independencia de América, y algunos que posteriormente lideraron ese proceso. Pero en ese punto se acordó de la prohibición que tenía. El pozo le había dicho: "No alteres el pasado". Dar nombres sería como delatar a quienes, posteriormente, tendrían participación en los movimientos independistas de América. Eso podría no significar nada, como podría indirectamente tener alguna consecuencia para alguno de estos personajes, lo que sería una transgresión a la prohibición. Y no sólo por lo de la prohibición, sino también podría traer consecuencias de las que él por ningún motivo querría ser responsable.

- A decir verdad, no hay ningún personaje visible que lideraría esta supuesta tormenta. Sólo son rumores que se escuchan en ciertos círculos.

- ¿Qué círculos?

- Bueno, yo soy un criollo, y frecuento casas de otros criollos, donde se conversa.

- ¿Qué criollos son esos?

- Me muevo entre la gente que tiene un mayor nivel de cultura.

- Y también tiene más recursos, ¿no es así? – continuó preguntando el general, que a esta altura se veía más impaciente.

Ahora Cirilo veía que esta no era una conversación espontánea, sino que estaba siendo interrogando por Napoleón en persona.

- Así es, general.

- ¿Usted es un aristócrata?

Aquí se puso a pensar cuál sería la respuesta adecuada. Aunque en Francia ya no estaban guillotinando aristócratas, aún estaba en plena Revolución Francesa, y conversando con uno de los líderes de ese momento.

- No, no. - respondió nervioso Cirilo.

- Pero se ve que es usted una persona educada.

- ¿Yo? Sí, mi familia me pudo dar una buena educación.

- ¿Cuál es su profesión?

Cirilo no le podía decir que había estudiado administración, porque seguramente no le entendería. Así es que respondió:

- Tengo estudios de leyes.

- Bien, ¿y me quiere decir que alguien con estudios de leyes no está al tanto de los acontecimientos que posiblemente se avecinan?

- Mire general, lo que he oído es que no estamos en condiciones de hacer nada ahora. En realidad, está claro que este no es el momento. Ese momento puede llegar en cinco años, o en diez, o veinte, nadie sabe. Pero ahora no se puede hacer nada.

- ¡Oh, se ha delatado usted solo! Quería aparecer como que no sabía nada, y ahora resulta que sabe cosas, y parece que bien informado. Le repito la pregunta, ¿Quienes son? Esto lo hago porque nosotros podríamos estar interesados en apoyar, de la misma manera que Francia apoyó la lucha de los Estados Unidos de América, por su independencia de la Gran Bretaña. Me gustaría ver a España ocupada peleando una guerra.

Mientras decía esto, le punzaba el pecho reiteradas veces con el dedo índice. Cirilo se estaba sintiendo bastante incómodo.

- Si, pero eso fue cuando aún reinaba Luis XVI, antes de que le ... – No alcanzó a completar la frase, con "... cortaran la cabeza".

- ¿Antes de qué?

- Eeh, de que fuera, digamos, depuesto por la Revolución.

- Pero eso no significa que no lo aprobemos.

- Por supuesto, general.

- Volvamos a lo que nos interesa. ¿Quiénes puede señalar usted como liderando los deseos de independencia de las colonias de España en América?

Dada la insistencia de Bonaparte, Cirilo pensó en cambiar la estrategia. Se acordó de tres personas que conspiraron contra las autoridades españolas, los llamados "Tres Antonios". Su conspiración fue descubierta y neutralizada. Se acordaba del nombre de uno de ellos. Decidió entregarle ese nombre:

- Pues, sé de uno que inició una conspiración contra las autoridades nombradas por la corona española.

- ¿Quién es?

- José Antonio de Rojas.

- Bravo, ahora nos estamos entendiendo: empiezan a aparecer nombres. Pero lo que me está dando no me sirve.

- ¿Por qué, general?

- José Antonio de Rojas conspiró hace casi veinte años atrás, con otros dos, también llamados Antonio. Los descubrieron, su conspiración fue aplastada, los pusieron en la cárcel y se acabó su conspiración.

Cirilo se sorprendió de lo informado que se encontraba. Ya no sabía qué decirle. Luego Napoleón cambió el tono a uno más enérgico. Mientras fruncía el seño y levantaba la voz, prosiguió:

- Quiero que me diga, usted tiene que saberlo, ¿quienes lideran los potenciales movimientos independistas en Sudamérica? Necesito tener contacto con ellos.

- No me es posible darle información que no tengo, general.

- Dígame una cosa, usted es un extranjero aquí en Francia. ¿Tiene los documentos que acreditan que usted ingresó al país en forma legal, y tiene su pasaporte? Me gustaría verlos.

- Estee, no. No los ando trayendo.

-Entonces está fuera de la ley, ¿sabía? - dijo Bonaparte mientras se daba vuelta y le hacía una seña a los soldados que los seguían, para que se acercaran, cosa que hicieron rápidamente.

- Lo que pasa es que todos estos documentos que usted me pide los dejé en la posada en que me estoy alojando.

Ante el requerimiento del general de la dirección de esa posada, se lo dio. Pero inmediatamente se sintió mal, pues sabía que en esa posada se desarrollaban algunas actividades clandestinas. ¿Y si mandaba soldados a buscar sus documentos y descubrían lo que allí ocurría? "Maldición", pensó, "los estoy metiendo en un lío". Se refería al posadero Gastón y sus parroquianos.

Continuó este diálogo, en que Napoleón pedía nombres, y Cirilo insistía en que no sabía nada. Incluso hubo una velada amenaza, de que podría ser detenido para ser sometido a

un interrogatorio conducido por "especialistas". Por último Cirilo, ya totalmente acorralado, decidió darle un nombre, de alguien a quien no podría hacer daño:
- Hay una persona que se puede decir que es un precursor de las revoluciones en América del sur. Pero lo que yo le voy a decir es conocido por toda la gente, así que no creo que pueda servirle la información.
- Ahora nos entendemos. ¿Quién es?
- Francisco de Miranda.
- Si, aquí lo conocemos. Lo conocemos muy bien, ha luchado por nosotros, por la Revolución. Pero se han presentado algunas complicaciones y tuvo que irse de Francia. Nos dejó. Pero ahora necesito saber más, y espero que usted me lo cuente.

Cirilo se estaba sintiendo cada vez más acorralado. Pero en eso comenzaron a sonar unas cornetas. Un soldado llegó corriendo hasta Bonaparte, se cuadró y le informó algo. Se dio cuenta que de pronto aumentó el nivel de actividad. Vio soldados que se movilizaban rápidamente de un lado a otro, unos comenzaban a dar órdenes, a lo lejos sonó otra corneta.

Bonaparte de pronto se apartó y comenzó a cruzar rápidamente el patio. En ese momento comenzó a sonar insistentemente la corneta y todos empezaron a correr hacia el centro del patio. Allí se dio comienzo a una formación. Cirilo escuchó las órdenes que se daban y comprendió lo que pasaba. Se había dado la alerta porque habían comenzado unos disturbios en la calles. En este período de la Revolución Francesa como en otros, se produjeron fuertes disturbios, provocados por revolucionarios desencantados, realistas, y todo el que quisiese agitar más las aguas revolucionarias de lo que ya estaban.

El general de pronto pareció haberse acordado de Cirilo, se detuvo, giró la cabeza y dio una orden a los dos soldados que lo seguían. La orden, aunque en francés, fue muy clara para Cirilo: "Deténganlo". Ambos soldados se dieron vuelta y se dirigieron corriendo hacia Cirilo. Pero en ese momento pasó raudo un numeroso grupo de soldados con fusil en mano, que detuvieron el avanzar de los dos soldados.

Cirilo aprovechó esa incidencia para dirigirse corriendo hacia la salida, junto al grupo de soldados y agachando la cabeza lo más posible para perderse. Llegó hasta la puerta, y en la confusión reinante, pudo salir y llegar hasta una esquina antes de que pudieran salir los dos soldados. Era tal la agitación que nadie se fijó en él. Una vez que dobló la esquina echó a correr. Llegó a la siguiente intersección y volvió a doblar, como tratando de seguir un patrón zig-zag, de modo de que se perdiera toda pista de él.

¡La agitación lo había salvado!

33

Aux barricades!

Sin embargo, no fue muy afortunado. Con tantas vueltas, parece que terminó girando en círculos. Y de pronto se encontró con que detrás de él marchaba un gran contingente militar, fusiles con bayoneta en mano. Dobló nuevamente una esquina, aplicando la acción evasiva que había estaba practicando.

Pero la calle estaba bloqueada: se encontró a unos metros de una barricada, formada por muebles, palos, piedras, adoquines arrancados de la calle, sacos rellenos con tierra, y todo elemento que sirviera para bloquear el paso.

Cirilo trató de devolverse. Pero el grupo de soldados se apresuró a cerrar las calles por las que podría salir. Se encontró en medio de las dos fuerzas, sin saber qué hacer. No tenía hacia donde arrancar. Se arrimó a una pared, como tratando de presentar menos blanco, en el caso de un intercambio de proyectiles. Tenía el bolso con su librito colgando del hombro. Los soldados se detuvieron y tomaron posiciones, bajo las órdenes de un oficial. Algunos se arrodillaron, mientras preparaban sus armas de forma amenazante.

Sin que Cirilo lo notara, salió de la barricada un hombre fornido de barba, con un pañuelo tapándole parcialmente la cara. Se encaramó entre los muebles, palos, piedras y demás elementos que formaban la barricada. Se acercó a Cirilo, lo agarró con fuerza y lo arrastró hacia la barricada. Lo subió al montón de objetos a tirones, lo que le provocó una herida en una pierna, bajo la rodilla, al golpear contra unos fierros que sobresalían, precisamente para detener el paso de personas.

Una vez en el interior de la barricada, y bajo la mirada amenazante de los que estaban agachados en su derredor, el hombre fornido que lo había traído lo agarró de los hombros y lo hizo agacharse violentamente. Todos le hablaban a la vez, en francés, no entendía nada de lo que trataban de decirle. Cirilo aún no sabía qué estaba pasando. En el suelo vio unos bultos abiertos, despojados de su contenido. Le pareció que los había visto antes. El hombre se quitó el pañuelo de la cara y Cirilo lo reconoció de inmediato. ¡Era Gastón, el posadero! Le estaba hablando, pero ya no le hablaba en su mal español, sino que en francés.

Ahora se le empezaron a aclarar varias cosas. Miró los bultos, uno de ellos tenía algunos papeles impresos. Tomó uno, se dio cuenta que era abiertamente subversivo, y llamaba a resistirse activamente contra el gobierno. Miró a Gastón. Este pareció adivinar lo que quería decir.

- Oui - fue todo lo que le dijo.

¡Una imprenta! Gastón era un agitador. Tenía una imprenta clandestina en el sótano de su posada. Imprimía documentos sediciosos que eran distribuidos desde su posada. Eso estaba ocurriendo cuando despertó en mitad de la de noche. Los bultos con los impresos eran retirados en la calesa cuyo caballo tenía los cascos envueltos con paños, para no ser descubiertos. Seguramente todos los que estaban en la posada en la noche eran conspiradores. Eso explicaba la atención con que escuchaban la conversación de Cirilo con el posadero. No pudo reprimir una sonrisa. Su vista se cruzó con la de Gastón, que lo miraba con cara comprensiva.

- La Revolución se desvirtuó. Debe volver a sus cauces originales. Tú debes ayudarnos. Eres una persona educada, más educada que nosotros. Conoces otras realidades que nosotros no conocemos. Te necesitamos.

- No puedo. Debo retornar a mi tierra. No puedo quedarme aquí. Allá me necesitan más que ustedes.

- Me imaginaba que iba a ser así - respondió Gastón, en tono dolorido -. No podremos contar contigo. Lo comprendí cuando tuvimos la conversación anoche, en la posada. Pero cuando te vi ahora, frente a la barricada, pensé que tal vez sí te nos unirías. Es una pena que no así sea.

- Debes cuidarte - continuó, en un tono más fuerte -, casi caes en manos de los soldados ahí en la calle. Si no te saco de ahí, no se qué te hubiera pasado.

- Y te lo agradezco mucho, Gastón. Pero tengo que irme, no me puedo ver involucrado en este conflicto. ¿Cómo salgo de aquí?

- No puedes irte por detrás. Seguramente estamos rodeados. La única salida es entrar al edificio.

Mientras decía eso señalaba hacia la puerta de un edificio que estaba en el extremo de la barricada.

- Paul te acompañará. Hay una salida en el extremo opuesto de esta manzana, que estoy seguro queda fuera del perímetro resguardado por los soldados. ¡Paul!

Apareció un hombre bajo, sin afeitar, mal vestido y medio encorvado. Era un sufrido hombre del pueblo, revolucionario auténtico, que seguramente estuvo en la primera línea cuando estalló la Revolución Francesa. Pero seguramente ahora se rebelaba contra quienes se habían adueñado de la Revolución, y estaría dispuesto a entregar su vida en esas barricadas.

Paul le hizo un gesto para que lo siguiera. Gastón se aproximó a Cirilo y le dio un abrazo tan apretado que casi lo dejó sin respiración. Entraron al edificio, Paul delante, pasaron por un pasillo largo, luego se introdujeron en una pieza, de ahí salieron por una puerta a un patio. No había nadie en la casa. Todo estaba cubierto de polvo y suciedad. Desde el patio se encaramaron en un cajón y saltaron un muro. Del otro lado se encontraron con otro patio, desde donde entraron por una ventana a una casa igualmente ruinosa que la anterior. De ahí saltaron otro muro y cruzaron otra casa. Finalmente una última, cuyo segundo piso parece que estaba habitado, pues Paul le hizo un gesto a Cirilo de que guardara silencio, y le indicó hacia arriba. De ahí abrieron una puerta, y estaban en la calle. Paul miró hacia ambos lados de la calle, para asegurarse que no hubiera ninguna amenaza. Le hizo un gesto de que se largara, ingresó al edificio y cerró la puerta. Cirilo se quedó solo en la calle. No había nadie más.

Comenzó a andar en dirección a lo que pensó era la dirección opuesta a donde estaba la barricada de Gastón. Pero al llegar a la esquina se encontró a boca de jarro con un grupo de soldados que estaban al asecho de quien anduviera por allí. Varios de ellos se abalanzaron sobre Cirilo y lo tiraron al suelo, entre gritos e improperios. Lo único que entendía Cirilo era la palabra "barricade" que repetían una y otra vez. Parecía que lo habían identificado como uno de los hombres de la barricada.

Al cabo de un rato, dos de los soldados se encargaron de llevar a Cirilo, uno de ellos a cada lado. No sabía dónde lo llevaban, pero suponía que era a un lugar de detención. El era un hombre reposado, calmado. En ese día no había descansado de tanta acción. Ya estaba agotado de tanto y le dieron ganas de volver. Ese deseo se materializó con la vista de algo que le era familiar. Iban pasando por una calle donde había un sitio eriazo, con algunos árboles y vegetación menor. Al lado de un muro divisorio se le apareció la familiar visión del pozo. Cirilo, aferrado al bolso con su librito, les hizo una seña a los dos soldados, como de alguien bebiendo, y les señaló el pozo. Los soldados se miraron, y después de cruzar unas palabras, accedieron a acompañarlo para que tomara agua. El día había estado soleado, pero en el momento que apareció el pozo, se nubló. A medida que se acercaban al pozo, se fue oscureciendo, lo que no sorprendió a Cirilo, pero sí a sus indeseados acompañantes.

Cirilo llevó a cabo el ritual de siempre. Bebió un trago de agua mientras se concentraba en su departamento, mirando hacia al pozo. Los dos soldados estaban parados de tal modo que no había forma de que pudiera escapar. Ambos estaban mirando el cielo, asombrados de que estuviera tan oscuro. En eso se le oscureció todo el entorno a Cirilo, para luego comenzar a aclararse y a perfilarse lentamente la sala de su departamento.

En cuanto se completó el proceso de retorno, sintió un tintineo de un pequeño objeto metálico que caía al suelo. Lo recogió. ¡Era el anillito de plata! El mismo que había empeñado el día de la llegada a París. No estaba ni cerca de él cuando retornó, y sin embargo regresó junto con él. Inmediatamente dejó su bolso y se metió las manos en los bolsillos. No estaba ninguna de las monedas que habían sobrado después que pagó la posada. Ahora comprendido el significado de la línea que leyó en el pozo: "Nada viene y lo que va vuelve". El anillito pertenecía al presente, volvió con él aunque estaba lejos. Las monedas que estaban en el bolsillo eran del pasado; no vinieron.

Sintió pena por el gordito de la casa de empeños. Acababa de perder, y no había forma de volver y darle algo para compensar: todo lo que llevara volvería. Nunca vería la expresión de los soldados cuando desapareció. Pero se imaginó la situación que habría ocurrido:

Los soldados estarían mirando asombrados hacia el cielo, oscuro. El detenido, Cirilo, estaría bebiendo agua, junto al pozo, entre la pared y los soldados. De pronto les llamaría la atención unos tintineos en el suelo. Habrían mirado, y se encontrarían con que el detenido habría desaparecido como un acto de magia. Sólo habría un puñado de monedas en el suelo, donde él había estado. Para colmo, el cielo se habría despejado de las nubes, y todo se habría aclarado rápidamente. Por el resto de sus vidas no se podrían explicar cómo desapareció Cirilo. Seguramente sería un ser con poderes sobrenaturales, un brujo.

Cirilo, en el living de su departamento se sentó para relajarse. Por su cabeza comenzaron a desfilar las imágenes de todo lo ocurrido en el día y medio que estuvo en el París de 1799. La plaza de la Revolución, la casa de empeño, la posada con Gastón, el encuentro con Napoleón, las barricadas y su encuentro con los soldados. Pasaría mucho tiempo en que los recuerdos de esos impactantes momentos inundarían su mente. Ahora tendría que pensar cuál sería su siguiente destino.

34

El almuerzo acre

Al otro día, como era habitual, Cirilo se encontró con Veranda en el banco. Esta, en un tono que translucía una molestia acumulada en su interior, le pidió que almorzaran juntos.

El almuerzo se desarrolló en un pequeño café a unas cuantas cuadras del banco. Se apresuraron para no encontrarse con los demás compañeros con que habitualmente almorzaban. Veranda deseaba estar a solas con Cirilo. Este intuía que el almuerzo sería una navegación con mar gruesa. Notó la molestia de Veranda, y admitía para sí que había descuidado un poco su relación con su pareja. Y sabía, también, que ella era absorbente y buscaba una relación más intensa que la que llevaban. En cambio Cirilo deseaba que ella estuviera siempre a mano, por una parte, pero sin perder su espacio y su tiempo.

El almuerzo que se venía sería la oportunidad de que Veranda descargara su descontento y que ambos fijaran sus posiciones. Estaba satisfecho con su travesía a París de la Revolución, a pesar de los incidentes que se presentaron. Hubiera preferido un almuerzo relajado, sin pasar el mal rato que se acecaba.

Llegaron al lugar, encontraron una mesa vacía y tomaron asiento en torno a ella.

- No has estado muy comunicativo, últimamente - comenzó ella.

"Oh, oh" pensó Cirilo, "partimos".

- Si, he estado muy enfrascado en lo mío.
- Y, ¿se puede saber qué es lo tuyo? - preguntó Veranda, recalcando las dos últimas palabras, en tono de reproche.
- Veranda ¿vas a querer el menú?
- Si
- Serían dos menús entonces.
- Si señor - dijo la mesera que esperaba junto a la mesa y se retiró.

Veranda se quedó mirándolo con las cejas levantadas, como esperando una respuesta a la pregunta que le había hecho.

- ¿Qué pasa? - preguntó él, haciéndose el desentendido.
- Te pregunté ¿qué es lo tuyo? Eso tan importante que es la causa que me hayas tenido botada.
- Estás exagerando, nunca te he tenido botada. Te he estado viendo todos los días.
- Claro, porque ocurre que trabajamos en el mismo lugar. Si no fuera por eso, no nos hubiéramos visto hace más de un mes.
- No seas tontita.
- Ahora me estás tratando de tonta.
- Nadie te está tratando de tonta - respondió él en tono severo. Estaba empezando a molestarse con el rumbo que estaba llevando la conversación.

Tras un rato, y después de un intercambio de múltiples acusaciones y disculpas resbalosas, llegó la mesera con los platos. El diálogo seguía en el mismo tenor.

- ¿Tenemos una relación o no, Cirilo? Porque no podemos seguir así. No salimos juntos, me saludas en el banco cuando nos encontramos, si no, ni eso.
- Tienes algo de razón, he estado un poco enfrascado en mis cosas.
- Pero ¿cuáles son tus cosas? Volvemos a lo mismo. ¿Qué es más importante que nuestra relación?
- Mira, me han estado ocurriendo cosas, últimamente.
- ¿Qué cosas? ¿Por qué no las compartes conmigo? ¿Que no somos una pareja?

- Me gustaría compartirlo contigo -. A esta altura Cirilo se estaba sintiendo francamente molesto. Se sentía como un colegial que había sido sorprendido en falta. Miraba a Veranda como comía, con su mal genio. Le comentó:
- Siempre me he hecho una pregunta.

Después de un prolongado silencio, en que Veranda seguía comiendo, prosiguió Cirilo:
- Los animales se ponen de mal genio cuando comen. De hecho, si tu te acercas a un perro que está comiendo, es seguro que te va a gruñir, aunque sea muy manso.
- ¿A qué vas con eso?
- No sólo los perros, sino los gatos tambien, y yo diría que todos los animales.
- Es que sienten que les vas a quitar su comida – intervino ella -. Aunque sean animales domesticados, les queda el instinto de sus ancestros salvajes, que les advierte acerca de cualquier otro animal que se acerque mientras comen.
- Justo a eso voy. Nosotros, los humanos, también fuimos animales salvajes.
- Si, ¿y?
- Me pregunto si nos queda algo de ese instinto – respondió Cirilo -. Y si nos ponemos de mal genio cuando estamos comiendo y alguien se nos acerca demasiado.
- En el caso tuyo, no me cabe duda que vas a empezar a gruñir si estás comiendo y alguien se acerca. Y no me extrañaría que le pegaras un mordisco si no se aleja.

Transcurrió un rato en que no hablaron. Luego Veranda continuó hablando:
- ¿Qué es lo que te tiene tan ocupado que me has echado a un lado a mí?
- No te he echado a un lado. Mira, dejemos este tema por ahora, y te prometo que todo se va a aclarar. Lo único que tienes que hacer es ir a mi departamento, y te mostraré qué he estado haciendo. Pero no sigamos hablando de esto. ¿de acuerdo?

En ese momento llegaron los postres. La mesera le sonrió a Cirilo, detalle que Veranda no dejó de percibir, lo que aumentó su nivel de irritación. El trató de dar un giro total a la conversación:

- Hablemos de algo más agradable.
- Bueno, ¿de qué hablamos? - preguntó Veranda, con una sonrisa irónica.
- ¿Cómo le fue a Solange en Roma, la hija de Ricardo?
- Pero tú deberías saber. ¿No son tan amigos ustedes?
- No he tenido mucho contacto con Ricardo estos días.
- Parece que no has tenido contacto con nadie.
- Bueno, ¿has sabido algo de cómo le ha ido? – reiteró Cirilo, irritado con la agresividad de su compañera.
- Si, ella pasó todas las etapas. En realidad, es una revelación. Le falta la presentación final. Si gana, se convertirá en una cantante a nivel internacional. ¡Y con sólo quince años!
- ¡Pero qué fantástico! Ricardo debe estar que no cabe en sí. En realidad la niñita canta super bien.
- No es que cante bien, sino que tiene un don que pocos lo tienen. Y ahora está teniendo la oportunidad de mostrarlo.
- A mi me hubiera encantado haber sido cantante.
- Sé que te hubiera gustado. Pero no lo eres.
- ¿Sabes? echo de menos a los compañeros varones, a veces hay temas que uno quisiera conversar con ellos.
- Mirenlo, el joven echa de menos a sus compañeritos. Yo no soy compañía válida.
- No, no es eso. Es que a veces uno tiene que hablar temas de hombres.
- Pruébame, a lo mejor sí me interesa lo que consideras "tema de hombres".
- Por ejemplo, esa enfermerita morena que está almorzando sola en el rincón, está bastante bien.
- ¡Ese es un tema que no me interesa! – articuló ella, en tono brusco.
- ¿Ves, no te lo dije? Esos son temas de varones.
- De hombres cabezas huecas, que sólo tienen un pensamiento fijo en cabeza. Con las pocas neuronas que tienen, no les da para más - dijo Veranda. Después de un instante, como para cambiar el tema de la enfermerita, señalando disimuladamente hacia la puerta, dijo:

- Mira, fíjate en esa pareja que está entrando.
- Es una pareja harto dispareja.

En efecto, él era un hombre bastante mayor, que se notaba había vivido sus mejores tiempos. Estaba un poco encorvado, lo que lo achicaba, hasta verse más bajo que ella. Pero se veía que había sido más bien alto. La cabeza la tenía sembrada de canas, su cara mostraba varias arrugas que la recorrían de arriba hacia abajo. Ella, en cambio, era una mujer muy bien parecida, con una abundante cabellera rubia. Muy producida, estaba vestida con un traje morado, pantalón y chaqueta, que junto con su cabellera rubia, hacía que todas las miradas se dirigieran a ella. De cara no era fea, aunque tampoco una belleza. Además, de cerca se notaba que ya no era tan joven como parecía. Caminaba con el torso erguido, orgullosa, como que estuviera acompañada de mister mundo en persona.

- Ese viejito si que debe tener plata - masculló Cirilo.
- Y seguro que ella se está encargando de alivianarlo de su plata.

Se hizo un silencio en el lugar. Las miradas de los varones se clavaron en ella. Incluso las mujeres la miraron, pues realmente llamaba la atención. La rubia no hizo más que ver a Cirilo para abalanzarse sobre él y darle un gran beso en la mejilla.

- Hola, ¿cómo estás? ¿Por qué te habías perdido?

Las miradas se dirigieron a Cirilo, que con cara de estúpido no atinaba a decir nada. Veranda lo quedó mirando con la boca entreabierta. El acompañante se había quedado cerca de la puerta y miraba la escena con una sonrisa de hombre satisfecho. Veranda miraba como sin poder creer lo que estaba viendo.

En eso Cirilo despertó de su estupor y recordó quien era. Era la hermana de un compañero que había tenido en sus tiempos de estudiante de administración, de nombre Rolando. Habían sido bien amigos, a veces se juntaban para estudiar juntos, entonces la había conocido. Pero no era una relación muy cercana la que había tenido con ella. A él sólo lo había visto unas pocas veces desde que terminaron de estudiar.

- ¡Hola Romanina! – le dijo, con una amplia sonrisa, mientras se paraba de su asiento -. Que tiempo que no te veía, ¿Cómo está Rolando? Tampoco lo he visto hace varios años.

- Muy bien, estamos todos bien – le respondió la rubia, mientras lo sujetaba del hombro para que no se parara -. ¿Y quién es la señorita que te acompaña?

- Ella es Veranda. Veranda, te presento a Romanina.

Todos en el lugar estaban pendientes de ellos. El añoso acompañante de la rubia ya se había sentado, en una mesa en el lado opuesto a donde estaban ellos.

- ¿A qué te dedicas?
- Trabajo en el banco. ¿Y tú?
- Me dedico a viajar. Estoy un poco cansada de viajar tanto. Pero tengo que hacerlo, pues es la única forma de que crezca el negocio.
- ¿Es el mismo negocio de tu padre?
- Así es, Rolando también está en eso. Es lo nuestro, tú sabes.
- Dale muchos saludos, cuando lo veas.
- Gracias, de todas maneras. Me despido ahora, porque me están esperando – dijo, mientras movía los ojos indicando a su acompañante.

Mientras hacía esto le estrechó la mano a Veranda y luego a Cirilo. Cirilo estiró la boca, para darle un beso, mientras cerraba los ojos. Al pasar unos instantes en que no sentía el contacto con la cara de la rubia, los comenzó a abrir lentamente. Ahí se percató que ella ya iba en la mitad de la estancia. Al darse vuelta para hacerle una seña con la mano, ella se fijó en la boca estirada esperando el beso.

- ¡Ah, besito! – dijo, se devolvió y lo besó.

Mientras se dirigía a la mesa donde la aguardaba su acompañante, Veranda lo observaba con una mirada de reproche.

- ¡Qué vergüenza más grande! Qué espectáculo diste, esperando con el hocico estirado y los ojos cerrados, mientras la rubia ya se iba. Nunca pensé que podrías hacer semejante ridículo.

- ¿Pero qué? No tiene nada. Si ella me saludó de beso cuando nos encontramos.
- ¡Qué encuentro más romántico! ¿Y se puede saber quien sería esta Romanina?
- Es la hermana de un antiguo compañero de estudios.
- Está media viejita para andar vestida en esa facha. Y teñida, más encima.
- Es que ella siempre ha sido vistosa.
- ¿Vistosa? Ridícula, más bien – dijo Veranda -. Y anda con ese vejestorio. ¿Y quién es la señorita que te acompaña? – Esto último lo dijo caricaturizando la frase que había dicho Romanina, refiriéndose a ella.
- No seas tan criticona. Vamos, que se nos hace tarde.
- Y tu comportamiento no fué ejemplar. Deberías haber aclarado quien soy yo. ¡Quedé como que soy sólo tu acompañante! Alguien que pasaba por acá y le está haciendo compañía mientras almuerza el caballero.

Al salir, pasaron al lado de la mesa en que estaba Romanina. Veranda la pasó a llevar el hombro con su cartera, sin atinar a disculparse.

Mientras salían a la calle, Cirilo le preguntó:
- ¿Nos estaríamos viendo esta tarde en mi departamento? Acuérdate que te iba a mostrar algo.
- Hoy no puedo, mi amor. ¿Qué tal mañana en la tarde?
- Muy bien. Nos vamos del trabajo al departamento.

La tarde estaba calurosa, con una leve brisa que soplaba de cuando en cuando.

35

El intento de Veranda

El día después de haber almorzado juntos, se dirigieron al departamento de Cirilo, después de salir del banco. Se prepararon una taza de té, que acompañaron con pan y mantequilla y mermelada de ciruela, que Cirilo tenía guardada en el refrigerador. Se notaba que el pote con la mermelada había permanecido abierta largo tiempo en el refrigerador, porque estaba muy deshidratada. De hecho, tenía la consistencia de una caluga.

- A mi me gusta la mermelada especita, por eso la dejo abierta un tiempo, para que se vaya espesando, antes de consumirla.
- Pero esta está desde el año pasado.
- No, si lleva a lo más un mes. ¿Quieres echarle al pan?
- No, gracias.

Después que hubieron tomado el té, Veranda le preguntó qué es lo que le iba a mostrar.

- Ahora viene.

Desapareció un rato, se encaramó en una silla y sacó, del fondo del ropero, la botella que contenía el agua del pozo. La botella ya estaba más que medio vacía. Llegó con la botella y dos vasos y se paró frente a Veranda, con aire triunfal.

- Esta es el agua milagrosa. Yo te voy a dar a probar y verás los poderes que tiene – decía esto mientras vertía un poco del líquido en los vasos, hasta que cada uno quedó un cuarto lleno.

- ¿Desde cuándo está esa agua en la botella?
- Hace poquito, no te preocupes, es agua limpia.

Le acercó el vaso, pero ella le arrebató la botella y se puso a oler su contenido, mientras le dirigía una mirada significativa a él.

- Si el agua no tiene nada malo. Pero relájate. Yo te voy a explicar lo que tienes que hacer. Primero vamos a elegir un lugar y fecha. ¿Cuándo podría ser?

Se hizo un silencio prolongado. El, esperando que ella sugiriera algo. Ella, mirándolo desconcertada, sin comprender qué se proponía.

- ¿Qué te parece un año atrás? – sugirió Cirilo – Justo un año, la misma fecha y la misma hora.

Se sentó en el sofá, al lado de Veranda, dejó la botella en una mesita y le pasó un vaso a su compañera.

- Tienes que tomar esta agua de un trago. Y al mismo tiempo concentrarte en la calle, justo frente al edificio, hace un año atrás. Y piensa también en un pozo, con un murito de piedras.

Veranda ya no sonreía. No paraba de mirarlo, con cara de preocupada. No sabía hasta dónde llegaría Cirilo con este asunto, que ya no le parecía tan divertido.

- Yo voy a hacer lo mismo para que hagamos esta experiencia juntos – le decía mientras le ofrecía uno de los vasos, un cuarto lleno con agua.

Ella recibió el vaso y se lo llevó inmediatamente a la nariz para proceder a oler su contenido.

- De un viaje te lo tomas todo. No te olvides de concentrarte en el frente del edificio, un año atrás, es decir, el 20 de octubre de 2011. Digamos a las dos de la tarde. Pero espérate a que yo haga lo mismo, para que lo hagamos juntos.

- Oye, Cirilo, ¿qué pretendes? ¿Cómo se te pasa por la mente que yo voy a creer semejante cosa? Me estás tomando por una simplona que cae con cualquier tontera. Parece que tienes un exceso de imaginación.

- Tranquila, sólo limítate a hacer lo que te digo. Ponte el vaso frente a la boca.

El hizo lo mismo. Esperó unos instantes, y le dijo.

- Ahora, haz todo lo que te dije.

Cirilo bebió el agua, mientras pensaba en la fecha y lugar que había escogido, y también pensaba en el pozo. Ella hizo lo mismo, para seguirle el juego.

A Cirilo se le oscureció el entorno por un instante de tiempo muy breve, para luego aclararse y encontrarse frente al edificio en que vivía. Todo se veía igual.

Pero Veranda no aparecía. Se dirigió a un kiosco de diarios que había en la esquina, y miró la fecha que tenían varios de los diarios que allí estaban. El 20 de octubre de 2011. Todo había resultado como ya estaba acostumbrado. Pero de Veranda nada.

Se devolvió y comenzó a recorrer la cuadra. Pasó frente a su edificio que se encontraba a mitad de cuadra, y siguió hasta la esquina. Allí se dió vuelta y comenzó a caminar en dirección opuesta. No quería alejarse demasiado, para estar cerca cuando apareciera Veranda, de modo que no se fuera a asustar.

Sin embargo ella no aparecía. Se sentó en un murito del edificio, y se propuso esperar una hora. ¿O tal vez menos? No tenía claro qué podía pasar cuando Veranda viera que había desaparecido. Podría bajarle pánico y hacer quien sabe qué cosa. Mejor sería volver antes. Miró su reloj y calculó que había estado unos diez minutos. Decidió esperar otros diez minutos y regresar.

Cada minuto le parecía una eternidad. Parecía que el reloj no avanzara. En eso vio una columna de humo, como a una cuadra de distancia. Le llamó la atención y caminó en dirección a ella. Se escucharon sirenas y al rato apareció un carro bomba. Luego un segundo. Pudo ver cómo se estaba produciendo un incendio en una edificación antigua de dos pisos. Había un tremenda conmoción en el entorno. Gente iba y venía desde el edificio. Los curiosos, como él, se estaban congregando en las cercanía. Desde el edificio que se incendiaba comenzó a salir gente con objetos, que los iban depositando en la vereda del frente. Los bomberos estaban preparando sus mangueras para comenzar a lanzar agua. Unos iban depositando las columnas en el suelo, mientras otros se dedicaban a acoplarlas. Una mujer bombero se acercó a ellos para ordenarles que se alejaran.

En ese momento Cirilo recordó que hacía un año se había producido un incendio en el lugar. El no lo había visto porque estaba en el banco, trabajando. Cuando llegó, en la tarde de ese día, de la edificación sólo quedaba la fachada, el interior era un montón de palos humeantes. Se acordó de Veranda y se dió media vuelta y se dirigió a toda prisa a su edificio.

- ¿Qué se está incendiando? - le preguntó un hombre que se dirigía hacia el lugar del incendio.

- Es el edificio viejo que está en la mitad de la otra cuadra.

- Capaz que agarre las demás casas. ¡Hay una bomba de bencina en la esquina!

- No - le respondió -, van a evitar que se propague a las otras propiedades. Eso sí que se va a quemar el edificio completo, pero eso, no más.

La persona se dió vuelta para mirarlo. "¿Y cómo puede saber usted?" parece que le decía con su mirada.

Llegó casi corriendo hasta frente a su edificio. Pero de Veranda nada. ¿Qué hacer? Ya había pasado tres cuartos de hora desde que se había trasladado a ese pasado. Decidió volver. Pero no veía el pozo. ¿Cómo? si cada vez que quería volver, misteriosamente aparecía el pozo en un lugar a la vista de él. Por primera vez comenzó a tener una sensación desagradable, que no había experimentado ántes. Hizo un esfuerzo para conservar la calma y no entrar en pánico. Por ninguna parte se veía el pozo.

- ¡Quiero volver! – exclamó en voz alta.

Un transeunte que se cruzó con él lo miró extrañado de oirlo hablar solo. Pero luego siguió su camino, tranquilo. Ahora andan tantos hablando por celular que parece que hablaran solos. El teléfono lo llevan en el bolsillo, desde donde sale un cablecito negro que va directo a un audífono que está metido en el oído. Y en alguna parte del cablecito hay un minúsculo micrófono. Y así se pasean por la calle hablando como trastornados. El transeunte se sonrió para sí mismo. Se dió vuelta para mirar a Cirilo, pero no vió cable alguno que saliera de uno de sus oídos. Bueno, a lo mejor estaba loco, después de todo.

Cirilo no sabía qué hacer. En eso estaba cuando se dió cuenta que no había lugar alguno para que hubiera un pozo, en medio de la vereda. ¡Al pobre pozo le estaba pidiendo demasiado!

Se detuvo a pensar un rato. A tres cuadras en dirección opuesta al incendio había un sitio eriazo que usaban para estacionar automóviles. Pero en un extremo tenía una gran cantidad de matorrales. Sería un buen lugar para que existiera un pozo. Se dirigió a paso presuroso al lugar. Cada vez estaba más preocupado por lo estaría pensando o haciendo Veranda.

Llegó jadeando al lugar. No había pozo en ninguna parte del sitio. Ya estaba francamente entrando en pánico. ¿Podría regresar? ¿Se quedaría ahí para siempre? Y eso, ¿qué consecuencias le traería?

Pensó que tal vez por querer compartir el secreto del pozo con otra persona, el pozo lo estaba castigando, condenándolo a vagar hasta el fin de sus días en otro tiempo, distinto al suyo. Pero ahí no tenía ni casa donde llegar. El departamento es de Cirilo, el otro Cirilo, el de 2011. No podía llegar y presentárse y decirle "esta es mi casa". Además, ¿de quién es el trabajo en el banco? ¿De cuál Cirilo? Porque habría dos caminando por la ciudad.

Tampoco comprendía qué ofensa podría estar cometiendo al invitar a Veranda a viajar con él. Las únicas prohibiciones que tenía eran de alterar el pasado y de beneficiarse de él. Pero al invitar a Veranda no veía en qué estaría vulnerando alguna de ellas. Obviamente no se estaba beneficiando del pasado. Le quedaba la prohibición de alterar el pasado. Pero, ¿en qué sentido estaba alterando el pasado? En nada. Y no había ninguna prohibición explícita de no poder compartir las experiencias de viajar al pasado con alguien, sobre todo si ese alguien es tan cercano como su pareja.

Entonces pensó que simplemente el pozo estaba actuando de manera caprichosa. No le facilitaba el regreso solamente por antojo, y no porque él había hecho algo que trasgrediera sus reglas.

La situación se le presentaba complicada. Primero, era evidente que Veranda no llegaría, por lo que difícilmente podría convencerla que le era posible hacer estas travesías al pasado. Pero a esta altura eso ya no le preocupaba. La preocupación mayor era que ¡él no podía volver!

Se sentó en la solera de la vereda agobiado. No sabía qué hacer. Allí pasó una media hora, la mayor parte del tiempo con sus ojos cerrados, la cara apoyada en sus manos y la mente en blanco.

En eso estaba, con los ojos cerrados, cuando sintió una presencia. Abrió los ojos y vio, en la vereda opuesta, una figura que reconoció inmediatamente. Parecía ser la figura siniestra del viejo vestido de oscuro con sombrero alón negro, que apareció en el momento que retornaba de su segunda travesía al colegio, cuando se reunió con el profesor Sarmiento. El viejo lo miraba fijamente. Comenzó a hacer señas de que fuera donde él, con mucha parsimonia. Cirilo se incorporó y atravesó la calle. Cuando llegó al otro lado el viejo se había desplazado varios metros. Se preguntó quién sería, y qué hacia allí. ¿Cómo es que vuelve a aparecer? No dudó en seguirlo, era tal su estado de desesperación.

Trataba de alcanzarlo, pero el viejo se movía extremadamente rápido, aunque sus movimientos eran suaves, no se veía que se estuviera apurando. Pero por más que Cirilo lo intentaba, no podía darle alcance. El viejo lo condujo hasta su propio edificio e ingresó en él. Cirilo iba a dura penas detrás. El viejo comenzó a subir las escalas. Llegó hasta el piso del departamento de Cirilo. ¡Vaya sorpresa que se llevó!

En medio del pasillo estaba ni más ni menos que el esquivo pozo. Eso le provocó, primero, un tremendo alivio, y luego, risa. ¿Qué pasaría si saliera un vecino y se encontrara con un pozo en el pasillo?

Rápidamente se acercó. Se veía como si el pozo llevaba mucho tiempo allí. Alrededor de él había un poco de tierra endurecida, encima de la cerámica del piso. Incluso en algunas partes había crecido pasto. Cirilo ya se había olvidado del viejo, metió la mano y sacó un poco de agua que se apresuró en beber, concentrándose en el regreso.

Se oscureció, y en la penumbra pudo divisar la figura del viejo frente a él. Cuando se hubo oscurecido totalmente, comenzó a aclarar, y se perfiló el entorno del interior del departamento. Estaba sentado en el sofá, y a su lado estaba Veranda mirándolo fijamente.

- Me tenías preocupado – fue lo primero que le dijo ella.
- ¿Por qué?
- Es que te quedaste estático, sin moverte y sin decir nada.
- ¿Cuánto rato estuve así?
- Unos pocos segundos. Te hablé y no contestabas. Parecía que estabas en otro mundo.

El se sonrió. En cierto sentido si había estado en otro mundo. Pero la hora y media o dos horas que estuvo en ese mundo, no fueron más que unos pocos segundos, desde la perspectiva de Veranda. Comprendió que nunca le podría demostrar a Veranda que él podía viajar en el tiempo. No podía traer nada del pasado, no la podía llevar con ella. Y toda su estadía en ese otro tiempo, no duraría más que unos instantes del presente.

- ¿Y no viste nada extraño? ¿Oscuridad, o algo así?
- No, nada.

Se levantó de su asiento y se dirigió a la puerta del departamento. La abrió y miró hacia el pasillo, donde había estado el pozo. No había ni huella.

Decidió que lo mejor era echar todo a la broma, porque no podría convencer a Veranda. Así es que se largó a reír.

- Estabas convencida que esto era cierto.
- En ningún momento creí eso. Pero si me tenías un poco preocupada.
- ¿Por qué?
- Pensé que mi amado se estaba volviendo loco.

El largó una carcajada.

- En serio, me estaba preocupando por tu salud mental. ¡Mire que tomar agua y pensar en el pasado, y con eso uno se podría desplazar a donde quisiera en el tiempo!

El se puso serio y miró el vaso de su pareja. Estaba vacío.

- Pero supongo que tomaste el agua.

- ¡Por supuesto que tomé el agua! Tenía que seguirte el juego.
- Ya veo.
- Podríamos ir al cine – propuso Veranda, cambiando el tema.
- Yo estuve viendo lo que dan, son puras tonteras.
- Pero hay una que están dando sobre un niño que hace un viaje para buscar a su perro.
- ¡No! Me cargan las películas de niños. Me cargan las películas de animales. Y las películas de niños y animales me cargan más todavía.
- A ti todo te carga.
- ¿Salgamos a dar una vuelta, un rato?

Salieron y caminaron en dirección al lugar donde había sido el incendio hacía un año.

36

La cita

- ¿Supiste lo de Alberto? - le preguntó Ricardo a Cirilo, en voz baja.
- No. ¿Qué le pasó?
- ¿No sabías? Está espiando a su esposa porque piensa que le está siendo infiel. ¡Si hasta contrató a un detective privado para seguirle los pasos!

Cirilo se hizo el que no sabía nada. Alberto le había confidenciado sus intenciones, y él le aseguró que nada diría. Sin embargo, había traicionado su confianza contándoselo a Veranda, de lo que estaba arrepentido. Pero, ¿cómo lo sabría Ricardo?

- No te creo - le respondió -. ¿Cómo sabes?

Era lo que más le interesaba saber. No vaya a ser que Veranda se haya ido de lengua.

- Me lo dijo él mismo.

Parece que Alberto era un libro abierto. Tanto que le había pedido a Cirilo que no le contara a nadie cuando le pidió que le averiguara sobre un detective privado, y ahora se lo estaba contando a todos.

- No creo que sea cierto. A lo mejor te estaba tomando el pelo.
- No, te aseguro que es cierto. Me lo dijo en serio. Además, hace tiempo que lo noto que anda muy mal. Parece que está bien afectado.

- A mi me parece una tontera - dijo Cirilo -, mire que contactar un detective para averiguar en qué anda la esposa.
- Tú sabes que Alberto es arrebatado. De otro no lo hubiera creído, pero del guatón si. No me cabe duda que él es capaz de algo así.
- Pero me parece tan absurda la situación. Y si el detective le dice que si, que anda con otro tipo. ¿Qué va a hacer?
- Ah, no sé - respondió Ricardo -. El quería confirmar que sus sospechas eran ciertas.
- Pero ¿por qué sospechaba que su señora le estaba poniendo el gorro? Además, me parece increíble que te lo hubiera contado. Si a un tipo se lo está pitando la esposa, lo menos que querría es que se supiera. Es como quedar en ridículo y querer que todos se enteraran. Sería como hacer una penitencia.

Ricardo sólo se encogió de hombros, como queriendo decir que no entendía cuál era su intención.

Más tarde esa mañana Cirilo tuvo oportunidad de conversar con Alberto. Aunque no eran muy cercanos, estaba preocupado por él.

- Alberto, ¿cómo estás? ¿Se han ido solucionando tus problemas?
- Tengo que contarte. Resulta que contraté al detective que tú me recomendaste - le dijo esto mirando a todos lados, como preocupado de que alguien pudiera escuchar. Lo que contrastaba con el hecho que lo estaba contando como que fuera lo más natural. Continuó:
- Efectivamente hay algo. Parece que la fulana tiene algo con un sujeto.

La que era referida como "la fulana" era su esposa. A Cirilo le pareció que lo contaba como que se hubiera ganado un premio en la lotería.

- Pero, ¿estás seguro? no vaya a ser que el detective te está alimentando con algo que tú parece que querías escuchar.
- No, es cierto. Dice que un día los vio en un café. Incluso me mostró una foto que les tomó, y se ve que él le tiene tomada la mano.

- ¿Estás seguro?
- Sin lugar a dudas.

Cirilo no podía comprender cómo Alberto le estaba contando estas cosas, sobre todo en la forma que lo hacía. No demostraba ninguna pena, ni rabia. Parecía feliz de haber podido confirmar sus sospechas.

- ¿Y quién es el tipo?
- Eso no lo hemos podido establecer, todavía.
- ¿"Hemos"? ¿No es el detective el que tiene que establecer eso?
- Bueno, si. Pero yo tengo que ayudarle a identificar al sujeto. Me explicó que es muy posible que sea alguien que yo conozca.
- Pero analicemos la situación. Tienes una afirmación del detective, de que los vio en un café. Además hay una supuesta foto en que el acompañante de tu mujer le tendría tomada la mano. ¿Qué más?
- ¿Y te parece poco? - le preguntó Alberto, con brusquedad.
- Este - respondió pensativo Cirilo -, si, me parece poco.
- ¿Qué más quieres que eso?
- Bueno, podría no ser tu esposa. Podría ser tu esposa, con algún amigo que haya tenido. Que yo sepa, ella no era una ermitaña cuando tuvo la dicha de conocerte. Del hecho que le haya tomado la mano en un momento dado, no se concluye que están yendo a la cama juntos.
- Es mi esposa. Está plenamente identificada.
- ¿Por quién?
- Por el detective que tú mismo me recomendaste.
- Se puede equivocar.
- ¡Aj! - exclamó Alberto, en un gesto de querer hacer ver que lo que estaba insinuando Cirilo era una estupidez.
- Bueno, es una posibilidad. ¿Tú le has dicho algo a ella?
- ¿Como qué?
- Como decirle que la vieron en un café con un sujeto que le tomaba la mano.
- ¿Tú eres tonto o te haces?
- No, te pregunto en serio.
- Desde luego que no.

- Me parece que ustedes dos deberían tener una buena conversación. Ese es mi consejo. Es mejor aclarar las cosas de frente antes que estar haciendo estas cosas.
- ¿Qué cosas? – preguntó Alberto en voz alta, acentuando las palabras. Una persona que estaba sentada cerca, esperando que lo atiendan, alzó la cabeza y lo miró.
- Bueno, que tú te estés metiendo ideas en la cabeza, por una foto borrosa que te pasó un tipo desconocido – respondió Cirilo, que ya estaba bastante molesto.
- ¡Pero si tú mismo me lo recomendaste!
- Está bien, pero no pensé que llegarías hasta este punto.
- ¡Bueno, ya llegué! ¿y, qué? – gritó Alberto, se dio media vuelta y se alejó, sin antes darse vuelta para lanzarle una mirada furibunda a Cirilo.
- Qué tipo más intratable - dijo éste, para agregar, en voz baja:
- Con razón la mujer anda en lo que sea que anda.

Después de una pausa se dirigió a su escritorio. Tenía una persona esperándolo. Tuvo que hacer un esfuerzo para mostrarle una cara amable. Lo había dejado alterado la conversación con Alberto, y también le preocupaba la situación por la que estaba pasando.

Cuando se desocupó se levantó y buscó a Ricardo. Lo miró fijamente un instante y le dijo:
- En realidad la situación de Alberto es complicada. Creo que está haciendo una tontería, pero es porfiado, no escucha consejos, y más encima se enoja si se los das.

Ricardo sólo hizo un gesto estirando la boca y arqueando las cejas, como queriendo decir que no hay nada que hacer. Siguió Cirilo:
- Sin embargo, me gustaría hacer algo por él, por su familia. No me gusta ver cómo la está embarrando.
- ¿Y qué podrías hacer?
- No sé. Oye, ¿cómo le va a tu hija?
- Bueno, ahí está Solange, en Roma, esperando la final.

Se había tocado el tema favorito de Ricardo, así que se explayó:
- Tú sabes que ella llegó a la final, y quedó compitiendo con un coreano, que canta canciones populares, como ella.

Pero sus canciones son más rockeras, en cambio Solange es de una onda más romántica. Entre los dos no hay dónde perderse, Solange es muy superior.
- Lo dice su papá.

Ricardo continuó como si no hubiera escuchado, casi hablando consigo mismo:
- Hay un italiano, que obviamente es el favorito, por ser el local. El italiano es un mimo. Es muy bueno en su papel, pero no le encuentro mucho la gracia. Tiene la ventaja de ser de ellos. Pero afortunadamente, aunque el concurso es en Italia, en el jurado hay un italiano, los otros seis son de distintos países.
- ¿Cuántos hay en el jurado?
- Son siete. Bueno, además del concursante coreano y el italiano hay una mexicana, que baila ballet. Yo no entiendo mucho de ballet, pero parece que es buena. También hay una de Estados Unidos que es cantante lírica. Es soprano, es muy buena, canta arias de óperas. Es la que yo le tengo más miedo, podría ganar.

Hizo una pausa. Estaba totalmente enfrascado en el tema.
- Por último hay un cantante búlgaro. No se le entiende nada de lo que canta, pero no lo hace tan mal.
- ¿Esto se puede ver en la televisión?
- ¡No! Pero nosotros lo podemos ver en internet. Este es el sitio donde lo puedes ver.

Escribió una dirección de internet en un papel y se lo entregó a Cirilo.
- ¿Cuándo es la final?
- El domingo próximo a las ocho es la final. Ahí se sabrá quien es el ganador absoluto. Parece que también habrá un segundo y tercer lugares.
- Lo vamos a ver, con Veranda. Y haremos fuerza para que gane Solange – mientras le decía esto le palmoteó la espalda a su amigo y se alejó.

Ricardo se dirigió a su escritorio, con la cara radiante. Su sueño más preciado era que su hija Solange ganara el concurso de talentos.

Cirilo hizo lo propio. Se sentó en su silla y se puso a meditar. ¿Quién sería el viejo vestido de oscuro con el sombrero alón, que apareció dos veces en torno al pozo? Alguna relación tiene que tener con el pozo.

Y dado que estaba en eso, ya sería hora de pensar en un destino para su próxima travesía. Le quedaba claro que para siempre sería un secreto que no podría compartir con nadie. Por lo tanto, lo único que podría hacer era disfrutarlo mientras pudiera. Y mientras pudiera significaba que mientras le durara el agua. Pues no estaba seguro que podría encontrar el pozo de nuevo. Ya había probado ser esquivo.

Su sesión de meditación lo llevó a quedarse dormido en su escritorio. Cuando despertó se sobresaltó. En el primer instante no sabía dónde estaba, qué hora era, qué día, y lo peor, qué época. Esto, porque sus varias travesías que había realizado al pasado, de vez en cuando lo desorientaban un poco.

Cuando ya se ubicó, se le iluminó la cabeza.

Siempre se sintió atraído por el misterio de los mayas. Formaban una civilización rodeada de un enigmático secreto que tuvo su crecimiento, su auge, luego su declinación y casi extinción. Los conquistadores españoles pensaron que se habían extinguido, porque encontraron sus magníficas ciudades vacías. Pero no era así. Aún estaban, y hasta el día de hoy están diseminados por la selva.

Iría al año 1000, al corazón de la tierra de los mayas. Iría a la ciudad de Chichén Itzá. Elegiría una fecha cualquiera, esperando ver algún ceremonial maya que se realizara en esa ciudad

37

La ciudad

Después de realizar el acostumbrado protocolo, sin antes dejar de advertir que la botella de agua del pozo tenía bastante menos de la mitad llena, se encontró en la gran ciudad maya: Chichén Itzá en el año 1000.

Miró alrededor y vio una gran multitud de gente que caminaba en una misma dirección, como hipnotizada. Estaba vestido con shorts blancos, una camisa verde de manga corta, y zapatillas blancas. Los que pasaban cerca no dejaban de mirarlo, porque su vestimenta era distinta a la de los mayas que circulaban cerca de él. El suelo era de tierra blanco amarillenta, seguramente piedra caliza molida. Enfrente de él había una pirámide truncada, cuyos costados formaban escalones gigantes. Tenía tres de tales escalones, cada uno con una altura de unos cuatro metros. En la cara central había una enorme escalinata, por la que se podía subir hasta la parte superior, donde había una planicie, sobre la que estaba lo que parecía ser un templo. Había una larga plataforma que partía desde la pirámide truncada y se extendía hacia su derecha, sostenida por columnas. Pensó que fácilmente habría unas cien columnas. Unas tenían sección circular, otras la tenían cuadrada. Hacia la izquierda de la pirámide había otra pirámide similar, más pequeña.

Había un hormigueo de hombres que circulaban por su derecha, en dirección opuesta a él, llevando cestos con piedras en las espaldas. Aparecían desde detrás de la pirámide grande y se perdían a lo lejos. Se dio vuelta para ver hacia dónde se dirigían. Quedó impactado por la visión que tuvo. Una enorme pirámide escalonada, con nueve escalones, y con escalas en el centro de cada una de las caras. La fila de hombres se dividía en dos para luego subir por las escalas de dos de las caras de la pirámide. Los escalones eran estrechos y altos, y por la lentitud con que avanzaban, se veía que hacían un gran esfuerzo para subir, cada uno de ellos con su cesto con piedras.

¡Esa era la pirámide de Chichén Itza, que tanto había visto en fotografías! En la cima tenía una plataforma, donde había un pequeño templo rectangular. Aparentemente estaban construyendo este templo, pues se veía a medio terminar. O bien lo estaban reconstruyendo. En la parte superior se veía que estaban moliendo algunas de las piedras, y mezclando la piedra molida con agua, que llevaban otros trabajadores en grandes cántaros.

Cirilo estaba en una gran plaza con suelo de tierra, como del tamaño de dos canchas de foot ball. La gran pirámide estaba al centro, todos los demás templos y columnas estaban en los bordes, como delimitando la plaza, así como enormes esculturas que parecían ser representaciones de dioses. Estaban las pirámides y columnas que vio apenas apareció, pero ahora se daba cuenta que todo el derredor de la plaza estaba poblado de elementos similares. Reconoció en algunas esculturas y relieves las imágenes de los dioses mayas sobre los que había leído: Kukulkán, la serpiente emplumada y supremo hacedor y la enigmática figura de Chak Mool.

En la plaza, entre la gente que caminaba le llamaron la atención las mujeres con vestidos blancos bordados y decorados en su parte superior con diversos elementos de colores, mayoritariamente flores. En la cabeza, envolviendo su pelo negro, usaban unos cintillos de colores. Algunas mujeres, sólo unas pocas, tenían puestos collares con piedras rojas, verdes y negras. Vio una que llevaba un collar con piezas que parecían ser de oro. Los hombres llevaban el torso desnudo, en su mayoría. Alrededor de la cintura usaban una faja ancha, de color. Casi todos tenían collares de piedras, como los de las mujeres, o de conchas, o de metales, incluso algunos llevaban oro y plata. También usaban unos cintillos en el pelo, menos coloridos que los de las mujeres. Todos, hombres y mujeres, usaban unas especies de sandalias en los pies. Algunos hombres, como también algunas mujeres, usaban pulseras metálicas en las muñecas. Algunos de los hombres también llevaban pulseras en el antebrazo. Estas descripciones no incluyen a los que acarreaban piedras, que estaban vestidos sólo con una especie de short, sin ningún ornamento. Daba la impresión de que estos trabajadores estaban cumpliendo una especie de servicio civil. Todos eran jóvenes, como de la misma edad. En la parte superior de la pirámide se veían unos sujetos mayores, con vestimentas muy vistosas, complementadas con decorados más sofisticados que la gente que transitaba por la plaza, que parecían ser los constructores.

Cirilo, con su pantalón blanco y su camisa verde, no pasaba inadvertido. Estaba empapándose de la fantástica visión que se le ofrecía, una fiesta de colores que resplandecían a la luz del intenso sol.

En eso vio un tumulto a lo lejos. Las personas que estaban en una esquina de la plaza se detuvieron y se quedaron mirando hacia algo colorido que avanzaba lentamente en dirección hacia donde estaba Cirilo. Poco a poco se iba acercando. A medida que eso se desplazaba, las personas se quedaban inmóviles, mirando hacia el objeto colorido. Hasta que Cirilo pudo distinguir qué era:

Se trataba de un grupo de hombres vestidos sólo con una especie de falda pequeña, con decoraciones de colores rojo y amarillo, que portaban una andadera con una persona sentada en ella. Era alguien de mucha jerarquía. Un alto sacerdote, o un gobernante de la ciudad. Delante de los portadores marchaban cuatro hombres armados que parecían soldados. Sobre los hombros tenían una pequeña capa azul con adornos blancos. Sobre la cabeza llevaban una especie de casco, que parecía ser de cuero. En la mano derecha portaban una lanza, en la mano izquierda algo que parecía ser un escudo. En la cintura tenían una faja café, de un material como cuero, con decorados en verde. En los antebrazos tenían unas anchas pulseras, también decoradas. El pelo lo tenían tomado, amarrado con una cuerda amarilla, que daba muchas vueltas hacia arriba, como que fuera un resorte. Donde terminaba este resorte amarillo sobresalían unas mechas negras, desordenadas. Además llevaban puesto un cintillo azul en torno a la cabeza. En colores, no se quedaban cortos.

Pero lo más notable era el personaje que iba sentado sobre el andador. Era más o menos gordo, con una cosa como un pantalón de tela blanco, ancho. Alrededor de la cintura tenía una faja de cuero, con una forma extraña. Estaba llena de incrustaciones verdes, y en la parte inferior tenía unas piezas metálicas colgando. Llevaba en su cuello un gran collar, hecho con barras de un material verde, posiblemente jade, y láminas de oro. Y otro collar más ceñido al cuello, con incrustaciones de unas piedras rojas, como granate. Usaba unas pulseras en las muñecas y otras en los antebrazos. En la cintura tenía una faja de piel, que parecía ser de jaguar, y que le colgaba por debajo de la faja de cuero. Debajo de esta piel tenía adornos de plumas rojas, que colgaban hacia abajo. También llevaba puesta una pequeña capa, hecha de género a telar, verde con dibujos blancos y rojos. A la capa iban adosadas unas placas labradas de metal. Parecían ser hechas de plata. El personaje estaba decididamente sobrecargado en su vestimenta y decoración. Pero eso no era todo.

Lo más espectacular era el tocado que llevaba en la cabeza. Tenía una tela amarilla que daba vueltas alrededor del pelo. Hacia adelante tenía una cabeza disecada de un animal pequeño, con la boca abierta que mostraba unos dientes amenazantes. En los costados había dos placas que bajaban hasta las orejas, con adornos rojos y amarillos. En la parte superior llevaba unas largas plumas verdes y azules. Alrededor de la tela amarilla tenía unas placas de metal, que parecían ser de oro.

En las orejas, el hombre tenía unos grandes aros verdes con adornos dorados. Eran pesados, tanto que tenía las orejas alargadas bajo su peso. Los pies, echados hacia adelante, estaban calzados con unas zapatillas terminadas en punta, cubiertas de unas plaquitas doradas. En la nariz tenía ensartado algo que parecía ser un diente de un animal, su nariz era grande, los labios gruesos, los ojos pequeños, parecía como que los tuviera cerrados. La cabeza iba erguida, en una actitud de superioridad. Miraba de reojo a los que estaban parados alrededor de su paso, con una mirada de menosprecio. Su exagerada decoración y su actitud tan solemne hicieron pensar a Cirilo que el espectáculo rayaba en lo grotesco.

38

Hospitalidad

Todos le echaban una mirada a Cirilo, que no pasaba inadvertido, pero había un hombre joven, como de la edad de él, que lo miraba con más insistencia. Cada cierto tiempo las miradas de Cirilo y del joven maya se cruzaban. De a poco se le fue acercando, hasta que cuando el dignatario con su séquito llegaron muy cerca de ellos, ya estaba casi junto a Cirilo. El se había percatado que había despertado una curiosidad en este joven, más grande que la de los demás mayas que se encontraban cerca. En esos momentos pasó el dignatario a uno diez metros de Cirilo. Este decidió alejarse un poco, para lo cual se dio media vuelta. El joven maya lo tomó fuertemente del hombro, con la otra mano indicó hacia el dignatario que pasaba frente a él, y le aplicó una fuerza como para que girara. Cirilo miró a su alrededor y vio que todos estaban vueltos hacia el dignatario, con sus cabezas levemente inclinadas. Se dio cuenta de inmediato que debía hacer lo mismo. Lo que había hecho, darle la espalda, parece que era una falta imperdonable. El joven, que ahora estaba a su lado, lo miró de reojo. El percibió la mirada, y giró los ojos hacia el joven. Estaba con la cabeza semi inclinada, pero los ojos fijos en Cirilo, con una cara seria, se podría decir que con una expresión de reproche. ¿Como pudo, este extranjero, cometer semejante falta de no mostrar el debido respeto hacia un personaje de tanta alcurnia como el que pasaba frente a ellos? Cirilo se quedó inmóvil durante un largo rato. ¿Quién era este joven? ¿Sería tan grave la falta que cometió? Un buen rato después que el séquito se hubo alejado y todas las persona retomaron su ritmo habitual, ambos seguían allí, inmóviles uno junto al otro. Finalmente el joven maya le indicó con el dedo que lo siguiera. Caminaron un rato, hasta que se detuvo el maya y se quedó mirando fijamente a Cirilo. Algo le dijo, que le resultó absolutamente inentendible.

- Yo soy Cirilo - fue lo único que atinó a decirle. A esta altura estaba un poco preocupado por la forma en que se estaban dando las cosas y estuvo tentado de invocar el pozo para devolverse. Pero no lo hizo. Además, no se imaginaba cómo podría aparecer un pozo en medio de esa enorme explanada.

- Ushnol - dijo el maya, apuntando con la mano extendida hacia él mismo, tocándose el pecho.

"Menos mal que ahora se está viendo algo amistoso" pensó Cirilo. Hizo el mismo gesto, pero diciendo su nombre. El maya repitió su nombre, aunque pronunciado diferente, como "Shirilu". Luego le preguntó algo, mientras hacía varios círculos con la mano, hasta detenerse en el pecho de Cirilo. Este pensó que le estaba preguntando de dónde era. Cirilo le hizo un gesto similar, pero con círculos más grandes, que terminaron indicando en el horizonte, mientras decía:

- Vengo de muy, muy lejos. Ni te imaginas.

- Ni te ima-gi-nas - repitió el maya, mirando con cara de no haber entendido nada.

Luego le dijo algo más, indicando en la dirección en que estaban caminando, mientras esbozaba un gesto que podría haber sido una sonrisa.

El joven maya era bastante bien parecido, con un rostro algo cuadrado, labios gruesos, cejas tupidas, largo cabello negro, tomado con un cintillo decorado con motivos geométricos en rojo, amarillo y negro. Todos eran bajos, en general más bajos que Cirilo. Este joven era más alto que los demás, su altura igualaba la de Cirilo. Llevaba el torso desnudo, aunque tenía un gran collar que le tapaba parte del pecho. El collar era de hilo tejido, con adornos de madreperla y piedras, que formaban un diseño radial. El pantalón era esa especie de short blanco que llevaba la mayoría, con unos dobleces intrincados, terminado en un ancho cinto de tela, rojo con café. En los pies llevaba sandalias de cuero, y en el tobillo derecho tenía una tobillera, también de cuero.

Después de andar algunos minutos, en que ambos cruzaron palabras que el otro no entendió, pasaron por un mercado al aire libre. Había muchos puestos cubiertos con telas afirmadas en unos postes de madera negra inclinados en todas direcciones. Se ofrecía toda clase de productos, verduras, frutas, pescados de los más diversos, carnes de quien sabe qué animales. Una multitud de gente se encontraba comprando, mientras los feriantes anunciaban a gritos sus productos. Nada se anunciaba por escrito, todo a gritos. Había frutas y verduras que Cirilo jamás había visto, de todos los colores imaginables. Entre ellos había productos que si reconoció, como papas y maíz, ají y tomates.

Más adelante había quienes ofrecían objetos, entre los que se contaba toda clase de alfarería, tabletas de greda y de madera. Seguidos de prendas de ropa de las que usaban las gentes de allí, cintos, cintillos, sandalias, collares, pulseras, adornos de plumas, pendientes de conchas, adornos de piedras multicolores, y un sinfín de cosas nunca antes vistas por Cirilo. Seguían avanzando, y los comerciantes comenzaron a quedar atrás. Se vieron muchas viviendas, casi todas de forma circular, aparentemente de greda blanqueada, techos de paja, pocas ventanas, en su lugar unas aberturas pequeñas. Iban por un sendero rodeado de árboles pequeños, con explanadas entre ellos, donde había dos o tres de estas viviendas. Al lado de ellas habían unas cuerdas sujetas por palos de la misma madera negra que afirmaba las telas de los puestos de venta. En las cuerdas colgaba ropa recién lavada. A los lados de las casas tenían unos pequeños huertos, seguramente para surtir las necesidades de la familia que las habitaban. A medida que avanzaban, bandadas de chiquillos se asomaban, atraídos por este personaje extrañamente vestido que caminaba detrás del joven maya.

Este paisaje, salpicado de árboles pequeños, parecía eterno, por más que avanzaban, el entorno era siempre el mismo. Súbitamente Ushnol se detuvo y giró, mirando a Cirilo. Algo le dijo. Dos chiquillos se abalanzaron sobre ellos, y le tomaron las manos al maya. Una niña como de ocho años y un niño de unos cinco. De una de las casas apareció una mujer delgada, de largos cabellos, que se dirigió a Ushnol y lo abrazó. Algo le dijo éste a Cirilo, que aunque no entendió, supuso que le estaba indicando que era su familia. La mujer era atractiva. Llevaba puesto un vestido blanco adornado con flores multicolores bordadas en la parte superior. El estiró la mano para saludar, pero no fue correspondido. La mujer lo saludó con una sonrisa y le indicó que entrara a la estancia. Ushnol le dijo algo, y acto seguido la mujer comenzó a moverse de un lado a otro, como sin saber qué hacer, igual como cualquier dueña de casa lo haría cuando el marido llega a almorzar con un invitado no anunciado.

La choza en que estaban era amplia, con forma aproximadamente circular. El techo era más alto en el centro. Tenía unos maderos largos que le daban la forma. Las paredes estaban hechas de unas fibras parecidas al coirón. Tenía dos entradas en lados opuestos. También había unas aberturas a modo de ventanas.

En el interior había una mesa grande de madera, donde la mujer comenzó a colocar unos tiestos de greda, con diversos alimentos, entre los que predominaban las tortillas, presas de algo que parecía pollo, una pasta oscura que seguramente sería de porotos. Sólo pastas, nada de fibra. Había un olor indescriptible, en realidad era una mezcla de olores, en que predominaba el olor a carbón mezclado con especias.

A través de las ventanas se veían otras chozas menores, que seguramente se usaban como dormitorios. Había bastante vegetación. Algunos árboles pequeños, arbustos, plantas, y el huerto. Afuera, en un espacio descubierto, había un pequeño fogón, con unas brazas encendidas. En un costado se veían algunos tiestos de greda.

Cirilo dedujo que la mujer se llamaba Marea, nombre que asoció a María. Después de un rato, en que no se habló mucho y se produjeron silencios embarazosos y miradas nerviosas, la mujer se levantó y dijo algo. Se dirigió hacia el mesón de los alimentos. Preparó una serie de utensilios, y después de un rato se puso a elaborar tortillas de maíz. Cirilo miraba atentamente como las hacía, mientras ella no lo perdía de vista. Hasta que en un momento se dirigió hacia donde estaba Cirilo, lo tomó de la mano y lo llevó hacia el mesón. Luego comenzó a darle lecciones de fabricación de tortillas. Antes que él pudiera reaccionar, tenía en sus manos una bola de pasta de maíz, para que hiciera una tortilla. La mujer lo comenzó a guiar, hasta que Cirilo produjo una masa algo deforme, pero claramente identificable como una tortilla de maíz. Todos rieron al ver su tortilla, sobre todo los niños, mientras lo conminaban a seguir haciendo más. Después de un rato, había hecho como diez, las últimas con mejor forma que la primera.

Marea juntó todas las tortillas y las llevó afuera, donde estaba el fogón. Colocó unas ramas secas sobre las brazas encendidas y se puso a soplarlas con gran esfuerzo. Finalmente se encendió una fogata. Marea colocó una pieza plana de greda, ennegrecida por el fuego. Esperó un rato y comenzó a colocar las tortillas encima para que se cocinaran. Ya Cirilo estaba integrado a sus nuevos amigos.

Le ofrecieron maíz, un poco de carne seca, que no supo de qué animal era, un pan, posiblemente hecho de maíz, frijoles negros, frutas que parecían mangos, unas semillas que no pudo descubrir de qué eran, pero que al mascarlas salía de su interior una pasta de indescriptible pero agradable sabor, y las tortillas recién elaboradas. Sirvieron un jugo dulce en unos potes hechos de calabazas y una especie de cerveza, algo perfumada, seguramente elaborada de maíz. El almuerzo se desarrolló en el patio de la casa, junto al huerto, a la sombra de un árbol. Se habló poco, sólo algunos monosílabos, acompañados de gestos que no siempre eran comprendidos. Ushnol y Marea hablaron algo entre ellos. En un momento, a Cirilo le pareció que le relató el incidente con el dignatario. Ella se rió de buena gana, mientras se tapaba la cara con las manos, queriendo expresar que el comportamiento del visitante había sido poco prudente.

39

La hermana del maya

Cuando terminaron hizo su aparición una joven que a Cirilo le pareció hermosísima. Se encontraba descalza, su vestido estaba decorado con diseños distintos a los que había visto hasta entonces. Tenía la piel mate, como casi toda la gente que había en esa ciudad. Pero ella la tenía de un tono distinto, casi dorado. Su falda era bien corta, lo que dejaba ver parte de unas piernas de formas hermosas. Era una falda blanca, con lo que resaltaba más el color mate dorado de su piel. En la parte superior, a la altura del pecho, el vestido estaba decorado con un elaborado diseño con rombos y triángulos de fuertes colores. Llevaba los brazos y hombros descubiertos, en cada una de las muñecas tenía una pulsera de metal blanco, brillante. En el cuello tenía puesto un fino collar confeccionado a telar, de diversos colores, pero predominando el rojo y el azul.

Su pelo era negro intenso. Una parte caía libremente sobre los hombros, el pecho y la espalda. Otra parte del pelo estaba trenzado, y la trenza larga y angosta le daba vueltas alrededor de la cabeza y luego caía por el lado izquierdo, para terminar en un intrincado diseño por encima del hombro, formado por curvas y espirales. El diseño estaba fijado con una serie de pinzas de metal. Su tocado terminaba en una cinta de lana azul con blanco muy angosta que rodeaba su cabeza. En la frente tenía un objeto decorativo hecho de nácar y metal.

En sus pies llevaba puestas unas pequeñas sandalias, constituidas por unas suelas que se afirmaban mediante delgadas tiras de cuero. Tan delgadas, que parecía que andaba descalza.

La forma de su cara era perfecta. La parte inferior era de forma triangular, terminaba en un mentón pequeño y redondo. Las cejas largas y delgadas, hermosamente arqueadas. Tenía los ojos almendrados, con largas pestañas; sus iris eran de un verde oscuro, casi negro, sobre los que resaltaban unos brillos intensos. Tenía la nariz larga, recta y delgada, con la punta levemente respingada, perfecta. Su boca era grande, las comisuras bien marcadas, los labios moderadamente gruesos y semi abiertos dejaban ver unos hermosos dientes, de un blanco brillante.

Se quedó mirando fijo a Cirilo, para luego comenzar a recorrerlo a arriba abajo. Tenía una mirada altiva, su actitud hacia Cirilo era casi de desprecio.

Estaba Cirilo mirando extasiado a esta hermosa joven, sin poder quitarle la vista, como si tuviera un especial magnetismo, cuando apareció Ushnol. Con una mano le tomó el brazo a la joven, y señalándola con la otra, dijo algo incomprensible. Cirilo miró los rostros de él y de ella alternativamente, y se dio cuenta que eran hermanos, por el parecido que exhibían. Después de un rato de oírlos hablar sin entender, logró comprender que ella se llamaba Amayte.

La mirada despectiva de Amayte hacia Cirilo había cesado, ahora le ofrecía una apenas insinuada sonrisa. A Cirilo le pareció que le estaba comenzando a simpatizar a la hermosa joven.

Después del almuerzo hubo un rato de descanso, en que Cirilo aprovechó para observar todo lo que había a su alrededor, a sus anfitriones, y muy especialmente, a la hermosa Amayte. Ushnol y Marea conversaban animadamente, a veces dirigiéndose a su invitado. La joven no hablaba mucho. En cambio, ocasionalmente le dirigía miradas a Cirilo. En algunas de estas ocasiones, sus miradas se cruzaron. Entonces a Cirilo le pareció notar un muy ligero rubor en su rostro.

En un momento Ushmal le empezó a preguntar algo a Cirilo. Después de varios intentos, él captó que le preguntaba de dónde era. Le señaló en dirección hacia donde pensaba que estaba el sur. Junto con eso, comenzó a describir amplios círculos con el brazo, para que el maya comprendiera que venía de muy lejos. El asintió varias veces con la cabeza, y comenzó a repetir una palabra que sonaba como "Tlixú" mientras ponía una cara como de desagrado. Cirilo supuso que era un pueblo lejano, al sur, no muy grato para los mayas. Por lo que rápidamente comenzó a negar con la cabeza y la mano. Luego hizo unos círculos más amplios, para que el maya comprendiera que venía de mucho más al sur. Ushmal asintió, con una sonrisa de alivio: su invitado no era un odioso Tlixú.

Después de muchas horas, cuando el sol ya se había puesto hacía rato, Ushmal se incorporó, le puso la mano sobre el hombro a Cirilo y le dijo algo. Pero él no entendió lo que le quiso decir. Luego le repitió lo dicho, señalándole una choza pequeña, que estaba más alejada que las demás. Cirilo pensó que le estaba diciendo que se quedara con ellos. ¿Sería eso lo que le trataba de comunicar? ¿Una invitación a pasar la noche?

El maya siguió insistiendo. Cirilo, después de vacilar por unos momentos, al fin se decidió a aceptar. Comenzó a asentir con la cabeza. Su anfitrión lo palmoteó en el hombro y sonrió exteriorizando la alegría que le produjo el hecho que su invitado hubiera aceptado quedarse a dormir en su hogar.

El lecho era cómodo. Mucho más cómodo que el que le tocó en la posada de Paris, durante la Revolución Francesa. Era un colchón delgado, colocado directamente sobre el suelo, cubierto por una manta multicolor confeccionada a telar. La cama se encontraba dentro de la pequeña choza que estaba retirada de la choza principal. La choza contenía una banqueta en la que Cirilo depositó su ropa; sólo se había dejado puestos los calzoncillos. Había también una mesa pequeña, sobre la que se hallaba una fuente de greda, llena de aceite, que tenía en el centro un cilindro con unas mecha encendida; constituía la única fuente de luz de la estancia, aparte de la luz de la luna. La choza tenía una puerta de entrada y una ventana, al lado de la cama. Puerta y ventana tenían mantas que hacían las veces de cierro.

Cirilo estuvo largo rato tendido de espaldas, sin poder dormir, con los ojos fijos en el rústico techo. Había apagado la lámpara, pero la alcoba estaba bien iluminada por la luz que arrojaba la luna llena. Pensaba en lo que le estaba ocurriendo. Era todo muy emocionante, pero no se conformaba con el hecho de no poderlo compartir con nadie. Nadie a quien contarle las increíbles experiencias que estaba atravesando. Después de un tiempo prolongado lo venció el sueño. No supo cómo se quedó dormido, de espaldas, tal como estaba.

El suelo crujió. Cirilo se volteó, semidormido, quedando con el rostro hacia la puerta, y se volvió a dormir. De súbito despertó. No se oyó ningún ruido, nada crujió, nada lo tocó. Pero despertó con la sensación de que había una presencia junto a él. Tenía el rostro apuntando hacia el suelo. Abrió ligeramente los ojos. Sobre el suelo de tierra, había un montón de tela. Estaba enrollada en torno a un par de pies. Desde ellos surgían dos piernas desnudas. Subiendo lentamente la vista recorrió un cuerpo de mujer. Su silueta desnuda se recortaba sobre la luz de la luna que se filtraba por todos los intersticios de la choza. Ella se había desprendido de la única prenda que llevaba puesta, la que había caído a sus pies. Aunque no le distinguía el rostro, sentía que lo miraba fijamente. Dos puntos brillantes eran reflejos de luz sobre sus ojos. Súbitamente le pareció reconocerla. ¿Era ella? ¡Claro que sí, era Amayte, la hermana del maya!

Cirilo estaba maravillado disfrutando de la vista que tenía ante sí. Si ya había admirado su hermosura cuando la vio por primera vez, ahora que la veía desnuda estaba extasiado. Apenas se percibía su desnudez con la pálida luz de luna que penetraba en la estancia, pero pudo descubrir una forma perfecta. En el centro de su cuerpo se distinguía una pequeña mancha oscura, que correspondía al vello púbico. Dos claridades en el pecho revelaban sus senos.

La mujer movió lentamente una pierna hacia adelante. Luego la otra. Y así, hasta que estuvo tan cerca de Cirilo, que él pudo sentir la tibieza que emanaba de su cuerpo. Luego se inclinó hacia el lecho, y con suavidad echó la manta hacia atrás. Sin decir palabra, con gran lentitud se reclinó junto a Cirilo y se quedó tendida, de espaldas, esperando el abrazo de él.

El la tomó tímidamente. Sentía cómo latía el corazón de la joven, y le parecía que estaba tomando algo sagrado, algo que no era de él. Poco a poco ese sentimiento se fue desvaneciendo, comenzó a surgir otro, de una irresistible pasión. Al recorrer su piel con las manos, sentía la suavidad de la porcelana. Acercó la cara al cuerpo de la joven. De él emanaba un olor que parecía una mezcla de vainilla con frutas tropicales, como mangos o papayas. El sabor de su boca era el de las frutillas maduras.

Copularon varias veces esa noche. Todo en silencio. No cruzaron una sola palabra. Sólo se comunicaros mediante el lenguaje de los sentidos y las sensaciones. La pasión duró algunas horas. Cirilo sentía que la joven lo había hechizado con sus encantos. Le parecía irresistible. Finalmente ambos quedaron exhaustos, cesaron los besos y las caricias, y se quedaron dormidos, entretejidos en un abrazo.

Cirilo despertó sobresaltado. Estaba sólo en la cama. Recordó que había estado con la joven maya. ¿Habrá sido verdad, o nada más que un sueño? Pero recordó sus caricias, sus besos, haber sentido su cuerpo perfecto. No podía ser un sueño. Fue real. ¿Por qué había desaparecido?

Se incorporó y se vistió rápidamente. No sabía cómo iba a encarar a sus anfitriones. Sobre todo después de la noche de pasión que había experimentado con la hermana del dueño de casa. ¿Cómo iba a enfrentar a Amayte? Salió despacio de la choza. En eso le vino a la mente el recuerdo de Veranda. Se detuvo, y un fuerte sentimiento de culpa lo invadió por entero. No había pensado en ella mientras se entregaba a la pasión con Amayte. Sencillamente fue como si no existiera. Pero ahora era el día después, y el remordimiento lo sentía como un fuerte abrazo por la espalda, que casi no lo dejaba moverse. ¿Cómo sería su primer encuentro con Veranda?

Era la primera vez que la engañaba. Pero pasó y no pudo evitarlo. El no buscó a la joven maya, fue lo contrario.

Con este pequeño consuelo siguió caminando, tratando de sacudirse la imagen de Veranda de encima. La luz intensa lo hizo cerrar los ojos. Sentía ganas de orinar. Se dirigió al lugar que le habían señalado para esos efectos, protegido por unas esteras de hierba. Luego fue al lugar donde almacenaban agua, para lavarse. Pero no veía a nadie por ninguna parte. Ni Ushmal, ni su esposa Marea, ni los niños. Tampoco estaba Amayte, a quien vio por última vez en su cama, para luego desaparecer misteriosamente.

Entró a la choza principal. Tampoco había nadie. Vio que en la mesa había un tazón con leche. Estaba ligeramente tibia. Había un plato de greda con unas tortillas, y un jarrito con miel. ¿Sería Marea que le dejó eso para que él desayunara? Supuso que si, tenía apetito, así que se sentó a comer.

Después que hubo tomado su desayuno, comenzó a caminar. No se veía nadie por ningún lado, como si todos hubieran desaparecido mientras él dormía. Llegó hasta el mercado. Donde el día anterior había una febril actividad, ahora estaba desierto. De todos los productos que se ofrecían, no había nada. Le pareció oír algo, un murmullo lejano, como el sonido que emana de un panal de abejas. Salía de entre los árboles, desde la dirección de la plaza con la gran pirámide. Apresuró el paso, y a medida que se acercaba a la plaza, subía el volumen del sonido. Era como que hubiera mucha gente hablando en voz baja.

Súbitamente sufrió un sobresalto al ver un mar de gente congregada en torno a la pirámide, que llenaba completamente la plaza. Las calles que desembocaban en la plaza también estaban llenas de gente. No pudo seguir avanzando. Lo que más le llamó la atención era el silencio de toda esa enorme cantidad de gente. Sólo se oía un murmullo. Parecía que la gente que hablaba lo hacía en voz muy baja.

Se encontraba en un lugar ligeramente más alto que el entorno, lo que le daba una buena visión de lo que ocurría en el lugar. Miró hacia arriba y vio que en la planicie que tenía en la parte superior de la pirámide había una profusión de colores: Eran personas con vestimentas exuberantes, adornadas con plumas, pieles de leopardo, telas decoradas con vistosos colores, y adornos de metal que emitían destellos brillantes. En el centro había un enorme caldero, donde ardía algo que despedía un vapor verdoso. El ambiente estaba impregnado de un olor desagradable a quemado. Vio cómo algunos de los personajes levantaban los brazos y se quedaban inmóviles en esa posición, por largo rato. Luego hacían una especie de reverencia, para después volver a adoptar la posición con los brazos en alto.

En eso vio otro grupo de personajes, con vestimentas igualmente decoradas, pero con más abundancia de plumas, verdes, azules y amarillas. El grupo avanzaba lentamente por entre la gente. Lo acompañaban unos jóvenes que sujetaban sombrillas suspendidas en largos postes, con lo que les daban sombra a los personajes emplumados. En el centro iba uno con más adornos que los otros. El elevado y vistoso tocado de plumas, metal y piedras que llevaba puesto lo hacían ver más alto que los demás. La comitiva avanzaba lentamente. Las miles de personas que estaban presentes estaban más silenciosas que cuando Cirilo llegó al lugar. Todos estaban vueltos hacia la comitiva que avanzaba.

El grupo llegó a la base de la pirámide. Tres de los que estaban en la parte de arriba descendieron, el del centro, que portaba unas hojas humeantes, avanzó hacia adelante, separándose del grupo. Cuando llegaron al sitio del cortejo, el de las hojas comenzó a recitar unas palabras en voz alta y los otros dos se retiraron hacia los lados. Hablaba y se desplazaba entre uno y otro; se paraba frente a cada uno de ellos y repetía las palabras, mientras agitaba las hojas humeantes.

Se demoraron casi quince minutos en subir los cerca de cien peldaños hasta llegar a la plataforma superior, donde los aguardaba el otro grupo. Cuando el dignatario subió el último escalón, todos los que aguardaban se inclinaron, extendiendo sus brazos hacia adelante. Entró al templete que había en la plataforma, seguido de dos de los que habían estado arriba. Salió después de un tiempo largo y comenzó a avanzar en dirección a la escala por donde había subido. Al llegar al borde se detuvo y se dio vuelta lentamente.

Alguien de los que estaba detrás apareció con un bulto que se movía. Era un animal, que a lo lejos parecía una cabra. La depositó en el suelo, frente al dignatario. En ese momento Cirilo reconoció su vestimenta y decoración. Era el dignatario que había pasado frente a él el día anterior, cuando conoció a Ushnol, y que a su paso todos se paraban en actitud de respeto. Debía ser alguien muy importante, tal vez el rey o sumo sacerdote, o ambas cosas a la vez.

Extrajo un objeto negro y con él dio un golpe al animal. Después de unos instantes comenzó a escurrir sangre por los escalones superiores. Entre dos levantaron el animal, ya muerto, y lo lanzaron al caldero con fuego, lo que produjo que saliera una gran bocanada de humo negro.

Después hubo un largo tiempo en que los celebrantes permanecían inmóviles recitando palabras que no se alcanzaban a oír. De la enorme cantidad de público no emanaba un sólo sonido.

Todas estas rutinas se repetían una y otra vez, Cirilo ya se estaba aburriendo, tenía ganas de irse, pero no se atrevía. Nadie daba muestras de aburrimiento, sólo él. Por fin, después de un tiempo, que pareció eterno, la comitiva comenzó a descender con toda parsimonia. Cirilo pensó que en cualquier momento alguien se tropezaría y llegaría rápidamente hasta la base de la pirámide.

Finalmente desaparecieron de la vista. La gente comenzó a moverse, mientras se oía el sonido causado por sus conversaciones. Seguramente tenían mucho que decirse, después de pasar tanto rato callados. Deben haber estado comentando los detalles de la ceremonia, como comentan los asistentes a un partido de foot ball, a la salida del estadio.

40

El Cenote

Cirilo no sabía qué hacer. Si irse de vuelta a su tiempo o regresar donde Ushmal. Por una parte sentía ganas de ver de nuevo a la joven Amayte, pero por otra, no sabía cómo encarar a Ushmal y su familia. ¿Se habrán enterado de lo que ocurrió en la noche? Sea como fuere, no podía irse sin despedirse de ellos y agradecerles su hospitalidad. Estaba en esto, caminando en dirección a la casa de Ushmal y mezclándose con grupos de personas que caminaban junto a él. Algunos lo miraban, como alguien distinto de ellos. Al llegar a la vista de la choza de Ushmal y su familia, a cierta distancia divisó un grupo que le pareció familiar. Apuró el paso para verlos mejor. Efectivamente, eran Ushmal, Marea, sus dos hijos pequeños, y a un extremo, Amayte. Verla le produjo un sobresalto, parecía más bella que el día anterior. Tenía que decidir qué hacer. Ellos al parecer sintieron su mirada penetrante, y se dieron vuelta, todos a la vez. Ellos y Cirilo se quedaron inmóviles, mirándose.

Luego, Usmal comenzó a avanzar hacia Cirilo. Los demás se dieron vuelta y prosiguieron su marcha. Amayte no hizo un sólo gesto, era como si no se conocieran. Él se desconcertó con este gesto de indiferencia, después de todo, habían dormido juntos la noche anterior. Ushmal llegó hasta él, lo saludó y le dijo algo, mientras le hacía un gesto con las manos, como formando una esfera. Después desplazó la cadera hacia el lado y se la golpeó fuertemente con la mano. Hizo que su mano describiera un arco hacia delante, y de ahí señaló en la dirección desde donde venían.

¡Era un juego de pelota! Había un tradicional juego de pelota de los mayas, y lo estaba invitando a verlo, una oportunidad única. Sin decirle nada, partió caminando en la dirección indicada. Ushmal, sorprendido, lo siguió. Pasaron frente a la gran pirámide, donde menos de una hora antes se había desarrollado la imponente ceremonia, presenciada por miles de personas. Ahora estaba tomando el aspecto que tenía el día anterior. Llegaron a una enorme explanada rectangular, cubierta de pasto, abierta por un extremo. Era una cancha deportiva. Al fondo había un muro de piedra, con algunas esculturas en relieve. Y en los lados también había muros de piedra, y a cada lado, unos planos inclinados hacia la cancha. Desde la parte superior partían unas plataformas escalonadas, como bancadas para que se sentaran los espectadores. Todo era de piedra. Ushmal lo guió hasta el acceso a una de ellas. Había grupos de personas sentadas mirando, pero se veían amplios espacios vacíos. Tomaron asiento en la primera fila, donde tenían una buena visión de lo que pasaba.

En la explanada de pasto se desarrollaba un juego de pelota. Los jugadores estaban premunidos de protecciones de cuero y metal, en las caderas, los brazos y la cabeza. Eran unas estructuras gruesas, que les daban un aspecto cómico y les dificultaba moverse con rapidez, por lo que se mantenían más o menos en lugares fijos. Lanzaban una pelota de caucho, un poco más pequeña que una pelota de foot ball. Pero se notaba que era pesada, pues era de caucho sólido, de ahí las aparatosas protecciones.

La pelota la lanzaban con la mano desde el fondo de la cancha. Un jugador la recibía, dándole un empujón con la cadera hacia el lado y hacia arriba. La recibía otro jugador, que hacía lo suyo. En un momento la pelota rebotó en la pared del extremo de la cancha, lo que provocó gritos entusiasmados de los espectadores. Se había anotado un tanto.

Cirilo le trató de preguntar a Ushmal a qué correspondía este juego. Pero no se pudo hacer entender, o no comprendió lo que le respondió el maya, o ambos. No sabía si era un partido en serio, ni a quienes representaban los jugadores. Pero al cabo de un buen rato, llegó a la conclusión de que era una práctica, por la baja concurrencia de espectadores y por el ambiente festivo en que se desenvolvía. Cuando hubo pasado un largo rato, tal vez media hora, o más, el juego se empezó a poner un poco monótono, al menos eso le pareció a Cirilo. Sin embargo, los demás espectadores parecían muy entretenidos. En un momento la pelota de caucho pasó muy cerca de una argolla de piedra de las que había dos, una en cada costado de la cancha, en mitad de los muros. Cuando esto ocurrió, se armó un intenso griterío entre los espectadores y jugadores. Luego vinieron expresiones de desaliento, cuando la pelota no pasó por el agujero. Agujero que era del tamaño de la pelota, por lo que sería casi imposible apuntarle. Eso pensaba Cirilo, cuando Ushmal lo interrumpió para decirle, a través de gestos, que incluían la boca masticando, que fueran a comer. A Cirilo el juego ya lo tenía bastante aburrido.

Le trató de explicar a Ushmal que tenía que irse. No quería volver a su casa y encontrarse otra vez con Amayte. Pero Ushmal se mostró como si no comprendiera que se quisiera ir. Sencillamente ignoró lo que le quería decir. Cirilo se vio obligado a aceptar.

Mientras comían Amayte no le dirigió una sola mirada, ni le habló, actuó como si él no estuviera allí. Luego se levantaron todos, los niños salieron, Marea y Ushmal se acercaron a Cirilo, y se colocaron a ambos lados de él. Él no entendía qué pasaba, no atinaba a decir o hacer nada. Llamaron a Amayte, que se colocó entre él y Ushmal. Este se colocó frente a Cirilo, miró alternativamente a él y a su hermana. Ella bajó la vista. Después, lentamente alzó los brazos, y diciendo algunas palabras, los extendió colocando las manos sobre las cabezas de la pareja. Marea se desplazó de su lugar, hasta quedar al lado de su esposo. Se quedó mirando a la pareja, con una leve sonrisa y un gesto de ternura en su boca. Ushmal seguía hablando, como si estuviera rezando, y ahora apoyó sus manos sobre las cabezas de la pareja.

Ahora Cirilo estaba empezando a comprender. Les estaba dando su bendición. Por el hecho de haber dormido con la joven, se había convertido en su prometido. ¡Pero nunca estuvo en sus planes! Ahí estaba parado junto a la joven maya, en medio de una ceremonia en que los estaban convirtiendo en pareja, o tal vez en novios, o peor aún, en esposos. Ahora sí que estaba metido, sin saber cómo, en un lío mayor. O mejor dicho, sí sabía como: habiendo pasado una noche de pasión con la hermana del maya que ahora presidía la ceremonia.

Estaba pensando en eso, cuando llegaron los niños, trayendo un manojo de ramas encendidas, que pasó al celebrante. Este siguió profiriendo palabras en una secuencia interminable, mientras esparcía humo en torno de los jóvenes, supuestos contrayentes. Cirilo miraba angustiado. El humo le produjo una picazón en la garganta, que lo obligó a toser un par de veces. Cuando tosía, el celebrante suspendía su discurso, y esperaba pacientemente a que volviera el silencio.

Súbitamente terminó la ceremonia. Marea se apresuró a abrazar a Amayte y a Cirilo. Lo mismo hizo Ushmal. La joven seguía sin siquiera mirar a su supuesto novio. Cirilo pensó en Veranda. ¿Qué diría si lo viera en este momento? Conociéndola, seguramente estallaría en una carcajada, siempre que no supiera lo de la noche anterior, porque ahí la risa se transformaría en furia y después en llanto.

¿En qué situación estaba metido? ¿Cómo iba a salir de ella? No quería irse sin explicación, lo habían tratado tan bien. Pero le parecía que lo tenían metido en algo sin su consentimiento consciente. ¿Qué hacer? Por su carácter, se inclinaba por dar explicaciones antes de retirarse.

Cuando llegó la hora de acostarse, Cirilo esperaba la compañía de su reciente e involuntariamente adquirida esposa o novia. Aún no sabía qué era. Sin embargo, para su sorpresa, durmió solo. Además, ella seguía sin dirigirle palabra. En realidad, casi no la veía, rara vez coincidían, y por pocos momentos. En consecuencia, se dijo, no debe ser esposa, sino novia. La pregunta es ¿habrá boda? ¿y cuándo? Había llegado el momento de armarse de valor y aclarar las cosas. No podía dejarse llevar por los acontecimientos, era hora de anteponerse a ellos.

Durante el desayuno de leche tibia, miel, nueces y tortillas, no le dirigieron la palabra. Era casi como que no estuviera allí, excepto que su puesto estaba servido. Amaite llegó antes que los demás, no miró a Cirilo, y se levantó apenas hubo terminado. Después Cirilo le hizo saber a Ushmal que quería hablar con él. Este parecía no entender lo que quería, y hacía gestos como diciendo que tenía que irse. Cirilo le señalaba su boca, luego la boca del maya, movía la mano hacia delante y hacia atrás. Por fin Ushmal comprendió. Se sentó y le hizo un gesto a su interlocutor de hacer lo mismo. Pero Cirilo quería hablar a solas con él, sin que estuviera presente su esposa. Le hizo señas de ir fuera de la choza. Sin embargo Ushmal no quería salir, insistía en hablar donde estaban. Después de unos instantes de discusión, ganó el maya y Cirilo tuvo que resignarse a hablar frente a la mujer.

En una pared había una réplica del calendario maya, hecha en arcilla, de unos veinte centímetros de diámetro. Cirilo le mostró el calendario, apuntándole con el dedo reiteradas veces. Luego se apuntó hacia si mismo, tocándose el pecho repetidamente con el dedo. Después describió varios círculos amplios hacia delante, con la mano. Quería hacerle entender que él pertenecía al futuro de ellos. Ushmal abrió los ojos. Comprendió en seguida lo que le estaba tratando de decir. Le dijo algo a su esposa. Ella se dio vuelta y se quedó mirando a Cirilo, con los ojos bien abiertos, mientras hacía un gesto moviendo la mano de arriba abajo. Era como que estuviera protegiéndose de alguna brujería. Después de un rato balbuceó algo. Cirilo repitió la secuencia de gestos completa, mirándolos a los dos. A continuación se indicó a si mismo con ambos dedos índices, le mostró su reloj, que llevaba puesto, e hizo un gesto con ambas manos, con las que describió semicírculos, alejándose de su cuerpo, como indicándole que debía irse. Entonces cayó en cuenta que el maya no podría comprender lo que quiso decirle con mostrarle el reloj. Sin embargo, le llamó la atención. Le tomó la mano y se quedó mirándolo, para luego mirar el reloj, percatándose que el segundero giraba lentamente. Volvió a mirar a Cirilo con cara de pregunta. El lo miró con una ligera sonrisa.

- Tiempo – dijo con voz firme.
- Tiempo – repitió, mostrándole el reloj.
- Tiempo - repitieron ambos mayas.

Hizo girar su mano en torno al reloj, apuntando con el dedo índice, luego comenzó a describir círculos cada vez más grandes en el aire, mostrando hacia delante.

- Futuro – repetía una y otra vez.

Después se señalaba hacia si mismo, haciendo el mismo gesto hacia adelante.

A la pareja de mayas ya no le quedaba ninguna duda. Era un hombre que había viajado desde el futuro. Y lo peor era que debía volver. ¿Y qué iba a pasar con Amayte? Le señalaron el exterior de la choza, repitiendo,

- Amayte, Amayte – una y otra vez.

Luego Ushmal lo señaló a él después hacia fuera, supuestamente para indicar a Amayte, juntó ambas manos empuñadas, con los dedos índices apuntando hacia arriba. Las dos manos juntas las lanzó hacia delante. Estaba claro. Se irían juntos.

Habían avanzado un buen trecho en dirección a un acercamiento comunicacional. Entendían que Cirilo venía del futuro, y que le había llegado el momento de volver. ¿Pero cómo les explicaba que no era posible llevarse a Amaite? Hizo un gesto negativo con la cabeza.

Esto pareció enojar a Ushmal. Se levantó de su asiento y comenzó a hablar en tono acalorado, levantando la voz. Hasta entonces Cirilo no lo había visto así. Pareció que la idea de disolver el extraño compromiso no le era nada grata.

Cirilo le puso la mano en el hombro, haciendo un gesto de humildad, como queriendo decirle que lo sentía. Pero parece que sentirlo no cambiaba las cosas. El maya seguía hablando cada vez más ofuscado. Marea intervino, y en tono calmado, le explicó algo a su esposo. Con esto comenzó a calmarse, sin embargo su tono ya no volvió a ser tan amistoso hacia Cirilo como había sido hasta entonces.

Estaban en eso cuando ingresó Amayte. No hizo más que asomarse, para que empezaran a increparla, tanto el hermano como su esposa. Se armó una discusión en un tono bastante elevado. Entre los dos le hacían ver que había hecho algo indebido, mientras ella le respondía de vuelta en tono molesto, dirigiéndose principalmente a su hermano, más que a su cuñada. La discusión iba subiendo de tono, mientras Cirilo era totalmente ignorado. Pensó que era hora de irse. Comenzó a retroceder lentamente. No sabía si despedirse o simplemente desaparecer. En eso Ushmal se percató que se iba. Se abalanzó sobre él y alzó los brazos. Cirilo levantó el brazo, para defenderse de un golpe que le pareció inminente. Pero no era esa su intención, sino sólo hacerle gestos de que se fuera. Ahora Amayte lloraba. Marea le seguía hablando, pero ahora en un tono más indulgente.

En ese momento, en cuestión de segundos, Cirilo pareció comprender toda la situación. Se le pasó todo por la mente, como una película en cámara rápida. Debe haber sido Ushmal el que pensó que podría ser él un marido para su hermana. Seguramente la indujo a entregarse a él para así comprometerlo. Ahora la estarían increpando por no haber sido más decidida en su acción de conquista de su supuesto futuro marido. Y estaba claro que ella no tenía mucho entusiasmo por el arreglo. Ahora recién cayó en cuenta, acerca de la noche de pasión que pasó con ella, que él estaba tan enardecido por el deseo que sentía por la joven, que no se había percatado que ella no mostraba el mismo entusiasmo, más bien era como un objeto. Le pareció que era posible que lo único que quería el maya, era casar a su hermana. Es posible que por alguna razón, tal vez algún desliz, ella no podría encontrar quien la desposara entre los de la ciudad, y por eso Ushmal se había fijado en él, un extranjero. Es posible que ese era el objetivo que había tenido en mente cuando se acercó a él en el primer encuentro que tuvieron. ¿Y por qué habría ese impedimento para Amayte? Sería algo que nunca llegaría a averiguar.

Todos estos pensamientos pasaron tan rápido por su mente, que le pareció como una serie de hechos que conocía de antes, no como algo que pensó recién. Su mente volvió al presente, y vio a Ushmal frente a él que le hacía un gesto de que abandonara el lugar.

- ¡Adiós Marea, gracias por todo! - dijo Cirilo, sabiendo que no le entendería, pero sentía que tenía que decirlo -. ¡Adiós Ushmal!

Se dio media vuelta y comenzó a caminar. Necesitaba encontrar el pozo, para retornar a su lugar. Andaba sin rumbo, bajo el sol abrasador. Siempre que quiso retornar, el pozo estaría allí. ¿Pero, dónde? Caminó hasta que cada vez había menos chozas. Siguió andando, cruzó un bosque, llegó a un claro, y nada del pozo.

Caminaba dificultosamente por el entre el pasto y la maleza. Un poco más adelante el terreno subía, formando un gran montículo. Se había nublado. Al acercarse vio una figura en lo alto, que apenas alcanzaba a sobresalir de entre la maleza. Era una figura que no encajaba en ese mundo maya. Estaba vestido de oscuro, con un sombrero negro. Era el viejo del sombrero alón, que había aparecido en dos ocasiones anteriores, cuando se aprestaba al retorno. El viejo estaba en actitud de mirar hacia abajo. Se trató de acercar a él, pero a medida que lo hacía, el viejo se iba alejando. Parecía que se desplazaba hacia atrás, sin caminar. Pronto llegó al lugar donde había estado al viejo mirando hacia abajo. Había un hoyo en el suelo, de unos tres metros de diámetro. El borde era de piedra caliza, ennegrecida por la humedad.

Se asomó, y vio que era un cenote. Un hoyo profundo, lleno de agua. La superficie del agua estaba a unos tres metros más abajo. Era un agua oscura, profunda. El miraba desde un agujero en la parte superior, que tenía la mitad del tamaño que tenía el cenote en la parte donde estaba la superficie del agua. El cenote se iba ensanchando hacia abajo. Las paredes de piedra caliza eran irregulares, se veían oscuras, estaban cubiertas de unos musgos, que colgaban formado largos colgajos que llagaban hasta la superficie del agua. El lugar era lúgubre y además, unas nubes negras cubrían el cielo. No había forma de alcanzar el agua, tampoco era seguro que ese fuera el pozo. Era bastante distinto a la forma que tenía habitualmente. ¿Cómo hacerlo para sacar un poco de su agua?

El hombre del sombrero alón ya no estaba. Súbitamente comenzaron a verse unas formas en la superficie del agua. Se estaban formando palabras, como la primera vez que se acercó al pozo. Las palabras estaban reflejadas en el agua, por lo que había que leerlas de derecha a izquierda. Cuando fueron tomando forma, Cirilo hizo un esfuerzo para leerlas:

> El te ha guiado antes, síguelo siempre.
> Es Levandas,
> ateniense de hace muchos siglos.

Ya no quedaba duda que este era el pozo. Esta vez tomó la forma de un cenote. ¿Qué tendría que ver un griego de tantos siglos atrás, con el pozo?

Pero tenía que actuar, si quería regresar. Se sacó la camisa, los zapatos, los pantalones, y se acercó al agujero. Miró hacia abajo. No se veía muy agradable: una caverna oscura, con un agua negra en su interior, tres metros más abajo. Si saltaba, no tenía forma de salir. En un arrebato, saltó. Mientras caía, dobló las rodillas y se agarró las piernas. Cayó al agua y se hundió varios metros. Estaba hundiéndose en un agua oscura y helada, parecía que nunca iba a parar de hundirse. Hasta que por fin se detuvo y comenzó a subir lentamente. Salió a la superficie, y se encontró flotando en el agua, en el interior de una caverna sombría y helada. Tomó un sorbo de agua y se concentró en su departamento. Lentamente todo el entorno comenzó a ponerse negro. Después empezó a aclarar, y Cirilo, de a poco, fue reconociendo los contornos del interior de su departamento. En unos segundos, estaba parado, agitando los brazos, en el medio de su departamento. Estaba totalmente seco. A su lado estaban sus zapatos, el pantalón y la camisa.

Una pregunta cruzó su mente ¿Todo lo que deja en el pasado retorna? ¿También lo que depositó en la joven maya?

Se sentó en un sillón, reclinó la cabeza hacia atrás, y empezó a repasar todos los hechos ocurridos en su travesía al mundo maya. Pensó en Ushmal, en Marea, y en Amayte. Le dio pena, por el hecho de haberlos dejado tan abruptamente, y en esa forma que no era la que le hubiese gustado. Le dio mucha tristeza el hecho que nunca más los volvería a ver. Sabía que estaría deprimido por algunos días. Siempre le ocurría después de sus travesías.

41

Conflictos

Había terminado la jornada del día. Cirilo estaba fastidiado y abatido. El día había estaba lleno de actividades insulsas, como un cliente que pedía un crédito, otro que venía a desbloquear una tarjeta de crédito, otro que venía a inscribir unas cuentas, uno que necesitaba aumentar el monto de su línea de crédito, y así. Tuvo que procesar solicitudes de créditos, el cierre de una cuenta, y otras actividades que llenaron su fatigoso y poco estimulante día.

No se podía quitar de la cabeza los recuerdos de sus días con la familia maya. Por su mente pasaba cada detalle de su estadía con ellos. El haber comido en su mesa, el juego de pelota, la ceremonia en la pirámide, Marea y los niños, la discusión con Ushmal, y sobre todo, la noche con Amayte. Deseaba fervientemente poder volver con ellos. En más de un momento consideró esa posibilidad, pues estaba en sus manos hacerlo.

También pensaba en el viejo del sombrero alón, que ahora sabía se llamaba Levandas. ¿Qué tendría que ver con el pozo?

En eso estaba, caminando cabizbajo, dirigiéndose a la salida del banco, cuando se topó con Veranda, que salía junto a él. Se produjo un saludo con un frío beso.

- Estabas perdido, creí que te habías enfermado – dijo ella, con un sutil toque de sarcasmo.

- No, estoy lo más bien, pero con mucho trabajo – respondió él, como despreocupado.

Súbitamente le vino a la mente la imagen de Amayte. Sintió un remordimiento por lo que había hecho. Aunque ella nunca se enteraría, tenía un sentido de decencia que le producía un fuerte sentimiento de culpa, por haber engañado a su pareja. Sintió vergüenza y no pudo evitar agachar la cabeza para no mirarla a los ojos.

- Bueno, cuanto me alegro. Yo me voy rapidito porque tengo algunas cosas que hacer.

Se apuró y desapareció entre la gente que circulaba por la calle. Esa actitud hizo que Cirilo se sintiera más culpable. Esbozó una tonta sonrisa y se alejó, cabizbajo. Así estaba, exudando la culpa por todos los poros, cuando sintió que lo tomaban violentamente por el brazo.

- ¿Vamos a tomar algo? – le dijo Alberto, mientras lo tenía fuertemente sujeto con su mano gorda.

- Eeh, bueno -. Cirilo pensó que le haría bien distraerse un poco en compañía de Alberto, en lugar de ir a encerrarse solo en su departamento, y comenzar a rumiar sus pensamientos.

- Ven, vamos a la Virreina a tomarnos un trago. Yo te invito.

- ¿Tienes algo que contarme?

- Si, tengo algunas novedades, tú sabes sobre qué. El asuntito sobre el que habíamos conversado antes.

- ¿Qué me quieres contar?

- Espera a que lleguemos y estemos cómodamente sentados.

Una vez que llegaron, pidieron permiso para pasar, pues un grupo de jóvenes estaba parado conversando en la entrada, obstruyendo la pasada. Era común que hubiera jóvenes, habitualmente varones, parados en la entrada. Subieron los dos escalones e ingresaron. El lugar era acogedor, con sus muros recubiertos de láminas de madera, las mesas con cubierta de cerámica, y sillas estilo vienés. Un gran bar se encontraba en el extremo opuesto a la entrada, con una enormidad de copas colgando de la parte superior, iluminadas con luces verdes y moradas. En los costados del salón había maceteros con plantas, cuyos tallos y hojas colgaban hacia abajo, dándole un aspecto fresco y acogedor al lugar. Dos murallas tenían ventanas que dejaban pasar la luz natural. En uno de los otros muros se veía un espejo grande, que daba la ilusión de que el espacio era más grande de los que era en realidad. Estaba bastante lleno de gente. Encontraron unas banquetas desocupadas en torno al bar, y Cirilo se dirigió a ocupar una. Pero Alberto lo tomó del hombro y meneó la cabeza haciéndole ver que no. Le indicó una mesa que estaba desocupada, en un rincón.

- Necesitamos más privacidad. Ahí vamos a estar bien.

Después de haber ordenado unas cervezas, Alberto acercó su cabeza y comenzó a hablar en voz baja, como procurando que nadie pudiera escucharle.

- ¿Te acuerdas de lo que hablamos hace poco tiempo?
- Si, por supuesto. ¿Y te sirvió el dato que te di?
- Me sirvió mucho. Eso es lo que te quiero contar. Resulta que contraté al detective.

Cirilo no pudo evitar sonreír.

- ¿No te parece exagerado? ¿Era realmente necesario hacer eso?
- Por supuesto que sí. En ese momento era lo que debía hacer.
- ¿Y ahora te parece que no?
- ¡Tranquilo! Escucha primero y después puedes hablar. Pero por favor escucha lo que tengo que decir.

En ese momento el garzón les trajo las cervezas que pidieron. Mientras servía, lentamente, Alberto guardó silencio. Puso cara de impaciencia por la presencia del garzón, que parecía que nunca iba de terminar de servirles las bebidas.

Después se retiró, mientras Alberto lo seguía con la vista. Miró a Cirilo fijamente, en silencio, dándole al momento un aire de solemnidad. Alberto hizo sonar los dientes al juntarlos con fuerza. Cirilo sabía que venía un anuncio importante.

- Ella se reunía en secreto con un hombre, en un café.
- Si, me habías contado eso. Pero se había reunido una vez, no sabía que varias.

- Así es, varias veces.
- Eso lo descubrió el detective privado que te recomendé, supongo.
- Tú lo has dicho, amigo. Eres despierto, veo que me sigues rápido.
- ¿Quién es el tipo?
- ¡Un abogado!
- ¿Un abogado?
- Claro. Estaba reuniéndose con un abogado.
- ¿Te engaña con un abogado?
- No, tonto.
- ¿Y qué hacía reuniéndose con el abogado?
- Estaba planeando divorciarse de mí.

Cirilo no pudo aguantar la risa.

-¿Qué es tan divertido? No veo por qué te ríes tanto.

-No era mi intención reírme, perdona – dijo Cirilo poniéndose serio -, la situación se dio vuelta. Eras tú el que ... y ahora es ella la que...

-Si, pero no tiene nada de divertido – interrumpió Alberto.

Cirilo se sintió avergonzado de haberse reído. En ese momento se dio cuenta que Alberto tenía cara de abatido. No era una situación cómica, sino que era una pequeña tragedia la que su compañero estaba viviendo. Era fregado Alberto, pero igual le dio pena. Había una familia que se estaba derrumbando. Con dos hijos de por medio.

-Te pido disculpas, no estaba concentrado y no le tomé el peso a la situación.

-El hecho, Cirilo, es que ella estaba tramando divorciarse de mí. Y no se atrevía a decírmelo, quiso asesorarse por un abogado. Y tuvo varias reuniones con él, en las que recibía consejo y preparaban las acciones a seguir.

- Y el detective los descubrió.
- El detective no descubrió nada. Yo le dije. El imbécil creyó que era un amante secreto.
- ¿Y cómo se descubrió lo que era, en realidad?
- ¿Cómo puedes ser tan poco advertido? Porque recibí la demanda de divorcio, pues – respondió Alberto, en voz fuerte, como reprochándole el hecho de no entender.
- ¿Recibiste una demanda de divorcio?

- Por supuesto. Eso es lo que te estoy diciendo. Ella lo estaba planeando hace tiempo. Y yo, el tonto, creía que me estaba poniendo el gorro con otro. Y resulta que era el abogado que se había conseguido, no sé dónde.

- ¿Y qué pasó?

- No pasó nada. Sólo que me llegó una citación al juzgado y ahí me notificaron de la demanda.

- Pero, ¿tú no sabías nada antes?

- ¡Nada! – respondió Alberto, golpeando la mesa con el puño –. Fui el último en enterarme, como el marido engañado.

- ¿Ella no te había dicho nada?

- Ella se fue de la casa, me dijo que se iba con los niños, donde sus papás por unos días. Corrijo. No me lo dijo, un día llegué a la casa y me encontré que no estaban, y había una nota en la mesa del comedor, en que me decía que iba por unos días donde sus papás. No se atrevió a enfrentarme.

Cirilo se quedó pensativo. No sabía qué decir, todo le parecía extremadamente raro. Enterarse intempestivamente de algo así, lo había dejado sin palabras.

- No me hago a la idea – fue lo único que se le ocurrió decirle a su compañero.

- ¿No te interesa saber de qué me acusa?

- ¿Te está acusando de algo?

- Si pues, torpe. Para divorciarse, tiene que haber común acuerdo de la pareja. O bien, uno de los dos puede solicitar el divorcio. En este caso puede ser un simple divorcio unilateral, o bien un divorcio culposo. Cuando uno acusa al otro de algo.

- ¿Y cuál es este caso?

- Es obvio que no es de común acuerdo.

- ¿Y cuál de los otros es?

- Culposo.

- Entonces te está culpando de algo.

- ¡Brillante! – respondió Alberto, en tono burlón. Cada vez hablaba más fuerte. Los que estaban sentados en las mesas vecinas ya se habían percatado de la subida de volumen de su hablar, de sus golpes en la mesa, sus gestos de manos y brazos, y del aspecto teatral que había adoptado.

- ¿De qué te estaría culpando?
- ¡De todo!
- ¿Cómo de todo?

Alberto le tomó el brazo, agachó la cabeza y la comenzó a menear de un lado a otro. Su actitud pasó de furia a pena. En un momento Cirilo pensó que se pondría a llorar.

- Me acusa de violencia psicológica, maltrato, abandono de los deberes hacia los niños, de que está sufriendo de angustia, de que la hago sufrir privaciones económicas, de serle infiel, en fin. Falta que me acuse de los incendios forestales.
- ¿Y le has sido infiel?
- Bueno, tú sabes, uno tiene sus debilidades.

Cirilo iba a decir algo a modo de reproche, pero se le vino a la cabeza la imagen de Amayte y se quedó callado.

Ya los demás concurrentes habían perdido interés en lo que hablaba. Apoyó la cabeza en los brazos que tenía encima de la mesa y comenzó a moverla para ambos lados, como si estuviera llorando. Luego se incorporó y bebió un largo trago de cerveza.

Cirilo trató de reanimarlo. Le tomó un brazo y le dijo, en tono paternal, que no sería tan grave, que ya pasaría ese mal momento, que todo se arreglaría, era sólo cuestión de tener paciencia. Pero su tono no era muy convincente, pues no creía en lo que estaba diciendo.

- A lo mejor deberías ser un poco más comprensivo con ella -. Le dijo tímidamente. Sabía que Alberto era un tipo muy fregado, así que en el fondo pensaba que la pobre mujer tendría bastante razón.

- ¿Cómo que comprensivo? – soltó el grito Alberto, que hizo que todos los que estaban cerca giraran la cabeza para ver qué le pasaba.

Cirilo se dio cuenta que sería muy difícil hacerlo entrar en un mea culpa, ni en un atisbo de autoevaluación.

- Es una mujer maldita – continuó Alberto -, no sirve para nada, me ha amargado la vida.

"¿No será al contrario?" pensó Cirilo.

- Pero piensa que algún día te enamoraste de ella – le dijo.

- Era otra mujer. La de ahora es una arpía. ¿Sabes que es una mujer de tetera? Más encima me calumnia, y hace todo a espaldas mía.

- A lo mejor tú le infundes temor. Fíjate que no se atrevió ni siquiera a decirte lo que pensaba hacer.

- La muy... - dijo Alberto para sus adentros, mientras crispaba las manos.

- Tranquilo. Oye, ¿por qué dices que es una mujer de tetera?

- Es de esas mujeres que en la cocina lo único que saben hacer bien es hervir una tetera con agua.

Cirilo se rió.

- Sigues riéndote. ¿Te parece divertido? - exclamó Alberto, en tono fuerte, que hizo que todos volvieran a mirar.

- No me estoy riendo. Sólo sonreía por tus definiciones de mujer de tetera. Pero creo que tú debieras hacer un examen de tus actitudes hacia ella. No eres una persona fácil de tratar.

Cirilo se decidió a hablarle claro y golpeado. Alberto abrió los ojos, como sin creer lo que oía. Continuó:

- Yo te conozco del banco, mucho menos que tu esposa, pero lo suficiente para darme cuenta que eres bastante fregado. Mal genio y arrebatado. Creo que tu esposa tiene algunas razones para haber hecho lo que hizo.

- ¿Quién eres tú para decirme eso? ¿Qué te has creído? Ni siquiera sabes como es la situación.

Cirilo ya estaba envalentonado, así que no tuvo problema en seguir adelante.

- No me digas que no eres arrebatado. Mírate ahora, no podemos sostener una conversación sin que te alteres. A lo mejor eres igual en tu casa.

- ¿Qué sabes tu como soy en mi casa?

- Bueno, yo juzgo por lo que veo – respondió Cirilo, tratando de hablar lo más calmado posible.

- Es que tú estás del lado de ella.

- Oye, apenas la conozco. En cambio, tú eres mi compañero de trabajo. Puedo incluso decir que eres mi amigo - Cirilo trataba de hablar bien bajo, pues sabía que los vecinos de mesa estaban escuchando -. Mira que le pusiste un detective privado. Hay que ser muy ... para hacer eso.

- Pero si tú mismo me lo recomendaste.

- Bueno, este... yo te creí cuando me dijiste que tu mujer andaba...

- Y lo más probable es que sí me engañaba.

Y agregó, enojado:

- ¡Veo que contigo no se puede hablar!

Se tomó el último trago de su cerveza, golpeó el vaso vacío contra la mesa y se paró. Se quedó mirando fijo a Cirilo, para luego darse la vuelta y comenzar a caminar hacia la salida. Se detuvo y se devolvió. Sacó unos billetes y los tiró sobre la mesa y se fue. Cirilo sólo atinaba a mirarlo con cara de sorpresa, con la boca semiabierta. Dos de los parroquianos que habían visto la escena miraron a Cirilo. El, molesto, le hizo una seña al garzón para que se acercara.

42

Los conflictos se agravan

La escena se desarrolla en el departamento de Cirilo. Tras un preámbulo en que él y Veranda conversaban de tal forma que a medida que se desenvolvía la conversación, el tono se tornaba más fuerte.

- Yo creo que tú no tienes más interés en mi – fue la sentencia lapidaria de Veranda.
- No es así. Tú te formas ideas en la cabeza, pero las cosas no son como te imaginas.
- No es que me imagine. Es lo que veo, Cirilo.
- ¿Qué ves?
- Bueno. Respóndeme ¿cuántas veces nos hemos visto en el último mes?
- Está bien, no nos hemos visto tanto, pero he tenido mucho trabajo, y las cosas no siempre salen como...
- ¿No salen como qué? – interrumpió ella en tono de enojo -. Yo te he visto salir todos los días a la hora. Y no creo que te lleves trabajo para la casa.
- No, pero igual salgo cansado, el trabajo es estresante. A veces llego a la casa y me quedo dormido en un sillón. Eso es porque estoy muy recargado de trabajo.
- Mm. Yo te he visto salir con tus amigotes. No creo que te vayas a dormir con ellos.

- "Mis amigotes", como dices tu, es sólo Alberto. Una vez salí con él, porque me pidió que lo acompañara.
- Te acompañara a la Virreina.
- ¿Ahora me estás espiando?
- No, es que resulta que Juliana y Omar pasaban por ahí, y los vio entrar.
- Tienes tus informantes, por lo que veo – agregó Cirilo, en tono burlón.
- No es informante. Sólo que, como amiga, me hizo el comentario.
- Bastante copuchenta la amiga. De todas manera eso fue sólo una vez. Y fue porque él me lo pidió. Tiene un problema grande, y quería compartirlo conmigo.
- Mire ve pues, como tiene sus problemas el niño - respondió Veranda de forma sarcástica.

Cirilo estaba cada vez más molesto con el tono que estaba tomando la conversación. Estos insistentes reproches de Veranda ya lo tenían muy alterado. ¿Quién era ella para tratar de dominar su vida de esa manera? Se sintió tentado por mandarla a buena parte, pero se contuvo. En fin, la llama del amor aún no se había extinguido.

- ¿Y quién es Omar, el espía?
- Omar es pareja de mi amiga Juliana. Es un enólogo que conoció hace poco tiempo. Se enamoraron, y ahora andan juntos para todas partes - luego agregó:
- No como otras parejas, dijo, recalcando la palabra "otras". Andaban con otra persona, mister Hotwater, un experto norteamericano en enología, de nivel internacional, que vino a dar conferencias, y a Omar le tocó recibirlo.
- El nombrecito. ¿Así se llama? ¿Agua caliente?
- Ese es su nombre. Pero es muy simpático. Ellos me lo presentaron el otro día.
- Y me imagino que ahí te entregaron su informe sobre mis actividades - dijo Cirilo, a media voz.

Veranda no podía concebir el hecho que Cirilo no se dedicara totalmente a ella. No aceptaba esta relación a medias, en que él tenía su espacio, que cada vez le parecía más amplio, y que el espacio en que entraba ella se estaba reduciendo día a día.

- Creo que debemos reflexionar sobre nuestra relación, y tomar alguna decisión – le dijo en un tono cargado de pesadumbre -, antes que se desmorone sola.

Cirilo se sintió tan culpable por el aire de tristeza con que ella había expresado esta última frase, que se enterneció y decidió que la relación no podía terminar de esta manera. Le tomó la mano, y le susurró al oído:

- ¿Por qué no tratamos de nuevo?

No tuvo claro él mismo qué había querido decir, pero la frase le salió de adentro. Ella lo abrazó y le dijo que sí, que siempre sería su amor, y que la perdonara por ser tan posesiva.

Estuvieron así largo rato, Cirilo en una actitud pasiva, sin saber realmente qué pensar. Le alegraba, por una parte, que la situación se hubiera resuelto. Pero, por otro lado, tenía una sensación de insatisfacción, como que todo esto no estaba resuelto, realmente.

Veranda pasó la noche con él. Poco hablaron, pero cuando se despidieron, ella le dijo, en tono triste:

- Piensa en lo que hablamos. Medita bien lo que quieres de nuestra relación, y decide qué es lo mejor para los dos. Yo estaré dispuesta a aceptar lo que tú me digas. Y siempre seré tu amiga, si así lo deseas. Nunca olvidaré lo que pasamos juntos.

Cirilo con esto estaba al borde de las lágrimas. No pudo decir nada, sólo le dio un beso de despedida. Pensaba en todos los momentos que pasaron juntos, y realmente no podría romper con ella. Dudaba de la relación que llevaban, pero era demasiado sentimental como para darla por terminado así no más.

Dos días más tarde se encontraron en el banco y tuvieron unos minutos solos, en los que pudieron conversar.

- ¿Y? - preguntó ella.

- ¿Y, qué?

- Es obvio, ¿no? - respondió la joven en ese tono odioso que le desagradaba tanto a Cirilo-. Sobre nuestra relación, ¿qué piensas?

- Bueno, no veo por qué debemos terminar - respondió él, torpemente.

Ella puso cara de ternura, pegó su cara a la de él, y estuvo así un buen rato. Estaba de buen humor ese día.

Cirilo no sabía qué había hecho para merecer esto, se limitó a poner cara de idiota y aceptar las cosas como venían.

Después de un rato, hubo una despedida, tierna por parte de Veranda, con aire de desconcierto de parte de Cirilo.

Se quedó mirando a su compañera mientras se alejaba. No estaba seguro que estaba haciendo lo correcto. Ella entendió que él no quería dejarla. Sin embargo, Cirilo estaba en la duda.

Necesitaba conversar con alguien. Seleccionó a Ricardo. Se acercó al escritorio de él, y lo encontró con un cliente. Se quedó esperando. Después de un rato, lo oyó decir:

- Hasta luego señor Morita. No se preocupe, vamos a reversar los cobros, y todo va a quedar arreglado. Ha sido un gusto verlo.

Apenas el señor Morita, con su cara de japonés, se retiraba, él se introdujo a la oficina de Ricardo. El se le quedó mirándo, mientras Cirilo tomaba asiento. Notaba en su cara que traía algo serio.

- ¿Qué te ocurre, Cirilo?
- ¿Por qué crees que me pasa algo?
- Se te ve en la cara.
- Bueno, lo que pasa es que hemos tenido algunas diferencias con Veranda.
- Eso no es nuevo.
- No es nuevo, es cierto. Veranda siempre quiere que yo me dedique cien por ciento a ella.
- Es un poco posesiva, es cierto.
- Bueno, y yo necesito tener mis espacios.
- Creo que ahí está el problema, Cirilo - le dijo Ricardo, mientras le ponía la mano en un hombro -. Tú eres demasiado independiente. Está bien que tú quieras tener tu espacio, pero me da la impresión que tienes demasiado espacio. La tienes muy abandonada.

Cirilo lo quedó mirando por unos largos instantes. Estaba decepcionado de que su amigo se expresara así. Pensaba que era injusto que se esperara que él sacrificara parte de su vida personal y privada por dedicarle más tiempo a Veranda. Eso no lo aceptada, aunque ella fuera su pareja, su amor. Le respondió a Ricardo:

- El tiempo para mi persona es sagrado. No lo voy a ceder, por nada.
- Entonces no te quejes que ella esté decepcionada. Un poco más de dedicación a su persona será suficiente para hacerla feliz.

Cirilo siguió meditando, con la vista fija en el suelo. No sabía qué decir. En eso estaba cuando volvió el señor Morita, quien irrumpió en la oficina, ignorando la presencia de Cirilo.

- Se me olvidaba una cosa. Tengo un problema con una tarjeta de crédito. No es urgente, pero me gustaría que lo pudiéramos ver, ahora que estoy aquí.

Cirilo salió discretamente y esperó afuera. Fueron unos veinte minutos que le parecieron eternos. A la distancia veía como Ricardo, que ya había solucionado el problema de la tarjeta del señor Morita, hacía esfuerzos por deshacerse de él. Cirilo lo vio despedirse cinco veces, pero Morita le seguía hablando. Cuando por fin se hubo ido, se apresuró a volver a la oficina de su compañero.

- Ella necesita más dedicación de parte tuya - continuó Ricardo, como si no hubiera habida una interrupción -. Si no puedes dársela, mejor déjala.
- Yo lo veo distinto. Si no acepta mi estilo de vida, se acabó.
- Qué pena que lo veas así.

Siguieron conversando un rato, pero el tema se desvió hacia asuntos del banco. Se veía que no había acuerdo entre ellos, y era mejor no seguir ahondando en algo que no conducía a ninguna parte. Cuando se produjo un silencio, Cirilo dio por terminado el encuentro:

- Creo que me voy. Adiós Ricardo.
- Adiós Cirilo.

Al llegar a su departamento, Cirilo se dirigió al ropero donde guardaba la botella con el agua del pozo. Se encaramó en una silla y la sacó. La alzó y se quedó mirándola un rato. El nivel de agua había bajado notablemente. Antes de su travesía al mundo maya de Chichén Itzá había un buen poco de agua. Sólo tomó un trago para su viaje, pero había bajado muchísimo. Parecía como que el agua se consumía mientras él estaba en su travesía. Se había dado cuenta que mientras estaba en el pasado el agua menguaba. Y mientras más tiempo demoraba, más lo hacía. Ahora le quedaba claro que era así. También le pareció que cuando las travesías eran más lejos en el tiempo, más rápido se consumía. Como que el agua era la energía que se requería para mantenerlo en el pasado. Y mientras más lejos ese pasado, mayor era el consumo de esa energía.

Con lo que quedaba de agua, le alcanzaba para dos, o tal vez tres travesías más. Era imperativo que encontrara el pozo, para conseguir más agua. Decidió que iría el sábado siguiente. La última vez que buscó el pozo, no encontró el camino que conducía a él. Pero sabía exactamente entre qué puntos estaba el desvío. Esta vez iría buscando metro a metro, entre esos dos puntos, hasta encontrarlo.

Llegó el sábado y partió temprano. A las nueve de la mañana ya iba en viaje. Llegó hasta el punto inicial desde donde debía buscar el desvío. Era donde se habían detenido a comer, cuando fue con Veranda, la primera vez. Desde allí siguió muy despacio, mirando cada árbol, cada casa, cada arbusto que había a mano derecha del camino. El escurridizo desvío tenía que estar en alguna parte.

Pasó frente a la casa del viejo de las anécdotas, don Silvestre. No podía recordar, o no se había fijado, si el desvío estaba un poco antes de pasar por esa casa o un poco después. Siguió buscando. Nada.

Ya había sobrepasado el punto final del sector donde sabía que estaba el desvío. Avanzó uno cuantos kilómetros más, por si acaso se había confundido, y estuviera más allá. Hasta que decidió que ya no podría estar tan lejos. Decepcionado, dio la vuelta y volvió a repetir la búsqueda, ahora en sentido inverso. Llegó hasta el sitio en que inició la búsqueda, sin haber encontrado el camino. Dio media vuelta y repitió todo. Esta vez avanzó mucho más allá del punto en que dio la vuelta la primera vez. Pero sin ningún resultado.

Estuvo de vuelta en su departamento ya de noche, tras haber estado manejando de ida y de vuelta todo el día. Tenía hambre, pues no había comido nada, sólo se dedicó a buscar desesperadamente la vía que lo conduciría al pozo. Se tendió en la cama, decepcionado, quedando tendido de espaldas con los brazos y piernas abiertos. Así estuvo largo rato, hasta que se durmió.

43

Necate!

El fin de semana no llamó a Veranda, como habían quedado de acuerdo. O más bien, ella lo había acordado. Tenía decidido, desde hacía varios días, hacer otra travesía, mientras todavía le quedaba un poco del agua. Quería, esta vez, ir más lejos en el tiempo. Había leído hacía varios años, unos diez, más o menos, una novela llamada "La reina negra del Nilo". Estaba basada en hechos reales, y trataba de una reina de un país ya inexistente, Nubia, que se encontraba al sur de Egipto. La novela, basada en personajes reales, trataba de una relación de esta reina con su enemigo, el general Publio Petronio, prefecto de Roma en Egipto. Esto se situaba poco después que Marco Antonio y Cleopatra habían sido derrotados, al inicio del Imperio Romano, cuando Egipto pasó a ser parte de ese imperio. Esos dos jefes se habían enfrentado en dos batallas, en la primera habían ganado los nubios, y en la segunda los romanos. La situación quedó como en un empate y curiosamente se había gestado una relación entre los jefes rivales. La reina se llamaba Amanirenas.

Era una novela corta que había leído hacía mucho tiempo, que lo dejó marcado desde entonces. Nunca olvidó los detalles de esa obra que lo impresionó tanto. Quería ir allí.

Decidió tomar un trago de la poca agua que le quedaba, cumplir con el protocolo habitual, y trasladarse a un lugar de Nubia, en las afueras de la que entonces era su capital, Meroe, el mismo día y mes actual, pero del año 24 antes de Cristo.

Al irse disipando la oscuridad, comenzó a dibujarse el entorno. Estaba en un desierto, en el que había unos pequeños manchones verdes diseminados por distintos lugares, muy distantes entre sí.

Uno de los manchones verdes se encontraba cerca de donde estaba Cirilo. No tenía más de unos veinte metros de diámetro. Estaba formado por una serie de arbustos bajos. Un poco más lejos había otro manchón verde que se veía más grande. Incluso de él sobresalía un par de palmeras. A lo lejos se divisaba una estructura, del color de la tierra, que parecía ser un grupo de edificaciones. En el horizonte se veía una loma que se recortaba contra el azul del cielo. A los pies de la loma había una línea más oscura que el entorno, como si fuera una corrida de árboles o arbustos.

Estaba muy caluroso. Tanto, que Cirilo, a pesar de haber llegado recién, ya estaba transpirando. Soplaba una leve brisa de aire caliente y seco. El sol brillaba en lo alto, encima de su cabeza. Su cuerpo casi no proyectaba sombra. En el ambiente había un olor salobre. Se escuchaba un zumbido distante, como si fuera el ruido del viento que soplaba a lo lejos.

Comenzó a caminar en dirección a las construcciones, bajo el sol llameante. Iba vestido con un pantalón blanco y polera blanca, con dibujos en el pecho, dos iguanas verdes, una de ellas con una botella de cerveza en una de sus patas delanteras y una rodaja de limón en la otra. En la parte posterior aparecía la marca de la cerveza. Calzaba zapatillas blancas con franjas azules. No tenía nada sobre la cabeza, así que después de un rato le ardía como un brasero.

A medida que se acercaba, subía el volumen del zumbido que parecía provenir de entre las construcciones. Pisaba alternadamente una tierra dura, rojiza, como adobe, con arenas blancas, finas. Pasó junto a uno de los manchones verdes. Era un pequeño oasis, donde se formaba un círculo de arbustos de diferentes alturas, de hojitas verde claro. Dos palmas sobresalían entre los arbustos, proyectando un poco de sombra. Cirilo se sentó a la sombra de una de ellas para descansar. El aire del oasis se sentía inmediatamente más fresco. Cerró los ojos y dormitó unos instantes. El ruido que provenía de las construcciones ahora parecía un murmullo lejano, que ocasionalmente se mezclaba con sonidos metálicos.

No supo cuanto tiempo estuvo sentado en ese lugar. Se paró de golpe y siguió su camino. Al salir del oasis, inmediatamente se sintió inmerso en el aire caluroso del desierto. Por fin comenzó a acercarse a las construcciones. Se trataba de los restos de varios edificios altos, pero de planta pequeña, todos en ruinas. Parecían ser lo que fue un diminuto poblado. A algunas de las construcciones sólo les quedaban dos muros en pié, pero la mayoría aún conservaban restos de techos de troncos y paja. En el suelo había montones de bloques de barro, que serían restos de muros derrumbados.

Ahora no le quedaba duda qué era el murmullo. Eran voces de gente que parecía estar detrás de las ruinas, guareciéndose del sol en las escasas sombras que proyectaban los restos de muros y techos. El terreno presentaba una elevación, con algunas matas de pasto, que le impedían ver lo que había cerca de los muros, así como lo protegía a él de ser visto por otros. A medida que se acercaba a la parte más alta, comenzó a agacharse. Ahora podía ver entre el herbaje, que se trataba de un gran número de personas que estaban tendidas en el suelo. No podía distinguirlas individualmente, pero se notaba que era un grupo muy numeroso. En sus vestimentas predominaba el color rojo, pero había mucho metal que despedía destellos brillantes. Se tiró al suelo, se arrastró hasta acercarse lo más que pudo y se puso a mirar cuidadosamente entre los brotes de pasto. Era un pasto alto, con fibras gruesas, por lo que podía esconderse bien.

¡Eran soldados! Habría unos cien de ellos. Y por sus uniformes, rojo, café y bronce, se dio cuenta inmediatamente que se trataba de soldados romanos. Usaban unas túnicas rojas que les llegaban hasta encima de la rodilla. Algunos tenían puestas unas armaduras de metal. La mayoría se había sacado su armadura y la tenía en el suelo, a su lado. También había cascos, cinturones metálicos con espadas, escudos rojos con emblemas en amarillo y plateado, bolsos, protectores de piernas, y un sinfín de elementos que formaban parte de su equipamiento, pero del que se habían despojado, aprovechando el descanso. La mayoría estaba a la sombra. Unos estaban tendidos durmiendo, otros conversaban, lo que ocasionaba el murmullo que se oía desde lejos. Algunos manipulaban sus armas, calzando las espadas en las vainas, otros golpeaban los escudos, seguramente para reparar daños que habrían sufrido.

En el perímetro se observaban algunos soldados de pié, con su armadura completa. Seguramente eran los que debían hacer guardia. En el extremo, al lado de un grupo de árboles, había varios caballos. En otro sector, cerca de donde estaban los caballos, se divisaban unos soldados de mayor jerarquía, parecía que eran los jefes. Apoyadas en un muro había un mar de lanzas.

Cirilo estaba maravillado mirando este espectáculo, cuando sintió un fuerte tirón del cuello de la polera. Se dio vuelta bruscamente, y quedó sin respirar. Había tres soldados, con toda su armadura. Dos de pie, con lanzas en las manos y uno inclinado sobre él, el que lo agarró de la polera, con la espada desenvainada apuntando hacia su garganta. ¿De dónde habían salido estos, y cómo se acercaron tan sigilosamente?

- Speculator! – repetían - speculator![16]

De un tirón lo hicieron incorporarse, y sin esperar lo llevaron, casi arrastrando, hacia un lugar sombrío donde se encontraba el grupo de soldados que parecían ser jefes. Algo le dijeron al que se veía de mayor jerarquía, que Cirilo no entendió, y este respondió algo que tampoco entendió.

Era imponente. Tenía una coraza de cuero que imitaba un torso masculino. Sobre la parte inferior de la túnica colgaban unas tiras de cuero, cada una rematada por broches

---

[16] Espía.

dorados. Llevaba un cinturón metálico con una espada con el pomo también dorado. Las piernas las tenía cubiertas con protectores de metal. En la mano tenía un casco, de fierro y bronce relucientes, con una larga protección para el cuello, en la parte posterior, y coronada por un gran penacho de crines teñidos de rojo. En las muñecas llevaba unas grandes pulseras de bronce. Se dirigió a Cirilo, lo miró de arriba hacia abajo en forma despectiva. Se notaba que era un hombre altivo, seguro de su autoridad, acostumbrado a mandar. Seguramente era el de mayor autoridad allí. Posiblemente un general. Lentamente le preguntó:

- Quis es tu?[17]

Cirilo no comprendió al principio. El hombre volvió a preguntar lo mismo, esta vez con voz más fuerte.

A Cirilo se le ocurrió que le estaba preguntando quien era.

- Cirilo – dijo, en tono enérgico y fuerte.

- Quid hic agis?[18]

- Speculator! – dijo uno de sus captores. El general levantó levemente la mano, gesto ante el cual el soldado calló inmediatamente.

- Quid hic agis? – volvió a preguntar, ahora recalcando cada una de las palabras, que pronunció lentamente. La vista clavada en los ojos de Cirilo, amenazadora.

- Nada, descansando – dijo Cirilo, mientras hacía un gesto con ambas manos, como de alguien que duerme.

- Unde es tu?[19]

La voz del general tenía un dejo metálico, como cuando se habla con la cara metida en un tiesto de metal. Se veía que era un hombre duro, que no titubeaba al dar órdenes, sin importar qué consecuencias tuvieran.

- Lejos, América – dijo Cirilo, describiendo un círculo muy amplio con los brazos y manos, y señalando a la lejanía.

Al hacer este gesto, los tres soldados que lo habían capturado pensaron que haría algo indebido, y se

---

[17] ¿Quién eres?
[18] ¿Qué haces aquí?
[19] ¿De dónde eres?

apresuraron a cogerle por los brazos. Se los doblaron detrás de la espalda con fuerza, lo que le causó un agudo dolor a Cirilo, que lo hizo lanzar un débil gemido.

El general dijo algo, mientras agitaba los dedos de una mano. Con esto los soldados soltaron a Cirilo de inmediato y se colocaron detrás de él.

El general sonrió en forma burlona, para luego ponerse serio súbitamente. Se dio media vuelta y se agachó, como para meditar. De pronto se dio vuelta, miró a los soldados y vociferó una orden:

- Necate! [20]

Cirilo adivinó, por el tono en que dio la orden, como quien dicta una sentencia de muerte, de qué se trataba. Como los soldados no reaccionaron de inmediato, gritó:

- Necate!

Cirilo comenzó a pensar en el pozo. Deseaba que apareciera, para poder ir a beber su agua y retornar a su tiempo, pues había sido sentenciado a muerte por alguien cuya voluntad era ley. Miró para todos lados, y nada del pozo. En eso se oyó un grito destemplado de un viejo que venía corriendo hacia ellos con las manos ensangrentadas.

- Non! E longinque venit! [21]

El general levantó la mano e hizo un gesto de que se detuvieran.

- E longinque venit - repitió, señalando a Cirilo con el dedo manchado con sangre - potest adiuvare nos [22].

Cirilo entendió que le decía que viene de lejos, y puede ayudar en algo. El general quedó inmóvil, mientras miraba alternadamente a Cirilo y al viejo. El viejo estaba vestido con una túnica azul. Tenía un cintillo dorado alrededor de la cabeza. De su cuello colgaba un gran medallón de metal. Claramente el viejo no encajaba en medio de todos los soldados. Parecía que el general no sabía qué decidir.

---

[20] ¡Muerte!
[21] No. Viene de lejos.
[22] Puede ayudarnos.

Le preguntó algo al viejo, que Cirilo no pudo entender. Estaba más preocupado de ubicar el pozo, que debía estar a la vista de él, pero no aparecía por ninguna parte. Más y más soldados se acercaban para observar la escena. Cirilo pensó que estaba en un lío grande y no imaginaba cómo saldría de esta. El viejo le respondió algo, mientras gesticulaba con las manos llenas de sangre, que goteaba sobre el piso. "¿Qué estaría haciendo que está todo manchado con sangre?" pensó Cirilo. Una vez ya le había pasado que el pozo no había aparecido en el momento en que quiso regresar, pero no estaba en una situación en que su vida corría peligro, como ahora.

- Quis es tu?[23] - le preguntó el general, mirándolo a los ojos, sin la agresividad que había demostrado hasta entonces. Cirilo comprendió que le preguntaba quién es.

- Cirilo - respondió escuetamente, mientras su mente se esforzaba por encontrar una salida a la situación.

- De América - agregó, aún sabiendo que esa información no le aportaba nada al romano.

- Cirilo de América - repitió su interlocutor -. Publius Petronius, Praefectus Aegipti[24].

"Publio Petronio, el gobernador romano de Egipto" pensó Cirilo.

- Necate! - dijo a Petronio un soldado que estaba junto a él. Parecía ser uno de sus lugartenientes, tal vez un centurión. Tenía la cara marcada con cicatrices, una de ellas le atravesaba la boca, de arriba hacia abajo. Su uniforme estaba viejo y desgastado. El viejo miró con cara de espanto.

- Non. Fortunam nobis faciet. Potest adiuvare nos[25] - le dijo al oído al prefecto.

Cirilo volvió a sentir la desesperación de no poder salir de ese lugar. ¿Dónde estaba el pozo? Su mano rozó algo que tenía en el bolsillo del pantalón. Era su llavero.

---

23   ¿Quién es usted?
24   Prefecto o gobernador de Egipto
25   No. Nos dará suerte. Puede ayudarnos.

- Vengo de lejos - dijo, con voz lo menos temblorosa que pudo, mientras miraba al gobernador.

- Vengo a ser testigo de un hecho que está escondido en un rincón oscuro de la historia - su voz sonaba cada vez más fuerte y firme -. Un tratado entre la poderosa Roma, representado por Publio Petronio, Prefecto de Egipto, y esta nación nubia, representada por su reina Amanirena. No vine para ser inmolado señor Prefecto.

Miró hacia el cielo, y luego bajó la vista y la dirigió hacia los que lo rodeaban, y vio sus caras de asombro. Todos miraron a Cirilo, como si estuvieran viendo un espectro. Nadie había entendido lo que dijo, pero parece que entre las frases que pronuncio, había algo que desconcertó a los romanos, sea lo que fuere que ellos habían entendido.

El viejo de la túnica azul comenzó a hablar con el prefecto. El centurión con la cara con cicatrices intervino. Otro de los lugartenientes se unió a la discusión. El prefecto escuchaba a uno y a otro, parecía indeciso. El viejo era vehemente en defender a Cirilo, por lo que parecía. Finalmente el gobernador de Egipto tomó su decisión, y lo hizo saber con voz potente:

- Venies nobiscum.[26]

Cirilo comprendió: "Ven con nosotros" o "vendrás con nosotros", daba lo mismo, estaba claro que no era una pregunta sino una orden. Tras eso le dio una fuerte palmada en la espalda. El de la cara cortada miraba con desagrado. El viejo se retiró, con cara de estar complacido. El prefecto miró a Cirilo e hizo una mueca que parecía una sonrisa.

Le indicaron que avanzara, y luego el prefecto, el centurión, el viejo y unos cuatro lugartenientes más marcharon junto a él.

Pasaron al lado de una mesa donde había restos de un animal descuartizado. Sus órganos internos se encontraban esparcidos por la mesa.

El viejo había estado descuartizando un animal y estaba revisando sus entrañas para hacer predicciones acerca del

---

[26] Vendrás con nosotros.

éxito de la campaña que emprendía su general, cuando habían traído a Cirilo. Era una especie de chamán o un vidente. De hecho, se había dado cuenta que Cirilo venía "de lejos".

Llegaron a una construcción que se veía en mejor estado que las restantes. El grupo ingresó al interior. De un gancho en la pared colgaba un cinturón de cuero con placas de metal, muy ornamentado. En el cinturón había una vaina, igualmente ornamentada, con una espada. Sobre una mesa había varios vasos de bronce con un jarro del mismo metal.

Le ofrecieron vino. Era un vino amargo, algo suave y parecía que estaba iniciando su camino hacia el vinagre. Pero lo disfrutó igual, pues el calor lo tenía sediento. Luego le ofrecieron un pan y un trozo de carne. El pan estaba duro y el trozo de carne se veía morado, parecía que había sido extraído de una momia. Tenía un olor horrible. Cirilo no podía despreciarlo, así que abrió el pan y puso la carne en el interior. El soldado que se lo pasó lo miró asombrado. Aguantó la respiración y comenzó a comérselo, tragando casi sin masticar. Petronio se veía relajado, como si él y Cirilo se conocieran desde hacía mucho tiempo. El centurión de la cara cortada lo miraba con desconfianza. Los otros tres que estaban en la sala habían tomado una actitud como la de su jefe. Bromeaban entre ellos, pero Cirilo no entendía nada de lo que decían. En cambio el prefecto hablaba en forma pausada y pronunciaba bien las palabras. Daba la impresión de que era un hombre de mayor cultura que quienes lo rodeaban. Ocasionalmente le hablaba, para contarle algo sobre una reina que iban a visitar, para lograr un acuerdo o tratado.

44

La reina y su palacio

En un giro de los acontecimientos, el general se puso a dar una serie de órdenes, que hicieron que sus lugartenientes se movilizaran y comenzaron a retrasmitir las órdenes de su jefe. Este comenzó a ponerse sus corazas y protecciones, con ayuda de dos soldados que penetraron al recinto. Afuera se oía el ruido de los hombres que recogían su armamento. El general ignoraba totalmente a Cirilo, que se encontraba de pié en un rincón de la habitación, como si no estuviera allí.

Después de un largo rato en que recogieron y sacaron todos los elementos que había esparcido por el recinto, llegó el momento de iniciar la marcha. Petronio le hizo una seña a Cirilo de salir, lo que hizo rápidamente, sin tener claro a dónde irían, ni por qué medios y menos con qué objeto. Al salir, supo inmediatamente cómo viajaría. Había varios caballos ensillados esperándolos, cuyas rienda eran sostenidas por soldados que se encontraban a sus lados. Le indicaron uno, y antes que se diera cuenta, estaba sentado en su lomo, al que había subido con ayuda de un soldado. Dieron por sentado que él sabía andar a caballo. La verdad era que apenas. Pocas veces en su vida había montado a caballo, la última por lo menos diez años atrás. Apenas estaba sentado el caballo comenzó a andar. Los que estaban a su alrededor miraron sorprendidos. El soldado que había ayudado a montar a Cirilo, tomó violentamente las riendas del caballo, de sus manos y las tensó. Inmediatamente el caballo se detuvo. Se las pasó a Cirilo y le hizo un gesto de que mantuviera las riendas tirantes. El general, que estaba montado en su caballo a cierta distancia, le hizo señas de que se pusiera a su lado. Avanzó dificultosamente, tratando de disimular lo mejor posible su falta de pericia como jinete.

Cuando estuvo al lado, el general comenzó a avanzar. Detrás siguieron el centurión de la cara con cicatrices, los lugartenientes, los soldados con estandartes, el chamán, y más atrás, de a pié, los soldados con sus escudos, formados en frentes de a cuatro. Varios jinetes sobresalían de la masa de los soldados de a pié. Cirilo pensó que alguien se quedo a pié al cederle su caballo a él. ¿Quién sería? seguramente no estaría nada de contento con él. Petronio giró la cabeza hacia Cirilo, luego miró hacia el frente y sonrió.

Una vez que todo el pequeño ejército se encontraba en marcha entre la arena caliente y el sol abrazador, el general comenzó a hablarle a Cirilo. Ambos lideraban la columna de hombres armados. Cirilo iba con cara de sorprendido, sin entender bien cómo llegó a encontrarse en esa posición, y sin saber que iba a ocurrir. Petronio le hablaba en latín, lento y pausado. A Cirilo le sonaba un poco como que le estuvieran hablando en italiano, que no está tan lejos del español. Con esfuerzo, señas y repeticiones, lograban comunicarse.

Petronio le explicó que iba a ver a la reina Amanirenas, del país que Cirilo llamaba Nubia, pero que en la época en que se encontraba, tenía otro nombre: Kush. Su ejército se había enfrentado al ejército romano, bajo el mando de Petronio, en dos oportunidades desde que Roma había incorporado a Egipto a su imperio, una vez que la reina Cleopatra había sido vencida. En la primera batalla había ganado, en la segunda la reina había sido derrotada. Como a Roma no le interesaba anexarse este pequeño país, situado al sur de Egipto, y por lo tanto fronterizo con el Imperio Romano, había optado por intentar llegar a un entendimiento que se materializara en un tratado. Y a eso era precisamente lo que venía el Prefecto o Gobernador de Egipto. A negociar un tratado con la reina Amanirenas. Habían convenido en encontrarse en un lugar solitario, alejado de la capital de

Kush, la ciudad de Meroe, y así alejado de los ejércitos de la reina. Habían convenido en que cada uno podría hacerse acompañar por no más de 100 hombres armados. Con esas precauciones, se aseguraban ambos que ninguno cedería a la tentación de traicionar a su contraparte negociadora. El lugar de encuentro era un palacio que tenía la reina en un diminuto oasis, en medio del desierto, alejado de Meroe, llamado Apak. El destino del grupo era el palacio de Apak.

Cirilo quedó complacido de saber exactamente a qué iban, aunque no tenía claro cuál era su papel, aparte que parecía que, al final, había despertado simpatía en el gobernador. Y parecía que tenía fe en que le traería buena suerte en las negociaciones, como insistía el chamán. Sin embargo, más adelante fue comprendiendo, de a poco, que lo que sabía no era todo. El escenario sería más complejo de lo que él conocía en ese momento.

Al cabo de varias horas de avanzar en el calor, Cirilo había desarrollado una serie de dolores y molestias a causa del andar pausado del caballo, y por su casi nula experiencia en el arte de cabalgar. Llegó a pensar que el caballo tenía inteligencia, y que movía el lomo de arriba hacia abajo más de lo necesario, sólo con el ánimo de aumentarle las angustia a su jinete. El general hizo que la columna se detuviera. Le dijo algo a sus centuriones, indicando hacia el oasis. Después de intercambiar algunas palabras, ordenó seguir. Pero esta vez el andar fue más lento. Avanzaban con precaución. Dos jinetes se adelantaron al trote. Una vez que estaban a unos doscientos metros, comenzaron a marchar con más lentitud. Formaban una avanzada que tenía la misión de observar lo que había al frente y alertar al resto del grupo de cualquier situación de peligro. A Petronio se le veía preocupado. No cesaba de mirar hacia el frente, tratando de penetrar la lejanía con su vista.

A media de que acercaban al oasis, disminuía la velocidad del destacamento y se agudizaba la tensión. Nuevamente el general ordenó detenerse. Los dos jinetes que formaban la avanzada estaban más distantes. Cirilo miró hacia el oasis y vio una estructura que emergía por sobre la vegetación. Tendría que ser el palacio de Apak. Era una construcción color terracota, con decoraciones en azul, que parecía ser de dos pisos, con una amplia terraza a nivel del segundo piso. A un costado había una torrecita. Todas las paredes estaban inclinadas, angostándose hacia arriba. Cirilo estaba fascinado mirando el palacio, sin poder creer que estaba viendo una construcción de dos mil años antes de su época, en pleno uso.

Se reanudó la marcha y los dos jinetes de avanzada penetraron el oasis muy lentamente. El general y los centuriones estaban en estado de alerta total. Nadie hablaba, pero Cirilo adivinaba que había peligro. Se veía que Petronio no confiaba en la reina Amanirenas. Nuevamente se detuvo la marcha. El calor era sofocante, y empeoraba cuando se detenían. Cirilo se preguntaba cómo lo estarían resistiendo los hombres de a pié, con sus armaduras y el peso de lo que llevaban.

Después de un tiempo que a Cirilo le pareció interminable, los dos jinetes salieron al galope del oasis, en dirección hacia donde estaban ellos. Se detuvieron frente al general, hicieron un saludo y le comunicaron algo. A lo que éste ordenó reanudar la marcha.

El palacio se veía cada vez más cerca. Comenzaban a distinguirse los detalles. Los capiteles en forma de flor. Las paredes estaban decoradas con figuras y jeroglíficos, en blanco, amarillo y azul, predominando el azul, que representaban a personas y animales. Techos con tejas, amplias terrazas, ventanales pequeños. Todo esto emergiendo desde un mar de vegetación baja, en que las palmeras emergían como vigías oteando el desierto. El conjunto daba una sensación de frescura, en medio del arenal ardiente. Pero al acercarse el grupo al palacio, Cirilo comenzó a darse cuenta que había gente esparcida entre la vegetación. En realidad, eran soldados. Otros soldados, con uniformes distintos. Si entre los soldados romanos predominaba el rojo, el café, el bronce, entre estos predominaba el azul, el blanco y el metal plateado. Sus uniformes tenían aspecto más delicado que el de los romanos. Más atrás se divisaban unas carpas. Era un ejército que estaba estacionado en ese lugar. Soldados nubios que seguramente harían de escolta de la reina Amanirenas. Los soldados comenzaron a acercarse para ver pasar a los romanos. Nadie hablaba, sólo se escuchaba el pisar de los hombres de rojo. Cruzaron por delante de ellos, como si no estuvieran. Cirilo notó que el número de soldados nubios era similar al de los romanos, tal como le había dicho Petronio.

Dieron la vuelta alrededor del oasis, hasta quedar en el lado opuesto de los soldados nubios, fuera de su vista. Entonces ingresaron al oasis y se dispusieron a instalarse. Los arbustos, y escasos árboles, se encontraban más raleados que en el lado donde estaban los nubios. Comenzaron a desempacar elementos que cargaban en mochilas. El general, que parecía no estar de muy buen genio, dio una cuantas órdenes, se movió de un lado a otro y lanzó unos enérgicos gritos, luego se dirigió en dirección al palacio, a pié, seguido de sus más cercanos, entre los que se encontraba el de la cara cortada.

Cirilo no sabía qué hacer, había descendido del caballo, lo que fue para él un gran alivio, y se había quedado parado mirando lo que ocurría a su alrededor. Parecía que se habían olvidado de él. Un soldado se acercó y tomó las rienda del caballo y se lo llevó. Vio al general alejarse, y en eso se le acercó otro soldado que había estado con Petronio. Le tomó el brazo y lo condujo hacia donde estaba el general. El, y todos los que lo acompañaban se detuvieron y se dieron vuelta. Estaban esperando a Cirilo. Cuando se aproximó, la cara del general esbozó una sonrisa. Le puso la mano en el hombro y lo invitó a caminar junto a él. Cirilo se dio cuenta que en el grupo había dos soldados que no eran romanos. En algún momento, sin que Cirilo se diera cuenta, habían llegado a recibirlos. Se veía que eran oficiales de alto rango. Iban caminando a la derecha de Petronio. Cirilo iba a su izquierda. El de la cara cortada iba al lado de Cirilo. Los demás marchaban detrás.

Cirilo iba nervioso, por el hecho de ocupar un lugar de más jerarquía que lo que le hubiera gustado, más aún cuando apenas entendía lo que estaba ocurriendo. El grupo estaba formado por el gobernador, cuatro oficiales, incluido el de la cara cortada, el viejo chamán y él, además de los dos nubios. Llegaron a la gran puerta de madera del palacio. Cuatro soldados de la reina estaban apostados en ese lugar, dos a cada lado. Abrieron una hoja de la puerta e ingresaron al interior del palacio. Estaban encandilados con el exterior soleado, mientras que adentro estaba oscuro, así que Cirilo no veía casi nada. Después de avanzar unos metros, comenzaron a subir una enorme escala que parecía interminable. Llegaron a lo que parecía ser un segundo piso. El ambiente era extremadamente fresco, en contraste con el exterior ardiente. Comenzaron a caminar lentamente, guiados por dos soldados. Poco a poco se empezaron a distinguir los muros de piedra color crema, con decoraciones azules y rojas. Eran formas geométricas con figuras de animales. Avanzaban por un pasillo amplio, con portales a ambos costados con forma trapezoidal. A modo de puertas, tenían cortinas de una tela de colores rojo con blanco, que dejaban entrever unas salas más iluminadas que el pasillo. Al llegar al extremo del pasillo, pasaron por unos de estos portales e ingresaron a un amplio salón, vacío excepto por unas bancas que había en dos de sus costados. En las paredes había unos canastillos de metal, con antorchas apagadas. Una ventana cubierta por un velo trasparente dejaba entrar la luz. A través de él se veía el interminable desierto. Los dos soldados que los acompañaban se adelantaron para abrir una puerta que se encontraba al final de la sala.

Pasaron a otro salón similar al anterior en tamaño, pero con más objetos en su interior: Mesas, asientos, maceteros con plantas. Al final había otra puerta, flanqueda por dos soldados, que se apresuraron a abrirlas cuando se aproximó el grupo. La puerta daba acceso a un salón mucho más amplio. En su interior se veía que había varias personas, algunas de ellas hablando en voz muy baja. Había soldados, con uniformes parecidos al de los que Cirilo había visto en el exterior, pero más decorados. Había otros hombres que parecían ser altos funcionarios de gobierno o sacerdotes. También había varios hombres y mujeres con ropas ligeras, que parecían ser sirvientes. Estos llevaban el torso desnudo, hombres y mujeres. Todos eran de raza negra, algunos con la piel más clara, otros más oscura. Al fondo del salón había una tarima. En sus costados estaban los hombres con las vestimentas más vistosas. A un lado se encontraban unas mesas, con rollos de lo que parecía ser papel. Había unos jarros y una fuente con frutas. Pero en el centro de la tarima estaba lo más espectacular; Un gran asiento con respaldo alto, de madera con decoraciones doradas y azules. Era un trono.

Delante del trono se encontraba de pié una mujer de piel oscura, brillante. Su estilizado cuerpo era muy esbelto, estaba cubierto con unas breves prendas color celeste, que dejaban ver partes de sus formas curvas. Una prenda de tul caía desde el hombro, cruzaba el torso y le tapaba un seno. El otro seno estaba descubierto, el pezón estaba maquillado de rojo anaranjado. Estaba decorada con collares, pulseras, cintos, prendedores, todos de oro con incrustaciones de piedras semipreciosas. Tenía un abundante pelo negro. Su cara era hermosa, los ojos grandes y oscuros, enmarcados en un grueso maquillaje negro. Sus labios eran abundantes, los tenía maquillados del mismo color rojo anaranjado del pezón, sus pómulos estaban bien marcados, la frente alta. Alrededor de la cabeza llevaba puesto un cintillo con cuentas azules, con un espejo de oro y un adorno con forma de un ave en el centro, también de oro. En la mano portaba un bastón corto, cruzado con franjas blancas y verdes. Un extremo era curvo, del otro colgaban unos adornos de hilo dorado. Una pierna se asomaba entre los tules de su vestido, mostrando un bello muslo. Ella tenía que ser la reina Amanirenas.

A su lado había otra mujer, que contrastaba fuertemente con la reina. No era muy alta, pero muy maciza, con brazos musculosos. Estaba vestida como soldado, con una falda corta que mostraba unas piernas fuertes y musculosas. Portaba una espada al cinto. Lucía varias cicatrices, le faltaba un ojo. Era casi masculina, una auténtica guerrera, una amazona de mirada dura y agresiva. Ella y el centurión romano de la cicatriz en la cara se miraron un rato, con desprecio. Eran tal para cual. Cirilo pensó que a la menor provocación se trenzarían en combate.

Petronio se puso frente a Amanirenas. Sus lugartenientes se ubicaron detrás de él. Cirilo tímidamente, se ubicó detrás de ellos. Todos en la sala callaron y se colocaron enfrentando a los recién llegados. La reina al principio sólo miró al gobernador, a los restantes no les dirigió ni una sola mirada. Sin embargo Cirilo, con su vestimenta, contrastante con la de las demás autoridades que allí se encontraban, no pasó inadvertido a la amazona, que lo estuvo observando de arriba hacia abajo durante algunos momentos, gesto que no dejó de ponerlo nervioso.

El gobernador hizo un gesto de saludo hacia la reina, con el brazo derecho, y le dirigió unas palabras, que Cirilo interpretó como "Amanirenas, reina de Kush. soy Publio Petronio, prefecto de Egipto, quien te saluda y es portador de un saludo que te envía el gran César Augusto, Emperador de la inmortal Roma".

Ella, con una voz sensual y altiva, le dijo algo imposible de entender, pero que parecía ser la respuesta al saludo, y tal vez una bienvenida.

Volvió a tomar la palabra Petronio. Le dijo que traía un encargo del César. Ella respondió que lo sabía. La conversación continuó entre ellos. Nadie más que ellos hablaban. En un momento Amanirenas dijo algo y estiró la mano. Uno de los hombres se apresuró a desenrollar uno de los rollos de papel y pasárselo a la reina, mientras hacía una reverencia. Ella lo miró, lo dio vuelta y se lo mostró a Petronio, mientras decía algo. Cirilo notó que su tono demostraba cierto grado de molestia. El general sonrió. Su sonrisa tenía un dejo de burlona. La amazona puso su mano en la empuñadura de la espada. El corazón de Cirilo empezó a latir un poco más fuerte. ¿Se encontraría en medio de un conflicto? ¿Podría encontrar el pozo, tomar el agua e irse con suficiente rapidez, si las cosas se ponían feas?

La conversación entre el general y la reina, incomprensible para Cirilo, continuó durante bastante tiempo, con momentos distendidos y momentos de alta tensión. En uno de los peores momentos ambos señalaron sus espadas.

Pero después de mucho intercambio de palabras, la reina tiró el rollo al suelo y dijo, recobrando su tono altivo de antes que se alterara:

- Videbo te ista nocte[27].
- Videbo te ista nocte - repitió el general.

En seguida hizo el saludo seguido de una pequeña reverencia. Los oficiales romanos inclinaron la cabeza en una reverencia, más pronunciada que la del general. Cirilo, al ver esto, también hizo lo suyo, torpemente. Al levantar la cabeza se percató que por segunda vez la reina lo miró, aunque de reojo. Pero sintió su mirada penetrante que se clavó en él por unos instantes. Cirilo bajó la vista como un signo de respeto. Luego la alzó con cautela, y se dio cuenta que Amanirenas ya no le estaba viendo, sino que su mirada estaba clavada en Petronio. Cuando parecía que el grupo se iban a retirar y Cirilo estaba a la espera de ver qué hacían los otros, le pareció que la reina le hizo un rápido guiño al general romano.

Luego todos se dieron media vuelta y comenzaron a andar. Cirilo, que estaba detrás de los romanos, ahora había quedado en una incómoda posición al frente del grupo. Rápidamente se desplazó hacia el lado para dejarlos pasar. El general tomó la delantera. Comenzaron a caminar atravesando pasillos y salones, seguidos de más pasillos y más salones, acompañados por los dos soldados que los habían traído y varios sirvientes que se les habían unido. En un momento un sirviente se acercó a Cirilo y lo tomó fuertemente por un brazo. Era un hombre de piel negra como el carbón, alto y robusto. Le indicó que se dirigiera hacia una puerta que se encontraba cerrada. Abrió la puerta y le indicó que entrara. Cirilo miró a Petronio, que le hizo una seña de despedida, se dio media vuelta y todo el grupo reanudó la marcha, desapareciendo tras un recodo del corredor.

Cirilo entró a la habitación. Era de regular tamaño, con algunos asientos y una cama con dosel y tules que la cubrían totalmente. En las paredes había antorchas como las que se

---

[27] Te veo esta noche.

veían en todas las habitaciones y pasillos. Tenía una ventana, cubierta por un tul que se mecía suavemente con la briza, desde la que se veían las copas de unas palmeras, y más allá el desierto que terminaba en el horizonte. Se acercó a la ventana y corrió el tul hacia el lado. La visión del desierto vibraba, por efecto del aire caliente que emanaba del suelo. A lo lejos se veía un espejismo, como si fuera una laguna con agua. A la derecha, debajo de la ventana se veía la abundante vegetación del oasis. Este era mucho más grande de lo que le parecía, al principio. A la derecha se veían las carpas del campamento de los soldados romanos, con sus insignias y gallardetes.

45

El baile de Imneria

Cirilo estaba recostado en la cama. Era bastante cómoda. Se había tendido y se quedó dormido, pues el día había sido muy agotador. Lo despertó el ruido que hizo la puerta al abrirse. Por la ventana se veía un color azul oscuro, estaba anocheciendo. Alguien había encendido las dos antorchas que había en la pieza. A su lado estaba parado el general. Tenía un bulto en las manos y lo estaba mirándo fijamente.

Después de unos instantes, lanzó el bulto a los pies de la cama. Le dijo que la reina los esperaba. Tomó el bulto, que resultó ser una túnica color morado con hojas bordadas en verde claro. Le indicó que se la pusiera. También había un par de sandalias de cuero con adornos metálicos. Cirilo se sacó los calcetines, el pantalón y la camisa, quedando sólo en calzoncillos, y se puso la túnica y las sandalias. Como no le quedaba muy bien, el mismo Petronio le ayudó a colocársela. Tenía una especie de cinturón, de la misma tela, que se amarraba en el costado. La túnica le llegaba hasta los tobillos. Tenía unas mangas anchas, que le llegaban hasta los codos. A la altura del cuello tenía una gran abertura, que dejaba al descubierto parte del pecho. El romano lo quedó mirando hizo un gesto de aprobación y le indicó que partiera. Cirilo se afirmaba la túnica con las manos, mientras caminaba, porque tenía la sensación de que se le iba a caer. Petronio vio eso, le tomó las manos y le hizo un gesto de que la soltara.

Fuera de la habitación estaba esperando el sirviente grandulón que había acompañado a Cirilo, y otro sirviente, de mayor edad. Caminaron por los pasillos dando vueltas hacia uno y otro lado. El general se detuvo frente a una puerta y dijo algo en voz alta. Se abrió la puerta y comenzaron a salir los demás oficiales romanos. Más adelante había otra puerta, de donde salió el viejo chamán. Reanudaron la marcha. Iba Petronio delante, a su lado Cirilo. Se sentía un poco ridículo con su túnica morada. Petronio había insistido en que fuera a su lado. Detrás iban los tres centuriones, el de las cicatrices detrás de Cirilo. Más atrás se ubicaba el viejo. Unos cuantos sirvientes aparecieron de la nada y se unieron al grupo. Uno de ellos iba al frente, guiando, y los otros se ubicaron detrás de la delegación romana. Petronio iba diciendo algo, como haciendo advertencias a los demás, pues cada cierto tiempo asentían. Todo el grupo avanzaba lento por el vericueto de pasillos. Finalmente llegaron a un salón oscuro que tenía una puerta doble al final, desde donde salía una música sensual. Dos soldados las abrieron, y quedó a la vista de todos un enorme salón, profusamente iluminado con lámparas y antorchas encendidas.

El piso era de mármol. En el centro se encontraba un amplio cuadrado que estaba dos escalones más bajo que los lados. En las orillas del cuadrado había columnas, entre las cuales se encontraban unos cómodos asientos donde estaban sentados los nubios que participaron en la reunión de la tarde. Al fondo, en el centro, Cirilo vio a Amanirenas, reclinada en un trono similar al que había ocupado en la reunión. Posiblemente era el mismo, que lo habían transportado hasta este salón. Llevaba puesto un vestido verde con adornos en blanco y en dorado, que dejaba los brazos y hombros descubiertos. Cirilo se percató que era casi transparente, dejando traslucir sus pechos. Tenía puestos varios collares de oro. Sobre la cabeza llevaba puesto el mismo cintillo con el espejo de oro y la cabeza de ave, que había usado en la reunión previa. Parecía que era un símbolo de su rango. También tenía en las manos el bastón verde con blanco.

Ella y todos los asistentes estaban sentados en sillas bajas de madera, con respaldos y apoyos para los brazos, con abundantes cojines, con lo que estaban semi recostados. A la izquierda de la reina estaban sus colaboradores, la amazona a su lado, con su cara de pocos amigos. A la derecha había una serie de asientos desocupados. Detrás de estos asientos había un nivel un poco más alto, con algunos asientos, no tan cómodos como los primeros, ocupados por otros personajes, que seguramente eran funcionarios menores del reino. Una serie de sirvientes, o tal vez esclavos, se desplazaban por la estancia, siempre cuidando de moverse por las orillas. También había mesas con fuentes con fruta, además de jarros y vasos de metal. En un extremo del salón, cerca de la puerta por donde habían entrado, un grupo de cuatro músicos tocaban unos instrumentos. Uno parecía una pequeña arpa, otro era como un banjo, muy largo, que se tocaba con una especie de arco. Los otros dos tocaban unas flautas. A los lados de los asientos había unas mesitas bajas, como para poner la comida. Grandes vasos de cerámica, con flores, y decorados cortinajes, adornaban el lugar.

Estaba claro que se trataba de una recepción en honor de los romanos. Cirilo pensó inmediatamente que ojalá fuera con comida, pues no había ingerido casi nada desde la mañana, salvo el sandwich de carne descompuesta, a su llegada a Nubia, o Kush, y tenía bastante hambre para entonces.

Petronio se paró frente a la reina y le dirigió algunas palabras de saludo. Ella le respondió, con una provocadora sonrisa. Se veía muy distendida, lo que contrastaba con su actitud durante la conferencia que habían tenido en la tarde. En seguida vinieron las presentaciones. El general dio un paso hacia el lado, y avanzaron los centuriones uno a uno. Petronio los iba nombrando, al tiempo que ellos hacían un saludo militar y le dirigían unas breves palabras a la reina, que eran respondidas de manera aún más breve por ella.

Ante la proximidad del turno de Cirilo, comenzó a ponerse nervioso, no sabía qué decir. Antes del viejo chamán le tocó a él. Se paró frente a la reina e hizo una gran reverencia. Amanirenas lo miró con curiosidad. Se debe haber preguntado quien era este personaje extraño entre los romanos.

- Cirilo de América - anunció Petronio, con voz potente.

- Ci-ri-lo de A-mé-ri-ca - repitió la reina, separando la sílabas, y agregó unas palabras que parecieron ser de bienvenida.

Cirilo no podía decir nada en latín, así que simplemente le habló en español:

- Salve, majestad, reina de Kush, Cirilo de América te saluda y desea lo mejor para ti.

Ella, muy seria, como si hubiera comprendido lo que le dijo, respondió con un saludo comunicándole que era bienvenido:

- Tu gratus es nobis[28], Cirilo de América.

Cirilo volvió a hacer una reverencia, miró a Petronio, que le hizo un gesto de que podía retirarse, dio unos pasos hacia atrás, y se dirigió al sitial que le indicaba el sirviente robusto que lo acompañaba siempre.

Se sentó cómodamente en su asiento, sobre los cojines que abundaban en él. Se dedicó a mirar a su alrededor. La música ambiental había subido un poco de volumen. Todos ya se habían sentado. Estaban expectantes, como esperando que ocurriera algo. La reina conversaba animadamente con Petronio, que se encontraba sentado a su lado, como si fueran dos amigos. Atrás había quedado la áspera negociación de la tarde. Entre el general y Cirilo estaban sentados dos de los centuriones. No hablaban mucho. Al frente de ellos se ubicaban los nubios, entre los que destacaba la mujer amazona. Los que estaban detrás conversaban entre ellos. Uno de los centuriones se quedó atrás, así como el viejo chamán, que estaba sentado junto a éste. Unos sirvientes se repartieron por la sala con jarros de vino y de cerveza y comenzaron a llenar los vasos de bronce que se encontraban en las mesas que había entre

---

[28] Eres bienvenido.

los asientos. Cirilo tenía ganas de probar el vino, pero no se atrevía a levantar la copa. Hasta que Petronio levantó la suya mirando a Cirilo. El devolvió el gesto y pudo probarlo. Lo encontró bastante bueno, aunque muy suave, pero mucho mejor que el que le sirvieron en el campamento de los romanos. Era como si hubieran mezclado vino con agua.

En eso se sintieron unas exclamaciones. Dos sirvientes llegaron a la sala con una enorme bandeja. En la bandeja había un asado, en realidad era un animal completo, parecía un cordero. Se acercaron a la reina, ella inspeccionó lo que le ofrecían, e indicó con el dedo un lugar que eligió para comer. Rápidamente un tercer sirviente cortó un trozo, lo puso en un plato de metal, y lo ubicó en la mesa junto a ella. Después le tocó el turno a Petronio. Luego aparecieron más bandejas similares. Una de ellas fue puesta frente a Cirilo. Este hizo el mismo gesto que Amanirenas, indicando una parte del animal. Cuando le sirvieron dijo:

—¡Gracias!

El sirviente que le había puesto el trozo de carne en el plato lo miró con cara de espanto. Los otros también parecieron sorprenderse. Daba la impresión que entendieron, pero no se acostumbraba decir nada, y menos dar las gracias. Después llegaron otras bandejas con verduras, pollo, pescados, sesos, criadillas, lenguas, frutas frescas y secas, dátiles, hongos, entrañas de animales, mientras el vino y la cerveza corrían con generosidad.

En un momento se fueron los músicos y llegaros otros. Se trataba de un grupo más numeroso, con mayor variedad de instrumentos. El volumen había subido y la fiesta estaba cada vez más animada. Cirilo se dio vuelta para mirar a los nubios que estaban detrás de él. Los veía conversando, bebiendo y comiendo de forma muy estimulante. Ya entrado en confianza, les mostró su vaso de vino, lo alzó y luego se echó un trago. Tres de los que estaban detrás le respondieron el saludo. A cada rato pasaban con las bandejas y le ofrecían más. Admiraba la cantidad que podían comer los que estaban a su rededor. Se repitió por tercera vez un trozo de cordero. Se lo mostró al centurión romano que estaba junto a él, exclamando:

- Bueno, muy bueno, muy, muy bueno - mientras hacía un gesto de agrado juntando los dedos y agitando la mano.

El centurión lo miró fijamente durante unos instantes, muy serio. Luego soltó una carcajada. Cirilo sonrió, sin saber qué había entendido el centurión, que parecía tan divertido. Entonces miró a Petronio. Este, al percatarse de ello, levantó su vaso en señal de saludo. Estaba reclinado hacia la reina, su cabeza a no más de veinte centímetros de ella. ¿No se estaba tomando mucha confianza?

Súbitamente los músicos dejaron de tocar. Un sirviente, de edad avanzada, anunció algo desde el lado opuesto a la reina. Luego aparecieron varios hombres, con sus torsos y piernas al desnudo, dejando ver su piel negra y brillante, como aceitada. Comenzó a sonar la música y se pusieron a bailar con violencia, mientras blandían unas espadas en el aire. El espectáculo fue de primera, los bailarines perfectamente sincronizados, en este peligroso baile con espadas que pasaban zumbando a pocos centímetros de sus rostros.

Cuando terminó se sintieron aplausos. La reina miraba de reojo al general, como buscando su aprobación. El acercó la copa a la boca y tomó un largo sorbo de vino.

Después vino una pareja, hombre y mujer, que cantaron una lánguida melodía, y que no recibió tantos aplausos cuando hubo terminado. Luego un grupo de cuatro malabaristas, que hacían toda clase de piruetas. Los cuatro eran tan parecidos que parecían cuatrillizos.

Mientras se producía una especie de intermedio en el espectáculo que se presentaba, y como no podía comunicarse con sus vecinos, que más encima no parecían muy buenos conversadores, independientemente de la barrera del idioma, Cirilo se dedicó a observar a todos los asistentes. El centurión de las cicatrices, al igual que la amazona nubia, no hablaban, sino que se dedicaban a comer y a beber, ambos con cara seria, casi de mal humor. Lo único que parecía agradarles era la abundancia de comida y bebida.

El viejo chamán había logrado entablar un diálogo con un joven nubio. A la distancia, se podía apreciar que realizaban esfuerzos por tratar de entenderse. Un hombre nubio, de mediana edad, que parecía estar muy alto en la jerarquía de la nación kush, por su posición en el banquete, sólo demostraba interés en el espectáculo que se estaba ofreciendo.

Después de haber detenido la vista en varios de los personajes asistentes al banquete, Cirilo recogió un racimo de uvas de una bandeja con fruta que le ofrecían. Luego reanudó su inspección, posando la vista en Amanirenas y en Petronio. Su vista se detuvo por un largo rato. Y se percató de algo que le pareció increíble: Petronio tenía tomada la mano de la reina, y se acercó para besarle el hombro. Ella sonreía satisfecha. Ahí estaban, los enemigos, en actitud de una pareja de enamorados. ¿Sería efecto del vino, o había algo entre ellos? No podía ser esto último, si se habían enfrentado en dos batallas, y ahora representaban a dos naciones antagónicas en una difícil negociación, o al menos así le parecía a Cirilo. Sea cual fuere la verdad, ahora se desarrollaba una sesión de mimos, sin disimulo, entre ambos líderes. Los demás asistentes, nubios y romanos, adoptaron una actitud de no darse por enterados.

Otra ronda de alimentos: frutas, dulces, y masas. Luego vino otro espectáculo. Lucha libre. Dos luchadores fornidos salieron a la pista e hicieron grandes reverencias a la reina, primero, y después al gobernador romano. Uno era de raza negra, con el pelo bien motudo y los labios gruesos y protuberantes. Llevaba puesto un calzón verde. El otro era de raza caucásica, pero moreno, de piel muy oscura. Tenía un calzón rojo con blanco. Tomaron posiciones, ambos agachados, con las piernas flectadas y las manos apoyadas sobre las piernas. Se miraban fijamente. De súbito saltaron ambos a la vez, agarrándose mutuamente. Comenzaron a girar, cada uno tratando de derribar al contrario. De pronto la mano del negro agarró la cara del moreno, echándola hacia atrás, para doblarle el cuello. El moreno logró levantar violentamente una pierna de su contendor, derribándolo en el acto. Pero al ir cayendo, el negro propinó un codazo en la oreja del moreno, que le hizo sangrar. Este se levantó con cara de furia y golpeó al oponente con su puño en el mentón.

El centurión que estaba al lado de Cirilo, que se había mantenido callado durante toda la cena, pareció cobrar vida, y comenzó a explicarle como pudo, de qué se trataba la lucha, acompañando sus palabras con gestos. Lo que logró entender era que la idea era dejar al contendor con la espalda apoyada en el suelo. Los golpes no contaban para ganar. Sólo se propinaban para debilitar al contrario.

El moreno tenía a su oponente en el suelo, con un hombro sobre el piso. Cirilo miró al centurión. Este hizo un gesto negativo. Tenía que ser toda la espalda en el suelo, no bastaba con un hombro. El negro de pronto levantó con fuerza las piernas, produciendo el efecto de tirar al contendor al suelo y quedar sobre él. Pero no estaba de espalda y logró golpearle la cara en el suelo, que comenzó a mancharse con sangre. Luego trató de apretarle el cuello, pero al dejar de golpearle la cabeza, el negro agarró al oponente de entre las piernas, seguramente de los genitales, por el grito que lanzó éste. Y logró elevarlo en el aire para luego dejarlo caer pesadamente sobre el duro mármol.

La reina miraba la pelea con gran atención, mientras se mordía el labio. El gobernador seguía la contienda haciendo gestos como si estuviera participando él en la lucha. Hacía gestos de desaprobación, cuando le parecía que alguna maniobra no era la adecuada, pero de todos los asistentes quien más vivía la lucha era la amazona, que tenía la vista fija en los contendientes, con su único ojo brillante y la boca salivando. No se movía, pero se veía tan concentrada que parecía que el resultado dependiera de ella. Todos los asistentes se veían absortos en lo que estaba aconteciendo. Se los veía apretar los puños y los dientes cuando uno de los luchadores tenía metidos dos de sus dedos en la boca del otro, y le estiraba la mejilla a todo lo que daba, al punto de tornarse de un rojo brillante. Casi se podían ver los dedos del oponente a través de la mejilla. Estaba claro que de todos los espectáculos que se había ofrecido, el de la lucha era el que más disfrutaban.

Después de un rato los contendientes se veían bastante maltrechos y cansados. Los abundantes golpes ya estaban haciendo su efecto. Ambos sangraban. No había árbitro, no había límite de tiempo, y parecía que casi no había reglas. Finalmente, después de aproximadamente media hora, el negro logró imponerse sobre el moreno, logrando sostenerlo con la espalda sobre el suelo. Ambos se levantaron, mientras los asistentes aplaudían y lanzaban gritos, hicieron venias a la reina y su invitado de honor, y se retiraron.

Llegaron dos sirvientes a limpiar el piso que estaba regado de sangre. Los músicos aparecieron otra vez, ahora acompañados por otros dos que tocaban una especie de bandurria. Cirilo, ya entrado en confianza, le mostró el vaso vacío a un sirviente, el que inmediatamente se acercó con una jarra, para llenársela. Estaba en eso cuando apareció un grupo de muchachas ligeramente vestidas, con velos colgando en diferentes lugares de sus cuerpos, y comenzaron a bailar a un ritmo lento y cadencioso. Parecía que iba a ser un aburrido grupo de baile, después de la emoción de los luchadores. Pero no fue así.

La bailarinas estuvieron dando vueltas por un período de unos dos minutos, recorriendo pausadamente el cuadrado que formaba la pista. De pronto, salió una mujer con una máscara de bronce y se puso a bailar al centro del grupo. Primero su baile era lento y grácil, pero gradualmente se volvió más enérgico, así como el de sus acompañantes. La mujer era magnífica. Estaba vestida con una especie de bikini celeste, con adornos dorados. El resto del cuerpo lo tenía cubierto con unos velos blancos y azules, que dejaban translucir su cuerpo juvenil bien proporcionado, de un color chocolate. Su pelo negro estaba tomado por un cinto dorado. Sus muñecas y tobillos estaban adornados con discretas pulseras de bronce.

Cirilo inmediatamente tuvo un despertar, quedando atrás el letargo en que se había sumido, producto del cansancio y de la ingesta de vino. No le veía la cara, que estaba cubierta por la máscara de bronce. Representaba el rostro de una mujer, con una expresión de tragedia, y brillaba a la luz de las antorchas. Con los movimientos, los velos que cubrían a la bailarina se movían de un lado a otro, descubriendo partes de su hermoso cuerpo, liso y suave como si estuviera esculpido en mármol.

Uno de los asistentes al banquete, que estaba sentado al frente de Cirilo, en la fila de atrás, decidió retirarse. Por el vino que había consumido, su caminar semejaba una cometa sin cola. Con dificultad llegó hasta una cortina que tapaba una puerta. Con ayuda de un sirviente, desapareció tras la cortina.

En un momento la bailarina dio varias vueltas rápidas, y al quedarse de frente, justo enfrente de Cirilo, ya no tenía la máscara. Tenía un rostro hermoso, con ojos almendrados, labios finos y rojos, la nariz pequeña y recta, las cejas apenas dibujadas. Quedó inmóvil unos instantes, mirando fijo a Cirilo. Este se había despegado del respaldo del asiento, y casi la devoraba con la vista. Petronio, que lo observaba, se había percatado del marcado interés con que observaba a la bailarina. Se acercó a la reina y le dijo algo. Esta miró a Cirilo y sonrió. El se dio cuenta que era objeto de comentarios, y se sintió algo incómodo. Petronio le hizo una seña de que se acercara. Lo hizo, teniendo buen cuidado de quedar lo más apartado posible de la vista de la reina.

Tibi placet?[29] – le preguntó, haciendo un gesto de agrado y señalando a la bailarina.

A el no le quedó claro si le preguntaba si le gustaba o si la deseaba. Pero casi involuntariamente respondió:

- Si.

Amanirenas giró la cabeza hacia él, e indicándola con el dedo dijo:

- Imneria – Era la segunda vez que ella le dirigía la palabra.

Cirilo, sin saber qué responder, repitió:

- Imneria – e hizo una ligera venia.

Pudo ver que el gobernador le tenía tomada una mano, y con la mano libre le acariciaba el muslo desnudo.

- Imneria – repitió Petronio, y sacando la mano de encima del muslo de la reina, señaló a la bailarina.

Cirilo, al ver que la conversación había terminado, hizo una leve venia, se retiró dando unos pasos hacia atrás,

---

[29] ¿Te gusta?

y volvió a su asiento. Esos gestos los había aprendido observando el comportamiento de los demás. Parecía que la reina era una especie de diosa encarnada, y se le trataba con un exagerado respeto. A excepción de Petronio, claro está, que por lo visto tenía una licencia especial que le permitía tomarse libertades con ella más allá de los que él consideraría adecuado.

Al terminar el número de baile, que Cirilo disfrutó sobremanera, se retiraron las bailarinas. Mientras se retiraban, Cirilo observó que Petronio le dijo algo a la reina. Amanirenas se dio vuelta y le hizo un gesto a uno de los que estaban sentados detrás. Este se acercó presuroso. La reina le habló algo al oído, y el funcionario salió de la sala. Un rato después volvió, le dijo algo a la reina, quien asintió, y se volvió a sentar. Ella le comunicó algo al gobernador. Este también asintió, sonrió y miró a Cirilo. Sus miradas se cruzaron. La mirada sonriente de Petronio lo desconcertó. Retiró la mirada, y olvidó el asunto.

Poco rato después se retiró la reina y Petronio. Ambos juntos. Los demás asistentes, a esa altura ya casi no se inmutaron de la salida de los que presidieron el banquete. Y tampoco del hecho que salieron tomados de la mano.

Después de eso hubo varios números más, en este programa de entretenimiento que complementó la comida. Cirilo hacía rato que deseaba retirarse. Pero nadie de los que estaban a su alrededor lo había hecho, por eso no se atrevía a irse, así no más. La verdad es que no sabía cómo hacerlo. Hasta que el que se encontraba a su lado se levantó del asiento, le hizo una señal de despedida con la mano, y se marchó. Detrás de él siguió Cirilo, sin dejar de hacerle el mismo gesto de despedida al que estaba sentado al otro lado. Salió rápidamente del salón, tratando de no llamar la atención. Abandonó el salón, y súbitamente apareció el sirviente fornido, que lo había acompañado todo el tiempo. Cirilo se sorprendió que se haya percatado de su salida, pues no lo había visto durante todo el tiempo que estuvo en el banquete. Empezó a pensar que cumplía dos funciones, una, servirlo; y una segunda, vigilarlo.

Pasaron por el lugar que hacía de baño, y Cirilo le hizo una visita. Llegaron hasta la puerta de la habitación que ocupaba Cirilo, allí se dio vuelta y despidió al sirviente. Este le preguntó algo, seguramente si necesitaba alguna cosa. O eso es lo que pensó Cirilo. Este negó con la cabeza, al tiempo que le dijo varias veces que no. Al asegurarse que se retiraba, abrió la puerta y penetró en la habitación. Estaba muy oscuro, sólo una antorcha estaba encendida, en el lado opuesto de la cama. Sacó una ciruela de una fuente con frutas que habían dejado sobre una mesa. Se asomó a la ventana mientras saboreaba la ciruela, y se encontró con un hermoso espectáculo. La luna, desde atrás del palacio, iluminaba el desierto, cuyas arenas brillaban con destellos plateados. Los arbustos y palmeras del oasis se mecían por efecto de una ligera brisa. El agua de la laguna se veía como una mancha oscura. El cielo negro estaba salpicado de estrellas, cuya luz atravesada una atmósfera limpia, libre de contaminación. El aire, ligeramente templado, llenó sus pulmones. Fue agradable, después de varias horas de respirar el aire viciado del salón.

Se sacó la túnica, quedando en ropa interior. Le preocupaba el hecho que la puerta no tenía llave y cualquiera pudiera abrirla desde fuera, mientras dormía. Pensó que el agua del pozo le permitía viajar al pasado, pero nunca le había garantizado su seguridad personal durante estos viajes. Estaba bajo la antorcha, en el extremo opuesto a la cama. Se sobresaltó. Al dejar la túnica sobre una mesa, le pareció sentir un sonido que provenía de la cama. Entornó los ojos tratando de ver en la oscuridad. La cama estaba rodeada por un velo mosquitero, así que no se veía bien qué había en la ella, pero a Cirilo le pareció que había un bulto encima.

Se acercó lentamente. Miró a su alrededor. No había ningún objeto contundente en la habitación que le sirviera para defenderse. Tomó la antorcha que estaba en el muro y avanzó hasta la cama. Nada se movía. De un golpe abrió el velo y lo primero que vio fue un par de senos color chocolate. Había una mujer en su cama. Tras mirar con asombro, durante unos instantes, recibió una segunda sorpresa. ¡Era Imneria, la espectacular bailarina que había deslumbrado a Cirilo!

Ella dio vuelta la cabeza y se quedó mirando a Cirilo con una ligera sonrisa, mientras entornaba sus ojos. Cirilo re reclinó sobre ella y posó sus manos en los senos. Luego los deslizó hacia abajo, introdujo una mano entre las piernas y sintió la tibieza de la zona púbica. ¡Lo que tenía en la cama era un regalo de Petronio y de la reina Amenirenas!

En la mañana despertó con Imneria entre sus brazos. En la mesa había una bandeja con pan, miel, higos, dátiles y otras exquisiteces, que seguramente le había dejado el sirviente mientras aún dormían. Cirilo miró su reloj pulsera. Eran las doce del día. Despertó a su compañera de lecho. Ella lo miró, sonrió, le tomó la mano y se la llevó a la cara. No habían cruzado palabra alguna, pero si descubierto que la barrera del idioma podía sortearse y que era posible llegar a comunicarse sin hablar. La joven le sirvió algunos alimentos, que se los señalaba con el dedo, mientras con la mirada le preguntaba si quería o no.

Comieron, hicieron el amor una vez más, y después de un rato abandonaron el lecho. Cirilo estaba pensando que era hora de regresar a su tiempo. No sabía cómo decírselo a Petronio. No quería irse sin despedirse de él, que después de la hostilidad con que lo recibió, lo había tratado tan bien.

Le dijo a Imneria, ayudado por señas, que debía irse. Ella entendió de inmediato. Sólo asintió con la cabeza. Le dio un beso y se dirigió hacia la puerta, mirando el suelo. La abrió y salió. Cirilo se incorporó y salió a verla. Ella se dio vuelta una vez, antes de desaparecer en un recodo del pasillo. Cirilo sabía que nunca más volvería a verla. Se dirigió, cabizbajo, a la habitación de Petronio. Había un soldado fuera de su puerta. Le preguntó por Petronio. El soldado le hizo saber que no estaba. Se volvió a su habitación, e hizo un nuevo intento una hora después. Esta vez tuvo mejor suerte, y pudo hablar con el general. Le explicó, como pudo, que estaba muy agradecido de él, de sus atenciones. El romano, por su parte, parecía estar agradecido de Cirilo, como si hubiera hecho algo por él. Cirilo llegó a la conclusión de que él había sido una especie de token, o amuleto de la buena suerte, que le había facilitado la negociación con la reina, que desembocaría en un pacto entre el imperio y la nación de Kush. Cirilo no se atrevió a decirle que se iba. Sólo le puso ambas manos en los brazos, lo miró y esbozó una sonrisa. Luego dio media vuelta y se marchó.

Bajó las escalas y salió del palacio. Comenzó a vagar por entre los arbustos del oasis. Veía soldados romanos deambulando a lo lejos. Quería irse, pero le dolía abandonar tan pronto ese lugar, tan lejano y en el que había sido tratado tan bien. En eso estaba, debatiéndose en la duda, cuando apareció, entre la vegetación, el pozo. Ya no tendría que decidir. Se aproximó, mientras el cielo se oscurecía, como todas las veces que se acercaba al pozo. Miró el palacio por última vez, bebió el agua, se concentró en su hogar y comenzó a envolverlo una oscuridad total. Luego comenzó a aclarar, y se encontró en el interior de su departamento. Nubia, los romanos, el palacio, Petronio, la reina Amanirenas, la bailarina Imneria, el sirviente robusto, el viejo chamán, el soldado con las cicatrices, la amazona, todos habían quedado atrás, a más de dos mil años de distancia.

Miró el reloj de la pared. Eran las ocho y veinte minutos, exactamente la misma hora de cuando inició la travesía, hacía un día y medio.

Luego miró su reloj pulsera. Marcaba las dos y cuarenta del día siguiente. El reloj había registrado el tiempo que había estado en Nubia, veinte siglos atrás.

46

Talento

El lunes siguiente Ricardo se encontraba sobre excitado. Su hija Solange ya estaba en Roma, con su mamá, para participar en el concurso de los ganadores de los concursos de talentos de diversos países. Este era el concurso de los concursos.

La competencia comenzaba el martes, continuaba el jueves y sábado, y la final era el domingo. Los concursantes eran pocos, uno por país. De Sudamérica había sólo dos, siendo Solange una de ellas.

- La mayoría de los participantes parece que son cantantes - decía Ricardo a quien le quisiera escuchar -. Hay uno que es bailarín y otro actúa.

- Solange está programada para el jueves - continuó Ricardo.

- Estaremos pendientes - le dijo Veranda -, y le deseamos a Solange el mayor de los éxitos.

- Si - agregó Cirilo, que estaba junto a ella -. Estoy seguro que va a ganar.

- ¿Lo crees? - preguntó Ricardo, mientras ponía una cara de súplica - ¿Por qué crees que va a ganar?

- Eeh, si - respondió Cirilo, titubeando ante la pregunta inesperada -, la he visto cantar, y comparando con los demás competidores se veía muy superior.

Cirilo mintió un poquito, porque la verdad es que no había puesto mucha atención al canto de Solange cuando le tocó su participación en que resultó ganadora. Continuó Ricardo:
- Pero ahora va a competir con los ganadores de los concursos de otros países. Son del más alto nivel.

Ricardo hablaba cada vez con tono más lastimero. Se veía que estaba más nervioso que si el participante fuese él y no la hija. Cirilo, que notó que estaba por quebrarse, le puso la mano en el hombro y le dijo, tratando de consolarlo:
- Oye, si Solange es una cantante espectacular. Ya tiene asegurada su carrera aquí como cantante. Lo del concurso no le aportará ni le quitará nada. Hay mucho de suerte en estos concursos, además de subjetividad de quienes juzgan, su gusto personal, aparte que tenderán a favorecer a sus nacionales. Solange va a ser juzgada por tres jueces que a lo mejor no entienden lo que ella hace, están con prejuicios, y quien sabe qué, a los mejor se levantaron con el pié cambiado, o tuvieron un mal rato. Lo que digan ellos no va afectar el hecho que tu hija sea una gran cantante. Ya lo demostró aquí, y eso es lo que importa.
- Tienes razón - respondió Ricardo, en una actitud como de un niño pequeño a quien acaban de consolar de la pena que le causara que su juguete se estropeara.

Llegó el jueves. El concurso no lo transmitían por televisión, pero sí lo podían ver en Internet, en la dirección que había proporcionado Ricardo. Solange apareció en tercer lugar, después de un cantante coreano y otra cantante, de nacionalidad portuguesa, que cantaba música fado. Cirilo y Veranda estaban en el departamento de Cirilo, viendo la competencia. Se habían provisto de unos tragos, ron con Coca Cola, y habían preparado unas pizzas que compraron. Cada pizza la habían calentado y la habían cortado en cuadritos y colocado en un plato. Estas pizzas eran hechas con una masa muy blanda, sobre la cual había una capa de jamón, luego queso y encima salsa de tomate. Encima tenía abundante orégano. Se veían exquisitas. Pero Cirilo y Veranda hablaron poco. Se dedicaron a observar el programa, que se veía chiquitito en la pantalla del computador y a degustar las pizzas y los tragos.

Solange estuvo muy bien. Después de ella aparecieron otros dos concursantes. Pero en opinión de Cirilo y Veranda, la actuación de Solange fue definitivamente la mejor de todas. La decisión del jurado, constituido por cinco jueces, todos italianos, se dio al final:

Solange y el portugués pasarían a la final. Cirilo y Veranda se abrazaron de felicidad, hicieron sus análisis del espectáculo que habían presenciado, se sirvieron otro trago y brindaron por Solange.

Al otro día Ricardo estaba insoportable. No paraba de hablar sobre la participación de su hija en el concurso. Analizaba a todos los participantes que estaban pasando a la final, y sacaba sus conclusiones sobre las posibilidades en favor y en contra de Solange. Concluía que ella tenía más posibilidades que nadie.

Más tarde en el día, volvía a hacer el análisis, pero esta vez concluía que su hija no ganaría. Y horas después, repetía el proceso, y llegaba a que si ganaría. Y continuó así hasta que finalizó la semana laboral.

Llegó el sábado. Era el día de la semifinal. Todos los clasificados, en que se incluía Solange, iban a tomar parte ese día. De entre ellos se elegirían los tres mejores, que pasarían a la gran final, el día domingo.

Cirilo y Veranda estaban juntos para ver la competencia, como el jueves anterior. En la mesa estaban los traguitos, esta vez había galletas saladas, trocitos de queso, maní, picles y papas fritas. Solange fue la primera de los tres. Cantó la misma canción con que inició la competencia en su país. Al principio se veía un poco nerviosa, pero rápidamente comenzó a mostrar más y más confianza, hasta que pudo exhibir toda la potencia de una cantante consagrada. Después que hubo participado, salieron los otros cinco, cuatro cantantes y un actor. El programa se alargó bastante con comentarios de los cinco jueces, de los animadores, además de abundante publicidad. Todo en italiano.

Finalmente se dieron los resultados. Tres cantantes y Solange, dos de música popular y una cantante lírica, una soprano, quedaron clasificadas. Participarían al día siguiente, domingo, en la etapa final del concurso.

Cuando terminó el programa, Veranda llamó a Ricardo por teléfono, para felicitarlo. El buen Ricardo estaba casi deshecho, en un estado de nervios tan grande que Veranda, más que felicitarlo, se dedicó a calmarlo.

- Y tu mujer, ¿cómo está?
- Hablé con ella, en Roma. Está en estado alfa - respondió él, casi a gritos -. Ya no pisa el suelo, parece que flota en el aire. Está como hipnotizada.

Cuando colgó, Veranda le dijo a Cirilo:
- Ese pobre hombre no va a sobrevivir hasta la final de mañana - le comentó a Cirilo.
- Si su hija no hubiera clasificado, ya estaría más tranquilo - agregó él -. Esto va a ser una tortura para el pobre.
- En lugar de ser una satisfacción que su hija halla llegado tan lejos, todo esto, desde que comenzó a competir acá, ha sido sólo un sufrimiento para él.
- Pero Solange es realmente buena. No tiene nada que envidiarle a una cantante profesional. Su futuro ya está asegurado como artista. ¿Desde cuándo que se dedica a cantar?
- Parece que desde que era muy pequeñita.

De ahí la conversación entre Cirilo y Veranda transcurrió en un tono frío y en torno a temas triviales. Aparte de lo la hija de Ricardo, no había mucho de que conversar. La noche transcurrió lenta hasta que Veranda le pidió que la fuera a dejar a su casa.

Al día siguiente, domingo, se volvieron a juntar, en un ambiente similar, para ver la final del concurso. Todo transcurrió como estaba previsto: Los concursantes aparecieron en un orden sorteado previamente. Después vino otra ronda, en que interpretaron una segunda canción cada uno.

Las favoritas del público eran indudablemente una cantante de música popular de nacionalidad rumana, y Solange. Los jueces no dejaban que se traslucieran sus preferencias.

Se encontraba en su segunda participación la penúltima participante, la cantante lírica. En esos momentos sonó el teléfono. Cirilo se levantó para responder. Era su compañero Alberto el que llamaba, para, según él, contarle algo de suma importancia.

- Cirilo, ¿estás muy ocupado?
- No, dime, no más - respondió Cirilo, como respuesta de buena educación, pero la verdad era que tenía muy pocas ganas en ese momento de escuchar lo que tuviera que contarle Alberto.
- Mira, nuestra conversación pasada tuvo un final un poco abrupto.
- Así es, estabas bastante alterado...
- Eso es, estaba alterado y cualquier crítica me molestaba - interrumpió Alberto.
- Pero yo no te estaba criticando, sino que haciéndote ver que tu actitud podría no ser la más adecuada.
- Entiendo perfectamente. Pero eso es una crítica.
- En cierto modo, si.
- No te estoy reprochando por eso. Una crítica debe ser siempre bien recibida. El que la hace está dándote un consejo para tu bien, y no con ánimo de hacerte daño - siguió Alberto, cada vez con voz más fuerte.
- Tienes toda la razón, ese era mi intención cuando te quise hacer ver que revisaras tu forma de actuar. Pero dime, ¿qué es lo que me ibas a contar?
- ¿Tienes apuro? A lo mejor llamé en un mal momento, y tienes que hacer.
- No, dime, no más. Estábamos viendo un programa de televisión italiano...
- ¿Estamos? Estás con alguien.
- Si, Veranda está aquí conmigo.
- Ah, pillín. Se te notaba en el tono de tu voz que no andabas en nada bueno.
- No, no estamos haciendo nada malo. Te decía que estaba viendo un programa de la televisión italiana. Está la final del concurso de talentos, en Roma, donde la hija de Ricardo, Solange, está finalista.

- Ah, si, Ricardo me contó algo, pero no le puse mucha atención en realidad, porque mi mente estaba en otra cosa.
- Bueno, para que sepas, ella salió primera en un concurso de talentos acá. Ahora está participando en este concurso internacional, digamos, de súper talentos, en que los que compiten son los ganadores de distintos países.
- Ah, habilosa la chica.
- Y para que sepas, su hija está en estos momentos disputando la final, con otros tres concursantes de diferentes países.
- No me digas, ojalá le vaya bien.
- Y mañana no te olvides de felicitar a Ricardo.
- ¿Pero ella ganó?
- No, aún no termina, pero felicítala por haber llegado tan lejos.
- No te preocupes que lo voy a abrazar, y lo besaré si es necesario.

Cirilo sonrió. Se produjo un silencio prolongado.
- Te llamaba para decirte que nos divorciamos.
- ¿Tan rápido?
- Así es.
-¿Y no se dieron tiempo de pensarlo un poco, o ver si había forma de reparar lo que estaba dañado?
- Ya no había forma de reparar nada.
- Ustedes tienen dos niños, ¿verdad?
- Si, un niño y una niña.
- ¿Y ni por ellos quisieron hacer el sacrificio de intentarlo una vez más?
- Pero si ya no había vuelta, ¿qué podíamos hacer?
- Pienso que muchas parejas se divorcian o separan con demasiada liviandad, y no piensan en el sufrimiento que eso les causa a sus hijos. Piensan en la felicidad de ellos pero no en la de los hijos.
- Eres bien duro para decir las cosas.
- Mira, es cierto lo que digo, siempre que una pareja con hijos se separa, creo que están pensando mucho en su propia felicidad, y poco en la de sus hijos. Tan simple como eso.

- ¡Pero a veces un matrimonio no puede seguir adelante! ¡La vida se hace intolerable!
- Es cierto, y tienen que asumirlo.
- O sea, en tú opinión, ¿una pareja con hijos no puede separarse, según tu criterio?
- Más o menos eso es.
- Cirilo, no sabes lo que dices.
- Sólo tengo una opinión, y la digo.
- Entonces no apruebas mi divorcio.
- No.

Se despidieron fríamente y Cirilo se dirigió a la sala, donde Veranda estaba mirando fijamente la pantalla, casi metiéndose en ella. Estaban anunciando a Solange, quien se veía en primer plano, muy seria, con aspecto de estar bien nerviosa.

Su canto se inició débil, como murmurando. A medida que pasaron los segundos, la potencia de su voz empezó a hacerse ver. Se hicieron presente los trémolos y vibratos con que tan bien se manejaba Solange. La fresca juventud de Solange hacía de su canto un deleite, no sólo de los oídos, sino de la vista también. Su voz privilegiada y perfectamente cultivada, a pesar de sus cortos años, iba acompañaba de un ritmo que hacía que su cuerpo grácil dibujara los sonidos, en forma perfectamente sincronizada.

Veranda miró a Cirilo. Con todo lo bien que lo había hecho en las anteriores presentaciones, ahora estaba magnífica.

Al término de su actuación le tocó el turno al último participante. Cirilo miró hasta que terminó, y cuando hubo finalizado se dirigió a la cocina para reponer los comestibles y bebidas de las que ya habían dado cuenta.

Finalmente, cuando estaban ya bien provistos, se anunciaron los resultados al final del programa. El resultado no los sorprendió. Solange resultó la ganadora. No se pudieron comunicar con Ricardo, pues cada vez que lo intentaron, su teléfono sonaba ocupado.

47

De las nubes a la tormenta

Cirilo y Veranda caminaban por una calle soleada con paso lento, en la parte alta de la ciudad, sólo intercambiando algunas frases ocasionales. Habían ido a uno de los cerros que rodeaban la ciudad a retirar unas tarjetas impresas que había encargado Veranda. El día era soleado, pero frío. El sol estaba a punto de ponerse, la tarde se veía teñida de naranjo. Atravesaron por un mirador que permitía tener una vista panorámica de la ciudad.

A lo lejos se veía el mar, quieto como un vaso de leche, con reflejos dorados del sol poniente. Sobre el mar se recortaban las siluetas de dos grúas que se movían lentamente, con aspecto de ser dos pelícanos gigantes. El mirador tenía unos bancos desde los cuales se podía disfrutar de la vista, unos postes con grandes faroles de fierro, así como varios maceteros con cardenales, adornaban el lugar.

La atmósfera que rodeaba la pareja era tensa. Los largos silencios decían más que las palabras. La relación entre ellos ya no era la misma que a los inicios de su vínculo de pareja.

En la vereda, frente a ellos, había tres personas en torno a una cámara filmadora. Detrás estaba el operador de la cámara, y al lado un hombre con un micrófono. Frente a la cámara estaba un tercer sujeto, que estaba siendo entrevistado, mientras se grababa la entrevista. Tenía aspecto de ser alguna autoridad a la que se le estaba consultando acerca del avance de ciertas obras. Ni Cirilo ni Veranda podían escuchar lo que decía, por el ruido ambiental presente, pero se veía como movía frenéticamente la boca, mientras lo observaba el entrevistador.

- Cuántas mentiras estarán saliendo de esa boca - comentó Cirilo, una vez que hubieron pasado por el lado del grupo.

- Cirilo, quiero que conversemos - dijo ella, en tono vacilante.

- Como quieras, tú me dices. Si quieres nos sentamos un rato.

Eso hicieron, en uno de los bancos del mirador. Veranda le tomó la mano.

- Mira, yo te quiero mucho.
- Y yo también a ti, Veranda.
- Si sé.
- Entonces, ¿qué pasa?

Cirilo sabía que su relación se había estado deteriorando paulatinamente. Pero necesitaba que ella se lo dijera para realmente tomar conciencia de ello.

- ¿Te das cuenta lo frío que se ha vuelto lo nuestro?

No sabía qué decir. Tenía claro que era así. También tenía claro que si había que buscar culpables, él estaría en primer lugar.

- Creo, Cirilo, que has perdido interés en mí.

Cirilo también sabía que era así. No se había detenido a pensarlo, pero ahora lo veía claro. Sus travesías al pasado lo tenían de esa manera: ensimismado y pensativo. Cada vez que viajaba al pasado, se llevaba muchos días enfrascado pensando en lo que había vivido. Le invadía una especie de nostalgia por los lugares que había visitado, y por las personas que había conocido. El tomar conciencia que no las vería más, que no volvería a entrar en sus vidas, le provocaba una angustia que en momentos le hacía sentir una opresión en el pecho.

- ¿No me vas a decir nada? - preguntó Veranda, en tono lastimero. Cada vez veía más claro que su romance estaba llegando a su fin.

Cirilo sólo atinó a mirarla a los ojos. Ya no estaba seguro si su vida hubiera sido mejor si nunca hubiera encontrado ese pozo. El dulce romance con Veranda se hubiera prolongado en el tiempo y le hubiera proporcionado un buen pasar. Pero el pozo surgió y se había interpuesto entre ellos. Era como que hubiera ascendido a otra dimensión superior, dejando atrás la vida apacible que había llevado hasta entonces.

- Creo que a veces tu eres un poco absorbente, Veranda - le dijo a su compañera, sin darse cuenta de lo que le estaba diciendo.

- Pero Cirilo, cuando se vive en pareja, se debe ser absorbente. Debemos vivir el uno para el otro.

- Es cierto, pero yo soy un poco independiente, y necesito mi espacio, como te he dicho antes, en otras ocasiones.

- Al principio no eras así. Has ido cambiando, Cirilo.

"Al principio no había descubierto lo que tuve después", pensó él. Lo más angustiante era que no podía compartir su secreto con otros. Lo había intentado con Veranda, pero no fue posible. Es más, se arriesgó a que ella pensara que tenía la mente perturbada.

La conversación prosiguió en ese tono, Veranda desesperada por remecer la pasividad de Cirilo. Este, siempre ensimismado, no sabiendo qué decir o hacer, rumiando su secreto en silencio. Sufría por el hecho de no haberla hecho feliz.

En un momento sintió el impulso de abrazarla, y decirle que lo sentía, que trataría de cambiar, admitiendo implícitamente que era el culpable del deterioro de la relación. En un arrebato lo hizo, y el resultado fue que continuó el romance.

Durante dos semanas el vínculo entre ellos siguió desarrollándose, principalmente en el plano sexual. Todo hacía pensar que el romance estaba en lo mejor. Hasta los cercanos a ellos, ya acostumbrados a ver una relación que se había ido entibiando con el tiempo, se dieron cuenta de lo fogoso que se había tornado.

Pero por poco tiempo.

Todo comenzó a aletargarse lentamente, a medida que Cirilo nuevamente entraba, de a poco, en un estado de ensimismamiento en que lo sumían sus pensamientos relacionados con los recuerdos de sus extrañas travesías al pasado.

Otro elemento que lo tenía angustiado era el hecho que se le estaba terminando el agua del pozo. Fue a mirar la botella y se dio cuenta, con espanto, que durante su estadía en Nubia la cantidad de agua se había reducido a tal punto que alcanzaba para un sorbo y algo más, es decir, una sola travesía más.

Como era previsible, después que se hubo extinguido la fogosa luna de miel, todo volvió lentamente a como estaba antes de la conversación en el paseo de la parte alta de la ciudad.

- Creo que esto ya no da para más, Cirilo -, le dijo ella un día, mientras se le asomaba una lágrima en cada uno de sus ojos.

Cirilo estaba más callado que la vez anterior. Ya no tenía nada que decir. Estaba de acuerdo con ella que las cosas no se iban a componer. Hasta parecía que se sentía aliviado de terminar con la relación, que aparte del ardiente intervalo recién pasado, se había vuelto francamente estresante.

- Tal vez más adelante podremos intentarlo de nuevo - dijo, sin realmente sentirlo, sino con ánimo de mitigar la dureza del rompimiento.

- No hay otra oportunidad, Cirilo - respondió ella con energía, mientras se secaba los ojos -, el sol sólo sale una vez en un día.

A Cirilo le pareció extraña la metáfora. Inmediatamente se le vinieron a la mente sus experiencias, y después de meditar un rato, replicó:

- Te asombrarás de saber que el sol sale dos veces. En un mismo día y en el mismo lugar.

- No sé a qué te refieres, pero estás muy equivocado, sea lo que fuere.

Tomó a Cirilo, le dio un abrazo y apoyó la cabeza en su hombro.

Cirilo la tomó en sus brazos. Sintió como el cuerpo de la joven se estremecía ligeramente. Luego se separaron. El la vio como se alejaba, cabizbaja, sin voltear la cabeza. Era el fin del romance. Cirilo sintió pena, pero, sin querer admitirlo, también un alivio.

48

El calendario

Cirilo había estado nuevamente desanimado durante varios días. El viernes tuvo un encuentro con Ricardo, después de su rompimiento con Veranda. Este, que aún estaba eufórico por el triunfo de su hija, había invitado a Cirilo a celebrar a su casa en la noche, pero él declinó aceptar, usando una vaga excusa que se le ocurrió en el momento.

La razón de su abatimiento era los recuerdos de su relación con Veranda, de los momentos que pasaron juntos. Le remordía la conciencia el hecho de haber engañado a su compañera, no una, sino dos veces. Y lo peor, que más le molestaba, era que en ambos casos lo había disfrutado. Aún así, no le era posible sacarse de la mente a su ex pareja.

A último momento, decidió llamar a Ricardo.

- Hola, Ricardo. ¿Todavía está en pié la invitación?

- ¡Por supuesto que si! Vente inmediatamente, que estamos nosotros, no más.

Al llegar a la casa de Ricardo, se encontró con un ambiente de jolgorio que contrastaba con el desánimo que cargaba. Estaba él con su esposa, su hijo mayor y su hija Solange, la triunfadora de Roma, la nueva estrella. Recién hacía dos días que había regresado. Todo era alegría en esa casa.

La noche transcurrió con profusión de comida, bebida y risas. Madre e hija contaron innumerables anécdotas de su viaje y su estada en Roma. Solange contó con lujo de detalles cada minuto de sus presentaciones. Ricardo no cabía en sí de felicidad. Gritaba descontrolado. El único que estaba taciturno, que parecía no encajar en ese ambiente de júbilo, era Cirilo.

- ¿Cuáles son tus planes futuros, Solange? - preguntó en un momento.

- Primero que nada, terminar el colegio. Pero tengo algunas ofertas, que las voy a ir manejando. Unas presentaciones en televisión, una participación en un show, incluso me preguntaron si quería grabar un disco.

- Qué bueno, te felicito. Estoy seguro que te va a ir muy bien.

- Pero para eso tengo que tener más canciones. Ese es un proyecto a más largo plazo.

Cirilo estaba más animado. De a poco se estaba contagiando con la alegría que reinaba en ese hogar. A las dos de la mañana, cuando llegó a su departamento, vacío, volvió nuevamente a su estado de angustia. Se acostó a dormir.

Al otro día despertó tarde. Se hizo el desayuno y fue a buscar un libro sobre las cruzadas, que había estado leyendo. Al extraerlo del librero, cayeron varios libros, revistas y otros documentos. Se puso a recogerlos del suelo; entre ellos estaba el viejo calendario de su abuelo que llamó inmediatamente su atención. Lo tuvo unos segundos en sus manos.

La páginas estaban raídas, las letras desteñidas, el papel amarillo. En la portada decía "Calendario 1935". Había sido impreso en España. En cada página, correspondiente a cada uno de los meses de ese año, había una foto en blanco y negro de una joven en traje de baño, con un erotismo ingenuo. Buscó la página del mes de julio y la abrió lentamente. La foto de ese mes era de una hermosa joven, sentada, de espalda, con la cabeza vuelta hacia el lado. Tenía una figura grácil, y una cara hermosa, con pelo negro, largo, que caía sobre los hombros desnudos. Aparecía vestida con un traje de baño color claro, tenía las piernas dobladas, los pies calzados con unos elegantes zapados negros, de taco alto. Los zapatos le daban un aire sexy. Su mirada, dirigida hacia quien tomó la fotografía, era provocadora. Los labios maquillados de oscuro, esbozaban una delicada sonrisa. Debajo de la foto decía "Carlota, Madrid".

Cirilo puso el calendario en la repisa, tomó el libro que buscaba y se dirigió a la cocina a tomar su desayuno. Absorto en la lectura dejó que se le enfriara el café, sin darse cuenta. Más de una hora estuvo leyendo. Dejó el libro y su mente comenzó a divagar. Hizo un recorrido imaginario por los lugares y tiempos que había visitado. En su repaso se le vino a la mente su primera travesía, en que retrocedió a un pasado cercano. Después las dos visitas a su colegio, en tiempos de su niñez. Su encuentro consigo mismo.

Le vino a la mente el viaje a Londres en la década de los años cincuenta. Su encuentro con María Callas al inicio de su carrera. Su viaje a Arlés, en el que acompañó a Vincent Van Gogh mientras pintaba un cuadro. La visita a los tiempos de la Revolución Francesa, su encuentro con Napoleón Bonaparte y su experiencia en las barricadas. El fallido intento de llevar a Veranda a retroceder un año en el tiempo. Sus travesías más lejanas, al mundo Maya en su época clásica, y por último, el viaje a Nubia, en los comienzos del Imperio Romano. No pudo dejar de pensar en su encuentro amoroso con la joven maya, Amayte, así como el que tuvo con la bailarina Imneria. Eran tantos los recuerdos. ¡Y nadie con quien compartirlos!

En eso estaba cuando se dio cuenta de cómo había avanzado el tiempo, así que decidió que era hora de ir a vestirse. Fue a dejar el libro a la repisa donde lo había encontrado. De entre los libros, que había puesto desordenadamente cuando se cayeron al suelo, sobresalía el calendario de 1935. Lo tomó y lo abrió en el mes de julio, nuevamente.

La semana pasó lenta. Trató siempre de evitar los encuentros con Veranda. También con Ricardo, que se había vuelto obsesivo con el tema de la hija artista. En realidad trató de evitar encuentros con todos. Cuando llegó el viernes siguiente se puso a reflexionar. En la botella le quedaba agua para una última travesía. Tenía serias dudas de que el pozo estuviera disponible para él otra vez, para recoger más. Sería esa sola vez, y lo sabía. Eso significaba que tendría que pensar mucho cuál sería su próximo, y seguramente último, viaje al pasado.

Varias veces durante la semana se le vino a la mente la imagen de la muchacha en traje de baño, con el rótulo "Carlota, Madrid". Ese calendario había estado en poder de la familia desde hacía décadas. Su abuelo había viajado a España en su juventud y lo había traído como recuerdo. Más que un calendario para ver las fechas, lo había adquirido porque le llamaron la atención las muchachas en traje de baño. Desde entonces había estado en manos de su abuelo, luego de su padre y finalmente lo había recibido él. Pero lo conocía de joven y siempre le atrajo la foto en blanco y negro de la muchacha del mes de julio, Carlota.

Ya no estaba atado a Veranda, no había razón alguna para no hacer lo que quisiera. Y entre viajar a conocer un personaje histórico, que no estaría seguro que pudiera encontrar en el espacio tiempo, y darse el gusto de buscar a la joven Carlota, estaba por decidirse por la segunda opción.

Tuvo un encuentro con Veranda. El se turbó un poco al verla, no supo qué decirle ni qué actitud tomar. En cambio ella se mostró contenta de verlo, lo saludó como si nada hubiera pasado. Le mostró una amplia sonrisa, que hizo que Cirilo se relajase un poco. Intercambiaron unas palabras y se despidieron, con toda naturalidad.

Camino a casa Cirilo aún rumiaba la idea de ir a buscar a la mujer del calendario. Por fin se decidió. El sábado haría la que seguramente sería su última travesía. Y sería a Madrid de 1935. Ahí vería cómo buscarla.

Llegó el sábado, por fin, y el momento de su nueva travesía. Tomó un desayuno abundante, se vistió de pantalón y chaqueta, camisa y corbata, sacó la botella con el último resto del agua. Después de los preparativos, tomó de un trago la mitad del agua que quedaba, siguiendo el protocolo que ya conocía de memoria.

Se encontró en una bulliciosa ciudad de 1935. Estaba en medio de una calle curva donde circulaba una cantidad de autos cuadrados, de colores oscuros y unos cuantos tranvías amarillos. Las veredas estaban llenas de gente y en la calle había personas que cruzaba en forma desordenada en diversas direcciones. Las mujeres muy arropadas, los hombres, mucho más numerosos, de terno, casi todos con sombrero. El lugar bullía de actividad. Frente a él, a unos cincuenta metros, había un edificio de cinco pisos con un letrero que decía "Hotel París". La calle en la que estaba describía una curva, formando una plaza en la que había un monumento de un hombre a caballo y una fuente de agua. Una gran cantidad de calles convergían a esta plaza. A la derecha se veía un edificio de colores blanco y rojo, con una torre con reloj en el centro. Como siempre ocurría, nadie lo vio aparecer.

Estaba admirando lo que veía en su entorno, cuando sintió un fuerte aullido. Era un auto que le estaba tocando su bocina para que se moviera. Estaba parado en medio de la calle. Rápidamente se dirigió hacia la vereda, en dirección al edificio con la torre. Se acercó a un letrero que vio cerca de donde estaba. Decía "Puerta del Sol".

Estaba en el centro mismo de Madrid, en el lugar desde donde arrancan las grandes vías. Una pareja se paró frente a él y se quedaron mirándolo. Ambos estaban elegantemente vestidos. El varón le habló con un acento español muy marcado:

- Señor, disculpe, andamos buscando la tienda Liérganes, ¿usted sabe dónde se encuentra?

- Lo siento señor, no soy de aquí. Acabo de llegar,

- Está bien, no se preocupe.

Le hicieron una venia y se perdieron entre el gentío.

Delante de él caminaban dos mujeres con abrigos largos y sombreros. Se cruzó un hombre con un maletín y una raqueta de tenis. Por la calle pasó un tranvía tocando una campanilla. En la parte superior llevaba un letrero que decía "Cinzano". Detrás de él avanzaban cuatro soldados montados a caballo.

Cirilo llevaba el calendario de su abuelo, enrollado y sujeto con una banda elástica. Lo desenrolló y leyó la inscripción en la parte de atrás de la última página. Decía:

"Imprenta Conejeros, 21 Calle del Barco, Madrid"

Se había informado dónde quedaba la Calle del Barco, usando un mapa, así que pensó que no estaba muy lejos del lugar que había elegido para aparecer. Se acercó a un hombre que se encontraba parado al lado de un canasto, fumando. El hombre le indicó una calle que lo conduciría en la misma dirección que él pensaba que debía tomar.

Se llamaba Calle Montera. Era angosta, con bastante tráfico de autos, muy concurrida y ruidosa, llena de establecimientos comerciales en ambos lados. Entre los autos y tranvías, también circulaban carretones tirados por caballos, algunos abiertos, otros tenían un toldo de cuero o de género. Al final esta calle terminaba en una plazoleta con una fuente.

Dobló hacia la izquierda por la Gran Vía, que así se llamaba. Avanzó dos cuadras y dobló a la derecha por una calle muy estrecha, flanqueada por unos arbolitos pequeños. Era la Calle del Barco. En el número 21 había un letrero que decía "Imprenta Conejeros". Era un edificio antiguo de cuatro pisos, ennegrecido por el humo y el tiempo. Tocó el timbre. Un hombre bajo pero macizo, con grandes bigotes, cara rojiza con barba espesa, abrió la puerta que chirrió pesadamente. Se quedó mirando a Cirilo con cara de pregunta.

- ¿Señor, aquí imprimen estos calendarios?
- Si, pero ya se distribuyeron todos.

El hombre iba a cerrar la puerta, pero Cirilo se lo impidió, sujetándola con la mano. El sujeto levantó las cejas, sorprendido, y lo miró a los ojos.

- No necesito calendarios, sino que busco información.
- ¿Qué información? - preguntó el hombre, en un tono que parecía molesto.
- Necesito contactarme con el fotógrafo que tomó las fotos.
- ¿Y cómo voy a saber yo quien las tomó?
- Alguien aquí debe saber.
- Por qué le interesa tanto?
- Me gusta su oficio, quiero encargarle un trabajo.
- ¡Mario! - gritó, girando la cabeza hacia el interior.

Era un lugar sumamente desordenado y sucio. Se veían varias máquinas, unos mesones, paquetes de papel, unas guillotinas, todo manchado de diversos colores. Del interior salía un fuerte olor a tinta. Apareció Mario. Era más joven, y su aspecto era menos agresivo que el del otro hombre.

- ¿Qué se le ofrece?

- Quiero pedirle un servicio - respondió Cirilo, en un tono más humilde que el había usado con el otro sujeto -, necesito saber quien tomó las fotos de este calendario que imprimieron ustedes.

- Vaya, usted está pidiendo demasiado. ¿Para qué lo quiere?

- Me gustó su trabajo, quiero contratarlo para un proyecto que tengo.

- ¿Y cuál es ese proyecto? - preguntó el joven, con una sonrisa en los labios. El otro hombre miraba con cara de estar impaciente por terminar la conversación y volver a lo que estaba haciendo.

Cirilo se estaba incomodando por las preguntas del hombre, que eran asuntos ajenos a su incumbencia. Pero él estaba en sus manos, ese joven era en ese momento su única conexión con la chica del traje de baño. Salió del paso con lo primero que se le vino a la cabeza:

- Tengo el proyecto de hacer algunos retratos para promocionar un producto.

- ¿Y qué producto sería ese?

- Es un jabón especial que protege la piel. Por eso es muy importante que la fotografía sea de óptima calidad, y realizada con gusto, como las del calendario. Este fotógrafo parece ser lo que necesito.

- Ya veo. Buen proyecto, interesante - respondió el joven, sin dejar la ligera sonrisa que estaba enervando a Cirilo.

Estuvo pensando un rato, y cuando cayó en cuenta que no sería competencia para él, decidió colaborar.

- Pero hay un problema.

- ¿Cuál problema?

- Es que nosotros compramos las fotografías a una agencia. No conocemos al fotógrafo.

- ¿Y me podrían dar el nombre de la agencia? - preguntó Cirilo, con el máximo de humildad que pudo.

- David, ve a buscar mi libreta que está en el cajón del escritorio.

Pasó un largo rato hasta que llegó David, que así se llamaba el hombre del bigote espeso.

- Aquí está: Agencia Cantillán, Calle Zurbarán número 112.

Una vez que le hubieron explicado donde estaba la calle Zurbarán, inició el largo camino hasta llegar al lugar. Estaba bastante lejos, como a catorce cuadras, por lo que la caminata que le esperaba iba a ser larga y se agregaba a lo ya andado.

Llegó hasta una plazoleta con árboles pequeños, que llevaba el nombre de San Ildefonso. Desde allí dobló por una calle mas angosta que la anterior, pero con el mismo tipo de edificación. Los edificios lucían diversos tonos de gris: gris amarillo, gris rosado, gris celeste, y así. Llegó hasta que terminó la calle, en un almacén llamado La Reserva. "Curioso nombre para un almacén", pensó. Siguió por calles angostas, hasta llegar a otra plazoleta, muy arbolada, para seguir por una vía un poco más ancha, con edificaciones de colores más vivos. Le dio la impresión que la calle había experimentado un remozamiento general. Se veía bastante más tráfico de vehículos que en las anteriores, aunque comparado con la época de la que venía Cirilo, le parecía sumamente poco, como lo que vería en un pueblo pequeño.

Llegó al cruce con una importante vía por la que fluía un intenso tráfico de vehículos, entre los que destacaba un bus de dos pisos. Detrás de él avanzaba un coche cargado de cajones, tirado por dos caballos.

Una mujer joven vestida de negro, con un velo sobre la cara, se cruzó frente a Cirilo. Siguió por una calle ancha, con edificaciones más modernas que en las calles por las que había transitado. Avanzó una cuadra larga, y se cruzó con la calle que buscaba: Zurbarán.

No le costó mucho encontrar el número 112. Era un edificio de oficinas. Tuvo que recorrerlas hasta encontrar lo que buscaba: la agencia Cantillán. Lo atendió una secretaria de anteojos, con una nariz larga y puntiaguda, vestida con un largo traje azul, que le llegaba casi hasta los tobillos y un sombrero gris, redondo.

- ¿Usted quiere que lo conecte con quien tomó la foto? Nosotros no tratamos con los fotógrafos.
- ¿Y como compran las fotos?
- Bueno, hay todo un procedimiento.

Pareció dudar. Luego agregó:

- Mejor hable con mi jefe, voy a ver si lo puede recibir.

Tomó el calendario y desapareció unos minutos, para volver muy sonriente.

- Venga, tuvo suerte. Está siempre tan atareado, pero igual lo va a atender ahora mismo.

En realidad, cuando entró a la oficina y vio al jefe, no tenía aspecto de estar muy ocupado, más bien parecía no estar haciendo nada, aparte de estar tomándose un café que tenía servido, mientras leía el diario.

- Me dice la señorita que usted quiere contactarse con el fotógrafo que tomó las fotos que le vendimos a la imprenta que publicó este calendario.
- Así es - respondió Cirilo, mientras tomaba su calendario, que estaba sobre el escritorio del jefe.
- ¿Para qué necesita al fotógrafo?

Cirilo se vio obligado a repetir la historia que había inventado, de la campaña de publicidad del jabón que protege la piel.

- No tendría problema en dársela, si no fuera porque no me acuerdo dónde la dejé. Está aquí, en alguna parte, pero no tengo tiempo para buscarla ahora.
- ¿Y no habrá alguien que sepa dónde encontrarlo?
- No
- Alguna pista. Algo donde empezar, yo me pondría a preguntar.

Mire, yo tengo que ordenar todo lo que tengo aquí, creo que en una semana terminaría. Ahí seguramente aparecerá. ¿Por qué no vuelve en una semana? Estoy casi seguro que se la tendré.

- Es que no podré esperar una semana. Tiene que haber otro modo de saber dónde se encuentra -. Cirilo se sentía decepcionado, no tenía forma de volver en una semana, pues ya no tendría más agua, además no era seguro que tuviera la tarjeta. Después de todo lo que había caminado, encontrarse en un callejón sin salida no lo podía aceptar así no más.

- Usted es sudamericano, por su modo de hablar. Son todos iguales, siempre tan impacientes - dijo el hombre, mientras movía la cabeza de un lado a otro.

- ¿Usted se acuerda de su nombre? - después de un rato de pensar, agregó - si tuviera internet lo podría encontrar por el nombre.

- ¿Qué?

- No, nada. Estaba pensando en voz alta, solamente.

- Se llama Ramón no se cuanto. A lo mejor la secretaria se acuerda de su apellido.

- Le voy a confesar que más me interesa ubicar a la señorita que aparece en esta foto. Me parece ideal para mi campaña.

- ¿A ver? Carlota. No haberme dicho antes. ¡Señorita!

- ¿Señor? - apareció casi corriendo la secretaria.

- Ubíquele la dirección de esta modelo - le dijo, mientras le mostraba la foto -. El joven está interesado en ella.

Mientras le decía esto, miraba a Cirilo con una sonrisa socarrona. Llegó la secretaria de vuelta con un papel en la mano. Se lo pasó a Cirilo, mientras lo miraba con cara de pregunta. A Cirilo le pareció que la nariz la tenía más larga y puntiaguda que cuando llegó. Tomó el papel y lo leyó. Luego preguntó cómo llegar. No era tan cerca de donde estaba, así que tendría que seguir andando. En realidad quedaba en la dirección de donde había venido. Tendría que llegar a la puerta del sol, y de allí seguir caminando.

Se despidió, agradeció y se retiró, mientras el jefe lo miraba con su sonrisa burlona.

- ¡Que le vaya bien con Carlota! - le dijo, mientras de alejaba.

Cuando salió de allí comenzó su larga caminata hasta el punto de llegada: La Puerta del Sol. Una vez allí, sacó el plano que le habían dibujado para ubicar la calle que debía tomar. Siguió caminando varias cuadras y pasó junto a unos cafés. Después cruzó una plaza en forma triangular llamada

Tirso de Molina. Más cafés llenos de gente. Los pies ya no los aguantaba, estaba abatido de cansancio.

Se sentó un rato en un banco a descansar. Estaba sintiendo apetito, no tenía dinero para comprar nada para comer. Sacó fuerzas y se levantó. Ya le faltaban unas pocas cuadras para llegar. Hasta que por fin leyó un letrero azul colocado en una esquina de una calle angosta y oscura. El letrero decía "Calle Abades". Anduvo un poco y llegó al número 52. ¡Era donde supuestamente vivía Carlota!

Entró y subió los tres pisos. Encontró el departamento marcado con el número 23. Estuvo un largo rato parado frente a la puerta. Ahí cayó en cuenta que no sabría qué decirle a la joven cuando la viera. ¿Le diría que vivía en el futuro, tenía un calendario con su foto, que perteneció a su abuelo, le gustó, y quiso venir a verla?

Estaba claro que no. Tenía que pensar y decirle algo bien convincente, para que la joven no le cerrara la puerta en las narices. Tal vez decirle que en la agencia Cantillán le habían dado su nombre y preguntarle si estaría dispuesta a servir de modelo para unas fotos. En eso estaba, parado frente a la puerta, absorto en sus pensamientos, cuando se abrió la puerta. Apareció una dama gruesa, con abundante vello facial, cara poco amistosa, que se quedó mirándolo, esperando que le dijera qué hacía frente a su puerta.

- Busco a la señorita Carlota - balbuceó.

49

Carlota, Madrid

Cirilo se quedó mudo. No podía articular palabra. Casi se desplomó cuando la señora del bigote le dijo que Carlota ya no vivía allí. Las rodillas le empezaron a flaquear.

- ¿Le pasa algo, joven?
- No, nada. Es que estoy un poco cansado. He caminado mucho hoy día - después agregó, para sí -. Además, no he comido nada en horas.
- Mire - le dijo ella, que alcanzó a escucharle -, yo estaba a punto de tomar una taza de té, ¿por qué no pasa y se sirve algo?

Antes que terminara Cirilo ya estaba adentro. Le dieron una taza de té y pan con mantequilla, mermelada y jamón.

- He caminado durante horas. Partí desde la Puerta del Sol, fui a la imprenta que está en la calle del Barco. Desde allí me mandaron a la agencia, en la calle Zurbarán. De la agencia me mandaron acá, donde se suponía que vivía Carlota.
- Dígame, ¿por qué está interesado en encontrar a esta Carlota?
- Le voy a decir la verdad - dijo, mientras hincaba los dientes en un pan con jamón -. Ya me cansé de inventar mentiras.
- Me parece bien, pues.
- Yo vivo en un país sudamericano, en el año 2012.

- ¿En el año 2012?
- Si, y puedo viajar en el tiempo y el espacio, tomando agua de un pozo que se me apareció.
- ¿Bebiendo agua de un pozo?
- Tenía este calendario, que lo llevó mi abuelo, de 1935. Este es - le dijo, mientras extendía el calendario para que lo viera -. Esta es Carlota.
- Adivino, usted viajó acá para encontrarla.
- ¡Exactamente!
- Bueno, le voy a contar que Carlota vive a diez cuadras de aquí. Ahí podrá encontrar a la mujer de sus sueños, salida de su pasado. Vaya a buscarla y se la podrá llevar a 2012.
- Es entendible que no me crea.
- Si le creo. Esta es la dirección.

Cuando se despidieron, la mujer velluda se quedó pensando: "simpático el joven, aunque un poco chalado. Pero tenía algo extraño, que lo hacía distinto".

Cirilo caminó las diez cuadras hasta llegar al departamento donde supuestamente vivía Carlota, en la calle Esperanza. Subió al segundo piso, y tocó el timbre. Mientras esperaba, trató de pensar qué le diría. Nada se le ocurría. Ni una sola idea cruzaba su mente.

Pero nadie respondía. Tocó nuevamente, y una tercera vez, pero nada. Se sentó en el último peldaño de la escala, con la mente en blanco. Así estuvo más de veinte minutos, hasta quedarse dormido. Durmió un largo rato, con la cabeza apoyada en las rodillas.

Una presencia lo despertó bruscamente. Alguien estaba parado frente a él, mirándolo. Al principio no distinguía quien era, pero de a poco fue distinguiendo a la persona que estaba frente a él: Era Carlota. Tal cual la visualizaba, a partir de la impresión que le causara la imagen en blanco y negro. Ahora la veía por primera vez en colores. Pero la reconocía tal como era: sus ojos rasgados, las pestañas espesas, las cejas largas y dibujadas, los labios gruesos, pómulos salientes, piel blanca, pelo oscuro y vaporoso. Detrás de un traje de dos piezas, café oscuro, con ribetes color ocre, largo hasta muy por debajo de las rodillas, se adivinaba un cuerpo bien formado, tal como se dejaba ver en la foto con traje de baño. Cirilo abrió bien los ojos y enfocó la vista en la joven mujer.

- Carlota - exclamó, mientras se incorporaba.
- Si, yo soy Carlota - exclamó ella con una voz suave y melosa.

Se produjo un silencio, durante el cual ambos se miraron con detención.

- ¿Quien es usted?
- Nadie, sólo Cirilo.
- ¿Y quién se supone que es "nadie, sólo Cirilo"?

Cirilo se quedó callado un rato, sin saber qué decir, hasta que se le ocurrió algo. Abrió el calendario en la página de julio.

- Tengo este calendario con una foto tuya.
- Vaya, es claro que esa soy yo -, dijo ella, mientras levantaba las cejas como esperando una explicación.
- Me gusta tu foto.

Cirilo no supo cómo encontró el valor para decirle eso. La joven lo miró intrigada.

¿Qué tiene la fotografía que te gusta?

Ya había cruzado la línea así que podía dar un paso más allá:

- Me gusta la persona que sale en ella.

Ella echó a reír.

- Vaya que parece viejo el calendario - exclamó ella - ¿Dónde lo tenías guardado que se puso así de amarillo?

Al cabo de un rato él se dio cuenta que la atracción era mutua. Para ella, fue un amor a primera vista.

- Tienes algo que te hace diferente a los demás jóvenes - le dijo, con tono de estar intrigada -, ¿qué es?
- No sé, tú dímelo.
- Por empezar, hablas raro. Se ve que vienes de América. ¿Qué haces en España?
- Vine a buscarte.

Ella se echó a reír. Cirilo se extrañaba de su propia desenvoltura. Un año atrás, no se hubiera atrevido a ser tan audaz en el trato con una mujer. Un pensamiento fugaz se le vino a la mente, y era que las travesías que había llevado a cabo, y el hecho de tratar con tanta gente distinta y para él, tan exótica, y la manera como había tenido que improvisar tantas veces para salir de situaciones embarazosas, lo habían cambiado, reduciendo su timidez original.

- ¿Me quieres decir que porque viste mi fotografía en una página de un calendario, has venido desde América a buscarme?
- En ciertos aspectos es más simple que eso. Pero en otros, es tanto más complejo, que no me lo creerías.
- Vaya hombre complicado. Cada vez me intrigas más.

Se quedó pensando largo rato. Cirilo la miraba, complacido con lo que veía. Luego ella prosiguió:

- No debería invitar a un extraño a entrar a mi departamento, pero voy a hacer una excepción - y después de una pausa agregó - ¿por qué no entramos, en lugar de estar sentados aquí?
- Me parece muy bien, gracias por la invitación.

Ella sacó su llave, abrió la puerta y le hizo una seña de que pasara, Cirilo estaba encandilado. Le costaba aceptar la realidad de lo que estaba ocurriendo. No podía creer que esa mujer, cuya imagen monocolor había admirado desde su juventud, estuviera allí, viva y en cuerpo y alma, invitándolo a pasar a su hogar.

Ella le indicó que se sentara en un cómodo sofá que había en la sala, repleto de cojines con bordados en rojo.

- ¿Tienes sed? tengo jugo de granada preparado.
- No gracias.
- ¿Un café, tal vez?
- Bueno. Pero dime una cosa, ¿dejas entrar a cualquier desconocido con que te topas?
- No eres desconocido. ¡Mi alma! Si no eres ni más ni menos que Cirilo.
- Así es - respondió el, mientras la miraba mordiéndose los labios -, y para mí tu tampoco eres desconocida. Te conozco desde que yo era niño.

Carlota se echó a reír.

- ¿Cómo me vas a conocer desde que eras niño? Si entonces yo no nacía.
- Es cierto, pero difícil de explicar. Digamos que he soñado contigo desde hace muchos años.

- Y por fin me encuentras ¿Eh? - dijo ella, en tono coqueto - la niña de tus sueños. Ahora voy a prepararte tu café.

Cuando se quedó solo, Cirilo comenzó a mirar a su alrededor. Había algunas fotos de la propia Carlota, unos ceniceros, un jarrón con flores, un par de lámparas, y muchas cosas que no correspondían a ese lugar, en las mesas, en el suelo y en los sillones. Estaba francamente desordenado, y eso no pasó inadvertido para Cirilo, una persona que valoraba el orden. Era un departamento un poco frío y desorganizado, como de alguien acostumbrado a mudarse de casa con frecuencia. Estaba en eso cuando sin poder evitarlo, se le dibujó una sonrisa en la cara. Es que la idea de que haya podido encontrar a la joven que había admirado secretamente por una simple fotografía desde su adolescencia le parecía demasiado inverosímil. Además, desde el primer momento se había generado una empatía entre ellos. A su hermosura se agregaba el hecho que era simpática. Se encontraba absorto rumiando la felicidad que lo embargaba en ese momento, cuando apareció Carlota con dos tazas humeantes. Después de dejar las tazas en la mesa se sentó frente a él, tan cerca que sus rodillas casi tocaban las de Cirilo. El se hallaba tan a gusto que se arrellanó entre los cojines, y se quedó mirándola extasiado.

- ¿Qué me miras tanto? ¿Te debo dinero, acaso?
- Es que no puedo creer que esté aquí contigo, la chica del calendario.
- Es como un milagro, ¿no? - dijo ella, en tono burlón -. Y ¿a qué te dedicas, Cirilo?
- Viajo.
-¿Viajas? ¿Cuál es el objeto de tus viajes?
- Viajo por el espacio y por el tiempo para conocer gente.
- Tonto - dijo Carlota, con una sonrisa - A mí también me gustaría viajar para conocer gente.
- Mientras más gente distinta conoce uno, más se interesa por los demás. Ha pasado mucha gente por el mundo, y tan distinta.
- No sabes lo que me ha ocurrido esta mañana - exclamó ella riéndose.

- ¿Qué te pasó?
- Estaba en el correo para despachar una carta. Al querer pasarle la lengua a la estampilla para pegarla en el sobre, se me fue adentro de la boca y se me ha pegado en el paladar.

El se sonrió.

- Tuve que sacarme los guantes, irme a un rincón donde nadie me viera y meterme los dedos en la boca para despegármela. De pronto me dieron arcadas.
- Eres una mujer muy alegre.
- Puedo, a veces, ser alegre - intervino ella, poniéndose muy seria. - Pero ser alegre no es ser feliz.
- ¿Alguien puede no ser feliz pero a la vez ser alegre?
- Así es.
- No me parece.
- Por supuesto que sí. Puede que la alegría sea sólo temporal, una máscara para ocultar la tristeza.
- No me vas a decir que tú eres una persona así.
- En cierto modo.
- A ver, ¿y por qué sería?
- Me he esforzado mucho. He hecho grandes sacrificios por salir adelante.
- ¿Lo de las fotografías?
- Lo de la fotografía fue un paréntesis. Tuve la oportunidad de que me tomaran esa fotografía y la aproveché, pues ganaba algún dinero y me podía servir de publicidad.
- Ya veo - dijo él, pensativo.
- Vivo en el lado oscuro de la luna.
- ¿En el lado oscuro de la luna? - preguntó Cirilo, sonriendo.
- Si, estoy en el fondo del cráter más negro del lado oscuro de la luna.
- Si que eres pesimista. ¿Y para qué quieres la publicidad?
- Siempre he querido ser actriz.
- ¿Actriz de teatro?
- De cine.
- Y, ¿has estudiado actuación?
- Si, algo. Pero tengo talento innato.
- Sin embargo, las cosas no te han salido bien.

- No me han salido como yo quería. He tenido papeles menores en peliculillas de poca monta.
- Por algo se empieza. A lo mejor no has tenido la paciencia o la perseverancia necesaria.
- Es que siento que estoy predestinada al fracaso.
- Entonces tienes asegurado el fracaso.
- ¿Por qué crees que tengo asegurado el fracaso?
- Tú me lo acabas de decir - irrumpió Cirilo, algo enojado -. No crees en ti misma. No has intentado lo suficiente. Eres floja. Crees que tres intentos son suficientes, y ya te das por vencida.
- ¿Cómo sabes tú que son tres?
- Bueno, cuatro, cinco, diez, da lo mismo. ¡No es suficiente!
- Además, me ofendes tratándome de floja. ¡De dónde sacas que soy floja!
- Por el desorden que tienes.
- Entonces soy desordenada, pero eso no es ser floja.
- Una persona floja es desordenada. Y cuando alguien es desordenado, generalmente es flojo.
- Vaya, mira como tienes tipificada a las personas.

Cirilo se rió de buena gana, y mientras lo hacía, como un acto casual, estiró la mano y le tomó la de Carlota. Ella aplicó un poco de fuerza, como para quitar su mano, pero él apretó más fuerte. Luego dejó de resistirse. El le tiró suavemente la mano.

- Siéntate al lado mío - le dijo, en un arranque de audacia, al notar que ella había aceptado lo de la mano.

Carlota se sentó en el sofá, a cierta distancia de él, que no le soltaba la mano. Al momento de depositar su cuerpo, él la tomó de la cintura y la atrajo hacia sí.

- Oye, no eres nada de tímido.
- ¿Te molesta?

Después de un rato ella respondió en voz baja:
- No. A pesar que me has tratado de floja.
- No me gusta ver que una persona se rinda así no más - le dijo Cirilo, con energía -. Hay que tener más confianza en uno mismo. Y dar la pelea todas las veces que sea necesario.

Cirilo se acercó aún más. Carlota se había puesto seria. El podía oír como respiraba y percibía como palpitaba su corazón. Sentía su olor perfumado. Advertía su cuerpo tibio junto al suyo. Continuó dando consejo:

- Si las cosas no resultan a la primera, vuelve a intentar. Si no, otra vez, y otra, y otra. Si tienes fe en ti misma, lo que te propongas lo vas a lograr.

El mismo Cirilo estaba extrañado de la convicción con que le decía como hacer las cosas. El, que no estaba muy contento con lo que hacía en la vida, y que era un soñador sin remedio, se encontraba dando consejos positivistas. Continuó:

- El mundo es de los que perseveran - mientras decía esto la iba estrechando con más fuerza -.Las capacidades de los seres humanos son enormes. Tu sólo debes explorar las tuyas, descubrirlas y llevarlas hasta el límite.

- Eres un poco lanzado, Cirilo - dijo Carlota mientras inclinaba su cabeza y la apoyaba suavemente sobre la de él.

- ¿Te molesta?

Después de un rato, ella le respondió:

- No.

- Entonces déjate llevar.

Mientras decía esto sentía la emoción de tener entre sus brazos a la mujer con que había soñado desde tantos años. Carlota cerró los ojos y soltó todos los músculos de su cuerpo, quedando totalmente atrapada por Cirilo.

- Me hace bien hablar contigo. Creo que eres la persona que necesitaba para que me hiciera comprender mi vida.

El le respondió dándole un fuerte apretón. Así estuvieron un largo rato, hasta que sus labios se encontraron. El beso fue largo y lleno de pasión, como si hubieran sido amantes durante mucho tiempo, mientras Cirilo acariciaba suavemente el cuerpo de la joven. Casi no respiraban. Hubo un momento en que sintió la falta de aire y tuvo que respirar profundo, llenándose sus pulmones con el perfume de Carlota. Le parecía que su boca tenía sabor a frutillas.

Cuando terminó el beso, ambos se separaron un poco para mirarse unos instantes. Luego de esto vino un segundo beso, más carnal que el primero. Fue muy largo. Cirilo se dejó llevar por la intensa atracción que esa mujer ejercía sobre él. La sostenía fuerte entre sus brazos como quien tiene el tesoro más preciado.

Sonó el timbre. En un principio ninguno de los dos pareció oírlo. Volvió a sonar, con más insistencia. Y una tercera vez, ahora durante un tiempo prolongado.

- Tengo que ir a ver quién está en la puerta.
- ¿Es necesario?
- Si - respondió ella levantándose del asiento, mientras se desprendía del abrazo pesado de Cirilo.

Al rato volvió, indicando con el dedo hacia la puerta.
- Te buscan a ti - dijo, con toda naturalidad.
- ¿Qué? Es imposible.
- ¿Tú eres Cirilo? A ti te buscan.
- Pero ¿quien es? - preguntó Cirilo, si poder salir de su asombro - Nadie me conoce aquí.
- Es un señor de sus años que pregunta por ti, y dice que tiene urgencia de verte.

Cirilo se la quedó mirando con la boca abierta. Como no atinaba a moverse de su asiento, Carlota agregó:
- En realidad me dijo que era un asunto de vida o muerte.

Cirilo abrió ampliamente los ojos y se levantó como un autómata para dirigirse hacia la puerta de entrada.

Cuando llegó vio una figura que ya conocía. Era Levandas, el griego, que había aparecido tres veces antes, y siempre cuando Cirilo se aprestaba a retornar a su presente. Ahí estaba parado, su cara blanca, con sus vestimentas oscuras y el sombrero alón.

- Levandas, ¿qué haces aquí? si yo no tengo intención de volver todavía.
- Debes volver inmediatamente - era la primera vez que Levandas le hablaba.
- Pero, ¿por qué?
- Cirilo, el agua que tienes en tu casa se está acabando. Quedan sólo unas gotas. Si no te vas inmediatamente se puede terminar, y tú acá.
- ¿Cuál sería el problema?
- No sé qué consecuencias podría tener eso, pero sería gravísimo.
- ¿Por qué?
- No te lo puedo explicar. Pero es esa agua la que te mantiene acá.

- Y ¿por qué no puedo tener más agua? ¿Por qué ya no puedo encontrar el pozo?

- Tú no encontraste el pozo. El te encontró a ti. Vamos, que debes irte.

- Pero es que ahora estoy en algo muy importante. ¡No puedo irme en este momento!

- No puedes elegir. Te irás de inmediato porque el agua está llegando a su fin.

- ¿Qué pasa si no me voy?

- Te irás de todas maneras. Pero si no te vas bebiendo el agua del pozo no te puedo decir cuáles serían las consecuencias para ti.

Cirilo se le quedó mirando.

En eso apareció Carlota, intrigada por lo que se demoraba Cirilo con el viejo.

- ¿Sucede algo? - preguntó.

- Lo que pasa es que debo irme.

- ¿Por qué? - preguntó ella enojada.

- No te puedo explicar ahora. Es una emergencia.

- Pero no puedes llegar e irte ahora. ¿Cómo me vas a dejar así, no más? ¿Quién es esta persona?

- El es un amigo, Levandas. Viene a avisarme de una emergencia. Debo irme, pero luego volveré.

- No lo puedo creer. ¡Vete y no vuelvas!

- No, Carlota. Entiéndeme. No es culpa mía. Debo irme.

Dirigiéndose a Levandas, le suplicó:

- ¿No es posible que me quede?

- Ninguna posibilidad. Y el tiempo pasa. ¡No demores más y vamos!

Dicho esto agarró a Cirilo de un brazo y comenzó a jalarlo. Carlota se paró en la puerta con las manos en la cintura, con cara de furia. Cirilo trató de zafarse de las manos de Levandas, para despedirse de ella. Pero Carlota cerró la puerta dando un fuerte golpe. Levandas tiró más fuerte y Cirilo sintió que no podía resistirse. A pesar de que era muy viejo, tenía mucha fuerza. Cirilo lo siguió, mientras el hombre comenzaba a correr, escalera abajo. Dio vuelta la cabeza. Sólo vio la puerta cerrada del departamento de Carlota.

Mientras bajaban las escalas corriendo, Cirilo preguntó:
- ¿Quién eres?
- Levandas.
- Si sé que te llamas Levandas. Pero ¿qué tienes que ver con el pozo?

Sin detener la apresurada bajada, el viejo comenzó a explicarle:
- Soy un ateniense que vivió hace veintidós siglos. Fui un mago. Mi magia no gustó a la gente, me acusaron de estar haciéndoles daño.

Se quedó en silencio, como que el relato terminara allí. Llegaron al primer piso, pero en lugar de dirigirse hacia la calle, el griego lo arrastró hacia una salida posterior del edificio, que daba hacia un pequeño patio. Al fondo del patio, en un rincón, Cirilo vio el pozo. A medida que se acercó, se fue oscureciendo. Sintió la mirada de alguien. Se detuvo en mitad del patio, giró el cuerpo y dirigió la vista hacia arriba. En una de las ventanas estaba Carlota asomada. Miró a Levandas que estaba junto a él, tirándolo de la manga para que avanzara.

- ¿Por qué estás aquí, después de veintidós siglos? ¿Qué te pasó en Atenas?
- No les gustó mi magia. Me condenaron a muerte.
- ¿Te ejecutaron?
- Sí. Me arrojaron en un pozo abandonado para que me ahogara.

Cirilo se quedó pensando, con la vista clavada en el griego. Vio que su piel blanquecina tenía aspecto de un cuero de ante, pero cubierta de arrugas finísimas. Ahora se dio cuenta que su aspecto no era el de una persona normal, de edad avanzada.

- Cuéntame más.
- No, por ningún motivo. Ya no hay tiempo.

Cuando estaban junto al pozo, Levandas puso sus manos en forma de copa, recogió un poco de agua y se la ofreció a Cirilo para que bebiera.

- Necesito más agua. ¿Por qué no he podido encontrar el pozo? Tienes que ayudarme a encontrarlo. Debo volver acá.

- Si, pero eso no puede ser ahora. En estos momentos sólo bebe esta agua y concentrarte en tu retorno- y alzando la voz, le ordenó:

- ¡Pero hazlo ya! - al tiempo en que casi le lanzó el agua en la cara.

Estaba muy oscuro. Cirilo distinguió la imagen de Carlota en la ventana. Bebió el agua y nada sucedió.

- ¡Concéntrate y deja de mirar hacia atrás! le gritó Levandas.

Cirilo tomó otro sorbo, y pensó en su departamento. A los pocos instantes comenzó a aclararse y a dibujarse el entorno de su habitación. Levandas ya no estaba. De sus manos cayó al suelo el viejo calendario, abierto en la página de julio, con la foto de Carlota. Lo recogió y se quedó mirando la foto. ¡Estaba sonriendo, y parecía que lo miraba a él! Nunca se había fijado que estuviera sonriendo. Cirilo había visto tantas veces esa foto, y ahora le parecía distinta la actitud de la muchacha.

50

Final

De vuelta en su departamento, Cirilo cayó en ese estado de abatimiento en que solía quedar después del regreso de sus travesías. Se había dado cuenta que en los primeros viajes no le ocurrió y que luego comenzó a sentirlo, cada vez con más fuerza.

Esta vez se vio más afectado, por el hecho de que tuvo que separarse de la muchacha que tanto había admirado en imagen, y lo que parecía ser el inicio de una relación amorosa tuvo que abortarse en esa forma tan abrupta. Además de triste, estaba enrabiado. Fue al ropero donde guardaba la botella con agua, se encaramó en un piso y la alcanzó. Estaba completamente vacía. No sólo vacía. Al abrirla, se dio cuenta que el interior estaba totalmente seco.

Durante los días siguientes hizo varios viajes en busca del pozo. Cada vez manejó durante horas en una y otra dirección, buscando el camino de tierra que una vez lo llevó al extraño pozo. Sin embargo, todo fue infructuoso. No encontró los tres álamos, la casa con la tinaja, la pirca de piedra, la casa azul, los caballos de arriendo, y mucho menos el camino que buscaba. No había ni el más mínimo indicio de que estos elementos hubieran estado en alguna parte. Llegó a dudar de que fuera en ese camino en que estaba el desvío de tierra. Pero después de pensarlo con detenimiento, llego a la conclusión de que no podía ser otro. Incluso en una ocasión se encontró con el viejo campesino, don Diamantino, con quien había estado conversando, junto con Veranda, aquella vez que buscó el pozo obsesivamente para mostrárselo a ella, sin poder encontrarlo. Escuchó varias anécdotas que le contó el hombre, que estaba feliz de tener a alguien que le escuchase, igual que la vez anterior.

- Don Diamantino, hay un camino de tierra que sale por aquí, hacia la derecha. ¿Usted sabe donde está? Lo he buscado mucho, pero no he podido encontrarlo.

- Por aquí no hay ningún otro camino, joven.

- Pero yo sé que estaba aquí, una vez tomé ese camino, y quiero volver...

- Le digo que no hay ningún camino - interrumpió Diamantino, en un tono algo molesto por el hecho de que lo contradijeran -. No voy a saber yo, que llevo cincuenta años viviendo aquí.

- Disculpe, pero es que me es muy importante encontrarlo.

- Búsquelo en otra parte, por aquí no está.

A Cirilo no le quedaba ninguna duda que el camino salía desde un lugar cercano de donde estaban conversando. Le era muy importante conseguir más agua del pozo, para poder regresar a Madrid de 1935 y reanudar la incipiente relación con Carlota. La mujer lo tenía obsesionado, y eso aumentaba la desesperación de Cirilo al no poder conseguir más agua.

Unas semanas después de haber regresado de la travesía a Madrid, comenzó a sentirse mal. Tenía malestares en todo el cuerpo, que comenzaron a aumentar a medida que avanzaba el tiempo. Por fin se decidió a buscar ayuda médica. Acudió a un centro de emergencias.

- Va a tener que hacerse varios exámenes - le había dicho el médico -, para saber qué no está funcionando bien.

Después de terminar con los tediosos exámenes, el médico le explicó con mucho detalle qué no estaba bien. Le dio unas pastillas y sentenció:

- Venga a verme en un mes.

Al mes volvió, pero ahora estaba mucho peor. A esta altura fue a dar a la cama, con licencia médica. Sus compañeros se turnaron para ir a verlo, llevarle revistas y ánimo.

- Ya vas a estar bien - le dijo Ricardo.
- ¿Cómo está Solange? - preguntó haciendo un esfuerzo, puesto que hablar implicaba un esfuerzo para el que apenas tenía energía.
- A Solange le ha ido muy bien. Tiene varios contratos para actuar en televisión, también va a dar un recital, en vivo. Además, en paralelo, está tomando clases de canto, con madame Adelaide, ¿te acuerdas de ella?
- No. ¿Quien es ella?

También recibió la visita de Alberto, quien con muy buen humor, se dedicó a burlarse de su esposa, de quien ahora estaba separado y gestionando el divorcio.

Incluso Veranda fue a su casa a visitarlo, acompañada de su amiga Juliana, la de la cartera, con su pareja, el enólogo Omar. Conversaron sobre varios temas, Cirilo muy poco porque no estaba de ánimo para hablar mucho. Nunca hablaron nada relacionado con la relación que mantuvieron. La conversación giró mayoritariamente sobre el trabajo.

- ¿Y mister Hotwater? – preguntó en un momento Cirilo, con los ojos cerrados.
- Ya se volvió a su país, hace tiempo.

Pero pasados unos días, su estado comenzó a agravarse. Entre los compañeros del banco, encabezados por Ricardo y Veranda, hicieron arreglos para su traslado al hospital. Pero su salud se deterioró más aún. No respondía a ningún tratamiento, a los médicos les parecía imposible diagnosticar.

- Veranda, creo que me voy a morir - le dijo en un momento de gran angustia.
- No Cirilo. Tienes que poner algo de tu parte. Nunca te vas a mejorar si no piensas positivamente. Si alguien piensa que está mal, va a estar mal.
- Yo no pienso en nada y estoy mal.
- Es que no es suficiente. Tienes que hacerte la idea que estás mejorándote. ¡Convencerte que estás bien!
- Es que me siento tan mal, que no podría convencerme que estoy bien.

Cuando se despidió, Veranda no pudo evitar que sus ojos se poblaran de lágrimas. No sabía si su tristeza se debía al estado en que veía a Cirilo, o al recuerdo del período en que fueron pareja. Pensaba que eso podría haber resultado, con un poco más que hubiera puesto Cirilo de su parte. Más tristeza le daban los pequeños recuerdos de los cientos de momentos que vivieron juntos.

Dos días más tarde fue Veranda a verlo nuevamente, después del trabajo. Esta vez fue acompañada de Ricardo, el fiel amigo de Cirilo. Lo encontró más mal que la última vez. Cirilo, con voz apagada les dijo:

- Aquí en este planeta ocurrió un hecho catastrófico hace tiempo atrás.

- ¿Qué fue lo que pasó?- preguntó Ricardo, tratando de mostrar el mayor interés posible.

- Cayó un meteorito del tamaño de una ciudad. En realidad fue hace bastante tiempo atrás, sesenta millones de años.

Veranda y Ricardo se miraron. Cirilo continuó hablando, con los ojos cerrados:

- Nos cuentan que esto provocó la extinción de los dinosaurios, y el desarrollo de los mamíferos. Y puedo agregar que gracias a eso estamos aquí conversando.

- Así es, si no estaríamos escondiéndonos de los dinosaurios, que estarían mucho más arriba que nosotros en la cadena alimenticia.

Veranda celebró el comentario. Ambos se reían, para darle ánimo a Cirilo, que mantenía los ojos cerrados y la expresión inalterable.

- Pues a mí me ocurrió otro evento catastrófico, hace justo un año - y después de un silencio agregó -, guardando las proporciones, por supuesto.

- ¿Qué te ocurrió, Cirilo? - preguntó Veranda, en tono compasivo, pensando que tal vez se refiriera al inicio del romance con ella.

Sin embargo, cayó en cuenta que de eso hacía un poco más de un año. Lo cual fue un alivio, porque no hubiera gustado que él calificase de "evento catastrófico" el hecho de comenzar un romance juntos.

- Me ocurrió hace un año. Y no tiene nada que ver con lo nuestro, Veranda.

Agregó esto último intuyendo lo que estaba pensando Veranda, aunque no había abierto los ojos.

- ¿Qué es lo que te ocurrió, Cirilo? - volvió a preguntar ella, con lágrimas en los ojos.

- Encontré un pozo, Veranda, o el pozo me encontró a mí.

Veranda abrió la boca, como no pudiendo creer lo que escuchaba, y se quedó pensativa. Ricardo la miraba, sin comprender. Fue incapaz de decir algo. Cirilo continuó:

- Para mí fue un evento catastrófico. Provocó la extinción de mi vida anterior, y permitió el desarrollo de un nuevo Cirilo, capaz de comprender al ser humano y sus acciones, como nadie en el mundo. Nunca voy a ser el que fui.

Cuando se iban, un rato después que tuvo lugar esta conversación, que llegó sólo hasta ese punto, Veranda le comentó a Ricardo:

- Me inquieta lo de ese pozo. Es como una obsesión.
- ¿Te había hablado de eso antes?
- Si. Hace tiempo. Incluso una vez me hizo tomar un agua de una botella, me dijo que era de este supuesto pozo.
- ¿Te hizo tomar agua del pozo? - preguntó Ricardo, casi echándose a reír, pero dándose cuenta justo a tiempo que no correspondía reírse. Siguió Veranda:
- El problema con Cirilo es que, por una parte es demasiado infantil, parece que no alcanzó a madurar.

Salieron del hospital, respiraron ambos una bocanada de aire fresco y se empaparon de los colores dorados de la puesta de sol.

- Y por otra parte, tiene exceso de imaginación.
- Es un soñador -, agregó Ricardo.
- Eso es, es un soñador - dijo Veranda, animada por haber encontrado el término que describía con precisión lo que era su antiguo amor -. Esas personas viven de sus fantasías, les cuesta asumir bien la realidad. Creo que eso es lo que le pasa a nuestro amigo.
- Estoy seguro, y debemos hacer algo.

Ambos se alejaban por la vereda salpicada de hojas secas que habían caído por la lluvia reciente. Sus figuras apesadumbradas se iban lentamente. Si alguien hubiera estado allí, hubiera alcanzado a oír a Veranda decir:

- Cirilo es un soñador, y sus fantasías lo vienen atormentando desde hace tiempo, hasta el punto en que se nos está muriendo de a poco. Se está apagando lentamente, como una vela que se consume.

Con esto termino de escribir este relato de las sorprendentes experiencias de Cirilo. No tengo más que decir acerca de este joven atormentado. Pero en el año y tanto que estuvo subyugado por este pozo, se transformó de un melancólico a un ser atormentado. No sé cuanto esto le afectó su salud, física y mental. No sé si se va a recuperar o no. Sólo me queda esperar y rogar por él.

****

Jorge Galbiati

Nació en Valparaíso, Chile. Profesor del Instituto de Estadística de la Pontificia Universidad Católica de Valparaíso. Obtuvo un doctorado en Estadística en la University of Iowa.

Ha participado en varios proyectos de investigación en temas de Estadística, que han generado publicaciones en revistas científicas. Ha publicado dos libros técnicos.

Como profesor universitario ha generado abundancia de material didáctico. Gran parte de este material se encuentra disponible para uso público en www.jorgegalbiati.cl, gratuito y en español.

Fundador y Director de la revista digital "Letra Media", www.letramedia.cl, de entretención y cultura.